André Hille

Jahreszeit
der Steine

André Hille

Jahreszeit der Steine

Roman

C.H.BECK

© Verlag C.H.Beck oHG, München 2023
www.chbeck.de
Umschlaggestaltung: Rothfos & Gabler, Hamburg
Umschlagabbildung: Herbst im Moor von Otto Modersohn,
1895 (Bremen, Kunsthalle) © akg-images
Satz: Janß GmbH, Pfungstadt
Druck und Bindung: Pustet, Regensburg
Gedruckt auf säurefreiem, alterungsbeständigem Papier
Printed in Germany
ISBN 978 3 406 79991 4

myclimate

klimaneutral produziert
www.chbeck.de/nachhaltig

Für meine Eltern
Für meine Kinder

Inhalt

Licht bewahren

Mein Schlaf ist ein scheues Wesen. Es duckt sich weg. Versteckt sich. Es flieht vor mir. Wenn ich es suche, ist es nicht da, wenn ich nicht mit ihm rechne, lauert es mir auf. Überfällt mich am Abend, wenn ich mit den Kindern auf dem Sofa liege und Kinderserien schaue, mittags, wenn ich in meinem Arbeitszimmer ein paar Seiten lesen will. Habe ich nachts seine Spur verloren, irre ich durch meine Gedanken, auf der Suche nach etwas Beruhigendem, einer leisen Stimme, einem zärtlichen Lied, auf der Suche nach einem Geräusch. Wenn ich etwas nicht ertrage, dann die Stille, wenn ich etwas nicht aushalte, dann das Alleinsein mit mir selbst.

Ich wache auf, oder ich weiß nicht genau, ob ich wach bin, ich liege auf der Seite, in meinem Kopf sticht es einmal, draußen tropft das Wasser in die Tonne. Regnet es? In meinem rechten Ohr drückt der Stöpsel der Kopfhörer unangenehm auf die Innenohrwand, ein hintergründiger Schmerz, der Teil meiner Nächte geworden ist. Die Stimme einer Nachrichtensprecherin dringt in mein halb waches Bewusstsein. Ihre Stimme ist immer da, die ganze Nacht, sie ist ein monoton plätschernder Bachlauf, der neben mir herfließt und in den ich, sollte ich aufwachen, jederzeit eintauchen kann. Ich achte darauf, dass meine Kopfhörer im Bett liegen, irgendwo unter dem Kissen, ich achte darauf, dass mein Handy immer geladen ist, zumindest so weit, dass es die Nacht durchhält. Ich achte darauf, dass ich immer Ersatzkopfhörer in der Nähe habe oder weiß, wo ich sie finde, falls bei einer ungestümen Drehung das Kabel reißen sollte. Kabellose Kopfhörer kämen für mich nicht infrage, denn jede Nacht würde ich sie suchen müssen, in den Falten der Bettdecke, unter dem Bett oder im Kissen. Die Kabel hingegen sind wie ein Tau, das ich in jedem Zustand zwischen Wachsein und Schlaf aus dem Laken fischen kann, indem ich mit der flachen Hand in großen Halbkreisen darüberstreiche, um anschließend mein Handy wie eine Barke einzuholen.

Früher ist es öfter vorgekommen, dass ich nachts erwachte und mich unvorbereitet wiederfand in der Stille. Ich hatte noch den Ehrgeiz, die Stille auszuhalten, aus dem festen Willen heraus, von allen äußeren Einflüssen unabhängig zu sein. Ich wollte nicht wahrhaben, dass es etwas gibt, dem ich nicht gewachsen bin.

Heute passiert mir das nicht mehr.

Oder nur noch sehr selten.

Im letzten Jahr genau einmal.

Unser Urlaub in Schweden, in Bohuslän, ein Ferienhaus am Fjord. Am zweiten Abend vergaß ich, das Handy aufzuladen.

Das Liegen im Dunkeln in der unbestimmbaren Zeit. Das Lauschen. Die schwedische Stille. Eine fremde Stille. Alles verliert seine Kontur, die Zeit, der Raum, ich selbst. Ich liege inmitten eines Sees und bin aus Sand, ich drehe mich von einer Seite auf die andere, mein Hirn arbeitet an gegen die Auflösung, es denkt in Schleifen, die ganze Zeit denkt es in Schleifen, ich drehe mich hin und her, Stunde um Stunde, bis die Müdigkeit derart übermächtig wird, dass sie mich förmlich ausknockt.

Es ist die Stimme der Moderatorin der *ARD-Infonacht*, die mir jede Nacht die Gewissheit gibt, dass die Welt noch da ist. Dass ich in der Welt bin. Es ist die Gewissheit, dass diese Stimme *immer* da ist, egal, zu welcher Tages- oder Nachtzeit, durch sie erst weiß ich, in welcher Epoche ich lebe und an welchem Ort ich bin. Es ist die Gewissheit, dass die Geschichten immer weitergehen, die Nachrichtengeschichten, die gar keine Nachrichten sind, sondern Geschichten. Jede Nachricht hat eine Vergangenheit und eine Zukunft, sie hat ein *Jetzt*, in dem ich mich befinde, sie hat ihre Protagonisten und Antagonisten, ihre Spannungsbögen, offenen Fragen und überraschenden Wendungen. Jede Nachricht ist eine Verkürzung der Welt, denn für jede Nachricht steht nur eine begrenzte Anzahl von Wörtern zur Verfügung, und diese Wörter müssen ausgewählt werden, jede Nachricht ist also eine Geschichte desjenigen, der die Wörter ausgewählt hat, und diese Auswahl der Wörter verlangt, dass ich mich zu ihr verhalte, und dieses Verhältnis erst setzt mich in Beziehung zur Welt.

Ich stelle mir vor, wie die Moderatorin jetzt im Studio sitzt und auf dem Laptop ihre MP3s anklickt, manchmal verklickt sie sich und sagt dann: *Ups, das war wohl der falsche Beitrag*, und man hört, wie sie mit ihrer Maus hantiert und den richtigen Beitrag sucht, *so, dann hoffe ich mal, dass das der richtige ist*, und so weiß ich, dass sie jetzt wirklich dort im Studio *anwesend* ist und nicht nur irgendeine Stimme vom Band läuft, und ich stelle mir die anderen Menschen vor, die jetzt ebenfalls *anwesend* sind und mit mir zusammen diese Stimme hören, Lkw-Fahrer, Nachtportiers, Krankenschwestern, und allein diese Vorstellung einer Verbindung über alle Räume hinweg beruhigt mich.

In meiner Studentenzeit stand ein Radiowecker auf der Bettkante direkt neben meinem Ohr, ein flacher Kasten von Telefunken, die Ziffern leuchteten rot, die Wurfantenne – was für ein anachronistisches, aussterbendes Wort – schlängelte sich am Kissen vorbei auf den Boden. War der Empfang schlecht, wickelte ich das metallene Ende des Kabels um die metallene Leselampe, und schlagartig verbesserte sich der Empfang. Ich drehte die Lautstärke so leise, dass ich die Stimme gerade noch hören konnte, denn meine Freundin neben mir verstand nicht, was ich da jede Nacht tat. Wenn es zu laut war, schimpfte sie, ich solle das Ding endlich ausmachen, wenn es zu leise war, verstand ich nichts, und so bemühte ich mich Nacht für Nacht, die Laustärke so leise wie möglich und so laut wie nötig einzustellen, doch auf dem letzten Millimeter machte die Lautstärke immer einen winzigen Sprung. Wenn man genau hinhörte, merkte man, dass sie sich gar nicht stufenlos einstellen ließ, sondern die Regelung in minimalen Etappen verlief, und sooft man auch über Stufen fährt, sie werden nie eine Linie, immer fehlt etwas, genau jene Nuance, nach der ich suchte. Ich war versessen darauf, diese letzte Nuance zu finden, als könne ich das Gerät überlisten. Ich fühlte mich wie ein Amateurfunker auf hoher See, mit einem Ohr am Gerät, zwei Fingern am Knopf, um exakt die richtige Frequenz und die richtige Lautstärke zu finden, bei der es mir endlich möglich sein würde, in den Schlaf zu gleiten.

Heute gibt es *Earpods*. Und noch immer stelle ich die Lautstärke an der Wahrnehmungsgrenze ein, noch immer verläuft die Lautstärkeregelung in winzigen Schritten, noch immer versuche ich, den Grat zwischen einem verständlichen Flüstern und einem undeutlichen Gemurmel zu finden, sodass ich das Gesagte *gerade noch* oder auch *gerade nicht mehr* verstehe oder nur so viel verstehe, dass ich den Rest ergänzen muss, und in diese offenen Stellen hinein falle ich dann in den Schlaf.

In den Nächten meiner Jugend, in denen es weder Radiowecker noch *Earpods* gab, lag ich in meinem Bett, es war eher eine

Liege aus Pressspan, die sich mit einem martialischen Quietschen der Länge nach aufklappen ließ, mit einem Federmechanismus, der einem die Liegefläche beim Öffnen aus der Hand riss und beim Einklappen einen enormen Widerstand entgegensetzte. Der Bezug war an den Rändern festgetackert und franste aus, eine Produktion aus irgendeinem VEB-Kombinat, ein Produkt, das wie alle in der DDR produzierten Dinge wie ein Provisorium wirkte und das mein Vater aufgrund seiner Beziehungen irgendwo ergattert hatte. Jeden Morgen raffte ich das gesamte Bettzeug zusammen und stopfte es in den Stauraum, damit ich die Liege tagsüber als Sofa nutzen konnte, und abends holte ich das Bettzeug wieder heraus und rollte es auf. Und in den Nächten lag ich auf dieser Liege in einem verdunkelten Zimmer, in einem schwarzen Zimmer, als würden draußen die Bomber fliegen und als dürfe nicht der kleinste Lichtstrahl hinaus in die Nacht dringen. Ich lag im fünften Stock eines Plattenbaus mit Fernwärme, hinter meinem Fenster führte ein Schacht in die Tiefe, geradewegs auf das geteerte Dach des Hintereingangs zu, auf das ich mich immer fallen sah, wenn ich an das Fenster trat und hinunterschaute, weshalb ich das Fenster auch tagsüber nie ganz öffnete, allenfalls kippte, in diesen Nächten lag ich wach und lauschte auf jedes Geräusch, denn mein Gehör war der einzige Sinn, auf den ich mich verlassen konnte. Es gab zwei Arten von Nächten. Die, in denen mein Vater zu Hause war, und die anderen. Fünf Uhr Feierabend, sechs Uhr Abendessen, sieben Uhr fernsehen, acht Uhr ins Bett, gegen neun Uhr war meistens klar, um welche Art Nacht es sich handeln würde.

Ich lag auf der Liege und ertrug es nicht, in die Schwärze zu schauen, weshalb ich die Augen immer geschlossen halten musste, ich ertrug es auch nicht, die geschlossenen Augen der Schwärze zuzuwenden, weshalb ich immer mit dem Gesicht zur Wand liegen musste, mit trockenem Mund und die Decke an das Kinn gezogen, und wenn ich mit den Fingern die Wand entlangfuhr, spürte ich kleinste Unebenheiten und Krater im Beton, manche winzig, manche so groß, dass die Spitze meines kleinen Fingers darin Platz gefunden hätte. Ich fühlte den Hohlraum unter der Tapete und war versucht, sie einzudrücken, ich war ganz kurz davor, den Krater mit der Fingerspitze auszufüllen und meiner Fingerkuppe eine passgenaue Höhlung zu geben, sie darin zu drehen, das wäre eine Befriedigung gewesen, die mich vielleicht beruhigt hätte, aber es war unmöglich. Mein Vater wäre *aus der Haut gefahren*, wenn er das Loch in der Tapete entdeckt hätte.

Das Warten auf Papi in der unbestimmbaren Zeit.

Die Tapete auf blankem Beton.

Das schwarze Zimmer.

Als herrsche Krieg. Vielleicht herrschte Krieg.

Nichts durfte nach außen dringen.

Die unbestimmbare Zeit endete erst, als ich eine Armbanduhr bekam. Sie hatte fluoreszierende Zeiger, darauf hatte ich bestanden. Vor dem Zubettgehen hielt ich sie unter das Licht einer Schreibtischlampe, um die Zeiger mit Licht aufzuladen. Es faszinierte mich jeden Abend aufs Neue, dass es möglich war, Licht einzufangen und es aufzubewahren, doch es war ein äußerst flüchtiges Gut, dem ich unter der Bettdecke beim Verschwinden zusah. Ich starrte so lange auf das zarte, grüne Leuchten, bis ich mir nicht mehr sicher war, ob es wirklich noch ein Leuchten oder nicht nur ein Nachglühen meiner Netzhaut war. Wenn auch die letzte optische Täuschung verschwunden war, legte ich die Uhr neben mich auf das Kopfkissen und fiel wieder in die unbestimmbare Zeit. Das Licht reichte nie bis zu dem Zeitpunkt, an dem mein Vater nach Hause kam.

Malik wirft sich auf die Seite und schlägt mit seinem Kopf gegen meine Hüfte. Ich bin also wach, streiche ihm einmal über die Haare, seine Wange, über seine Arme, die kalt sind, weil er sich wieder der Decke entledigt hat und die kühle Nachtluft durch das offene Fenster hereinströmt. Drehe ich meinen Kopf zur Seite, spüre ich, wie die Luft an meiner Nase vorbeifließt, es ist tatsächlich ein bachartiges Fließen der Novemberluft, wie Wolken, die in Zeitraffer über einen Bergkamm streichen, hinunter ins Tal. Wer weiß, wie lange er schon in der Kälte liegt. Ich ziehe die Decke über seine Arme, er schiebt sie sofort wieder weg; er hat diesen Freiheitsdrang, den auch die anderen beiden hatten, nichts darf ihn beengen, keine Decke, keine Jacke, keine Jeans.

Einige Augenblicke später richtet er sich auf. Ich erkenne seine Gestalt vor dem Hintergrund der durch ein schwaches Nachtlicht erhellten Wand, bevor er zur anderen Seite kippt, auf Levjes Körper. Er sucht unsere Nähe, wie jede Nacht, er muss sich vergewissern, dass wir da sind, dass es links und rechts von ihm eine Begrenzung gibt. Wir sind die Mauern an den Rändern unseres Bettes, das so groß ist, dass wir uns darin kaum mehr begegnen. Manchmal erinnere ich mich an den Sommer in Schweden: ein hundertjähriges Fischerhaus mit tiefen Decken und weiß gestrichenen Dielen. Eine Terrasse, auf der sich Rad fahren ließe, mit Blick über den Fjord. Jedes Mal den Kopf einziehen, wenn man das Haus betritt oder die Stiege hinaufsteigt, als käme man in ein gerade verlassenes Haus in einer märchenhaften Gegend, dessen Bewohner um ein Drittel kleiner wären als man selbst.

Wir schliefen in einem Bett von eins vierzig, vielleicht eins zwanzig Breite und waren uns wieder nah. Ständig berührten wir uns, unsere Rücken rieben aneinander, unsere Hände, unsere Arme kreuzten sich, es war unmöglich, sich auszuweichen. Nach zwei Nächten hatten wir uns derart an diese Nähe gewöhnt, dass wir uns vornahmen, sofort nach unserer Rückkehr unser breites Bett gegen ein schmaleres einzutauschen. Als läge es am Bett, uns zusammenzubringen.

Die Müdigkeit zieht mich zurück in die Tiefe, Malik wälzt sich herum, seine Füße stoßen gegen meine Brust. Er wälzt sich jede Nacht so lange herum, bis er uns beide berührt, bis er eine Art elektrischer Leiter zwischen uns ist. Er berührt Levje mit dem Kopf und mich mit den Füßen, und ich frage mich, woher er weiß, wie er liegen muss. Ist es ihr Geruch, ihre Weichheit, sind es Levjes lange Haare, die er im Gesicht spürt? Ich frage mich, warum ich die Füße abbekomme und Levje den Kopf. Ich kann gut damit leben, so muss ich keine Angst haben, dass er mir unvermittelt im Schlaf mit seinem Hinterkopf gegen das Nasenbein oder die Zähne schlägt, und doch hätte ich manchmal gern seinen Atem neben mir.

Mit Daumen und Zeigefinger drücke ich sacht seine Zehenspitzen zusammen, jedes einzelne dieser weichen Kügelchen. *Das ist der Daumen, der schüttelt die Pflaumen.* Obwohl dieses Spiel für die Hände gedacht ist, wenden wir es auch beim Schneiden der Zehennägel an. Es ist die einzige Möglichkeit, ihn abzulenken und zum Stillhalten zu bewegen. *Der hebt sie auf, der trägt sie nach Haus, und der kleine isst sie alle alle auf.* Ein Uhr achtundfünfzig. Meine Muskeln erschlaffen. Ich zucke zusammen. In der *ARD-Infonacht* spielen sie einen Jingle zur Überbrückung einer Leerstelle, jemand hat da falsch gerechnet, denn der Jingle zieht sich in die Länge. Sie haben zu viel Zeit bis zu den Nachrichten, und ich frage mich, wer diese gefälligen Zwischenstücke eigentlich komponiert und worauf sie achten beim Arrangement. Darauf, dass sie möglichst schleifenhaft gespielt werden können, sich ansatzlos ins Endlose ziehen lassen? Aber man hört dann doch immer einen winzigen Sprung, wenn der Jingle wieder von vorn startet, ich bin gefangen in einem Loop, in einer Realität mit einem kaum wahrnehmbaren Riss. Gerade bin ich so weit, wieder einzuschlafen, die vierte oder fünfte Wiederholung des Jingles hat mich mit auf ihre Schwingen genommen, da richtet sich Malik auf und ruft: *Milch!* Sein Ruf steht im Schlafzimmer wie etwas Physisches, er hallt lange nach, und ich weiß, was das bedeutet. Manchmal, selten, bleibt es bei diesem einen Ausruf, dann kippt er zurück und schläft weiter, doch heute kommt der zweite Ruf, energischer, und dann, als Levje und ich uns nicht rühren, immer noch in der Hoffnung, dass es vorbeigehen werde, der dritte Ruf, der keine Nicht-Reaktion mehr duldet. *Wo ist meine Milch?* Vor einigen Wochen haben wir ihm die nächtliche Milch abgewöhnt, denn er hatte sich so an diese Mahlzeiten gewöhnt, dass er jede Nacht nach ihnen verlangte. Die Aussicht, ihn damit zu beruhigen, erwies sich als Trugschluss, denn der Forderung nachzugeben, hieß nicht, sie zu befriedigen, sondern sie weiter anzustacheln. Er rief dann *mehr Milch*, und wenn er damit fertig war, rief er wieder *mehr Milch* oder *noch eine Milch*, wie die Fischersfrau, die ihren Mann immer wieder hinaus zum Butt schickt, weil sie den Hals nicht vollkriegen kann. Immer wenn wir ihm die Milch verweigerten, bekam er einen Wutanfall. Die Wut kommt, mit oder ohne Milch, es ist eine Wut, die nicht durch Milch zu stillen ist, es ist der zunehmend verzweifelte Versuch, etwas, das sich in ihm aufgetan hat, ein Abgrund, eine Angst, mit Milch zu füllen, es ist die Wut über einen bevorstehenden Entwicklungsschritt, den er nicht gehen will. Wir sehen es, wir leiden mit ihm und müssen dennoch der Maßlosigkeit Einhalt gebieten.

Einige Tage herrschte Ruhe, und wir hegten die Hoffnung, dass die Phase beendet, der Schritt gegangen sei. Morgens atmeten wir erleichtert auf, wenn er die Nacht durchgeschlafen hatte, wir flüsterten uns beim Aufstehen Satzfetzen zu, *vielleicht haben wir es jetzt geschafft* oder *langsam wird es besser*, doch heute Nacht der Rückfall. Vielleicht ein Traum, die plötzliche Erinnerung an den paradiesischen Zustand, so, wie man nach einer Trennung von der allumfassenden Versöhnung träumt, davon, dass alles wieder gut ist, dass man ja doch nicht loslassen muss.

Levje redet leise auf ihn ein, *Morgen gibt es wieder eine Milch, morgen früh.* Er unterbricht dann sein Weinen und hört ihr aufmerksam zu, doch sobald er die Bedeutung dessen, was sie sagt, versteht, denn er weiß mittlerweile, was *morgen* heißt, nämlich *nicht jetzt*, setzt das Wüten nur umso heftiger ein, es hebt an wie ein Sturm, bricht aus ihm heraus und bildet einen surrealen Kontrast zu der vollkommenen ländlichen Stille um uns herum. In städtischen Nächten gehörte es dazu, dass im Hinterhof irgendein Kind weinte, und ich wachte auf und dachte, *Mensch, jetzt beruhigt es halt und nehmt es in den Arm,* mit einer Haltung des Vorwurfs, einer latenten Anschuldigung, als würden sie das Kind absichtlich schreien lassen. Wie unwissend ich war. Welch eine Stimmgewalt ein solch kleiner Körper erzeugen kann. Er brüllt seine Frustration hinaus in den leeren Raum. Zehn, zwanzig Minuten, in denen er sich nicht beruhigen oder berühren lässt, die man nur übersteht, indem man sich die Decke über die Ohren zieht und abwartet. Er wird dann ganz eins mit seiner Wut, wie er überhaupt ganz in Emotionen lebt, nichts wird relativiert, alles, was er fühlt, fühlt er ganz.

Vielleicht sollten wir von ihm lernen. Nicht er von uns.

Ich schließe das Fenster, weil es mir unangenehm ist, die Nachbarn zu wecken oder in ihnen den Verdacht zu wecken, wir würden unsere Kinder vernachlässigen.

Nach zehn Minuten beruhigt er sich wieder, die Abstände zwischen den *Milch*-Rufen werden größer. Immer wieder wartet er, ob nicht doch noch etwas passiert, ob sein Rufen nicht eine Wirkung zeigt. Ich bin mir unsicher, ob es richtig ist, auf sein Rufen nicht zu reagieren. Lernt er dann nicht, dass auf ein Bedürfnis keine Reaktion folgt? Äußert er sich dann nicht in eine beängstigende Leere hinein? Aber wenn ich jetzt reagiere und etwas sage, schöpft er Hoffnung, denn alles ist nur auf dieses *Milchwollen* ausgerichtet. Mit jedem Wort, das man an ihn richtet, fängt man wieder von vorn an, provoziert das Gegenteil von dem, was man bezweckt. Irgendwann wird er müde, hebt noch ein letztes Mal an, schon kraftloser, es ist mehr ein Seufzen, alles schon nicht mehr so schlimm, und irgendwann kippt er zur Seite und schläft weiter.

Zwei Uhr neunundzwanzig. Jetzt höre ich wieder die Stimme der Radiomoderatorin in meinem Ohr. Sie kündigt einen Beitrag an, den ich in den letzten Stunden schon zweimal gehört habe. Die Pointe ist keine Pointe, die Geschichte hat keinen Neuigkeitswert mehr. Nachts fahren sie die Rotation auf ein Maximum hoch, vermutlich aus Spargründen, sie ahnen nicht, wie sie mich damit quälen. Doch die *Infonacht* ist das einzige Programm, das vierundzwanzig Stunden am Tag, dreihundertfünfundsechzig Tage im Jahr Redebeiträge sendet und damit genau jene absolut zuverlässige stimmliche Konsistenz erzeugt, die ich brauche, um einzuschlafen. Jeder Versuch, auf einen anderen Sender umzusteigen, ist gescheitert. Manchmal erwachte ich dann bei unangenehm schrillem Jazz, bei Neuer Musik, bei metallisch-sphärischen Klängen, die mich in einen Albtraum führten, sodass ich immer wieder zurückkehrte zur *Infonacht*.

Wenn nur die Rotation nicht wäre.

Malik schläft. Levje schläft. Sie hat die beneidenswerte Fähigkeit, sofort wieder einzuschlafen. Bei der dritten Wiederholung eines Beitrags wechsle ich zu Spotify, scrolle durch meine Playlist, mein Daumen landet auf *Descending* von *Tool*. Der Song setzt ein mit einem aus der fernsten Ferne kommenden Raunen, als würde ein Sturm über eine Wüste fegen, und diese Leere am Anfang des Songs räumt mich sofort aus, das Rauschen des Windes wird zu einem Wellenschlagen, die Wellen schlagen auf Sand, immer und immer wieder, und das macht den Raum in mir weit, dann setzt die Gitarre ein, monoton, fiebrig, die falsettartige Stimme von Maynard James Keenan kommt hinzu, im Hintergrund erklingt hin und wieder eine Triangel wie ein Kontrapunkt der Leichtigkeit, so etwas wie das Anreißen eines Streichholzes zieht sich durch den ganzen Song, sie legen die Stränge aus, einen nach dem anderen, und verknüpfen sie in einer Viertelstunde zu einem epischen Stück Musik. Als die unverkennbaren, schweren Tool-Riffs dazukommen, werde ich ruhig. Ich folge meinen Gedanken in die feinen Verästelungen von *Descending* hinein, wie in ein Gebäude, dessen Säle und Kammern ich nach und nach erkunde, und immer wieder falle ich dabei in den Schlaf, erwache, nicht wissend, wie lange ich geschlafen habe, es können nur Sekunden gewesen sein, inmitten brachialer Gitarrenriffs, und spüre plötzlich eine solche Kraft in mir, dass ich in Erwägung ziehe, aufzustehen, irgendwohin zu fahren und es meinem Vater gleichzutun und mich zu betrinken, um zum Frühstück wieder aufzutauchen, aber nein, ich sacke in den Schlaf, erwache, es ist ein Auf und Ab, ein Schaukeln auf Wellen, und ich stehe am Rand einer Plattform und genieße es, noch nicht zu springen, bis ich irgendwann unmerklich ins Wasser hineingeglitten und mit den letzten Tönen des Songs eingeschlafen bin.

Entfernte Wärme

In mein Bewusstsein dringt ein angenehmer Ton, der eine unangenehme Empfindung in mir auslöst, etwas Fernes, auf das ich konditioniert bin, ich weiß nur noch nicht genau, was, ich komme gleich drauf, wenn er nur aufhören würde, der Ton, aber er hört nicht auf, und deswegen komme ich drauf: Es ist eine ansteigende Harfenmelodie, die angenehmste, die wir unter Apples Vorschlägen für einen Weckton finden konnten und die doch hinter ihrer sanft anmutenden Tonfolge die Grausamkeit der Erkenntnis, dass der Schlaf zu Ende ist, obwohl er doch gerade erst begonnen hat, nur schlecht verbergen kann. Ich höre, wie Levje sich bewegt, sie dreht sich um, die Decke raschelt, sie drückt auf die Schlummerfunktion, zehn Minuten Ruhe, noch einmal zurücksinken in die Bilder des Traumes: Ich mit Levje in einem Haus, ungewohnt viel Liebe zwischen uns, der Plan eines Umzugs, eines Aufbruchs steht im Raum. Gerade will ich mit ihr darüber sprechen, dass ich mir ein viertes Kind wünsche. Mich überkam im Traum eine plötzliche Sehnsucht nach einem weiteren Kind, für einen Moment stand mir die *gesamte Existenz* des vierten Kindes vor Augen, und ich war der festen Überzeugung, dass, wenn wir das Kind nicht bekommen, wir diese Existenz verhindern würden, und gerade hatte ich mich dazu durchgerungen, meinen Wunsch mit Levje zu teilen, in dem Wissen, wie freudig erregt sie jedes Mal gewesen war, wenn wir uns dazu entschlossen hatten, ein Kind zu bekommen, doch es war noch jemand im Haus, ein anderes Paar, eine andere Frau, die meine Nähe suchte und mich in einer ruhigen Minute in eine Ecke drückte und küsste, leidenschaftlich und lange und ohne, dass ihr Freund oder Levje daran Anstoß genommen hätten, und derart erotisiert war ich nun erst recht bereit dazu, ein weiteres Kind zu zeugen.

Doch dann kam die Harfe. Die Harfe kommt immer im falschen Augenblick.

Ich setze mich auf, um Levje zu signalisieren, dass ich wach bin. Es ist eine Abmachung zwischen uns: Sie kümmert sich nachts um die Kinder, dafür stehe ich morgens als Erster auf, doch heute bleibe ich, benommen von der kurzen Nacht, auf der Bettkante sitzen. Draußen heult der Wind um den Giebel, es ist kalt im Schlafzimmer, und was ich abends als angenehme Klarheit empfinde, nach dem gemeinsamen Sitzen im stickigen Wohnzimmer in ein kühles, gut gelüftetes Schafzimmer zu kommen, führt morgens zu einem fröstelnden Widerstand, in diesen Tag hinauszugehen. Ich sitze auf der Bettkante und versuche noch einmal, in den Traum zurückzufinden, zu dem Kuss der fremden Frau, dem Wunsch nach einem weiteren Kind, dieser ganzen euphorischen Stimmung des Aufbruchs, doch ich laufe nur noch durch Trümmer. Natürlich wäre es Wahnsinn, ein weiteres Kind zu bekommen, das hielten wir nicht durch. Mir kommt die Begegnung mit einer Nachbarin vor ein paar Tagen in den Sinn, sie wohnt weiter unten im Dorf, die unerwartet mit Mitte vierzig zum fünften Mal schwanger wurde. Das Kind starb während der Geburt, all das ist Jahre her, doch als sie mir davon erzählte, sagte sie mit tonloser Stimme, ein weiteres Kind hätte die Familie nicht verkraftet. Einer von beiden hätte die Existenz beenden müssen: die Familie oder das fünfte Kind. Während ich müde auf der Bettkante sitze, findet ein Kampf auf Leben und Tod in mir statt, in mir kämpfen Existenzen gegeneinander, die meiner Familie gegen die des ungeborenen Kindes, nein, nicht Existenzen, Schatten, Gedanken, es ist nichts als ein Spuk, ich kann all das mit einer Bewegung meines Körpers hinwegwischen.

Die Geister zurücklassen und den Tag bewältigen.

Ich sitze schon viel zu lange hier, und in mir regt sich, wie jeden Morgen, die Wut gegen dieses *System*, denn irgendein System muss es sein, dessen Wirkung allmorgendlich in unser Schlafzimmer hineinreicht, sonst würde ich jetzt nicht hier auf der Bettkante sitzen. So lange wie möglich hier zu sitzen, ist meine schärfste Form des Widerstands. Die Bettkante ist der Frontverlauf in diesem Krieg, meine Füße stehen schon auf feindlichem Terrain. Ich frage mich, ob es das System wirklich gibt, und wer genau es repräsentiert, oder ob es nicht nur die in meinen Körper eingeschriebenen Routinen meiner Kindheit sind, gegen die ich opponiere. Meine Mutter weckte mich früh, gegen fünf, halb sechs, und ich saß lange mit durchgestreckten Armen auf der Bettkante und ignorierte ihre Rufe, nicht aus Böswilligkeit, sondern weil ich nicht in der Lage war zu reagieren. Ich kann nicht unterscheiden zwischen dem *System in mir* und dem Realen, ich weiß nicht, was wahr ist und was nicht, ich stoße allmorgendlich an die Grenzen meiner Beurteilungsfähigkeit. Aber doch, es gibt Zeichen für seine Existenz. Wenn ich über die alte Grenze fahre, bei Gartow und Aulosen oder bei Helmstedt, sehe ich den Grenzturm, den Todesstreifen, die hundert Meter breite Schneise im Wald, ich sehe, wie sich die Straßendecke ändert und der Baumbestand und die Farbe der Häuser, und jedes Mal wieder sage ich dann zu Levje oder, nach hinten gewandt, zu den Kindern: Mensch, hier war die Grenze, unvorstellbar. Ich fahre hinein ins Altmärkische, das uns mit zwei Schildern begrüßt: *Auf Wiedersehen Niedersachsen* und *Willkommen im Land der Frühaufsteher*, und dann fühle ich mich darin bestätigt, dass irgendjemand ein Interesse daran hat, dass wir früh aufstehen, als sei das frühe Aufstehen eine Leistung an sich, ein erstrebens- und lobenswerter Zustand, der die Bevölkerung in zwei Arten Menschen unterteilt, die Frühaufsteher und – ja, wen eigentlich?

Sieben Uhr zehn. Levje muss wieder eingeschlafen sein, sonst hätte sie längst etwas gesagt. In spätestens fünfunddreißig Minuten muss ich mit Alma im Auto sitzen. Ich gebe den Kampf verloren und gehe hinunter ins Wohnzimmer. Polly liegt eingerollt in ihrem Korb, hebt nicht einmal den Kopf. An anderen Tagen steht sie schon vor der Tür, wedelt mit dem Schwanz und schaut mich erwartungsvoll an. Im Wohnzimmer sind achtzehn Grad. Obwohl die Fußbodenheizung die ganze Nacht durchheizt, hat sie in der Übergangszeit manchmal Probleme, den Raum zu erwärmen. Es riecht nach kaltem Rauch. Das kommt vom offenen Kamin. Wir hatten ihn gestern an, wie fast jeden Abend im aufkommenden Herbst, doch der Zug im Schlot zieht die Raumluft die ganze

Nacht über nach draußen. Am Morgen bleibt nur der Geruch nach kaltem Rauch. Entfernte Wärme.

Ich schalte erst das kleine Küchenlicht an, um meine Augen an die Helligkeit zu gewöhnen, dann den Kippschalter der Kaffeemaschine, damit sie aufheizen kann, dann erst gehe ich ins Bad, checke auf der Toilette meine Mails, schaue in drei Apps, wie das Wetter wird, überfliege *Instagram* und *Facebook*. Isabel erzählt von den Erfahrungen bei einem *Dreier*, wer wann kommt, wer wem dabei zuschaut, Franziska ergänzt im Kommentar das Wort *Dauerrausch. WhatsApp, Telegram, Signal.* Eine Nachricht in der *Männergruppe.* Wir sind mitten in der Diskussion über einen Künstler, den wir auf *Instagram* entdeckt haben. Auf die letzte Frage, was mir an ihm gefalle, hatte ich noch nicht geantwortet. Ich tippe rasch: *Vor allem die Farbigkeit. Ausgewogen, reduziert, aber trotzdem komplex. Diese Unschärfe erzeugt ein angenehmes Flirren, als würde etwas bei zusammengekniffenen Augen in der Sonne verschwimmen. Und dann noch der mitgemalte Rand – das Bild stellt seine eigene Bildhaftigkeit aus.* Ich überfliege die Schlagzeilen von *SPON, ZEIT, FAZ* und *ntv,* meine Augen sind Krähen, sie jagen über die Zeilen und picken sich die schmackhaftesten Brocken aus dem Textfeld heraus. Ich muss schon lange keinen ganzen Artikel mehr lesen, um die wesentliche Information zu finden. Mein Denken kommt langsam in Gang, ein Schwungrad, auf das unmittelbar sämtliche Kräfte wirken, getrieben von der Frage, ob der Weltuntergang in der Nacht stattgefunden hat oder kurz bevorsteht. Aber nein. Das Übliche. Das meiste habe ich schon in der Nacht gehört, im Schlaf oder halb wach, morgens fällt es mir dann wieder ein. Es gab eine Zeit in meinem Leben, gut vier Monate, da lebte ich ohne Nachrichten. Ich überwinterte auf den Kanaren, Handys hatten noch Tasten, das Internet quälte sich durch ein 56-K-Modem, und Schröder war Kanzler. Die letzte Schlagzeile im November, als ich abflog, galt ihm, und als ich im Februar wieder in Deutschland landete und zum ersten Mal einen Blick auf die Nachrichten warf, war wieder Schröder auf der Titelseite, mit einem ähnlichen Bild und unter einer ähnlichen Überschrift. Mein Erstaunen darüber, wie wenig in dieser Zeit tatsächlich passiert war, ging einher mit einer Enttäuschung darüber, dass die Überwältigung durch etwas Unerhörtes, Unerwartetes, auf die ich insgeheim gehofft hatte, ausblieb, sowie einer Erleichterung über die Erkenntnis, dass all die Ereignisse da draußen eine viel geringere Bedeutung hatten, als ich ihnen zugeschrieben hatte. Es war, als wäre ich nicht vier Monate fort gewesen, sondern vier Tage. Seither sehne ich mich immer wieder zurück nach dieser nachrichtenfreien Zeit, diesem Zustand, für den sich an diesem Morgen unweigerlich das Wort *unschuldig* aufdrängt. Doch was hieße in diesem Zusammenhang denn schuldig werden? Sich versündigen an dem reinen, nachrichtenfreien, nur auf die großen Seinsfragen fokussierten Denken? Zu glauben, dass man sich ohne Nachrichten selbst näher sei? Das hieße ja, dass es ein echteres, reineres Selbst jenseits der Nachrichtenlage gäbe, dass ich das jetzt hier auf der Toilette gar nicht will, all diese Nachrichten aufnehmen, sondern dass etwas anderes, etwas Fremdes die Kontrolle über mich übernommen hat. Nur was?

Sieben Uhr siebzehn. Noch dreiundzwanzig Minuten, ehe ich mit Alma zur Schule muss. Ich lasse die Rollläden hochfahren, ich schalte das Gartenlicht an, ich gehe hinaus in den kalten Morgen, um die Zeitungen aus dem Briefkasten zu holen. Es ist ein nasskühler Novembermorgen, der Himmel ist bewölkt, stumpf und flach, der Asphalt glänzt. Eine Amsel schimpft und verschwindet im Liguster. Eine erste Helligkeit liegt über den Feldern. Am Briefkasten halte ich inne, wie jeden Morgen, um hineinzuspüren in diesen Tag, in seine Geräusche, seine Temperatur, die Atmosphäre. Benny von gegenüber startet seinen Transporter, der kalte Diesel wummert und klopft. Benny ist Zimmermann und bricht jeden Morgen zur Arbeit auf, wenn ich die Zeitung hole. Auch spät dran heute. Als er weg ist, herrscht wieder Ruhe, eine Landruhe mit Landgeräuschen, die wir vor fünf Jahren gegen Stadtgeräusche eingetauscht haben, eine kalbende Kuh in einem fernen Stall, das urtümliche Schreien aus der Tiefe eines Tierleibs, das sich nachts über Kilometer hören lässt, die Rasenbewässerung der Nachbarin, das leise Zischen der Düsen, ein vorbeifahrender Trecker unten in der Senke, das hohe Sirren seiner Reifen auf dem Asphalt. Ich öffne den Briefkasten, den ich selbst zusammengeschraubt habe, er ist geräumig, damit er auch Päckchen aufnehmen kann, und hat kein Schloss. Das braucht man auf dem Land nicht. Die Zeitungen liegen zusammengefaltet auf dem Grund des Kastens, und wie jeden Morgen frage ich mich, wer sie wann hier hineingeworfen hat. Ich bin ihm oder ihr noch nie begegnet. An Weihnachten stellen wir einen Schokoweihnachtsmann auf den Briefkasten, zu Ostern manchmal einen Osterhasen, und morgens sind sie jedes Mal verschwunden. Es gibt eine stille Kommunikation zwischen dieser Person und mir, jeden Morgen wieder bin ich ihr dankbar für diese unsichtbare nächtliche Arbeit. Nur bei Neuschnee sieht man morgens die Fußspuren zum Briefkasten. Sie enden kurz vor dem Kasten und führen in einem spitzen Winkel wieder zurück auf die Straße. Ich habe Angst, dass der Briefkasten eines Tages leer bleibt, weil sich niemand mehr findet, der diesen Job mitten in der Nacht machen will, weil Papier eine Rarität geworden ist oder niemand mehr Zeitungen auf Papier lesen will. Es gibt Tage, da bleibt der Briefkasten tatsächlich leer, weil bei den Zustellern jemand ausgefallen ist, und diese enttäuschende Leere überträgt sich dann auf den Morgen, den Vormittag, den ganzen Tag. Missgelaunt gehe ich dann zurück an den Tisch, hole die Zeitung von gestern aus dem Altpapier und suche nach ungelesenen Artikeln, irgendetwas, das noch einen Neuigkeitswert hat.

Ich decke den Tisch, drei Teller, zwei Schälchen, drei Messer, zwei Löffel, die Marmeladen, der Honig. Jetzt kommt die Phase, in der ich den vorherigen Zeitverlust wieder aufhole, die Verschwendung teuer bezahlen muss. Jede meiner Bewegungen ist effektiv, über die Jahre habe ich die Handgriffe optimiert, ich weiß genau, was ich wann tun muss, damit die Zeit mehrfach genutzt wird. Jede Minute trägt ein dreifaches Päckchen, die Zeit arbeitet jetzt *für* mich. Wichtig ist die Reihenfolge der zu erledigenden Dinge: den Fünf-Minuten-Prozess zuerst anstoßen, danach den Vier-Minuten-Prozess, dann das, was drei Minuten dauert. Ich moduliere die Zeit, erst habe ich sie gedehnt, jetzt raffe ich sie, das gibt mir immerhin die Illusion von Hoheit über sie. Ich backe drei Brötchen vom Vortag auf, ich lege die Zeitung an meinen Platz, ich stelle das Radio an. Manchmal versuche ich, mich während all dieser Vorgänge zu erinnern, wie das Frühstück meiner Kindheit ablief, ob wir auch Radio hörten oder in der Stille dasaßen, doch ich habe kaum Erinnerungen daran. Es ist, als hätte diese Mahlzeit in unserer Familie nie stattgefunden. Ich erinnere mich an die Nächte, an die Wochenenden, natürlich an die Urlaube, aber nicht an das Frühstück, was vielleicht an meiner Müdigkeit lag oder daran, dass diese Routinen keinerlei Abdruck in meinem

Gedächtnis hinterlassen haben. Manchmal tauchen verschwommene Bilder auf, meine Mutter im Nachthemd am Herd, weinend, die Wohnung riecht nach Alkohol und dem schalen Mundgeruch meines Vaters, wir hocken auf der Eckbank unserer Küche, unserer Betonküche, an dem höhenverstellbaren Tisch, unter dessen Platte sich eine Schneckenwelle und eine Kurbel befinden, die nie benutzt werden, außer von uns Kindern, um damit zu spielen. Ich frage mich, welche Idee hinter einem höhenverstellbaren Küchentisch steckt. Welchen Grund sollte es geben, seine Höhe ständig anzupassen? Wir nehmen ein schnelles Frühstück zu uns, Milch mit Brötchen, eine Scheibe alten Graubrots mit Honig, dazu Malzkaffee, während sich mein Vater eines seiner drei karierten Hemden anzieht. Meine Mutter spricht nicht, sie steht am Herd und rührt in etwas, und ich weiß nicht, ob ich sie trösten soll, ob es zu meinen Aufgaben gehört, sie zu trösten. Mein Vater weiß nicht, ob er ein schlechtes Gewissen haben soll, und ist irgendwann verschwunden. An Samstagen, an denen er nicht zur Arbeit konnte, schlich er in der Wohnung herum, als könne er sich noch dunkel daran erinnern, dass etwas vorgefallen war. Er hatte dann eine gewisse Art, durch die Wohnung zu trotten, zugleich schuldbewusst und trotzig, in Unterhemd und blauer Jogginghose die Zeitung zu lesen, indem er sich vor dem Blättern den Daumen leckte und die Seiten beim Umblättern fast abriss, den Abwasch allein zu erledigen, *lass, ich mach das schon*, und manchmal fing meine Mutter dann an, *was du dir wieder geleistet hast*, aber er wehrte das ab mit einem matten *Ach, hör doch auf*. Meine Mutter schwieg den Rest des Tages, manchmal schwieg sie auch die nächsten zwei, drei Tage, bis mein Vater Montagabend wieder wegblieb, dann ging das eine Schweigen in das andere über, eine

Kette des Schweigens, in der einzig die Sprache Rettung war, das Sprechen mit mir selbst.

Ich schäume die Milch auf, drehe an den Edelstahlknöpfen, betätige die Kippschalter, all das mit der Routine eines Lokführers, der sein altes Stahlross auf die Fahrt vorbereitet, schaue der Maschine dabei zu, wie sie die schwarze Flüssigkeit durch den Siebträger drückt, dabei ächzt und knarzt, während die Tassen langsam volllaufen. Es ist wichtig, dass sie sich im richtigen Tempo füllen, ist der Kaffee zu fein gemahlen, tröpfelt es nur heraus, ist er zu grob, läuft das Wasser zu schnell durch, und er wird zu dünn. Man muss die Maschine gut kennen, um genau die richtige Stärke zu erreichen. Wenn die Tassen zu zwei Dritteln gefüllt sind, lege ich den Kippschalter um und schiebe den Milchschaum mit einem flachen Löffel auf den Kaffee, und spätestens wenn die Geräusche der Kaffeemaschine durch das Haus tönen, weiß Levje, dass es höchste Zeit wird aufzustehen. Sie kommt fast immer exakt zu dem Zeitpunkt hinunter, an dem der Kaffee fertig ist, in dicken Socken, in ihrem wollenen Morgenmantel und mit Malik auf dem Arm, der seinen Kopf in ihre Halsbeuge presst, weil ihn das Licht blendet. Seine Haare stehen in alle Richtungen ab, seine Beine hängen an ihrer Hüfte hinunter, er umklammert ihren Hals wie ein Äffchen. Sie sagt *Na*, ich sage auch *Na* und bringe die beiden Tassen zum Tisch, setze mich auf meinen Platz und nippe am Kaffee, er schmeckt durch den Schaum hindurch bitter, gut geröstet, und schlage die Zeitung auf. Alma und Fritzi trotten ins Wohnzimmer, blinzeln gegen das Licht, quetschen sich auf die Bank an den Tisch und starren mit müden Augen auf ihre Müslischälchen. Sieben Uhr fünfundzwanzig.

Vatersprache

Levje wickelt Malik im Bad, ich höre sein Gezeter. Er schreit momentan bei allem, was ihn in seiner Bewegungsfreiheit beeinträchtigt, und sei es nur für kürzeste Zeit, beim Anziehen, beim Wickeln, beim Waschen oder Baden, beim Schneiden der Finger- und insbesondere der Zehennägel sowie der Haare, all diese notwendigen Eingrenzungen des wachsenden Körpers sind ihm suspekt. Er will keine Grenzen, alles soll immer weiterwachsen, und manchen Kindern in seiner Kitagruppe sieht man an, dass die Eltern diesen Kampf aufgegeben haben.

Fritzi und Alma klappern leise mit den Löffeln. Sie sind morgens nicht sehr gesprächig, und ich weiß nicht, ob ich ein Gespräch beginnen oder sie in Ruhe lassen soll. Ich selbst müsste nicht reden, ich lese und kaue und trinke meinen Kaffee, mehr brauche ich morgens nicht, es ist eher der Anspruch in mir, ein guter Vater zu sein, der bei den Mahlzeiten redet, bewusst isst, nicht liest, nicht aufs Handy starrt. Das Handy am Tisch haben wir auf Betreiben von Levje verboten, auch wenn ich mich manchmal frage, was genau der Unterschied zwischen dem guten Lesen auf Papier und dem schlechten Lesen auf einem Display sein soll.

– Darf ich mal die Milch?

– Natürlich, sage ich und schiebe Alma die Flasche hinüber, obwohl die Milch auch in ihrer Reichweite gestanden hätte. Alma beginnt im Moment jede Frage am Tisch mit dem Wort *dürfen*. Darf ich mal die Butter? Darf ich mal das Müsli? Als würde sie fragen, ob sie länger aufbleiben oder fernsehen dürfe, als wäre die Frage nach der Milch etwas, das von meiner Erlaubnis abhinge.

Almas lange, glatte Haare hängen wie ein Vorhang vor ihrem Gesicht, sie ist in den letzten Monaten in die Höhe geschossen, lang und schmal ist sie geworden. Sie wird in Kürze elf, und man spürt, dass sie am Beginn einer umfassenden Wandlung steht. Manchmal, in einer sentimentalen Stimmung, drücke ich sie fest an mich und sage im Spaß: Eben warst du noch ein Baby, jetzt bist du schon halb erwachsen, du musst wieder schrumpfen, meine Alma, und dann hebe ich sie hoch und drücke sie, als wäre sie noch die kleine, pummelige Sechsjährige, und sie schreit und lacht und ruft *Papa!*, es ist ihr peinlich, und zugleich freut sie sich, dass wir diese Ebene noch haben. Ständig sucht sie im Moment unsere Nähe, lauscht unseren Gesprächen, hält sich, wenn wir Besuch haben, lieber in der Nähe der Erwachsenen auf als in der anderer Kinder. Sie hört uns bei unseren Gesprächen aufmerksam zu, fragt: *Wovon redet ihr?*, sie nimmt alles wahr, die Stimmung, die Gesten, die Vorwürfe, unseren Umgang miteinander.

Der Umgang. Das Umgehen.

Ab einem gewissen Alter haben auch mich die Gespräche der Erwachsenen geradezu magisch angezogen, all das ausschweifende Reden über Politik, über Krankheiten, den Tod, die Vergangenheit, alte Konflikte, die Nachbarn, auch wenn ich das meiste nicht verstand, mich interessierte der *Gestus* ihres Redens. Ich gesellte mich bei den Familiengeburtstagen zu ihnen ins Wohnzimmer, der Kurbelküchentisch war hinübergeschafft, die Tafel verlängert worden, die Eckbank in der Küche stand verwaist, seltsam ins Leere gerichtet, gelegentlich saß mein Onkel auf ihr und rauchte, die Beine unsicher übereinandergeschlagen, da sie nicht von einem Tisch geschützt waren. Die Stimmung im Wohnzimmer wurde immer erhitzter, der Eierlikör machte die Runde, Kurze, Weinbrand, Pils, Kaffee, und ich war mittendrin in den hitzigen Diskussionen, dachte, ich sei unsichtbar, während die Eltern sagten, *na, da kriegste lange Ohren, geh doch mal mit den Kindern spielen.* Doch ich fühlte mich gar nicht mehr wie ein Kind, ich fühlte mich schon viel mehr als Teil dieser Erwachsenenwelt. Sobald die Verwandten abgereist waren, ging es zwischen den Eltern weiter: das Reden über Brüder und Schwestern und Schwager und Schwägerinnen, bei denen natürlich immer alles anders war, tendenziell *komisch.* Die Einigkeit entstand in der Ablehnung der Abwesenden, und kaum war die Tür hinter ihnen zugefallen, stürzte das Hochgefühl in sich zusammen, und zurück blieb die Leere unserer Plattenbauwohnung. Die Ausnahmesituation war beendet und machte wieder den Routinen Platz.

– Na, wie habt ihr geschlafen?, frage ich.

– Gut, sagen sie.

Malik kommt ins Wohnzimmer gelaufen, vielmehr, er tänzelt wie ein Harlekin. Er kennt hundert Arten zu gehen, ständig ist sein Körper in Bewegung, als teste er, was diese Gelenke und Gliedmaßen so alles können, er schlenkert mit Armen und Beinen, verlagert das Gewicht nach links und rechts, er hüpft von einem Zehenballen auf den anderen, als überspränge er einen Bachlauf, manchmal pirscht er sich mit gebeugten Knien durchs Wohnzimmer oder flitzt mit flinken Schritten davon, wenn ich mit einer Jacke hinter ihm herlaufe.

– Bin ich wach, sagt er.

– Toll, sage ich.

Er formuliert Aussagesätze immer nur als Fragesätze, die Betonung geht am Ende des Satzes jedoch nicht nach oben, sondern nach unten. Nicht das Subjekt steht am Anfang, sondern das Prädikat: bin. Sein. Er *ist*. Nicht: *Er* ist.

– Hab ich geweint. Nicht schön.

Alles, was ihm nicht gefällt oder ihm Angst macht, ist *nicht schön*. Seine Welt ist so groß wie der Wortschatz für ihre Beschreibung. Wenn sich in einem Trickfilm jemand wehtut: nicht schön. Wenn er den Tisch mit Farbe vollgeschmiert hat und wir schimpfen: nicht schön. Und jetzt das Weinen: nicht schön. Ich frage mich, wie er darauf kommt, das Weinen als nicht schön zu bewerten. Haben Alma und Fritzi das als Kinder auch gesagt? Ich kann mich nicht erinnern. Ich hocke mich vor ihn hin, drücke ihn fest an mich, diesen kleinen, kompakten Körper, und sage: Du kannst ruhig weinen, Weinen ist nicht schlimm, okay?

Er nickt.

– Hast du Hunger?

Er nickt wieder, und ich hebe ihn hoch, setze ihn auf seinen Platz und schütte ihm Müsli in die Schale. Er isst es immer ohne Milch, obwohl er sonst liebend gern Milch trinkt, im Müsli mag er sie nicht. Vielleicht liegt es daran, dass wir naturbelassene Milch in Flaschen kaufen, dass sich manchmal beim Kippen der Flasche der Rahm löst und dann oben auf dem Müsli liegt wie ein kleiner Gletscher, oder es ist eine jener sich in der Kindheit anbahnenden Abneigungen gegen bestimmte Lebensmittel, bei denen ich mich manchmal frage, wie genau sie sich ausbilden, warum man ausgerechnet eine Abneigung gegen dieses oder jenes Lebensmittel entwickelt, ob diese seltsamen Irrwege und Absonderlichkeiten des Geschmacks Zufall oder Mitteilungen des Unbewussten sind, die man lesen kann wie die Körpersprache. Ich esse Erdnüsse, aber keine Erdnusscreme, ich liebe Möhren, aber ich esse niemals

Möhrenkuchen. Warum widern mich Tomaten an? Weil sie mich an *Herzen* erinnern, weil ich den Gedanken unerträglich finde, dass mein offenes Herz vor mir auf dem Tisch liegt. Das Herz hat in unserer Familie immer eine besondere Rolle gespielt. Wenn ich unversehens um den Vorsprung in der Küche bog, hinter dem meine Mutter am Herd stand, rief sie: Hast du mich erschreckt, ich krieg gleich einen *Herzkasper*, bei jeder Erkältung musste ich aufpassen, dass sich die Grippe nicht *aufs Herz legt*, es herrschte immer die Angst, dass *etwas* mit dem Herzen ist, dass es aussetzt, dass es schwach ist, dass man es nicht mehr spürt, dass es aufhört zu schlagen.

Jeder in unserer Familie hat diese gewissen Aversionen, nur Levje isst alles. Sie probiert alles, sie schiebt sich mit einem Seufzen, als wäre es ihre Bestimmung, die Reste der Kinder auf ihren Teller, sie hat keinerlei Abneigungen gegenüber Lebensmitteln, empfindet überhaupt das Wort Ekel in Zusammenhang mit Essen als völlig unpassend und ermuntert die Kinder, zumindest alles einmal zu probieren. Sie hat Vorlieben für seltsame Dinge, Gegorenes und Eingelegtes, Kimchi oder Kapern, die sie sich manchmal abends aus dem Kühlschrank holt und dann löffelweise verspeist, eine der wenigen Maßlosigkeiten, die sie sich erlaubt. Levje passt sich jedem Essen und jeder Umgebung an. Sie besitzt eine unerschütterliche Genügsamkeit. Wenn wir zu fünft in einer winzigen Dreizimmerwohnung leben würden, würde sie sagen: Ach, wie schön, dass wir uns haben. Sie passt sich auch an das Schweigen an. Das ist das Problem. Es wird zur Normalität.

Levje kommt aus dem Badezimmer und setzt sich, nimmt ihre Tasse zwischen beide Hände, führt sie an die Lippen.

– Und, was hast du heute in der Schule?, frage ich Alma.

Alma schaut zu Levje. Ihr Blick wirkt unsicher. Levje sagt:

– Deutsch, Mathe, Sachkunde, Sport. Wir dürfen die Sportsachen nicht vergessen.

Ich schaue weiter Alma an, die jetzt mich anschaut, ob meine Frage beantwortet sei. Levje schaut Alma an und trinkt weiter mit beiden Händen ihren Kaffee. Unbeholfen balanciert Malik mit dem Löffel ein paar Cornflakes in seinen Mund, und ich beuge mich über den Tisch und kämme seine Haare mit meinen Fingern, sie sind schon wieder zu lang, die Haare, während mein Blick über seinen Kopf hinweg nach draußen in den Garten geht. Es dämmert gerade. Diffuses Licht dringt durch die dünn belaubten Baumkronen, die Lampe über dem Esstisch leuchtet gelblich, ein weiches, warmes Licht, und der Tisch und alles, was darauf steht, spiegelt sich in den dreifach verglasten Fenstern, leicht versetzt. Manchmal versinke ich in dieser dreifachen Spiegelung, mein Blick gerät in eine träumerische Unschärfe, und ich verliere mich für Minuten in diesem Dazwischen. Die Spiegelung unseres Frühstückstisches legt sich über den braungrünen Rasen draußen, über den Apfelbaum, die Buchenhecke, den schmalen Pfad aus Sandsteinplatten, den ich vor gut einem Jahr angelegt habe. Ich stach mit dem Spaten quadratische Sodenstücke aus dem Rasen, vertiefte die Löcher, lockerte die Erde, gab eine dünne Schicht Split darauf und ließ die Sandsteinplatte von einer Kante her hineinfallen. Die Befriedigung, wenn sie passte, wenn sie mit einem dumpfen, satten *Plomp* hineinfiel in die Vertiefung, ich mich mit den Füßen jeweils an einer Ecke draufstellte und sie nicht wackelte. Nach jeder Platte den Rücken strecken, das Werk beschauen, gegen einen Baum lehnend, den Vögeln zuhören, mit erdigen Händen einen Apfel pflücken und hineinbeißen. Es herrschte Einklang zwischen mir und der Welt, ich hatte, nach Jahren in der Stadt, endlich einen Rhythmus gefunden, der ganz aus mir selbst kam. Zwischen die Sandsteinplatten arbeitete ich jeweils vier alte Worpsweder Torfbrandklinker ein, ich wog jeden in der Hand, probierte mal diesen, mal jenen, denn jeder dieser Steine ist anders, manche violett engobiert, andere rötlich tönern, sie sind unterschiedlich groß, haben Scharten, Risse, abgeschlagene Ecken, jeder von ihnen hat ein anderes Gesicht, einen anderen Körper. Mittlerweile wächst das Gras zwischen den Fugen, es ist nur noch die Andeutung eines Weges im Rasen zu erkennen, ein Vorschlag, diese Route durch den Garten hinter dem Haus entlang zu nehmen, eine Verheißung, der mein Blick immer wieder folgt: hinter das Haus, zur weiten Aussicht, zum Moor.

Sieben Uhr dreiunddreißig. Ich beiße in mein Brötchen.

Habe ich etwas Falsches gefragt? Oder falsch gefragt? Deutsch, Mathe, Sachkunde, Sport. Traut sie mir nicht zu, mit meiner Tochter ein Gespräch zu führen? Wenn ich sie heute Abend darauf anspreche, wird Levje sagen, sie hätte sich doch bemüht. Mir die Worte abzunehmen, ist ihre Art des Bemühens. Doch was ist mit meiner Sprache? Der Vatersprache. Ich weiß nicht, wie ein *normaler* Vater redet. Mit jedem Satz, den ich an die Kinder richte, suche ich die richtigen Worte, unverbrauchte Worte, nicht besetzte Worte, keine zuschreibenden und keine erzieherischen Worte, keine manipulativen und keine richtenden Worte, keine Worte, die aus Schuldgefühlen stammen. Warum nimmt sie mir die Worte? Ich schaue wieder auf die Zeitung und will mir die Verunsicherung nicht anmerken lassen, ich will meine Verunsicherung nicht auf die Kinder übertragen, so wie mein Vater, der alles, was für mich eine Bedeutung hatte, nicht verstand, und alles, was er nicht verstand, löste ein tiefes Misstrauen in ihm aus. Ich war anders, als er sich einen Sohn vorgestellt hatte, und mit meinem Anderssein verunsicherte ich ihn, und also verunsicherte mich mein Anderssein selbst, und diese Verunsicherung führte wiederum zu einem Anderssein und das Anderssein zu einer Verunsicherung und so fort. Ich verbrachte meine gesamte Kindheit in dem Gefühl des Nicht-richtig-Seins. Ich interessierte mich nicht für die richtigen Dinge (Sport), auch wenn ich ihm zuliebe vorgab, mich dafür zu interessieren, sondern für die falschen (Bücher), was ich ihm zuliebe zu verbergen suchte, um ihn in *seiner* Richtigkeit zu bestätigen, und diese Verunsicherung übertrug sich nach und nach auf meine ganze Umgebung, auf den einen Freund, den ich hatte und der immer *richtiger* war als ich, meine Mitschüler, vor denen ich mein Nicht-richtig-Sein zu verbergen suchte, indem ich die meiste Zeit schwieg, vor einer diffusen, nie zu greifenden, aber immer anwesenden und alles beobachtenden Gesellschaft, in der ich mich fühlte wie in einem zu großen, kratzigen Mantel, und so will ich meinen Kindern nicht den Eindruck vermitteln, ich sei ein verunsicherter Vater, oder gar, ihr Sein, ihr So-Sein würde mich verunsichern, doch es ist wie mit dem frei laufenden Hund, vor dem man keine Angst haben *darf*, weil er dann erst recht spürt, dass man Angst hat: Je mehr man sie zu verbergen versucht, umso deutlicher tritt sie hervor, und so bin ich mir sicher, meine Verunsicherung stünde mir an diesem Morgen förmlich ins Gesicht geschrieben und färbte unmittelbar auf die Kinder ab.

– Denkst du an das Frühstück für die Kinder?, sagt Levje.

Sieben Uhr achtunddreißig.

Manchmal verfluche ich unsere Vereinbarung über die nächtliche und die morgendliche Sorge. Ich überfliege einen Artikel über Nerze, die in Dänemark geschlachtet wurden und nun unter der Erde gären und sich aufblähen. Die ganze Erdschicht, die über sie geschüttet wurde, wölbt sich nach oben, sie haben Millionen weißer Nerze begraben, ohne zu bedenken, dass sich bei der Verwesung Gase bilden, dass sich das zersetzende organische Material ausdehnt, und ich stelle mir vor, wie sich der ganze Boden zu heben beginnt und die gespensterhaften Nerze eines Nachts wie Wiedergänger auftauchen.

– Fritzi, deinen Kalender haben wir vergessen!, ruft Alma. Obwohl es erst Anfang November ist, reden die Kinder seit Wochen von nichts anderem als von Weihnachten. Alma hat für Fritzi einen *Vorkalender* gebastelt, der die Wartezeit bis zum ersten Dezember, dem Start des richtigen Kalenders, verkürzen soll. Er besteht aus zwei Lagen Pappe: Auf die untere hat Alma kleine Bilder gemalt, einen Schlitten, einen Weihnachtsbaum und so weiter, in die obere Pappe hat sie an den entsprechenden Stellen Türchen geschnitten und mit Klebestreifen zugeklebt. Manchmal gibt es sogar einen *Vorvorkalender*, der die Wartezeit bis zum Vorkalender verkürzen soll, und sosehr es mich einerseits rührt, sosehr ich mich freue an ihrer Freude, da sie mich an den Zauber der eigenen Kindheit erinnert, so befinden sie sich doch fortlaufend in einem Zustand der Vorwegnahme eines Ereignisses, des Hinfreuens auf etwas. Sobald Weihnachten vorbei ist, fragt Fritzi, wie lange es noch bis Ostern sei, danach zählt sie die Tage bis zu ihrem Geburtstag, als lebte sie nur auf den künftigen Akt des Beschenktwerdens hin.

Sie springen auf und hüpfen zum Kaminsims, Alma schaltet die CD mit den Weihnachtsliedern an. *Nikolaus, Nikolaus, komm schon, lieber Nikolaus*, Malik läuft hinterher, er läuft immer dem

Tross hinterher, der Energie nach, ruft *ich auch*, auch wenn er gar nicht weiß, worum es geht, und dabei fallen sie in einen ihrer Nonsensdialoge.

– Malik, noch zwei Wochen, dann ist Dezember, sagt Fritzi. Das ist ein Monat. Weißt du, was ein Monat ist?

– Eine Kuh.

– Nein. Ein Monat sind zwei Wochen oder so. Weißt du, was eine Woche ist?

– Eine Kuh.

– Nein. Noch ein paar Tage, dann ist Dezember, und wir können den *echten* Kalender aufmachen. Da sind kleine Geschenke drin.

– Große Geschenke, ruft Malik. Ich will große Geschenke.

– Denkst du an das Frühstück?

Sieben Uhr zweiundvierzig.

Ich erhebe mich und gehe hinüber zum Küchentresen.

– Die Brotdose ist im Geschirrspüler, ruft sie mir nach.

– Ich kann mich nicht erinnern, gefragt zu haben.

– Jetzt sei doch nicht so empfindlich. Schaust du auch nach dem Wasser?

Sie hat eine Art, zuvorkommend zu sein, die all meinen Handlungen zuvorkommt.

– Ich schaff das schon allein, ich bin schon groß, sage ich.

– Ich hab ja nur mitgedacht.

– Genau das ist das Problem, sage ich etwas zu laut, dass du immer für mich mitdenkst. Bald brauche ich gar nicht mehr selbst zu denken, weil alle in der Familie für mich mitdenken.

Fritzi und Malik stapfen durch das Wohnzimmer und intonieren:

Gehn zwei Tomaten/über die Straße
kommt ein Auto/sind sie platt –
Oh, wie schade, jammerjammerschade
Kommt ein Auto/sind sie platt

Seitdem ihm Fritzi diesen Gassenhauer beigebracht hat, ist jammerschade Maliks Lieblingswort. Er sagt nie einfach nur *schade*, sondern immer jammerschade.

Ist das umgekippt, jammerschade.

Ist der Joghurt alle, jammerschade.

Ich lege ein paar Reiswaffeln, Brezeln und einen Apfel in Almas Brotdose, stecke sie in ihren Ranzen, fülle die Wasserflasche auf und schnappe mir den Autoschlüssel vom Haken. Sieben Uhr fünfundvierzig.

– Alma, bist du fertig?

Selbstklimmer

Alma und ich steigen ins Auto, und ich biege von unserer ruhigen Sackgasse ab auf die schnurgerade, von alten Eichen gesäumte Dorfstraße. Offene Wiesenstücke und Felder ziehen an uns vorbei. Hier und da ein alter norddeutscher Hof, Hallenhäuser mit Walmdach und giebelseitigem, in einem kräftigen Blau oder Türkis gestrichenen Tor, die früher, als Mensch und Tier noch unter einem Dach lebten, den Eingang zum Stall bildeten. Die Ausdünstungen der Kühe und Schafe wärmten das ganze Haus, die Schlafstätten der Menschen waren kaum mehr als ein Anhängsel des Stalls. Seit immer mehr Familien aufs Land ziehen, sind die Höfe rar geworden, sie verschwinden zwischen Neubaugebieten mit kubischen Klinkerhäusern auf Grundstücken, die von Jahr zu Jahr kleiner werden. Die Mindestgröße der Grundstücke im alten Dorfkern beträgt fünftausend Quadratmeter, in den etwas jüngeren Ortsteilen zweitausend, bei uns sind es achthundert, in den Neubaugebieten nur noch vierhundert. Die Dorfstraße wird zu beiden Seiten gesäumt von gepflasterten Gehwegen, auf denen man sich, wenn man auf einem von ihnen entlanggeht, wie ausgeliefert vorkommt, schutzlos, taxiert von unsichtbaren Augen aus vorbeifahrenden Autos, eine Straße, die nie für die Menschen gebaut wurde, die an ihr wohnen, sondern für die, die den Ort möglichst rasch durchqueren wollen. Unsere Dorfstraße hat fast etwas Amerikanisches: eine breite, zum sanften Cruisen und Entlangrollen einladende Strecke, die dazu verführt, jeden noch so kurzen Weg mit dem Auto zu erledigen, und die mich manchmal an meine Kalifornien-Reise erinnert, an ein paar Wochen an der Westküste, San Francisco, Berkeley, Monterey, von einem Greyhound-Bus entlassen an irgendeiner Haltestelle, die Suche nach einem Hotel an einem rasch dunkler werdenden Abend, die Fremdheit des gehenden Subjekts, das sich konfrontiert sieht mit einer nie abreißenden Kette an Autos, heruntergelassene Fenster, Ellenbogen auf den Scheiben, neugierige Blicke auf diesen schäbigen Rucksacktypen, der schlecht gerüstet ist für die kommende Nacht in dieser ausgebuchten Stadt.

Die Dorfstraße ist geradezu aufreizend abschüssig und verleitet dazu, zu schnell zu fahren, sechzig, fünfundsechzig, siebzig, statt der vorgeschriebenen fünfzig. Ich mache mir manchmal einen Spaß daraus, Strich fünfzig zu fahren und die Fahrer hinter mir – es sind fast ausschließlich Männer –, die zügig das Dorf durchqueren wollen, damit zu ärgern. Meistens hat ihr Wagen ein Rotenburger Kennzeichen, ROW, gern ergänzt durch die Buchstaben DY, und manchmal setzt einer tatsächlich mitten im Ort zum Überholen an, ich spüre das schon, dieses Schieben von hinten, das leichte Zucken nach links, und dann halte ich mich bereit, ich bin hoch konzentriert, und in dem Moment, in dem er zum Überholen ansetzt, gehe ich voll aufs Gas. Unser E-Auto weist eine erstaunliche Beschleunigung auf, und manchmal frage ich mich, während ich der Tachonadel beim raschen Wandern zusehe, ob der Ladestand der Batterie einen Einfluss auf die Beschleunigung hat. Hat Energie ein Gewicht? Wie die Seele in dem Film *21 Gramm*, die angeblich jene titelgebende Leichtigkeit haben soll? Wir, der fremde Fahrer und ich, fahren dann eine Zeit lang nebeneinanderher, ich gehe jedes Tempo mit, trete das Gaspedal durch, und aus dem Augenwinkel bemerke ich das ungläubige Entsetzen im Blick des anderen, doch ich schaue stur geradeaus, als wäre nichts, denn ich weiß, dass gleich eine Verkehrsinsel kommt, auf die er, neben mir fahrend, voll zuhält, sodass er doch irgendwann abbremsen und wieder hinter mir einscheren muss. Er hupt dann oder blendet auf, schimpft und hebt den Arm, als hätte er ein Recht aufs Überholen. Die Straße ist morgens um acht nicht einfach nur eine Straße, sie ist ein Kampfgebiet, und auch wenn mein Herz vor Aufregung pulsiert, weil ich jedes Mal denke: Einmal wird einer aussteigen und mich zusammenschlagen, kann ich meine Genugtuung nicht verhehlen. Genugtuung, worüber? Gewonnen zu haben? Geht es ums Gewinnen? Würde Levje überholt werden, sie würde es vermutlich nicht mal bemerken. Da ist etwas unangenehm Unnachgiebiges in mir, etwas *Unbedingtes*. Ich ärgere mich darüber, dass ich diesem Unbedingten, obwohl ich es primitiv finde, nichts entgegensetzen kann, dass ich ihm ausgeliefert bin. Manchmal entsteht ein peinlicher Moment, wenn jemand dicht auffährt, drängt, zum Überholen ansetzt und dann wenige Minuten später nach uns auf den Schulparkplatz einbiegt. Ich denke schon, jetzt ist es so weit, und kremple innerlich die Ärmel hoch, doch es ist nur die Mutter einer mit Alma befreundeten Schülerin. Wir grüßen uns dann betreten und reichen unseren Töchtern rasch die Ranzen.

Alma sitzt schweigend neben mir und schaut aus dem Fenster. Wir fahren am Dorfladen vorbei, den wir aus einer rheinischen Laune heraus immer das *Büdchen* nennen, weil es auf diesen fünfzig Quadratmetern alles gibt, was man für den Alltag benötigt. Immer mal wieder fragt Levje: Ob sie das wohl im Büdchen haben?, und ich sage: Bestimmt nicht, und jedes Mal wieder geht Irmgard, die Inhaberin, an irgendein Regal und holt es hervor: einen lösemittelfreien Klebstoff, ein paar verstaubte Luftballons, Garne, Kalkreiniger, Hefe. Wir fahren vorbei an dem Schild mit der in Fraktur gehaltenen Aufschrift *Schützensportanlage 500 m rechts*, vorbei an dem schwungvoll gemalten Schild *Yoga Home, Meditation, Massage*, vorbei an dem Haus, dessen Fassade nie fertig wird und das seit gut zwei Jahren halb nackt dasteht, mit einer offenen Westflanke, gegen die der Regen schlägt, und jedes Mal frage ich mich, warum diese verdammte Mauer nicht fertig wird, vorbei an dem Schuppen im skandinavischen Stil, den ein junges Paar gerade fertig gebaut und mit der Aufschrift *Sei frech und wild und wunderbar* versehen hat, in hüpfenden Buchstaben, die wirken, als würden sie jederzeit von der Schuppenwand auf die Straße tänzeln, und manchmal sehe ich sie dann samstags vor ihrem Schuppen sitzen, auf einer akkurat mit Betonsteinen gepflasterten Fläche, mit Kaffee und Kuchen und Ausblick auf die Landstraße, wir fahren vorbei am Eiscafé, dem Friedhof, an all den Wegmarken dieses Dorfes, das jeden aufzunehmen scheint wie ein großzügiger Freund, Einheimische und Zugezogene, Bauern und Künstler, Aussteiger und Beamte, und das durch irgendeinen Zufall meine Heimat geworden ist.

– Wie lange hast du heute?

– Wie immer.

– Bis halb drei?

– Ja, ich glaub.

– Bist du heute mit irgendwem verabredet?

– Nö.

Wenn ich als Student nach Hause kam und mein Vater mich abgeholt hat vom Bahnhof Stendal, einem heruntergekommenen Provinzbahnhof, auf dem immer nur zwei, drei verlorene Gestalten an den Gleisen standen, und ich die Granitstufen zum Bahnhofsvorplatz hinabstieg, dann stand er schon da, er stand immer schon da, in seinem Renault 19, die Hände am Lenkrad, und schaute gedankenverloren in die Ferne, und ich fragte mich immer, woran er wohl gerade denkt, an die wilden Dresdner Nächte seiner Jugend, an die Pein seiner Armeezeit, welche Pläne er hat, was ihn überhaupt bewegt, denn alles, was ich über ihn weiß, weiß ich nur von anderen. Entdeckte er mich, hellte sich sein Gesicht auf, er winkte, ich warf meine Tasche in den Kofferraum oder auf den Rücksitz und stieg auf den Beifahrersitz. Wir fuhren dann die elf Kilometer nach Tangermünde, die altmärkische Landschaft zog an mir vorbei, die weiten Felder, die Birkenallee, die rote Bummelbahn mit den nach Diesel riechenden Triebwagen, auch *Ferkeltaxi* genannt, vorbei an Bindfelde, den vier großen

Edelstahlsilos am Dorfeingang von Miltern, stille, kleine Dörfer, die einen seltsam vertrauten und doch fremd gewordenen Klang für mich hatten, all das wirkte, wenn ich zurückkam aus meinem Studentenleben, unfassbar klein und kleingeistig auf mich, während es in meiner Kinderzeit so groß war und ich die Grenzen meiner Welt mit jedem Fahrradausflug weiter ausdehnte. Mein Vater pfiff während der Fahrt leise vor sich hin, drehte am Radio, stellte *Hit Radio Sachsen-Anhalt* oder *Radio Brocken* ein und trommelte mit den Fingerkuppen auf dem Lenkrad herum, hinterm Steuer war er ganz bei sich, und ich versuchte, ein Gespräch mit ihm zu führen, ich überlegte, was aus meinem Leben ihm zuzumuten wäre, welche Geschichte *ihn bestätigte*, denn er interessierte sich nur für jene Aspekte meines Seins, die mit seinem eine Schnittmenge bildeten, und je länger wir schwiegen, umso verzweifelter suchte ich nach Themen. Er fuhr zu dicht auf, schimpfte über die *Sonntagsfahrer*, überholte waghalsig, und wenn ich rief: *Nee, Papi, das wird zu knapp!*, entgegnete er: *Ach, das schaffen wir locker*, doch der Renault hatte nur 55 PS und wollte einfach nicht beschleunigen, und ich sah das entgegenkommende Auto auf uns zurasen, der Fahrer blendete auf, dann schnitt mein Vater den überholten Wagen und bog gerade noch rechtzeitig auf die rechte Spur ein. Hupe, Aufblenden. Es war ihm unangenehm, das merkte ich, auch wenn er es nie zugegeben hätte. Aus Verlegenheit sagte er dann: Gibst du mir mal einen *Schnongs?* Er sagte *Schnongs* zu den Kräuterbonbons, die er immer im Handschuhfach hatte, ein seltsames Kosewort, das so weich und rund klang wie ein gelutschter *Ricola*, eine Verniedlichungsform, die sich bei uns eingebürgert hatte. Noch immer habe ich, wenn ich hinterm Steuer sitze, regelmäßig dieses Wort im Ohr.

– Was hast du heute für Fächer?

– Normal.

– Deutsch und Mathe?

– Ja. Und Sachkunde.

Diese wenigen Minuten morgens mit Alma sind der Raum, in dem ich es besser machen kann, denke ich, ein Raum, den ich mit ihr gestalten kann. Doch wie? Schweigen können? Etwas reden? Nur worüber? Wie füllt man fünf Minuten Fahrt als Vater aus?

Schließlich biegen wir auf die einspurige Zufahrtsstraße zum Parkplatz der Grundschule ein, auf der sich die Autos dicht aneinander vorbeischieben. Um diese Zeit, fünf vor acht, kommen alle in größter Eile, sind aber zu besonderer Vorsicht verdammt, denn es laufen immer in der Morgendämmerung kaum auszumachende Kinder herum, sodass man die latente Aggressivität, diesen inneren Widerstreit zwischen Eile und Vorsicht in den Autos förmlich spürt. Alle stehen unter Druck: Erwachsene, die zur Arbeit, und Kinder, die Punkt acht im Klassenraum sitzen müssen, alle müssen durch dieses Nadelöhr auf den Parkplatz, denn ein großes Schild mahnt: *Kinder bitte nur in den Parkbuchten aussteigen lassen!*

Der Parkplatz ist eingeklemmt zwischen einem Friedhof und den Gärten zweier Einfamilienhäuser. Jeden Morgen gehen die Kinder vorbei an Gräbern. Grundschule und Friedhof, Leben und Tod in direkter Nachbarschaft, warum nicht, denke ich. Die Motoren laufen, Türen knallen, der Dunst der Autoabgase verdichtet sich zu einem Nebel, und die Kinder laufen mit ihren viel zu schweren Rucksäcken, die ihre schmächtigen Körper förmlich nach hinten ziehen, was sie mit einem Nach-vorne-Beugen auszugleichen versuchen, zwischen all diesen Autos hindurch auf den Schulhof. Ich bleibe immer noch einen Moment stehen und schaue Alma nach, wie sie hinter einem riesigen Rhododendron verschwindet, dann frage ich mich, wie es ihr tagsüber ergehen wird, was sie fühlt und denkt. Jeden Tag wird sie ein wenig erwachsener, jeden Tag entfernt sie sich ein Stück mehr von uns. Sie probiert die Gesten des Erwachsenseins aus, zieht sie sich über wie ein neues T-Shirt, manchmal übertrieben grell und zu groß, dann merkt sie, dass ihr diese Kleidung noch gar nicht passt, und weint, rollt sich abends auf dem Sofa zusammen und ist wieder ganz Kind, sagt *Mama kuscheln* und will in den Arm genommen werden. Wenn ich morgens hier stehe, versuche ich, mich daran zu erinnern, wie ich mich *gefühlt* habe, als ich mit zehn auf den Schulhof einbog, aber da ist nichts, je mehr ich mich erinnern *will*, desto weniger finde ich. Hinter mir wenden die Autos, die Letzten kommen, Türen knallen, die Wagen wenden, brausen sofort wieder los. Ich warte, bis sich der Trubel ein wenig legt. Im Radio laufen die Acht-Uhr-Nachrichten. Vor mir stoßen die Zäune zweier Gärten aneinander, und an ihnen hängen, gerahmt vom Efeu und sorgfältig freigeschnitten, zwei Schilder, eines mit einem Schäferhund und der Aufschrift *Hier wache ich*, eines mit einem Dalmatiner und der Aufschrift *Warnung vor dem Hunde*, als seien sich die Bewohner darin einig, dass sie ein Bollwerk gegen diesen ganzen Verkehr, diesen Trubel, diese unangenehme Lebendigkeit bilden müssen. Als ich neulich einen Efeu in eine schattige Ecke unseres Gartens setzte, stieß ich auf das Wort *Selbstklimmer*. Ich setzte mich, wie ich es bei der Gartenarbeit häufiger mache, ein paar Minuten auf eine Bank und recherchierte auf dem Handy zur Typologie der Kletterpflanzen. Ich las etwas über ihre Kletterstrategien, über *Schlinger* oder *Starkschlinger*, über

Ranker, *Windengewächse* und *Spreizklimmer*. Der Efeu ist ein Selbstklimmer. Die Triebe sind lichtscheu und wachsen in den Schatten. Sie pressen sich mit ihren Haftwurzeln in die kleinsten Ritzen und füllen sie aus, so fest, dass sie die ganze Pflanze tragen. Als ich mit meinem Blick dem kräftigen Stamm des Efeus folge, tauchen einzelne Bilder aus meiner Schulzeit auf, ich taste mich zurück in meine Vergangenheit wie der Schattentrieb des Efeus, ich traue dem, was da kommt, die Fremdheit in der Klasse, das gegenseitige Beäugen, die innere Aufregung in diesem neuen Raum. Enrico, ein kräftiger Junge mit fliehender Stirn, ein Anführer und Aufrührer, den man besser nicht gegen sich aufbrachte, Jens, der Dicke, der immer nur Trecker fahren wollte und der, wie ich gehört habe, vor Kurzem mit seinem Taxi gegen einen Brückenpfeiler gerast ist, Christin, Anita, die beiden Mädchen vom Lande, dieses feine soziale Gefüge in der Klasse: Wer steht wo in der Rangordnung, wer hat welche Bündnisse mit wem, welche Strategien, um in der Gemeinschaft zu überleben? Was waren meine Strategien? Leistung. Beobachten. Sich raushalten. Nie auffallen. Keine Widerworte. Sich seinen Teil denken. Im Zweifel nicht zurückschlagen. Andere abschreiben lassen. Klassenbester sein. Sich durch Einfühlungsvermögen interessant für die Mädchen machen. Dann der Pausenhof, raus zu den anderen, den Großen, der Pausenhof aus Betonplatten, rund um den Schulbau aus Betonplatten und die Turnhalle aus blau lackierten Profilblechen, der Pausenhof, der kein sozialer Raum, sondern ein sozialdarwinistischer Raum war. Die Angst auf den Gängen und an den Türen, wenn ich den Blick über den Schulhof schweifen ließ, wenn ich mir überlegte, in welche Ecke ich mich heute verdrücken soll, wenn ich meine Wege anpasste und gewisse Areale mied, denn sie waren kontaminiert, sie waren besetzt, der ganze Schulhof war im Grunde ein unsichtbares Schlachtfeld, das nur ich sah, und wenn ich doch entdeckt wurde, von Florian, kam das Unausweichliche. Er hatte mich, aus welchem Grund auch immer, zum Opfer auserkoren, jeden Tag suchte Florian mich und verpasste mir eine Abreibung. Er machte die *Zwiebel*, er wrang meinen Unterarm aus wie einen nassen Lappen, drehte die Haut zwischen seinen kräftigen Händen, er nahm mich in den Schwitzkasten und rubbelte mir mit den Knöcheln der anderen Hand den Kopf, bis es heiß wurde und ich einen *Stietz* hatte, eine Markierung, mit der man den ganzen Tag über aussah, als wäre man gerade aufgestanden, sein Skalp. Irgendetwas missfiel ihm an mir, vielleicht meine innere Distanz, meine zähe Widerstandsfähigkeit, meine *Unbedingtheit*, die auf andere wie Arroganz wirkte, meine Überzeugung, hier irgendwann rauszukommen, die die meisten anderen nicht hatten. Sie wurden Taxifahrer, Friseurin, Autoverkäufer, sie blieben in dem kleinen Ort. Es war die Gewissheit, dass ich nur abwarten müsse, dass ich irgendwann alldem entkommen würde, die mir eine Fähigkeit zum Stoizismus verlieh, dazu, sämtliche Niederlagen auszuhalten und wegzustecken und so zu tun, als ginge mich all das nichts an. Die lichtscheuen Triebe wuchsen ja nach innen. Dort war das Leben. Schule hieß, Strategien des Überlebens auszubilden. Kletterstrategien. Ich gehöre zu den Selbstklimmern. Erst als ich auszog, mit achtzehn, begann ich, nach außen zu wachsen. Ich wuchs und wuchs, mein Wachstum explodierte förmlich, als hätten all die Ranken in meinem Innern längst keinen Platz mehr gehabt.

Fünf Minuten nach acht. Die Autos sind jetzt verschwunden. Ich lege den Rückwärtsgang ein, wende auf dem nun fast leeren

Parkplatz, rolle langsam zurück auf die Straße, fahre vorbei an dem Lebe-frech-und-wild-Schuppen, am Yoga Home, am Schützenverein, am Büdchen. Ich trommle auf das Lenkrad, pfeife leise ein Lied, ich hätte jetzt Lust auf einen *Schnongs* und darauf, einfach weiterzufahren, immer weiter. Die Wolken lichten sich. Es wird heller.

Schnappviecher

Fritzi hat sich das pinkfarbene Laufrad geschnappt und düst durch das Wohnzimmer. Immer wieder stößt sie sich mit den Füßen ab, streckt sie zu beiden Seiten wie die Seile eines Karussells in die Luft und legt sich vor dem Kamin in die Kurve, sodass ihre Haare abheben. Die Spitzen ihrer Strumpfhose hängen schlaff über die Zehen hinaus, als wäre sie drei Nummern zu groß. Während Alma großen Wert auf ihre Kleidung und ihr Aussehen legt und sie dadurch mitunter etwas Damenhaftes an sich hat, wirkt Fritzi auf eine liebenswerte Weise derangiert und verstolpert. Ihre Socken sind meist zu lang, was ihr etwas Clowneskes verleiht, im Winter hängt ihr die Mütze über die Augen, sodass sie den Kopf in den Nacken legen muss, um etwas sehen zu können. Ständig hat sie Löcher in den Hosen, ihre Sachen sind immer eine Spur zu groß oder zu klein, andauernd stößt sie Gläser um oder etwas fällt ihr herunter. Sie ist wagemutig und daher deutlich häufiger verletzt als Alma, die immer eher ängstlich war. Gleichzeitig sprüht Fritzi vor Kreativität. Sie hat die Gabe, aus allem etwas zu erschaffen: Ein Stück Rinde, eine Feder und etwas Wolle, schon bastelt sie ein Boot oder einen Vogel, sie schraubt einen Keil auf ein Stück

Kantholz und malt ihm Augen an – überall auf dem Grundstück stehen ihre kleinen Figürchen oder Skulpturen, und im Schuppen schauen sie mir bei der Arbeit zu. Aus Fundstücken erschafft sie Bedeutung, aus dem Offensichtlichen konstruiert sie etwas Neuartiges.

Wieder düst sie an uns vorbei, und ich muss an ein Bild in einem unserer Lieblingsbücher denken, an die *Freunde* von Helme Heine, in dem der dicke Waldemar und Johny Mauser die Pedale des Fahrrades in Schwung versetzen und Franz von Hahn breitbeinig auf dem Lenkrad steht. *Kein Weg war ihnen zu steinig, kein Abhang zu steil, keine Kurve zu scharf und keine Pfütze zu tief.* Dabei legen sie sich mit dem Rad in die Kurve, und man spürt förmlich den Wind zwischen den Ohren. Es erinnert mich an die Freiheit, die das Radfahren für mich immer bedeutet hat, und daher lasse ich ihr diese Freude gern. Vor Kurzem haben wir eine Zwischenwand im Erdgeschoss weggenommen, wodurch das Wohnzimmer noch größer geworden ist. Ursprünglich hatten wir das für später geplant, so, wie wir häufig Pläne für die Zeit *nach den Kindern* machen, halb vorfreudig, halb wehmütig, aber dann ist uns aufgegangen, dass wir das größere Wohnzimmer jetzt am allernötigsten bräuchten, denn in diesem Raum spielt sich der größte Teil unseres Lebens ab. Mittlerweile haben wir aus vier Zimmern eines gemacht, vier kleine, dunkle Räume haben wir zu einer großen Wohnküche vereint, und mit jeder Wand, die wir wegnahmen, erhob sich wieder dieses *Ahh*, dieses Staunen, wenn sich die Kinder durch das erste Loch in der Wand zuwinkten, und dann konnte ich es kaum erwarten, immer größere Stücke herauszuschlagen oder -zubrechen, und wenn sich dann der neue Raum öffnete, war es jedes Mal, als hätte ich der Enge meiner Kindheit wieder ein Schnippchen geschlagen. Einen Raum nach dem anderen habe ich aufgestoßen, es wurde eine richtige Manie von mir, die Zimmer unseres Hauses so groß wie möglich zu machen, bis die Architekten irgendwann sagten, mehr aber nicht, sonst klappt das Haus zusammen. Der Umbau hat vor allem im Winter den unschätzbaren Vorteil, dass die Kinder im Kreis laufen oder fahren können, vorbei am Sofa, durch den Flur und die offene Küche zurück in den Wohnbereich, keine Wand setzt ihrem Bewegungsdrang eine Grenze. Die Topografie der Plattenbauwohnung meiner Kindheit war hingegen davon geprägt, dass mein Bruder und ich ausschließlich Spiele in Längsrichtung spielen konnten. Münzen an die Wand schnippen, *Klimpern*, Murmeln, Cowboys mittels eines Einweckgummis abschießen. Wir versteckten die Figuren überall im Zimmer, auf Regalen, auf dem Schrank, hinter Büchern, und zwar jeweils so, dass nur ein winziger Teil der Figur zu sehen war, eine Hand, eine Pistole, ein in eine Gummipfütze eingebetteter Fuß, doch mit der Zeit entwickelten wir eine solche Perfektion und Präzision beim Zielen und Schießen, dass schon der Millimeter einer Hand reichte, um die Figur zu erwischen. Sie fiel dann vom Regal, polternd, und das Triumphgeheul war groß. Verstärkt wurde dieses Gefühl der Enge noch dadurch, dass in den schlauchartigen Zimmern jeweils die Schlafliege auf der Seite und die Anbauwand auf der anderen Seite standen, wodurch als Spielraum nur ein etwa meterbreiter Korridor blieb. Es waren stille, bewegungsarme Spiele, denn die Betonwände waren dünn, und jeder Tritt übertrug sich in die Nachbarwohnungen. Wenn wir doch mal durch die Wohnung liefen, sagte mein Vater irgendwann: *Pscht, nicht so dolle, das hört ja das ganze Haus*, und wir hörten wiederum das Trampeln, wenn über uns die Kinder rannten, und mein Vater sagte: *Wie die Bekloppten.* Es machte ihn rasend, wenn jemand auf die Idee kam, am Wochenende ein Regal anzubringen, und enervierend lang mit dem Schlagbohrer ein Loch in eine Betonwand bohrte, ein fieses, hohes Sirren, hundertfach stärker als beim Zahnarzt, dessen Vibrationen man unter den Fußsohlen spürte. Er saß dann in seinem Sessel, riss die Seiten der Zeitung herum und sagte: *Sag mal, ist der bescheuert. An einem Sonntag. Gleich geh ich hoch.*

Als wir die letzte Wand rausgenommen hatten, war unser Wohnzimmer auf knapp achtzig Quadratmeter gewachsen und hatte damit eine ähnliche Größe wie die gesamte Wohnung meiner Kindheit. Die Kinder können rennen und trampeln, ich kann, wenn ich will, nachts um zwei Uhr Löcher in die Wand bohren, und niemand wird durch Nachbarn oben und unten, links und rechts gebremst. Fritzi kommt schon wieder um die Kurve, Malik rennt ihr hinterher und versucht, sie einzuholen. Er will auch mit dem Laufrad fahren, obwohl er noch gar nicht das Gleichgewicht halten kann, und natürlich gibt Fritzi ihre gerade gewonnene Freiheit nicht ohne Weiteres her. Sie beachtet ihn gar nicht, rauscht einfach an ihm vorbei, was ihn immer wütender macht. Wenn die Stimmung jetzt kippt und er anfängt zu weinen, dann haben wir mindestens eine Viertelstunde damit zu tun, ihn wieder zu beruhigen. Ich versuche das aufzufangen, indem ich mich dazugeselle und mit ihm Fangen spiele. Ich breite die Arme aus und schnappe dabei wie ein Krebs mit meinen Daumen und Zeigefingern, und wenn ich ihn gefasst habe, hebe ich ihn hoch und knabbere ihn mit meinen Lippen an der Taille an, wo er besonders kitzlig ist. Er lacht und schreit, *Papa, hör auf,* doch wenn ich ihn wieder auf den Boden stelle, sagt er sofort, *Papa, noch mal.* Ich muss bei diesem

Spiel immer wieder an das Wort *Schnappviecher* denken. Einmal habe ich eine Dokumentation über diese auf süddeutschen Karnevalsumzügen verbreiteten, pferdegleichen Figuren mit schaurigen Gebissen gesehen, und ich weiß nicht, was mich an diesen Masken so fasziniert hat, dass sie mir über Jahre im Gedächtnis geblieben sind. Manchmal, wenn ich am Laptop eine Denkpause brauche, gebe ich bei *YouTube* das Wort Schnappviecher ein und schaue mir an, wie sie durch das enge Dorf getrieben werden. In den Kostümen stecken Männer, die beim Laufen auf und ab wippen, wodurch das lautstarke Klappern der Mäuler erzeugt wird. Die Mäuler sind blutverschmiert, die Köpfe mit Hörnern und Fell besetzt und die Kiefer mit riesigen Zähnen bestückt, die die ganze Zeit aufeinanderschlagen, und auf diese Weise ebenjenes manische, sich vielfach überlagernde Klappern erzeugen. Am Ende des Umzugs werden einzelne Schnappviecher gefangen und überwältigt, ein Brauch, der uns vielleicht selbst wieder zu jenen Kindern werden lässt, die erst vor dem schnappenden Vater davonlaufen, ihn aber am Ende dann besiegen und niederringen.

– Macht ihr euch mal langsam fertig, ruft Levje, es ist schon Viertel nach acht.

Levje steht auf und begleitet Malik ins Bad, sie sucht Sachen für Fritzi heraus und legt sie ihr hin, all diese Aufgaben jeden Morgen sind aufgeteilt wie durch ein unsichtbares Lastenheft, all das greift ineinander, ohne dass wir groß darüber sprechen müssen. Diese Routinen sind unsere Art der Rotation, des Loops, in dem wir uns befinden. Während Levje die Kinder anzieht, gehe ich hinüber in die Küche, trinke ein großes Glas Wasser, nehme einen Esslöffel, halte ihn unter den Wasserhahn, bis die Mulde gefüllt ist, öffne ein braunes Apothekerfläschchen und träufele aus der Pipette zwanzig Tropfen eines Bitterstoffes darauf, eines hoch konzentrierten Kräutersuds aus Enzian, Artischocke, Kardamom, Fenchel, Kümmel, Löwenzahn und noch einem guten Dutzend weiterer Zutaten. Ich spüre der Bitternis auf meiner Zunge nach, die anfängliche starke Abneigung gegen diesen Geschmack hat sich erst in eine Gewöhnung und schließlich in eine Art Vorfreude verwandelt, auch wenn es, so denke ich jeden Morgen wieder, natürlich absurd ist, dass die Bitterstoffe erst aus unserem Leben entfernt, dass sie dem Obst und dem Gemüse abgezüchtet werden und unser ganzer Geschmack auf eine gefällige Süße hin trainiert wird, damit wir sie anschließend wieder zu uns nehmen, um unsere Leber zur Arbeit anzuregen. Wir erschaffen uns das Paradies und fügen die Hölle dann selbst wieder hinzu.

Aus dem Augenwinkel bemerke ich, wie mein Handy aufleuchtet. Die Männergruppe scheint wach geworden zu sein. Jost schreibt, dass gestern sein Künstler-Onkel gestorben sei. *Zum Schluss hat er nur noch in der kalten Wohnung gesessen und geraucht. Er hatte kein Geld mehr für die Heizung. Alles in allem eine traurige Existenz. Aber eine Zeit lang hat es mich angezogen, das Kaputte, das Außenseitertum, das Gescheiterte. Bis heute frage ich mich, ob er ein echter Künstler war oder nicht.*

Was ist das schon, ein echter Künstler?, tippe ich und muss dabei an meinen Bildhauer-Onkel aus Berlin denken und daran, ob jeder einen Künstler-Onkel hat oder eine schräge Tante, einen abseits der Norm lebenden Verwandten, zu dem man sich in der Adoleszenz hingezogen fühlt. Was ist man bereit für eine Idee aufzugeben? Natürlich kannst du für eine Idee dein Leben hergeben, aber nur dein eigenes, steht in Leipzig auf einem Denkmal.

Ich schraube die Pipette wieder auf das Fläschchen und stelle es zurück ins Regal.

– Jippie!

Fritzi kommt, noch immer im Nachthemd, um die Ecke geschossen, streckt die Füße von sich und nimmt die Kurve. Malik lacht und läuft vor Levje weg, Fritzi spornt ihn an.

– Fritzi, jetzt lass doch mal das Laufrad, du siehst doch, dass ich Malik sonst nicht anziehen kann. Malik, komm jetzt her!

Levjes Stimme wird schrill, ich kenne diesen Ton, wenn die Stimme den souveränen Unterbau verliert und sich in den Höhen verkrampft. Ich müsste eingreifen, doch ich tue es nicht. Warum? Ich könnte mich auf so etwas wie das Gewohnheitsrecht berufen. Ich bringe Alma zur Schule, und in der Zeit macht Levje die beiden anderen Kinder fertig, ich bringe die beiden zur Kita, und in der Zeit räumt Levje die Küche auf, so ist es jeden Morgen, so soll es auch heute sein. Aber natürlich müsste man ab einem bestimmten Punkt eingreifen, natürlich müsste man dem anderen die Hand reichen, wenn er am Abgrund steht, doch ich kann nicht. Es ist schon zu spät, ich stecke in einer Kapsel, und je kapselartiger mein Zustand wird, umso aggressiver wird Levje, und je aggressiver sie wird, umso mehr verkapsele ich mich. Sie könnte ja auch mal was sagen. *Du, ich bin gerade echt überfordert, könntest du Malik anziehen? Das wäre mir eine große Hilfe.* Aber nie würde sie ihre Überforderung auf diese Weise zugeben, immer muss sie alles meistern.

Mein Handy leuchtet. Neue Nachricht von Michael: *Solche Gedanken am frühen Morgen! Das klingt auf jeden Fall sehr tragisch. Nicht umsonst haben wir damals bürgerliche Berufe gewählt. Ich bin jedenfalls froh, diesen Weg eingeschlagen zu haben.*

Von der Bezeichnung *bürgerlicher Weg* fühle ich mich nicht wirklich angesprochen, im Gegenteil, sie löst Ablehnung in mir aus, fast bin ich von diesem vereinnahmenden *wir* ein wenig gekränkt. Ich tippe: *Ich finde nicht, dass wir klassisch bürgerliche Wege gewählt haben, unsere Lebensläufe sind doch alle sehr gebrochen –,* mein Daumen schwebt über der Sendetaste, ich schaue auf, sehe, wie Levje sich bemüht, Malik die Jacke überzuziehen, mein Daumen schwebt, stimmt das überhaupt, was ich schreiben will? Bin ich nicht sogar durch und durch bürgerlich geworden? Vielleicht bin nur ich davon überzeugt, antibürgerlich zu sein, aber von außen sieht mein Leben vollkommen bürgerlich aus. Worin besteht dann der Unterschied? Die Simulation eines bürgerlichen Lebens *ist* ein bürgerliches Leben.

– *Hallo!* Jetzt hilf mir doch mal! Du stehst nur da rum und glotzt auf dein Handy.

Malik zerrt sich die Jacke wieder von den Armen und schleudert sie mit einer fast triumphalen Geste von sich. Ich spüre ihre Überforderung, ich weiß, dass ich ihr jetzt helfen muss, da die Situation sonst eskaliert. Wir schauen uns beide über den Küchentresen hinweg an, kampfeslustig, aggressiv, ein Moment, in dem wir uns erkennen in unserer gegenseitigen Erschöpfung, in dem wir vielleicht erkennen, dass wir den anderen für unsere eigene Erschöpfung verantwortlich machen, in dem wir den Hauch eines Augenblicks die Chance hätten, den anderen einfach in den Arm zu nehmen und es *gut sein* zu lassen, es aber nicht können.

– Du bist echt 'ne super Unterstützung.

– Ich darf ja wohl mal eine Minute hier stehen.

– Würde ich auch gerne.

– Dann mach doch. Hindert dich keiner daran.

Sie schnauft, als sei ihr mitten im Kampf der Gegner abhandengekommen.

– Immer bin ich hier die Doofe, die so streng ist.

– Dann sei halt weniger streng.

– Du bist ja lustig, die Kinder müssen los.

Mir liegt es auf den Lippen zu sagen, dass sie so oder so losmüssen, dass entscheidend daran die Haltung ist, mit der man diese Tatsache angeht, dass es nichts bringt, dem Druck durch das System noch den eigenen Druck hinzuzufügen, ja, dass es genau dieser zusätzliche Druck ist, der alles zerstört, aber diese Diskussion jetzt zu beginnen, hieße, eine Lunte in ein Pulverfass zu werfen. Irgendwann werden wir darüber reden müssen, nur nicht jetzt.

– Fritzi, jetzt ist langsam Schluss, okay?, sage ich und versuche, meinen strengen Ton aufzusetzen, meinen Vaterton, den ich manchmal hervorkrame, obwohl ich ihn nicht mag. Bei der nächsten Runde fange ich sie ab und hebe sie vom Laufrad.

– Jetzt zieh dich an, ja? Sie murrt und zappelt in meinen Armen, ich brauche alle Kraft, um ihren drahtigen Körper zu bändigen. Dann gibt's heute Nachmittag auch eine Überraschung.

– Na gut. Sie zieht einen Schmollmund und lässt sich auf den Boden absetzen. Was denn?

– Das sage ich dir, wenn du dich angezogen hast.

Mit Trippelschritten flitzt sie in ihr Zimmer, die Füße berühren dabei kaum den Boden. Malik hat sich mittlerweile auf den Teppich gesetzt, auf dem die Kinder einen Zoo aus Tieren aufgebaut haben, sauber getrennt nach denen, die andere fressen, und denen, die gefressen werden, doch die meisten Tiere sind umgekippt. Ich sehne mich nach einer Ordnung, einer endgültigen

Ordnung, in der nichts mehr herumliegt oder umgefallen ist, in der alles für immer seinen festen Platz hat, aber nein, natürlich nicht, die endgültige Ordnung ist der Tod.

– Du sollst die Kuh spielen, Papa.

Er hat vor sich eine Reihe Kühe aufgebaut und reicht mir eine von ihnen.

– Malik, wir müssen in die Kita.

Er ignoriert mich, schaut auf den Boden und spielt still weiter.

– Malik, wirklich.

Meine Stimme wird schärfer, ich simuliere wieder den strengen Vater, eine Autorität, die ich nicht habe, nicht haben will. Ich bin ja selbst gegen das System und repräsentiere es doch jeden Morgen. Ich möchte nicht der Vater sein, der geholt wird, wenn die Mutter nicht mehr weiterweiß, ich möchte keine Drohung sein, *gleich rufe ich Papi*, ich möchte nicht die Verantwortung für das Strengsein zugeschoben bekommen, wie mein Vater, wenn wir abends nicht schlafen wollten und er den *Schlappen* holte.

– Aber ein kurzes T-Shirt, sagt er, wobei er *TiTschört* sagt, er betont das *Tsch*, er legt alles in dieses *Tsch* hinein, *TSCHÖRT*, als erkunde er diese Lautfolge jedes Mal wieder, als inszeniere er sie und lausche ihr zugleich, indem er die Lippen nach vorne schürzt, die Zunge im Mundraum zusammenrollt und die Backen aufbläst, *TSCHÖRT*, und auf diese Weise ein volles und rundes *Tsch* ausspuckt, das mich zum Schmunzeln bringt. Aber dahinter spüre ich seinen festen Willen, die Unbedingtheit, nicht nachzugeben. Jeden Morgen aufs Neue stehen wir vor der Frage, ob wir den Willen eines Dreijährigen respektieren sollen, auch wenn er zu der *falschen* Handlung führt, im November ein kurzes T-Shirt zu tragen, und jeden Morgen wieder frage ich mich: Wie kann die

Handlung eines Dreijährigen falsch sein, sind es nicht vielmehr wir, die diese Handlung als falsch bewerten? Manchmal öffne ich die Terrassentür und schicke ihn hinaus in die morgendliche Kälte, in der Hoffnung, dass dies eine Einsicht befördert. Manchmal funktioniert es, meistens nicht. Er kommt dann zurück, sagt *kalt* und im selben Atemzug *aber kurzes TiTschört*. Meinetwegen könnte er auch im T-Shirt bleiben. Ich würde seine Jacke mitnehmen und sie ihm, wenn ihm kalt wird, überziehen, er wird sich dann schon melden, aber ich weiß, dass Levje das nicht durchgehen lassen wird, für sie ist ein kurzes T-Shirt im November keine Option, und ich will *diese* Front heute Morgen nicht auch noch eröffnen, also versuche ich, meine Vater-Härte hervorzukehren, weil wir spät dran sind und zur Kita *müssen*, weil Levje hilflos ist und dann doch die letzte Konsequenz, den körperlichen Zwang, scheut. Sie tut zwar so, als würde sie ihn festhalten, halbherzig und in Furcht vor ihrer eigenen Kraft, lässt aber nach kurzer Zeit resigniert ab, womit sie die Situation nur verschlimmert, denn Malik fühlt sich dann als Sieger und lernt, dass seine Verweigerung zum gewünschten Erfolg führt. Sie hält mir seine Jacke hin, und es ärgert mich, dass sie von mir die Durchsetzung jener Normen erwartet, die *sie* etabliert, doch dann nehme ich die Rolle an, weil ich uns alle nicht länger quälen will, und schlüpfe in die Männlichkeit wie in ein altes, muffig riechendes Sakko. Etwas löst es aus in mir, etwas Archaisches, fast schmeichelt es mir, dass meine Stärke gefragt ist. Ich halte Malik fest und schiebe seine Arme durch die Ärmel der Jacke, auch wenn er schreit und sich windet, ich ziehe den Reißverschluss zu, und dann steht er vor mir mit von sich gestreckten Armen, mit Fingern, die starr aus den umgekrempelten Ärmeln ragen, und einem vor Tränen aufgelösten Gesicht, in dem sich die Fassungslosigkeit darüber spiegelt, dass seine gerade entdeckte Eigenständigkeit, sein Wille, der für ihn identisch mit der Welt ist, nicht respektiert wird. Manchmal bekommt er vor Wut kaum Luft, er japst und weint und japst und weint, und sein Gesicht schwillt rot an, denn er vergisst darüber das Atmen, und mich beschleicht das dunkle Gefühl, dass jeder in dieser Familie an diesem Morgen um seine blanke Existenz kämpft. Dann nehme ich ihn in den Arm und drücke ihn fest an mich, ich vergrabe meine Nase in seiner Halsbeuge, wuschele ihm mit meiner Hand über den Kopf, und ein paar Sekunden später streicht er mit seiner kleinen Hand über meine Haare, hin und her, hin und her – unsere Geste der Versöhnung.

– Sollen die Kühe mit in die Kita?

Er nickt, noch immer unter Tränen, und ich drücke ihm jeweils eine Kuh in jede Hand, die er, noch immer schniefend, fest umklammert.

Fritzi kommt angelaufen.

– Papa, jetzt bin ich fertig. Was ist denn nun die Überraschung?

– Das sag ich dir heute Nachmittag.

– Och manno, das ist gemein. Du hast es versprochen.

Ihre Stimme wird zittrig, sie hat Tränen in den Augen und wird jeden Moment anfangen zu weinen.

– Wir fahren heute Nachmittag beim Bauern Holz holen, okay?

– Und was machen wir da?

– Wir holen den Hänger und dann wird mit dem Trecker das Holz aufgeladen.

Bei den Stichworten Hänger und Trecker ist auch Malik hellhörig geworden.

– Papa, der große Trecker?, fragt er.

– Genau, der große Trecker mit der Schaufel, sage ich.

Es scheint sie einigermaßen zu beruhigen, ich schiebe die beiden hinaus auf die Terrasse, stelle Fritzis kleines Fahrrad bereit, setze Malik auf den Kindersitz und steige auf. Levje ruft mir noch hinterher *Maliks Helm!*, doch mein Rad rollt schon die Straße hinab Richtung Kindergarten, und ich tue so, als hätte ich sie nicht gehört.

Bicicletta

Fritzi strampelt auf ihrem Rad ein Stück weit hinter mir. Ihr Lenkrad schlenkert dabei hin und her, und das Licht des Scheinwerfers wischt über die nasse Straße. Ich bremse und setze den Fuß ab, um mich nach ihr umzuschauen. Es ist besser, wenn sie vor mir fährt, sonst kann es passieren, dass ich zu spät bemerke, dass sie aus irgendeinem Grund stehen geblieben ist und weinend auf mich wartet. Manchmal war ich schon fast an der Kita, bevor mir auffiel, dass sie nicht mehr hinter mir fuhr, und ich musste den ganzen Weg wieder zurück. Wenn ich als Kind mit meiner Mutter in den Kindergarten unterwegs war, mussten wir mit dem Fahrrad durch die ganze Stadt. Der Frühdienst begann morgens um sechs, was bedeutete, dass wir spätestens halb sechs losmussten, also noch vor fünf aufstehen. Kurz darauf fuhren wir durch die leere nächtliche Stadt, vorbei an den Plattenbauten, über den großen Parkplatz, die endlos lange Hauptstraße entlang, die von eng aneinandergepressten altmärkischen Reihenhäusern gesäumt ist, anderthalb Etagen, zwei Stufen hinauf zur Eingangstür, vorbei an der alten Stadtmauer, die seit tausend Jahren steht und in der wir als Kinder die Einschlaglöcher der Kanonenkugeln aus dem Dreißigjährigen Krieg suchten. Ich fuhr vor meiner Mutter, damit sie mich im Blick hatte, doch auf diese Weise stand ich voll im Wind, der Herbstwind kam von vorn und presste mir seine Hand auf den Mund, und obwohl ich ihn weit öffnete, kam keine Luft hinein. Drehte ich den Kopf mit dem geöffneten Mund zur Seite, pfiff der Wind hindurch, aber die Luft gelangte trotzdem nicht in meine Lungen, und ich rief meiner Mutter zu *Ich kriege keine Luft, ich kriege keine Luft*, und meine Mutter antwortete *Aber wir müssen doch weiter, wir sind spät dran, es geht nicht anders*, und ich kämpfte weiter gegen den Wind. Es war mir völlig unverständlich, wie mir der Wind, der doch aus Luft besteht, diese Luft nehmen konnte. Mein Bruder saß auf einem Kindersitz zwischen den Beinen meiner Mutter, es war ein schmaler Sitz, der mit einer Schelle am Rahmen befestigt war, mit ausklappbaren Fußstützen an der vorderen Gabel. Ich liebte es, auf diesem Sitz zu hocken und links und rechts an meinen Hüften die schützende Beinbewegung meiner Mutter oder meines Vaters zu spüren, doch wehe, wenn man abrutschte und mit den Füßen in die Speichen kam. Immer wieder schärften meine Eltern uns ein, die Füße fest auf die Stützen zu pressen, was wir dann auch taten. Wir dachten die ganze Zeit an nichts anderes als daran, die Füße nicht zu bewegen, auch wenn sie nach kurzer Zeit zu kribbeln begannen, weil sie einschliefen, auch wenn sie fast taub waren vor lauter Pressen, die Füße mussten auf den Stützen bleiben. *Füße in den Speichen*, das war eines der vielen Angstbilder meiner Kindheit: Sturz, zerfetzte Füße, verlorene Zehen – die Angst vor dem Fuß in den Speichen war das Sinnbild für die Angst vor der Zerstörung des Körpers, die eine tiefer gehende Angst vor dem Anderssein war. Es herrschte in unserer Familie eine diffuse Sorge vor *Versehrtheit*. Eine immer wieder erzählte Geschichte meiner Geburt handelt davon, dass sofort nach der Entbindung geschaut wurde, ob alle *Finger und Zehen* dran seien, als sei das Fehlen eines Fingers ein schlimmes Mal, das zu einer unermesslichen Scham und in der Folge zu sozialer Isolation führen würde. Jede Abweichung von der Norm wurde von meinem Vater beobachtet und kommentiert mit den Worten *Das ist doch nicht normal*. Eine Zeit lang hatte mein Bruder die Angewohnheit, während unserer Mahlzeiten mit den Augen zu rollen, während ich unablässig an den Nägeln kaute. Mein Vater beobachtete uns und sagte, wir sollten das lassen, *das sei doch nicht normal*, doch je mehr er uns beäugte, umso angespannter wurden wir, umso mehr rollte mein Bruder mit den Augen und umso größer wurde mein Bedürfnis, an den Nägeln zu kauen; die kleinen Hautfetzen an den Nägeln waren geradezu unerträglich, und ich nutzte jeden Moment der Unachtsamkeit, um sie abzuknabbern. Wenn es keine Hautfetzen gab, dann kratzte ich so lange am Nagelbett, bis ich welche fand, oder ich riss sie mir selbst ein, um etwas zum Kauen zu haben. Es beruhigte mich ungemein, an den Nägeln zu kauen. Die Unversehrtheit, die körperliche und geistige Normalität, war eine Folie, die über jede unserer Äußerungen gelegt wurde. Der Verlust der Normalität oder dessen, was mein Vater darunter verstand, hatte ein düsteres, ein unbenennbares Drohpotenzial – die unheimliche Angst, *anders* zu sein. Die Angst davor, geächtet zu werden, von den Nachbarn, den Verwandten, den Kollegen, mündete in ein Wesen, das selbst ständig beobachtete und das bestrebt war, um keinen Preis aufzufallen.

Jetzt erst, rückblickend, sehe ich die Überforderung meiner Mutter, ich sehe sie kämpfen, jeden Morgen mit zwei Kindern, Rucksäcken und Taschen auf dem Weg zur Kita, in der sie selbst arbeitete, ich höre den Lärm, der mir, wenn ich in einen Gruppenraum komme, schon nach fünf Minuten kaum auszuhalten scheint und den sie jeden Tag neun Stunden lang ertragen hat, zweiundvierzig Stunden pro Woche, zweiundfünfzig Wochen pro Jahr, fünfundvierzig Jahre das Geschrei fremder Kinder, ich sehe ihren unbedingten Willen, trotz allem die Familie zusammenzuhalten, denn man trennte sich nicht, *das macht man nicht*, und auch wenn Scheidungen gängig waren, war das Alleinerziehen noch immer ein Makel, gleich nach Gammelei und noch vor Alkoholismus, ich sehe ihr Streben nach dem kleinen Glück, nach Ruhe in der Plattenbauwohnung im fünften Stock, mit Fernwärme und Balkon, wo das Ziel allen Existierens das Nickerchen auf dem Sofa am Samstagmittag war, das gute Essen am Sonntag und zwei Wochen Urlaub in Kühlungsborn im Sommer.

Fritzi hat uns eingeholt, saust an uns vorbei und ruft *haha, überhoholt*. Ich steige wieder auf das Rad und trete langsam an. Maliks Gewicht hinten auf dem Kindersitz macht das Rad instabil, es schwankt, bis ich Fahrt aufgenommen habe und auf der schotterigen Piste bergab rolle. Manchmal gibt Malik ein monotones Geräusch von sich, ein didgeridooartiges Brummen, das durch das Holpern rhythmisiert wird, der Ton sackt mit jedem Schlagloch in die Tiefe, ein Spiel, das auch ich als Kind geliebt habe, dieses Vibrato im Brustkorb, diese unmittelbare Verbindung zwischen Boden und Leib. Wir fahren am Feld entlang, links geht die Sonne auf, eine diffuse Lichtquelle zwischen den Baumkronen, rechts dampft ein Misthaufen auf dem abgeernteten Feld, weiter unten, tief in den Senken, sammelt sich noch der Nebel. Drei Pferde stehen im Offenstall, jeden Winter dieselben, ausdruckslos schauen sie in den dämmernden Morgen, das Hinterteil gegen den Wind gestellt. Als wir aus der Stadt hierhergezogen sind und zum ersten Mal diesen Weg zur Kita fuhren, schauten Levje und ich uns ungläubig um. Kein Stress an Kreuzungen, keine Autos, die uns wenige Zentimeter am Lenkrad vorbei überholten, keine Straßenbahnschienen, die man in einem bestimmten Winkel überqueren muss, erst recht bei Nässe, stattdessen von einem Tag auf den anderen dieser leicht ansteigende und dann wieder abfallende, von wilden Apfel- und Kirschbäumen gesäumte Feldweg, der in eine schmale Straße mit Nurdachhäusern mündet, kleinen Hexenhäusern mit bis zum Boden gezogenen Dächern wie im tiefsten Thüringen, Bauerngärten mit Stockrosen und Fetten Hennen und Hortensien an windschiefen Zäunen, Wiesen mit knorrigen Obstbäumen in den Gärten, dieser ganze ländliche *Wille zur Schönheit*. Es war, als hätten wir im Kino gesessen, wären mitten im Film aufgestanden und hätten den Saal gewechselt, all das war so verzaubert, dass wir uns jeden Tag daran erinnern mussten, dass dies kein Urlaub, sondern unser neues Leben ist.

Vor der Kita herrscht der übliche morgendliche Betrieb. Es ist eine für ländliche Verhältnisse große Kita mit vier verschiedenen Spielplätzen, einer Wassermatschanlage, einer eigenen Köchin und einem umtriebigen Förderverein, den das Finanzamt jedes Jahr wieder darauf hinweisen muss, dass gemeinnützige Vereine das Geld *ausgeben* müssen, sodass man in den Vorstandssitzungen die Köpfe zusammensteckt, um zu überlegen, was man denn noch anschaffen könne. In der Stadt glich die Suche nach einem Kitaplatz einer Lotterie. Wenn eine neue Kita eröffnete, standen zweihundert Familien Schlange, wurde irgendwo ein Kitaplatz frei, war das Wissen darum wie eine Geheimbotschaft, mit der sich ewige Dankbarkeit erkaufen ließ. Man überlegte sich, mit welchen Eigenleistungen oder beruflichen Kontakten man die Kitaleitung bestechen konnte, hörte man von einem freien Platz, musste man vor allem schnell sein, ganze Existenzen hingen davon ab, dass das Kind tagsüber versorgt war. Hier, auf dem Land, gab uns die Leiterin eine einstündige Führung durch das Gebäude, als wären wir die Umworbenen, nicht die Werbenden, und im Anschluss daran hatten wir unseren Platz sicher.

Ich kenne hier fast jeden, grüße nach links und nach rechts, manche grüße ich nicht, weil sie nie grüßen. Andy schaut auf die Uhr und ruft mir mit einem Zwinkern zu: *Wird ja schon fast wieder dunkel*, ich lache, rufe zurück, *ja, spät dran heute*. Aus den Augenwinkeln registriere ich, wer mit wem zusammensteht, welche Grüppchen sich gebildet haben, wer in welches Auto steigt, wer wie gekleidet ist. In den wenigen Minuten, in denen ich mich zwischen den anderen Eltern hindurchbewege, gehen mir unzählige Geschichten durch den Kopf, *schon wieder ein neues Auto, vermutlich ein Firmenwagen, das ist doch der mit der chronischen Krankheit, ist der wieder gesund, die beiden haben sich zerstritten, dabei waren sie mal beste Freunde, was arbeitet der eigentlich, haben die endlich ein Haus gefunden, die suchen ja schon ewig, warum fangen die eigentlich nicht an zu bauen, das Grundstück liegt seit einem Jahr brach*, und mit jedem Gedanken schreibe ich die Geschichten der anderen fort, Geschichten, die so nur in meinem Kopf existieren. Aus Gehörtem, Erzähltem, Gesponnenem, aus diesen wenigen Informationen entsteht eine Zopfdramaturgie, und mit jedem Gespräch, auf jedem Fest, flechte ich diesen vielsträhnigen Zopf weiter. Auf dem Dorf leben heißt, inmitten der Geschichten der anderen zu leben und sich diese ständig weiterzuerzählen, auf dem Dorf leben heißt, selbst eine Geschichte zu werden, die sich andere von dir erzählen. Es ist ein ständiges Ordnen und Einordnen von Informationen, ein unablässiges Sich-ins-Verhältnis-Setzen und Vergleichen. Natürlich nehme ich wahr, wer die Moncler-Daunenjacke für tausend Euro und wer eine abgerissene Leggins trägt. Ich selbst kleide mich eher nachlässig, vermutlich sehe ich für die anderen eher verpennt aus, die Haare abstehend, unrasiert, ich habe meinen grünen Parka mit den speckigen Ärmeln übergeworfen, eine Arbeitsjeans und Joggingschuhe angezogen. Wie jeden Morgen versuche ich, mich nicht zu vergleichen, wie jeden Morgen arbeite ich daran, einen Zustand zu erreichen, in dem mir Aussehen und Status der anderen egal sind, in dem ich, unabhängig von den Blicken der anderen, einfach nur bei mir selbst bin, doch wie jeden Morgen gelingt es mir nicht, denn ich selbst sehe ja nur nachlässig aus *im Vergleich* zu den anderen. Vielleicht setze ich diese Nachlässigkeit sogar bewusst ein, um zu zeigen, dass ich es mir leisten kann, nicht auf mein Äußeres zu achten, dass ich mich keiner Kleiderordnung unterwerfen und in kein Büro muss. Während ich vom Rad absteige und Fritzi ihr Rad durch das Tor schiebt, denke ich, man kann sich nicht *nicht* vergleichen. Unser ganzes Leben ist darauf ausgerichtet, eine Position innerhalb einer Bezugsgruppe zu finden. Ich rufe ihr noch ein *Tschüss, mein Schatz* hinterher, dann klappe ich meinen Fahrradständer aus und hebe Malik vom Kindersitz. Er schwankt immer leicht, wenn man ihn auf dem Boden abstellt, als sei das Stehen noch immer ein ungewohnter Seinszustand. Ich hänge ihm seinen Rucksack um und gebe ihm einen

Klaps auf den Windelpo, eine Ermunterung, ein winziger An-schubser, den Weg allein zu gehen. Sein Igel, ein abgegriffener Stoffigel, der immer dabei sein muss, baumelt am Reißverschluss, und dann stiefelt er los zur warmen, weichen, ein wenig rund-lichen Erzieherin, die in die Hocke geht, um ihn zu empfangen. Immer wieder erinnert mich dieser morgendliche Abschied an den Film *Fahrraddiebe* von Vittorio de Sica, nach Meinung vieler europäischer Filmkritiker einer der besten Filme aller Zeiten, während man in Amerika eher zum manischen *Citizen Kane* neigt. Der Film handelt davon, wie ein Familienvater nach langer Zeit der Arbeitslosigkeit eine Anstellung als Plakatierer findet, für die allerdings der Besitz eines Fahrrads Voraussetzung ist. Um sich das Rad leisten zu können, bringt seine Frau die letzte Familienbettwäsche zum Pfandleiher, und voller Stolz kauft der Vater anschließend von diesem Erlös das Rad. Er fährt lachend und pfeifend, mit der Leiter auf der Schulter und dem Leim-eimer am Lenkrad, durch die Stadt, er ist endlich wieder jemand, er ist in Lohn und Brot, er ist glücklich. Doch bei seinem ersten Einsatz – er klebt etwas unbeholfen ein Plakat der freizügigen, die Arme über den Kopf streckenden Rita Hayworth an die Mauer – wird ihm das Rad gestohlen, und im Lauf des Films sinkt er in dem Versuch, diesen einen Moment der Unachtsam-keit wiedergutzumachen, immer tiefer, bis zu dem Punkt, an dem er selbst ein Rad stiehlt. Es ist ein Film über das tragische Schick-sal eines Rechtschaffenen, der zum Dieb wird, weil er überleben *muss*, und bei ihm und neben ihm ist immer sein kleiner Sohn, der zu ihm aufschaut, weil er ein Vorbild in dieser haltlosen Zeit sucht, und der im Moment des tiefsten moralischen Falls den Blick von seinem Vater abwendet. Sein Idol stürzt. Es ist ein Film, der auf einer zweiten Ebene von Mobilität erzählt, von den verschiedenen Rhythmen des Sich-Fortbewegens im verarmten Nachkriegs-Rom, von dem Pulsieren einer zerstörten und gefallenen Stadt, in der sich die Massen zu Fuß fortbewegen und wenige Privilegierte die Freiheit des Radfahrens genießen. Und ich habe jeden Morgen diese Bilder vor Augen, wie Vater und Sohn durch eine labyrinthische Stadt streifen, die langen, schweren, traurigen Schritte des Vaters, die kleinen, flinken, immer optimistischen Schritte des Sohnes daneben, und sich beide am Ende an die Hand nehmen.

Malik muss seine linke Hand über die Schulter heben, um die Hand der Erzieherin greifen zu können, und dann gehen sie nebeneinanderher, steigen einen Grashügel zum leicht erhöht liegenden Gebäude hinauf. Ich bin erleichtert, dass wir wieder einen Morgen geschafft haben, dass alle Kinder versorgt sind, dass kein Kind plötzlich krank geworden ist, dass es kein Drama gab, weil eines der Kinder auf die Idee kam, sich gegen diesen Schritt über die Schwelle zu sträuben, und ich der Erzieherin ein sich windendes und weinendes Kind überreichen muss, wobei ich mich selbst kaum ausstehen kann. Nein, mit seinen roten Gummistiefeln stapft Malik den kleinen Hügel hinauf, und oben angekommen, dreht er sich noch einmal um und winkt. Seine bunt gestreifte Mütze ist ihm halb über die Augen gerutscht, ich küsse meine Finger und puste ihm den Kuss hinterher, eine Geste, die er etwas unbeholfen wiederholt, indem er seinen Handschuh gegen seinen Mund drückt und danach den Arm von sich streckt, und dann schaue ich ihm noch eine Weile nach, selbst als er längst im Haus verschwunden ist.

– Na, die Blagen endlich los?

71

Ich drehe mich um und schaue in ein lachendes Gesicht.

– Jochen, hey …

Jochen ist groß und kräftig, und durch seine Größe wirkt sein amüsierter Blick immer leicht herablassend, als hätte er eine ironische Distanz zu all den Trivialitäten der Welt; seine Augenbrauen scheinen zu tanzen, sein Minenspiel verrät heitere Gelassenheit, seine Glatze ist gesprenkelt mit rötlichen Flecken. Er selbst sagt manchmal *Fleischmütze* dazu, *ich hab mir wieder die Fleischmütze verbrannt.* Er ist leger gekleidet, trägt eine dunkelblaue Regenjacke, eine schmal geschnittene Jeans, Sportschuhe, die ihm eine jugendliche Anmutung verleihen, obwohl er die fünfzig längst überschritten hat. Unter seiner offenen Jacke erkenne ich ein T-Shirt mit dem Schriftzug *Pottpeople*, seine Identität aus dem Ruhrpott trägt er wortwörtlich vor sich her.

– Na, wie is'?, frage ich.

– Du, bei uns brennt schon wieder die Hütte.

Sein Ausdruck wird verbindlicher, das ironische Spiel um seinen Mund bricht ab. Sein Gesicht ist zugewandt und offen, doch gleichzeitig verschränkt er die Arme vor der Brust, als müsse er sich selbst Halt geben, als müsse das Sich-Öffnen wieder durch ein Schließen an anderer Stelle aufgefangen werden.

– Warum, was ist los?

– Die Kinder sind so was von schräg drauf im Moment …

Wenn er schräg sagt, klingt es wie *schrääch*, wie er überhaupt in einem breiten Ruhrpott-Platt spricht, das hier, im kühlen norddeutschen Sprachraum, immer eine Spur zu fröhlich wirkt, ein Dialekt, der sogar fröhlich klingen würde, wenn er sagte, *ey, ich bin gerade am Abnippeln*, ein Dialekt, der das Auf und Ab des Lebens in sich trägt, ein ansteckender Singsang, in den auch ich falle, sobald ich ein paar Minuten mit ihm zusammen bin, ein Ton, der sich an jeden ranschmeißt, der keine Distanz und keinen Status kennt, der einem, genauso wie Jochen, immer zu nahe kommt, Gesicht an Gesicht, Arm an Arm, sodass man selbst auf der Straße das Gefühl hat, spätabends in einer Trinkhalle zu sitzen.

– Warum?

– Was weiß ich denn, was in denen vorgeht. Bis die mal pennen abends, da krieg ich die Krise.

– Und, Schalke? Das wird nichts mehr, oder?

– Hör auf. Er winkt ab, als würde er eine zerknüllte Papiertüte wegwerfen. Das ist noch trauriger als meine letzte Gehaltserhöhung.

Das Erfrischende an Jochen ist, dass er sich nie verstellt und nichts beschönigt, sodass man sich in seiner Gegenwart wiederum nie unter Druck gesetzt fühlt, sich verstellen oder etwas beschönigen zu müssen. Jochen arbeitet im Vertrieb einer Großbäckerei, die Donuts und Muffins herstellt, jede Woche vierzig Tonnen, und die gerade zum zweiten Mal verkauft wurde, von einem amerikanischen Hedgefonds an einen anderen, und jedes Mal wird die Firma umstrukturiert, jedes Mal bleiben ein paar Mitarbeiter auf der Strecke, sodass die Belegschaft immer kleiner, das Arbeitsfeld der Verbliebenen hingegen immer größer wird. Jedes Mal hat Jochen eine neue Jobbezeichnung, jedes Mal ändert sich die *reporting-line,* und er muss an irgendeinen anderen Chef *berichten,* nur eines verändert sich nicht: sein Gehalt, worüber er klagt, seit ich ihn kenne. Als wir unser Haus gekauft haben und mit der Sanierung begannen, war er der Erste, der in ausgebeulter Arbeitshose und mit seiner Handkreissäge vor der Tür stand, um mit mir zusammen den alten Bodenbelag zu entfernen. Er setzte an, irgendwo inmitten eines Zimmers, schlitzte den Boden auf und traf sofort den Heizungsvorlauf. Das schwarze Wasser suppte heraus wie aus einer frisch getroffenen Ölquelle, und ich sah unser soeben erst gekauftes Haus in der Feuchtigkeit untergehen, ich sah Schimmel, morsches Holz, Schulden – doch nach wenigen Minuten hörte es auf, es pulsierte nur noch langsam, als pumpe das erschlaffende Herz noch ein paar letzte Male altes Blut, dann war es vorbei. Wir wischten das Wasser auf, und seitdem sind wir befreundet.

– Schlimm. HSV, Schalke, Werder ..., sage ich in einem Tonfall, als würde sich ein kurz vor der Pensionierung stehender Deutschlehrer über die heutige, hinfällige Jugend beklagen. Dabei ist es mir im Grunde egal, was mit den Vereinen passiert, ich war nie ein Anhänger des Traditionsfußballs. Für mich ist die Bundesliga wie das Wetter, eine Art Übereinkunft, die es einem jederzeit erlaubt, in ein Gespräch einzusteigen und eine gemeinsame Ebene herzustellen.

– Was ist denn hier los, illegale Versammlung, oder was?

– Ach, gucke, sagt Jochen, da kommt ja der Richtige.

Oliver gesellt sich zu uns. Er ist, wie immer, schwarz gekleidet, hat ein paar Lachfalten um die Augen, eine leicht gebeugte Haltung, kurzes, graues Haar. Er ist Sozialpädagoge und Künstler und schwärmt bei jeder Gelegenheit von seiner wilden Zeit in Köln. Im Wesentlichen gibt es in diesem Dorf zwei Arten von Menschen: die Einheimischen, die nie wegwollten, und die Zugezogenen, die hierherkommen, weil sie an der Idylle heilen wollen. Wir drei gehören der letzteren Gruppe an, die sich hier einen beschaulichen Gegenentwurf zu ihrer Vergangenheit aufzubauen glaubt, und immer wenn ich mit den beiden zusammen bin, fühle ich mich zugleich verloren und beheimatet. Wir sind Gestrandete, die sich gegenseitig Heimat geworden sind.

– Wir sind gerade bei Schalke.

– Na, wo auch sonst. Das war ja schon wieder eine ganz schwache Vorführung. Nach hinten raus keine Energie mehr.

– Kondition hatten sie noch nie. Das wird heute *einfach* nicht mehr trainiert.

– Und dann Fährmann. Wartet immer ewig bis zum Abschlag, bis sich alle wieder sortiert haben, anstatt den Ball einfach mal vorn reinzuschlagen.

Wenn sich die beiden über Schalke unterhalten, klingt es, als würden sich zwei Laien über eine Fehlbehandlung bei einer schweren Krankheit beschweren, zwei Patienten, die besser Bescheid wissen als der Arzt. *Der Verein* ist etwas, an dem sie sich immer und ewig abarbeiten können, mit ihrem Verein verbindet sie eine unverbrüchliche Hassliebe, mit einer seltsamen Lust an der Zerstörung dessen, was sie lieben. Früher oder später kommt das Gespräch immer auf historische oder gar *legendäre* Spiele, auf die glorreichen Zeiten, das heißt, dass jedes Gespräch über *den Verein* irgendwann beim UEFA-Endspiel 1997 in Mailand endet, bei dem Schalke gegen Mailand im Elfmeterschießen vier zu eins gewann. Jochen erzählt, wie sie mit dem Zug die ganze Strecke runtergefahren sind, ein paar Joints in der Tasche, ein paar *Vasen* intus, als die italienischen Grenzer mit Schäferhunden kamen, eine Geschichte, so knüpfe ich sofort an, die mich an meine erste Italienreise mit meiner damaligen Freundin erinnerte. Ein Freund gab uns einen Joint mit, obwohl wir überhaupt nicht rauchten, und dann kamen die italienischen Grenzer mit den Schäferhunden, und sie schlugen an, doch nach Sichtung des Abteils nahmen die Carabinieri einen heruntergekommenen Italiener mit, statt uns, eine Geschichte, die Oliver nahtlos zu seinen Drogenerfahrungen führt, über einen Joint könne er ja nur lachen, sodass wir eine Art Überbietungswettbewerb unserer Drogenerfahrungen ausfechten, drei alte Väter, morgens, halb neun vor dem Kindergarten, und das, obwohl mir Exzesse als Statussymbol eigentlich zuwider sind. Ich habe mich diesen Männlichkeitsritualen immer entzogen, kein Bier, keine Zigaretten, keine Drogen, kein Komasaufen, kein Dosenschießen, kein Eimertrinken oder Eimerrauchen, keine Mutproben, keine Machtspiele, all das war mir fremd. Doch rückblickend ist es gut, diese Geschichten erzählen zu können, ein wenig aufgehübscht und dramatisiert, Stichworte für spät begonnene Freundschaften, bei denen die Frage *Was will ich sein?* längst abgelöst ist durch die Frage *Was bin ich gewesen?* Und doch: Man kann all diese Geschichten noch so lebendig erzählen, die anderen werden nie teilgehabt haben am wirklichen Erleben. Das Früher bleibt ein Puzzle aus blassen Teilen. Später werden wir uns daran erinnern, wie wir an diesem Morgen zusammengestanden und uns über das Früher unterhalten haben, und erst durch dieses gemeinsame Erleben wird unsere Freundschaft entstanden sein.

– So, Leute, ich muss, sagt Jochen.

Wir stimmen ihm zu, wir müssen alle. Der Platz vor der Kita ist leer. Die letzten Autos rollen vom Parkplatz. Drinnen packen die Kleinen jetzt ihre Brotdosen mit den Apfelschnitzen und den Reiswaffeln aus und singen im Morgenkreis *Halli hallo, schön, dass du da bist* oder *Hört ihr die Regenwürmer husten*. Ich schwinge mich aufs Rad und fahre den Feldweg entlang nach Hause. Die Sonne ist ein Stück weiter nach oben gewandert, sie hängt kraftlos und kalt über den Baumkronen. Noch immer fühlt es sich an, als säße Malik bei mir hinten auf dem Fahrrad, immer wieder habe ich den Impuls, mich nach ihm umzudrehen und ihm etwas zu zeigen oder mit ihm zu reden. Ich höre seine Fragen: *Hat das der Trecker abgemäht? Papa, was ist Stroh? Wo sind die Pferde?* und formuliere still für mich die Antworten.

Zu Hause angekommen, stecke ich meinen Kopf durch die Terrassentür ins Wohnzimmer. Aus dem Bad dringen Duschgeräusche. Der Tisch ist abgeräumt, aber noch nicht abgewischt, es liegen noch ein paar Krümel und Müsliflocken auf ihm herum. Der Anblick des unabgewischten Tisches löst etwas in mir aus, eine Traurigkeit, eine Melancholie, als seien die Krümel alles, was von den Kindern geblieben ist, und ich fürchte mich vor dem Tag, an dem sie die Krümel nicht mehr auf diesem Tisch hinterlassen. Ich schnappe mir die Leine, rufe *Polly, komm,* und sie springt vom Sofa und kommt angerannt, weil sie für einen Moment glaubt, es gäbe Futter. Es ist mein Trick, sie vom Sofa zu locken, indem ich den Futterruf imitiere, ein lockendes, hohes *Komm!,* doch als ich ihr die Leine um den Hals lege, schaut sie betreten zurück auf ihren warmen Sofaplatz.

Vom Gehen

Einen Fuß vor den anderen setzen. Den Blick nach unten gerichtet, auf den festgetretenen Boden, wo das zähe Kraut allem trotzt, den Schritten, den Treckerreifen, der Hundepisse, der Trockenheit, dem Frost, dem Glyphosat, das immer noch Pflanzen*schutz*mittel genannt wird, dabei ist es ja ein Pflanzen*tötungs*-, ein Pflanzen*vernichtungs*mittel, und ausnahmsweise gilt meine ganze Sympathie dem Unkraut, den Gräsern, den Quecken, den Disteln, den Melden, die immer ein wenig streberhaft am Feldrain stehen und sich in die Höhe recken.

Ich ziehe Polly hinter mir her. Sie ist ein seltsamer Hund, der einzige Hund in der ganzen Nachbarschaft, der *nicht* laufen will. Die anderen Hundegänger witzeln schon, wenn sie mich sehen: Bei uns habe die Leine eine umgekehrte Funktion, nicht die, den Hund zu halten, sondern die, ihn zu ziehen. Polly ist ein Cavalier King Charles Spaniel, eine englische Rasse aus dem sechzehnten Jahrhundert, der ideale Gesellschaftshund und bis heute die einzige Hunderasse, die per Gesetz mit ins Britische Parlament genommen werden darf. Die Tiere sind extrem friedfertig bis hin zur Naivität, anhänglich, divenhaft und recht eigenwillig. Ihr Fell ist hauchzart und dicht, Regen oder nasses Gras liegen ihnen gar nicht. Polly äußert ihr Missfallen, indem sie sich absichtlich zurückfallen lässt, immer weiter, sodass ich entweder alle paar Meter stehen bleiben und auf sie warten oder sie eben an der Leine hinter mir herziehen muss. Sie schnuppert zwar, doch ich kenne sie, es ist ein Pseudoschnuppern, denn sonst steckt sie die Nase tief ins Gras und flehmt mit dem ganzen Brustkorb, heute hingegen stupst sie ihre flache Nase nur gegen einen Grashalm, und dann schaut sie mich an, in der Erwartung, dass wir wieder umkehren. Ihr Schnuppern ist lediglich eine Gehvermeidungsstrategie.

Irgendwann habe ich genug, ich wickle die Leine um mein Handgelenk, stecke die Hände in die Taschen meines Parkas und ziehe sie hinter mir her wie einen bockigen Esel. Sie stemmt die Füße in den Boden, hat aber gegen meine Zugkraft keine Chance. Irgendwann wird der Widerstand geringer, sie ergibt sich in ihr Schicksal und trottet beleidigt hinter mir her. Die Kappen meiner Schuhe färben sich dunkel vom Tau, es sind knöchelhohe Boots aus festem, hellbraunem Rindsleder, gut verschnürt und mit kräftigem Profil, ein Schuh, der mich über all die Widernisse dieses Feldweges hinwegträgt. Ich höre dem *risch-risch-risch* meiner Schritte zu, dem Rascheln des Grases, wenn es über das Leder rutscht, als würde man mit einem Handfeger rhythmisch darüberstreichen, manchmal hebe ich den Blick und schaue über die abfallende Flanke des Mühlenbergs, über die Felder und über das Moor hinweg in die Ferne zum Weyerberg nach Worpswede, über dem zur Sommersonnenwende die Sonne untergeht. In der Stadt blinzelte die Sonne morgens oder nachmittags zwischen den Straßen hindurch in unser Fenster, streifte die Obergeschosse, dann war sie wieder weg, und wenn wir Glück hatten, sahen wir sie an einem Abend im Herbst am Ende einer Straße untergehen, ein glühender Ball, der die Straßenschlucht entflammte. Die Sonne in der Stadt ist wie eine Lampe, die zufällig mal an- und mal ausgeschaltet wird. Hier, auf dem weiten Land, kann ich ihren Weg über den ganzen südwestlichen Horizont ermessen, und wenn ich die Arme ausstrecke, zeigt meine Linke auf den Schlot der Bremer Stadtwerke, über dem die Sonne zur Wintersonnenwende untergeht, und meine Rechte auf den Weyerberg, über dessen Spitze sie exakt am einundzwanzigsten Juni steht. An diesem Tag holen wir uns noch ein Bier oder einen kalten Cidre, bleiben bis kurz vor Mitternacht draußen sitzen und schauen in den leuchtenden Himmel. Manchmal sind auch die Kinder so lange wach, an den Sommertagen, und wir schlendern die Feldwege entlang, ziehen mit den Fingernägeln die Rispen der Gräser ab und spielen *Hühnchen oder Hähnchen*, die Kinder verstecken sich im Maisfeld, sich gegenseitig suchend, kommen verschwitzt heraus, um sofort an anderer Stelle wieder hineinzutauchen, begleitet von lauten Rufen, *komm, hier lang*, mit der Lust am plötzlichen Verschwinden, an der zeitweisen Abwesenheit in der Welt. Wer bin ich ohne die Welt, die mich umgibt? Die Sommer auf dem Land sind lang und hell und riechen nach Heu und Stroh, so wie die Sommer meiner Kindheit, die ich bei meinen Großeltern in der Altmark verbrachte, unweit der innerdeutschen Grenze, wo mein Großvater 1945 aus dem Zug stieg, während seine Brüder und Schwestern weiterfuhren nach Braunschweig und Hannover. Er blieb, weil er in russischer Gefangenschaft Kommunist geworden war. Meine Großmutter wollte weiter in den Westen, doch er sagte, die Russen seien gar nicht so schlecht, und so stiegen sie in Osterburg aus und bekamen einen verfallenen Hof in einem der umliegenden Dörfer zugewiesen. Ich habe mir oft versucht vorzustellen, unter welchen Umständen und warum er ausgerechnet dort ausstieg, in Osterburg, wo ich knapp dreißig Jahre später zur Welt kommen würde. Was wäre aus mir geworden, wenn meine Großmutter sich durchgesetzt hätte? Wenn sie weitergefahren wären? Wenn meine Mutter nicht meinen Vater, sondern einen anderen kennengelernt hätte? Manchmal, im Streit, sagte sie später, *hätte ich damals bloß den XY genommen*, und auch das löste in mir die unheimliche Frage nach meiner Existenz aus. Wäre ich, wenn ich einen anderen Vater gehabt hätte, nur zur Hälfte ich selbst? Aber vielleicht war ich auch jetzt, so, wie ich war, eigentlich nur zur Hälfte wirklich ich, vielleicht wäre ich ja der Richtige mit dem anderen Vater geworden, und ich spürte andauernd in mich hinein, ob ich die andere, wahre Hälfte in mir fände. Diese Frage beschäftigte mich meine gesamte Kindheit und Jugend hindurch, sie begleitete mich wie ein schwieriges Rätsel, immer wieder versuchte ich, mich mit aller Gedankenkraft hineinzuversetzen in die

Vorstellung, ich hätte einen anderen Vater. Würde ich mir dann diese Fragen überhaupt stellen? Hätte ich dann *dasselbe* Bewusstsein? Irgendwann kam ich dahinter, dass man die Kette an Lebenszufällen nicht von ihrem Endpunkt her betrachten darf, als hätten alle Kräfte darauf hingewirkt, dass *ich* entstehe, sondern umgekehrt, eine sich aus den Umständen ergebende Konstellation führte von meinem in Osterburg aussteigenden Großvater zufällig zu mir.

Mein Großvater war Kommunist, ein autoritärer Kommunist, denn der Kommunismus war zwar für die Menschen erdacht, aber menschlich war er deswegen nicht. Die Anweisungen meines Großvaters duldeten keinen Widerspruch. Wenn er die Pferde vor die Kutsche spannte, rief er: *Hoh, wirst du wohl*, was klang wie *wissowol*, hart und streng, ein Wort wie eine Peitsche, *wissowol, hoh*, und dann hatte er es im Griff, das Pferd, und ich fuhr mit ihm auf der Kutsche voller Eier oder Kartoffeln oder Gurken zur Annahmestelle der LPG. Manchmal durfte ich den Lederriemen halten und eine Welle durch den Riemen hindurch zum Haflinger nach vorn schicken, um ihn anzutreiben, ich durfte *hoh* und *brrr* rufen, und das Leder zwischen den Fingern hatte eine raue und eine glatte Seite, und wir glitten langsam und schweigend durch das Dorf, ja, es war eine Art Schweben, unterbrochen nur vom Getrappel der Pferdehufe. Einmal hat ein Pferd beim Anspannen ausgeschlagen und meinen Großvater vor die Brust getreten, seitdem ging er nie wieder *hinter* einem Pferd vorbei, und es bestätigte ihn in seiner Überzeugung, dass Tiere Feinde sind, die es zu beherrschen gilt, so wie die anderen Mitglieder der Familie. Geschlagen wurde mit dem Gürtel, wenn ihm ein Essen nicht passte, warf er den Topf an die Wand, und all das wurde auf den

Granatsplitter geschoben. Es wurde geflüstert, dass ihm aus dem Krieg ein *Granatsplitter im Kopf stecke*, und ich fragte mich immer, wo genau er denn steckte und ob das möglich sei, dass ein Eisensplitter ein Leben lang einfach so im Gehirn bleibt. Mit mir war er nachsichtig, mich *mochte er leiden*. Wenn er draußen in der Zinkwanne badete, schnitt ich ihm die Zehennägel mit einem scharfen Messer, als würde ich Scheiben von einem Stück Käse raspeln, ich arbeitete viel und gab keine Widerworte. Er strich mir mit seiner großen Pranke über den Kopf und überließ mir nach der Arbeit das Luftgewehr; dann ging ich durch den Blumengarten, machte das Tor hinter mir zu, lief über die Obstwiese, weiter durch den Hühnergarten, der allein zweitausend Quadratmeter maß, und die hundert Hühner folgten mir wie ein Schweif. Sie erwarteten Futter von mir, da ich jeden Morgen mit einem Eimer Weizen durch den Garten lief und *puttputtputt* rief und mit ausholenden Würfen die Körner auf dem Boden verstreute. Jeden Morgen griff ich in eine Truhe voller Weizen, aus der ich den Eimer füllte, doch bevor ich das tat, steckte ich meine Arme bis zu den Schultern hinein und wühlte in der Körnermasse, ich ließ sie wieder und wieder durch meine Finger rieseln, bis mir der staubige Geruch des frischen Korns in die Nase stieg. Hinter der Obstwiese kam das Gurken- und das Kartoffelfeld, etwa ein *Morgen* groß – damals wurde Land noch in Morgen gemessen, die Größe einer Fläche, die man an einem Morgen pflügen konnte –, das war das Randgebiet des großväterlichen Grundstücks. Dahinter kam die Koppel, durch die ein weidenbestandener Bach lief, und jenseits der Koppel lag ein Wäldchen, bis zu dem ich mich nie vorwagte. Dort begann fremdes Gebiet. Durchs knöchelhohe Gras staksen und immer auf die Kuhfladen achten, die frischen vor allem, und immer die Kühe im Blick behalten, ob sie vor oder hinter dem Zaun stehen, die Welt für sich allein haben, am Horizont die Bäume, davor Weide an Weide, Graben an Graben. In meiner Hosentasche rasselten die *Diabolos* in einer Metalldose, die doppelten Bleikegel, die man richtig herum in den Lauf hineinschieben musste, mit der offenen Seite Richtung Gesicht, damit der Luftdruck hineingreifen konnte. Zwischendurch, gegen meine Angst, legte ich es an, presste das glatt gescheuerte Holz gegen meine Wange, manchmal schoss ich einfach. Ich schoss geradeaus ins Nichts und stellte mir vor, wie irgendwo hinten auf der Wiese das *Diabolo* ins Gras fiel. Ich war auf mich gestellt. Ich war allein in der Natur, befreit von den Betonwänden des Plattenbaus. Doch irgendwann kam immer die Angst. Sie entzündete sich an der kleinsten Verunsicherung, einer falschen Bewegung im Augenwinkel, einem Geräusch, einer dunklen Wolke, ein winziger Auslöser reichte, und aus der Weite wurde mit einem Mal eine Leere, was eben noch eine Fülle war, an Möglichkeiten, an Wagnis, an Natur, an Aufregung, an Fantasie, kippte in eine Angst vor mir selbst. Es war die pure Angst, und dann rannte ich zurück, so schnell ich konnte, und drehte mich nicht mehr um.

Polly hält an, die Leine spannt sich. Diesmal schnuppert sie wirklich. Ich warte, bis sie ausgeschnuppert hat. Der Himmel ist bewölkt. Ab und zu bricht für Sekunden die Sonne durch und spiegelt sich in den Pfützen, sodass ich die Augen zusammenkneife. Der Feldweg gabelt sich. In der Mitte des sich öffnenden Wegs liegt ein Findling, umstanden von zwei jungen Linden und einer älteren Eiche. Manchmal klettern die Kinder auf den Stein und springen wieder hinunter, laufen um ihn herum, erklären ihn zum Ziel eines Wettlaufs, verstecken etwas dahinter, manchmal lege ich meine Hand auf ihn, um seine Masse zu fühlen. Ein Objekt, das eine Milliarde Jahre alt ist und vielleicht noch eine Milliarde Jahre vor sich hat, das die Zeit in sich gespeichert hat und an dem wir Tag für Tag achtlos vorübergehen. Welche Wirkung ein Stein in der Landschaft hat. Ein Stein verändert das ganze Bild, verschiebt die Gewichte.

Ich biege nach rechts ab auf einen Schotterweg. Polly zieht. Jetzt hat sie doch die Lust am Laufen entdeckt und stromert im Zickzack durch das hohe Gras. Der Mais wurde vor Kurzem abgeerntet. Jetzt liegt der Acker da, erschöpft, schwarz, gespickt mit hellbraunen, schräg im Boden steckenden Stoppeln. Die Felder werden nicht mehr in Morgen gemessen, sondern in Hektar. Ein Hektar ist viermal so groß wie ein Morgen und wird noch vor dem Frühstück abgeerntet. Der Mais wird gefressen von einem Schneidewerk von zwölf Metern Breite, das einen Hänger von der Größe eines Schwimmbeckens in Minuten füllt. Die Schneidwerke fressen, und die Abtransportierer stehen Schlange und transportieren ab, ununterbrochen, die Schlange darf nie abreißen, und eine Stunde später ist von dem Mais nichts mehr zu sehen, bis auf ein paar traurige, vergessene Halme. Dreihundert mal dreihundert mal drei Meter Mais, ein kompakter Block Biomasse, zweihundertsiebzigtausend Kubikmeter, möglichst wenig Luft, möglichst viel Pflanze. Jetzt folgt wieder der Zyklus Jauche, Glyphosat, Jauche, Glyphosat, meist nachts und vor dem Regen, als wäre es eine geheime Aktion. Das Unkraut wird gelb, es stirbt einen raschen Tod. Dann kommt wieder Mais. Die Schneidwerkzeuge, die Abtransportierer, das Biomassekraftwerk. Immerhin sind auf dem Feld jetzt wieder die Steine zu sehen, es ist die Jahreszeit der Steine, größere und kleinere Brocken, die während des Herbstes nach und nach an der Oberfläche der Felder auftauchen, und niemand weiß, woher sie kommen. Es gibt verschiedene, sich teils widersprechende Theorien, warum die Steine auf dem Feld auftauchen, durch Frost, durch das Pflügen, durch die Erschütterungen der Maschinen, die die Steine nach oben rütteln, durch Erosion oder den Regen, der die feineren Bestandteile der Erde nach unten sickern und die Steine nach oben wandern lässt. Doch all diese Theorien erscheinen mir nicht schlüssig. Am weitesten verbreitet ist die Frosttheorie, doch Frost haben wir in den meisten Wintern gar nicht, und wenn, dann friert allenfalls die oberste Schicht Erde. Trotzdem sind die Äcker voller Steine. Vor einiger Zeit, als wir auf der Suche nach Feldsteinen für unseren Garten waren, habe ich mich mit einem Bauern darüber unterhalten, der aus einem Dorf mit dem bezeichnenden Namen *Steinfeld* stammt, in dem das Phänomen besonders verbreitet ist, und er lieferte eine neue Theorie: Die Steine werden durch die Fliehkräfte der Erdrotation nach außen getrieben, sagte er, Zentimeter für Zentimeter arbeiten sie sich durch die Erde, bis sie eines Tages an der Oberfläche auftauchen. Er hat uns dann ein paar Tage später einen ganzen Hänger voller Steine gebracht, die er am Rande seines Feldes gesammelt hatte, darunter große Brocken, die sich nur mit einem Trecker bewegen ließen und die wir zu jener Trockenmauer zusammengesetzt haben, die seither die Grenze unseres Grundstücks bildet. Bei meinem Großvater musste ich die Steine vom Feld aufsammeln. Er nannte das Lesen. Steine lesen. Heute kannst du mal wieder Steine vom Feld lesen. Das Lesen als Sammeln. Wörter lesen. Auflesen. Jeden Tag lese ich Wörter auf und notiere sie in einer Datei mit dem Titel *Wörter*.

Selbstklimmer. Findling. Fernwärme.

Jemand ist von Weitem zu sehen, eine dunkle, nach vorn geneigte Gestalt, die Hände tief in den Taschen. Noch kann ich nicht erkennen, wer es ist, doch sofort verändert sich das ganze Gefüge. Ich trete in eine Beziehung zu diesem anderen Geher, dieser andere zwingt mir Fragen auf, die ich mir an diesem Morgen gar nicht stellen will und die mich aus meinen Gedanken reißen. Wer ist das? Kenne ich ihn? Bleibe ich stehen oder grüße ich nur? Gibt es noch die Möglichkeit auszuweichen? Mein Gehen ist ja eigentlich ein Ausweichen, ein *Entgehen*, ich will niemandem begegnen. Und schon bin ich ganz aus dem Gleichgewicht gebracht, dieses empfindliche Gleichgewicht des Denkens beim Gehen, der Rhythmus der Schritte, bei dem sich die Gedanken sortieren, wird durch den anderen Geher gestört. Man geht nun schneller oder langsamer, man stimmt sein Gehen auf das Gehen des anderen ab. Hinauszögern oder rasch dran vorbei? Über das Wetter reden? Über das Wetter lässt sich immer reden. Das Wetter hat hier immer eine Bedeutung. Ich schaue in den Himmel. Wie ist das Wetter denn? Welche Meinung habe ich zum Wetter? Über das Wetter zu reden, ist meistens unverdächtig, wobei es auch Wettergespräche gibt, die zu nachhaltigen Differenzen führen können. Ich kenne Menschen, mit denen ich lieber nicht mehr über das Wetter rede, da sie grundsätzlich anderer Meinung sind als ich, was die Auslegung der Witterung anbelangt. Wenn man meint, mit einem *Scheißwetter* sofort und umfänglich Einigkeit herstellen zu können, erwidert mancher: Wieso, ich mag den Regen. Als ich an einem besonders kalten und ekelhaften Wintermorgen im Büdchen Irmgard auf den *schrecklichen* Winter ansprach, erwiderte sie: Ich mag den Winter, da ist es immer schön früh dunkel. Oder man stöhnt, *diese Hitze,* und der andere entgegnet fast beleidigt: Erst wollen alle den Sommer, und wenn er dann da ist, stöhnen wieder alle. Nur wenn sich die Begegnung gar nicht mehr vermeiden lässt, muss ein Wettergespräch geführt werden, aber dabei ist es nötig, auf eine bestimmte Weise über das Wetter zu reden, es nicht als Fakt darzustellen, sondern als Auslegungssache, *ergebnisoffen*, sodass man jederzeit noch auf die Meinung des anderen einschwenken kann.

Ich überlege, wie ich ein Wettergespräch eröffnen könnte, da erkenne ich Thorben, zum Glück. Thorben redet nie über das Wetter, er hat keine Meinung zum Wetter, mit Thorben müsste ich überhaupt nicht reden, Thorben würde es mir auch nicht übel nehmen, wenn ich mit den Worten *hab's heute eilig* an ihm vorbeigehen würde. Thorben hatte Nachtschicht im Krankenhaus, er sieht müde aus, dreht noch mal eine Runde mit dem Hund, bevor er sich ins Bett legt. Wir grüßen uns, die Hunde beschnüffeln sich.

– Und?, frage ich.

– Tja. Jetzt Trainerwechsel. Aber ich denke, es war die richtige Entscheidung.

Thorben beantwortet Fragen nach seinem Befinden grundsätzlich mit dem Befinden seines Vereins. Er hat die schwarzgelbe Flagge des BVB in seinem Garten gehisst. Wir schauen beide auf die Hunde. Der schwarze Labrador umrundet Polly, die sich vor ihm in den Dreck wirft und die Beine anwinkelt. Das unverhohlen Triebhafte der Hunde führt gelegentlich zu peinlichem Schweigen.

– Na dann, sage ich, schönen Tag euch. Polly, komm.

Die Hunde ziehen, sie wollen zueinander, die Geher streben voneinander weg. Thorben hebt noch einmal die Hand, so wie ich, dann wendet sich jeder wieder seinem Weg zu.

Zwei Schotterpisten kreuzen sich, links verstecken sich zwischen alten Kiefern Einfamilienhäuser, rechter Hand liegt der Betrieb des Lohnunternehmers Brunß. Auf einen Teil des Grundstücks hat er vor Kurzem acht Ladungen Sand geschüttet, und auf den Sandbergen schießt das Unkraut in die Höhe, Sauerampfer, Melde, Taubnessel, Disteln. Dahinter steht eine Batterie modernster Traktoren, aufgereiht wie in einem Katalog, mit schrägen, böse dreinschauenden Augen, zweiachsige Anhänger mit Ballonreifen, Güllewagen, Mähdrescher mit eingeklappten Schneidwerken, Ballenpressen, Ausgleichsgewichte, achthundert Kilogramm, tausend Kilogramm, jede erdenkliche Art Arbeitsmaschinen findet sich auf diesem Platz, ein ganzer Fuhrpark agrartechnischer Innovationen, der auf Malik eine unwiderstehliche Anziehungskraft ausübt. Jeden Morgen schwärmen die Fahrer aus, um für andere Bauern die Felder zu bestellen, im Sommer einen Wirbel aus Staub hinter sich herziehend, sodass man die Luft anhält und die Augen zusammenkneift und der Mund trotzdem trocken ist vom Staub. Jetzt, im Herbst, brettern sie durch den Matsch in den Schlaglöchern, die, sooft sie sie auch neu schottern, nach wenigen Wochen wieder da sind; das Wasser spritzt, und wenn man einen Schritt zurück tritt, stößt man mit den Waden gegen Brombeeren und Brennnesseln, im Unterholz dahinsiechende Elendsexistenzen, mit verdreckten Blättern, die kaum je die Sonne sehen. Die Fahrer grüßen dankend, allen Niederungen enthoben, klappen in vier Metern Höhe locker die Hand aus und wippen in ihren gepolsterten Sesseln vorbei. Ginge ich nach rechts, die kurze Runde an den Treckern vorbei, wäre ich schneller zu Hause. Will ich schneller zu Hause sein? Ich horche in mich hinein und prüfe, ob ich schon arbeitsfähig bin, ob ich schon das nötige Maß an innerer Spannung erreicht habe, denn mein Gehen ist nichts als eine innere Sammlung, es steht vollständig im Dienst meiner Arbeit, also des Denkens. An manchen Tagen überkommt mich schon an dieser Gabelung eine Arbeitswut, und ich ziehe im Stechschritt Polly hinter mir her, um so rasch wie möglich an den Schreibtisch zu kommen. Heute spüre ich zwar die morgendliche Frische und durch die kühle Novemberluft eine vordergründige Klarheit, doch dahinter, wie ein lastendes Gewicht, die Müdigkeit der Nacht. Maliks Wutanfall, meine Wut auf ihn, darüber, dass mein Tag heute vielleicht unbrauchbar geworden ist, der ganze Tag unbrauchbar, eine Quälerei, dabei brauche ich ihn, ich brauche jeden einzelnen Tag, denn jeder einzelne Tag ist meine Idee vom Leben. Ein Traktor kommt mir entgegen, ich trete einen Schritt zur Seite und hebe die Hand, der Fahrer grüßt zurück, der Matsch spritzt.

Ich biege nach links ab auf eine sanft zum Moor hin abfallende Straße, die rechts an eine Reihe Weiden grenzt, vorbei an den zwei Haflingern, die sich mit langen Lippen ihr Heu aus einem Netz klauben, an den sechs Schafen, den Islandponys für das therapeutische Reiten, am Reitplatz aus hellem Sand, bis linker Hand ein Ensemble alter Bauernhäuser folgt, der Moorhof, eine pädagogische Einrichtung für Menschen mit geistiger und körperlicher Behinderung. Der Moorhof ist ein Ort, dessen Energie auf die ganze Gegend abstrahlt, ein Gelände, das ein Hauch von *alter Zeit* umweht, da die Bewohner hier alte Handwerke pflegen. Es gibt eine Wäscherei, in der die Bettlaken noch von Hand geplättet werden, eine Weberei, eine Backstube und eine Kerzenzieherei, sie betreiben eine kleine Landwirtschaft mit zwei Dutzend Enten, von denen wir jedes Jahr eine für das Weihnachtsessen bestellen, zwei Eseln, drei Pferden und ein paar Bentheimer Landschweinen.

Der Moorhof mit seinem ausgemauerten Fachwerk und den dunkelblau lasierten Balken wirkt wie ein im neunzehnten Jahrhundert konservierter Ort, so, als wolle man für die Bewohner eine heile, vergangene Welt aufrechterhalten, in der sie sich jederzeit orientieren können, ein Schutz vor der Überforderung durch die komplexe Welt hier draußen.

Die Köchin bespricht das Mittagessen in einem großen Morgenkreis, der Gärtner schiebt eine Schubkarre mit Baumschnitt vor sich her, die Bewohner laufen die Straße auf und ab und warten darauf, dass sie irgendwohin gefahren werden. Da ist der Autist mit der Hundephobie, der mit steifen Beinen und nach vorn gerecktem Kinn an mir vorbeigeht. Er hält den Kopf immer in exakt demselben Winkel, sodass er schräg nach oben über seine Brille hinweg in den Himmel blickt. Dabei murmelt er etwas vor sich hin, und wenn er einen anschaut, dann bewegt er nicht den Kopf, sondern nur die Augen, rollt die Augen in meine Richtung und hat dabei diesen wissenden Blick. Er schaut mich an, und ich habe das Gefühl, sein Autismus ist nur ein Spiel, er sieht alles, er durchdringt alles mit seinem Röntgenblick, er kann es nur nicht ausdrücken. Dann kommt der Junge mit der hängenden Lippe, dem nassen Mund, dem vom Sabbern nassen T-Shirt und einer Brille, die so dick ist, dass man die Augen dahinter kaum sieht; jeden Morgen spricht er mich an, *W-w-w-w-eißt d-d-d-u wann d-d-d-d-er B-b-b-b-us kommt?* Jeden Morgen wieder antworte ich ihm dasselbe: Nein, das wisse ich leider nicht, dann folgt er mir noch ein Stück, als gebe er sich mit der Antwort nicht zufrieden, bis er wieder umkehrt und den nächsten Geher anspricht. Mir kommt die Frau mit dem breiten Becken und den kurzen, roten Haaren entgegen, die jedes Mal beim Erblicken von Polly in Entzückungsschreie ausbricht, die Hände zusammenschlägt, sich hinkniet, als sehe sie den Hund zum ersten Mal, und fragt: Gehört der euch?, was ich bejahe, woraufhin sie sagt: Am liebsten würde ich den mit ins Bett nehmen und *totkuscheln*.

Diese morgendliche Betriebsamkeit, das Erwachen des Hofes, die immer gleichen Abläufe, Dialoge und Grußformeln, dieser Ort, an dem sich sehr viele Menschen sehr viel Mühe mit der Frage geben, wie ein selbstbestimmtes Leben trotz Behinderung aussehen kann, die Atmosphäre der Fürsorge, die manchmal schrägen, manchmal nervigen, manchmal apathischen, immer aber gutmütigen Bewohner – all das strahlt morgens auf mich ab und hat auf mich dieselbe beruhigende Wirkung wie auf die Bewohner: die Gewissheit, dass es einen Ort gibt, an dem sich nie etwas ändert, das Gefühl des Aufgehobenseins in festen Abläufen.

Abläufe. Ablaufen. Ich laufe meine tägliche Strecke ab. Weiter unten, wo die asphaltierte Straße in einen grasbewachsenen Weg mündet, der ins Moor führt, kommt mir Nils auf dem Rad entgegen. Es ist ein klappriges Damenrad, er trägt große, grüne Gummistiefel und eine blaue Leinenhose. Entspannt tritt er gegen den Anstieg an, und als wir auf gleicher Höhe sind, stellt er den Fuß mit einer winzigen Bewegung des Fußgelenks ab. Seine Haare hat er in eleganten Schwüngen nach hinten gekämmt, was die hohe Stirn betont, hinter seiner schmalrandigen, runden Brille liegt ein schelmischer Blick. Er ist Landwirt und Sänger, ein Experte für deutsche Chansons der 1920er-Jahre, und würde er die alte Wachsjacke gegen den Frack tauschen, würde er sich in einen galanten Großmeister des Swings verwandeln. Wir sind schon zusammen aufgetreten, ich lesend, er singend, überhaupt sind wir uns sehr zugewandt, als verbinde uns, hier auf dem Land, so etwas wie das geheime Band der Kunst. Auch er hat, wie Brunß, größere Flächen Acker- und Weideland geerbt, doch während Brunß jeden Quadratmeter intensiv nutzt, lässt Nils die Weiden brachliegen, pflanzt Hecken um seine Felder, um sie vor Erosion zu schützen, und hält fünf Kühe einer seltenen Zwienutzungsrasse, die er jeden Morgen melkt. Er ist gerade dabei, sich eine kleine Milchwirtschaft aufzubauen, er hat sieben Kinder aus zwei Ehen, und wenn ich ihn auf der Bank vor seinem Hof sitzen sehe, spielen seine Kinder mit seinen Enkeln. Am Lenkrad baumelt eine Edelstahlkanne. Ich muss den Hals recken, um die Pfütze Milch auf dem Grund zu entdecken.

– Ist ein Anfang, sagt er und lacht, als er meinen Blick in die Kanne bemerkt. Wenn sich die Herde jedes Jahr verdoppelt, fährt er fort, geht es ganz schnell. Wir lachen beide, und ich muss an die Weizenkornlegende denken, nach der sich der Erfinder des Schachspiels als Belohnung jene Menge Weizen gewünscht hat, die auf ein Schachbrett passt, wobei sich die Menge auf jedem Feld verdoppeln sollte. Auf dem letzten Feld lägen dann theoretisch Milliarden Tonnen Weizen. Vor Kurzem hat Nils einen Deckbullen aus dem Harz kommen lassen, der nun acht Wochen lang mit den Kühen auf der Weide verbringen darf. Immer wenn ich Nils treffe, habe ich das Gefühl, das Leben wäre leicht und endlos, er strahlt eine Gelassenheit aus, die sich sofort auf einen überträgt.

– Und sonst?

Marlene, sagt er, sei krank gewesen. Ich drücke mein Bedauern aus und erkundige mich nach ihrem Befinden. Sie habe alles gut überstanden, leide nur noch unter Belastungsapnoe. Die Kanne baumelt am Lenkrad, Polly steht da und schaut mich an, ich frage mich, was er jetzt mit dem Schluck Milch in der Kanne vorhat, ob sie ihn direkt zum Frühstück trinken?

Belastungsapnoe. Ich wiederhole dieses Wort für mich, ich prüfe dieses Wort, rolle es im Mundraum hin und her und teste seinen Geschmack, nehme es in meine heutige Wörterlese auf. Vielleicht, denke ich, leiden wir ja alle darunter, vielleicht ist es ja die Krankheit der Zeit.

Er setzt den Fuß auf die Pedale, ich wünsche Marlene gute Besserung, dann radelt er weiter bergan, mit leicht schwankendem Oberkörper, die Kanne schlägt gegen die Fahrradgabel. An dieser Stelle des Weges weiß Polly, dass es wieder zurück geht, und plötzlich fängt sie an zu ziehen wie ein Husky nach einer dreiwöchigen Pause. Sie stemmt die Pfoten in den Boden und zerrt mit ungeahnten Kräften an der Leine, sodass ich bremsen und ihr mein ganzes Gewicht entgegensetzen muss. Der Weg führt durch die Senke, in der es immer einige Grad kühler und feuchter ist als weiter oben. Rechts liegt das Moor, ein unwirkliches Stück Land voller Heide und Wollgras und vereinzelt stehender Krüppelkiefern. Es ist ein altes Moor, durch das sich Generationen von Torfstechern mit ihren Spaten hindurchgegraben haben. Die Landschaft ist dadurch gerillt, als hätte jemand eine große Harke einmal über das Land gezogen. So sind die Gräben entstanden, je vierhundert Meter lange, gut zwanzig Meter breite und bis zu drei Metern tiefe Gräben, in die sie bei der Renaturierung altes Holz und Astwerk gekippt haben und die über die Jahre mit Wasser vollgelaufen und versumpft sind. Es ist ein stilles Fleckchen Land, in dem abends die Nachtigallen singen, ein unheimliches Stück Land, in dem man immer allein ist, in dem die stillen Wasser tief sind, aus denen verdorrte, blanke Äste wie die krummen Finger

Ertrunkener ragen. Ich löse Pollys Leine, und sie flitzt wie befreit los. Bleibt stehen, schnuppert, läuft weiter. Ich kann kräftig ausschreiten.

Ausschreiten.

Jeden Morgen muss ich exakt an dieser Stelle des Weges an das Wort Ausschreiten denken. Ein Wort aus einer anderen Zeit. Ebenso wie einkehren. Auch an dieses Wort muss ich jeden Morgen denken. Ausschreiten, einkehren, als seien die Wörter hier vorhanden wie Schichten der Luft, die man nicht sieht. Vielleicht liegt es an diesem Ort, an dem Blick hinauf zur alten Mühle, deren gerippte Flügel früher mit Leinen bespannt waren, dem Blick auf die sanft geschwungenen Felder, an dem unheimlichen Moor, dass man für einen Moment das Gefühl hat, man sei ein Wandersmann, ein Geselle auf der Walz, der von Wilstedt her nach Fischerhude hineinkommt, sich den Schweiß von der Stirn wischt, einen Schluck trinkt, Arbeit sucht und einen Ort zum Einkehren. Manchmal ergebe ich mich so sehr dieser Vorstellung, dass ich überzeugt davon bin, dass diese Zeit hier *tatsächlich* noch vorhanden ist, alle Zeiten, Schichtungen der Zeit, und dass man nur innehalten muss, um sie wahrzunehmen.

Ausschreiten. Das verschwindend kleine *Aus,* dieser Hauch eines Wortes, dem Schreiten vorangestellt, nimmt diesem die Würde und macht daraus wahlweise ein forsches Gehen oder Randale.

Polly stromert herum, lässt sich zurückfallen, schnüffelt, so lang, wie sie möchte, dann wieder kommt sie angewetzt, die Hinterbeine vor die Vorderläufe werfend, überholt mich, ihr Schwanz dreht sich wie ein Propeller, die Hängeohren flattern, als würde sie jeden Moment abheben, doch dann stoppt sie abrupt an irgendeinem Geruch, wartet, hechelt, schaut sich nach mir um, senkt den Kopf und verschwindet im Gras.

Beim Anstieg zurück auf den Mühlenberg kommt mir eine Joggerin entgegen, eine Frau um die fünfzig. Ich sehe sie häufig morgens durch die Novemberlandschaft laufen. Reste von Grün. Überwiegend Grau, Braun. Gedeckte Töne. Die Natur verliert die Farben, sie kosten im Winter zu viel Kraft. Und dann, wie ein Kontrapunkt, dieser sich langsam fortbewegende, neongrelle Fleck in der Landschaft. Einmal habe ich diese joggende Frau völlig unerwartet im Business-Kostüm gesehen, nachmittags, an einer anderen Stelle im Dorf, und ich war geradezu geschockt, es war, als stünde ein komplett anderer Mensch vor mir. Ich dachte: Sie ist doch *die Joggerin*, als hätte sie kein anderes Leben, keine andere Rolle außerhalb des Joggens. Ich grüße kurz, sie grüßt zurück, die Ellenbogen angewinkelt, ein wenig außer Atem, ihre Hüften wippen im Takt ihrer Schritte. Ich selbst habe mir vor Kurzem neue Laufschuhe gekauft. Jeden Herbst überkommt mich anfallsartig das Bedürfnis zu laufen, dem Winter davonzulaufen oder durch ihn hindurchzulaufen. Leider erschöpft sich der Anfall meist mit dem Kauf der neuen Ausstattung und zwei, drei von der Euphorie des Kaufs getragenen Laufversuchen. Die Schuhe sind, ebenso wie die Jacke der Frau, in grellen Farben gehalten, als müsse man die Tätigkeit des Laufens auf eine besondere Weise in der Landschaft markieren. *Seht her, ich laufe!* Doch erst durch diese Kleidung fühle ich mich berechtigt, in den Laufschritt zu fallen, erst die Kleidung gibt mir das Recht, durch diese Novemberlandschaft zu *laufen*. Erst dadurch verhalte ich mich in den Augen der anderen *normal*. Jede Tätigkeit hat ihre Repräsentation in einer bestimmten Kleidung, Tätigkeit und Repräsentation müssen übereinstimmen, klaffen sie auseinander, wirkt die Tätigkeit befremdlich, skurril, lachhaft, *gestört*. Eine Bewohnerin des Moorhofes läuft manchmal einfach so, in Jeans und Winterjacke, um den Mühlenberg herum, und ich verstehe ihr Laufen nicht, ich kann es nicht deuten. Es ist kein Joggen, aber auch keine Flucht, da ich sie häufiger dabei beobachte; es ist ein ausdrucksloses Rennen, bei dem sie die Arme nicht entsprechend mitbewegt, sondern schlaff an der Seite herunterhängen lässt, wodurch sie in eine Art puppenhaftes Schlenkern geraten. Es geht nicht um Fitness oder um Eile, nein, statt zu gehen, läuft sie einfach. Sie scheint diese Fortbewegungsart nicht als befremdlich wahrzunehmen, sondern als das, was sie ist: eine Veränderung der Geschwindigkeit, und wenn ich mich nach ihr umschaue und versuche, ihrem Laufen einen Sinn zu verleihen, konfrontiert sie mich mit meinen eigenen Wertungen. Verdächtig wäre es also, liefe die Joggerin im Business-Kostüm, es sähe aus wie ein Notfall oder als wäre sie verrückt. Eine andere Kleidung führt zur Umdeutung *derselben* Handlung. Verdächtig wäre es ebenso, in Joggingkleidung *nicht* zu laufen, denn das Tragen der Kleidung verlangt wiederum nach der Ausführung der entsprechenden Bewegung. Wenn ich beim Joggen erschöpft bin, außer Atem, und ich sehe, wie mir jemand entgegenkommt, falle ich automatisch wieder in den Laufschritt, um keine Fragen oder dummen Bemerkungen zu provozieren: *Alles in Ordnung? – So sieht bei dir also Joggen aus*, als verleihe uns die Kleidung nicht nur eine Berechtigung, sondern auch eine Pflicht, etwas zu tun oder zu sein.

Polly hat den alten Willem entdeckt und scharwenzelt um ihn herum. Willem bringt Pferdemist auf seinen Beeten aus und arbeitet ihn in den Boden ein. Er lebt sommers wie winters in einer

Gartenlaube, ohne Strom und fließend Wasser. Er hat dieses kleine Stück Land gepachtet, das von ihm aufs Akkurateste bewirtschaftet wird. Nie sieht man einen Grashalm in seinen Beeten, im Sommer wässert er von Hand, er hat von allen Gärtnern die größten Erträge. Vermutlich stammt sein Wissen über Nutzpflanzen noch aus der Zeit zwischen den Weltkriegen. Mit Willem kann man wunderbare Wettergespräche führen, denn das Wetter ist für ihn nicht nur ein Gesprächsanlass, es ist für ihn eine Existenzfrage. Er lobpreist das Wetter und verflucht es, meistens verflucht er es, und das Ganze im Ton einer Beschwörung, manchmal raunend, immer unterbrochen von Ausrufen wie *Oh* oder *Och. Och, hör auf, kein Regen, seit Wochen kein Regen,* oder *zu viel Regen, erst gar nichts, dann zu viel,* oder *hier steht immer der Wind drauf und trocknet alles aus. Dat ward jümmer allens slimmer. Das Wetter ist, wie es ist, goud, dass man da noch nich dran drehen kann.* Willem besitzt nur eine einzige ausgebeulte Hose aus grobem Stoff, er trägt einen Hut, wie mein Großvater einen trug, einen Cordhut mit schmaler Krempe, und eine blaue Arbeitsjoppe, und wenn wir uns übers Wetter unterhalten, stützt er sich mit beiden Händen auf seinen Spaten. Willem ähnelt ihm überhaupt sehr, meinem Großvater.

Ich rufe Polly zurück, denn Willem kann mit Hunden nichts anfangen, er beschwert sich immer über ihre Hinterlassenschaften auf seinem Beet, und ich leine sie an. Vorn kommen uns zwei Rottweiler entgegen. Wir lassen sie in respektvollem Abstand passieren und machen uns auf den Weg nach Hause.

Der Gundermann-Exzess

Der Apfelbaum in unserem Garten ist gelb eingekleidet, es ist ein dünnes Kleid, und es wird von Tag zu Tag lichter. Ich kann nun wieder die Nachbarhäuser sehen, die Nachbarn können uns sehen, die anderen Häuser sind von einem Tag auf den anderen so nah, fast wundert man sich, dass sie wirklich noch *da* sind. Der Winter schafft auf seine Weise eine Transparenz, über die ich jedes Jahr fast erleichtert bin. Die Last der Früchte und Blätter ist endlich abgeworfen, den Winden wird kaum noch Widerstand geboten, das Überwuchernde zerfällt. Alles reduziert sich auf die tragende Struktur. Die Sonne steht tief, doch es gelangt mehr Licht in den Garten und ins Haus als im Sommer, man grüßt die Vorbeigeher und die Hundegänger wieder durch die Hecke, als rückte man in der kalten Jahreszeit enger zusammen und die Natur trüge das Ihrige dazu bei. Die Luft ist fein und kühl, irgendwo ist ein Zug Verbranntes in ihr. Ich öffne Polly die Terrassentür, sie schlängelt sich sofort hinein, sichtbar erleichtert, dass sie wieder im Trockenen ist, schüttelt sich, dreht sich nach mir um und starrt mich an. Man kann ihr beim Denken zuschauen. Ihre Verarbeitungskette läuft folgendermaßen: Was macht er? Was bedeutet das für mich? Springt etwas für mich dabei raus? Levje sitzt am Esstisch, ihr Gesicht ist ins bläuliche Licht ihres Laptops gehüllt. Ich müsste auch an den Schreibtisch. Dringend. Doch irgendetwas zieht mich heute hinaus. Der Geruch des Feuers, der Duft der fauligen Äpfel auf dem Boden, die rosafarbenen Blütenfächer der Fetten Henne, das nasse Laub auf dem Rasen, der taufrische Geschmack von

Kapuzinerkresse, es ist diese ganze herbstliche Frische, die morgendliche Sammlung der Natur, die einen Sog auf mich ausübt.

Polly steht noch immer unschlüssig inmitten des Wohnzimmers, der Körper zeigt schon Richtung Couch, auf die sie jeden Moment springen und sich dort für die nächsten Stunden einrollen wird, den Kopf hat sie noch mir zugewendet, als warte sie auf meine Entscheidung. Nur ein paar Minuten, denke ich, schnappe mir die Gartenschere, die immer griffbereit auf der Terrasse liegt, und gehe einmal um das Haus herum. So, wie die Kinder täglich im Wohnzimmer ihre Runden um den Kamin drehen, laufe ich jeden Tag mehrmals um das Haus herum. Die Kreisbewegung hat etwas Befreiendes, erst der Kreis erlaubt es mir, ständig in Bewegung sein zu können, ohne auf und ab zu gehen wie ein Tier im Zoo, ohne meine Unruhe spüren zu müssen.

Ich laufe um das Haus herum mit der Gartenschere in der Hand, die Gartenschere ist meine Legitimation für das Im-Kreis-Laufen, für das Draußensein. Ich schneide hier ein bisschen, dort ein wenig, ein Quertreiber, ein Reiber, nach Innen wachsende Äste, Totholz, verblühte Rosen- oder Staudenblüten. Der Gundermann treibt in verschiedenen Ecken sein Unwesen. Die Ausläufer kriechen wie Schnüre über den Boden, schlingen und tasten sich, gleich, über welchen Grund, in alle Richtungen voran, falten ihr Blätterdach über den Grashalmen auf, nehmen dem Rasen immer mehr Licht und verdrängen ihn schließlich ganz. Mähe ich tiefer, wachsen auch die Blätter tiefer; er lernt schnell, der Gundermann. Ich will nur rasch ein Stück, dieses vorwitzige Stück, das sich schon so weit in die Rasenmitte hineingeschoben hat, herausholen, lege die Gartenschere beiseite, krümme meinen Zeigefinger zu einem Haken und stecke ihn in den Grassoden auf der Suche nach den

Ausläufern, denn die Stärke des Gundermanns ist zugleich seine Schwäche: Hat man einmal einen Ausläufer erwischt, lässt sich an ihm ein ganzes Stück Pflanze herausziehen. Ich spüre den leichten Widerstand, den mir die Wurzeln alle paar Zentimeter entgegensetzen, er klammert sich an den Boden, der Gundermann. Zieht man zu fest, reißt der Ausläufer ab, dosiert man die Kraft gut, hebt man ein weitmaschiges Gewebe aus dem Gras. Ich suche nach weiteren Ausläufern, mit einer zunehmenden Gier. Immer besser erkenne ich die gichtigen Knoten im Gras, an denen die Ausläufer Blätter bilden. Sie überlagern sich, treiben in alle Richtungen, laufen kreuz und quer, man zieht immer weiter und begreift erst jetzt, wie weit verzweigt das Rhizom ist. Alles hängt mit allem zusammen, ziehe ich hier, ruckelt es dort hinten, und bleiben nur kleinste Stücke im Boden, treibt die Pflanze erneut aus. Aus einem Millimeter entsteht eine ganze Kolonie, Leben, das sich beständig aus sich selbst heraus reproduziert. Jetzt gerate ich in einen Rausch, in einen Vernichtungsrausch, einen Gundermann-Exzess, ich will diesem Gundermann ein für alle Mal den Garaus machen und ziehe einen Ausläufer nach dem anderen aus dem Gras, und immer wenn ich ein langes Stück in der Hand halte, denke ich, *jetzt hab ich dich, jetzt habe ich die Mutterpflanze, jetzt habe ich den Kern des Ganzen,* doch er führt mich wieder nur weiter, woandershin. Es gibt keinen Kern, die Pflanze ist all das hier, sie ist dezentral organisiert. Schließlich ist die Erde aufgewühlt, der herbe, thymianhafte Geruch zieht zu mir hinauf, und ich denke, ich bin kein Stück besser als all die Bauern um mich herum, ich bin ein Pflanzenvernichter. Gartenarbeit ist ein unentwegtes Scheiden zwischen erwünschtem und unerwünschtem Leben. Das eine Grün ja, das andere nein, der Sinn eines Gartens *ist* die Abgrenzung zwischen den richtigen und den falschen Pflanzen, und in den richtigen sehen wir eine höhere Kultur, also uns selbst. Vom Standpunkt der Natur aus betrachtet ist das, was ich hier tue, lächerlich, meine Fingerhakelei ein bemitleidenswerter Versuch der Einflussnahme. Warum sollte eine Aster einen höheren Stellenwert haben als der Löwenzahn, die Kulturpflanzen mehr Daseinsberechtigung haben als die ebenso nach Licht strebenden Unkräuter? All das ist Leben, das leben will, inmitten von Leben, das leben will, wie es Schweitzer formulierte. Die Natur kennt kein Gut und Böse, sie kennt nur Wachstum. Kraut, Unkraut, Wesen, Unwesen. Wer treibt hier eigentlich sein Unwesen? Bin ich vier Wochen fort, hat sich die Unkultur bereits eingeschlichen, bin ich vier Monate fort, ist die ganze so penibel ausgedachte Anlage hinüber, nach vier Jahren stünde hier ein Birkenwäldchen, voll mit Gundermann und Giersch und Brombeeren, und wir fänden es vermutlich bezaubernd. Irgendeine Befriedigung, denke ich, müssen wir daraus ziehen, jahrelang Energie in das Auseinanderdividieren von Pflanzen zu stecken. Es muss ein Sinn in dieser Tätigkeit liegen, und der Sinn, denke ich, als ich die kleinen Stückchen einsammle, in den Eimer werfe und dessen Inhalt mit der flachen Hand zusammenpresse, besteht darin, dass uns die Ordnung beruhigt. Wir ordnen die Natur und mit ihr uns selbst. Es geht uns nicht um die Pflanzen, es geht uns um das Gefühl der Kontrolle. Der Sieg über das Unkraut ist ein Sieg über das Chaos, das uns zu überwuchern droht, der Sieg über den Gundermann ist ein Sieg über den Tod.

Als wir hier einzogen, pflanzten wir mit einer Freude, geradezu mit einer Gier nach dem Wachstum wahllos alles, was uns in die Finger kam. Fritzi war ein halbes Jahr alt, Alma vier, die

Firma wuchs, der Garten wuchs, die Familie wuchs, wir pflanzten wie im Rausch Obstbäume, Stauden, Büsche, jeden freien Flecken bepflanzten wir mit *irgendetwas*, während einige der Nachbarn, je älter sie wurden, nach und nach alle größeren Bäume *weggemacht* haben und die meiste Energie des Tages darauf verwendeten, das verbliebene Grün unter Kontrolle zu behalten. Gleich nach unserem Einzug kam einer der Nachbarn auch zu uns und raunte mir in einem konspirativen Ton zu: *Die großen Bäume würde ich wegmachen.* Als würde er uns dazu raten, ein Kind abzutreiben. Wegmachen. Immer wieder dieses Wort, dieses billige, einfache, auf alles anwendbare *machen* in Kombination mit dem harten, kurzen *weg*, das die Geste der Entsorgung schon im Klang mit sich führt. Kein Moos mehr, kein Gundermann, kein Löwenzahn, aber auch kein Rasen. Das ist auch eine Möglichkeit, denke ich, als ich mich erhebe und mein Werk betrachte – der Gundermann ist weg und zurückgeblieben ist ein umgewühltes Stück Erde –, die absolute Kontrolle über die Natur zu erlangen, indem man dem Leben alles Lebendige schon beizeiten austreibt. Ich muss an meinen Freund Adam denken, der während unseres Studiums zum Buddhisten wurde und eines Tages zu mir sagte: Der einzige Weg, den Tod zu besiegen, ist, ihn schon im Leben herbeizuführen – und von diesem Moment an hatte ich ihn, Adam, verloren, und es war unmöglich, zu ihm noch *irgendeinen* Kontakt herzustellen. Ich frage mich, auf die dunkle Erde schauend, wo ich stehe, auf dieser Skala zwischen wildem Wachstum und zwanghafter Kontrolle und mit Erschrecken stelle ich fest, dass auch mich die Ordnung zu beruhigen beginnt. Mittlerweile ertappe ich mich selbst bei *Wegmach*-Gedanken, den Kirschbaum müsste man eigentlich wegmachen, all das verfaulende und gegorene Obst, die

Wespen im Rasen unter der Pflaume, jeden Tag Äpfel auflesen. Treibe ich alldem hier nicht schon längst das Leben aus? Je perfekter alles wird, umso toter wird es, mit jedem Stück, das ich pflastere, mit jeder Ecke, die ich nach meinen Vorstellungen gestalte, mit jedem Stück Gundermann, das ich ausreiße, stirbt etwas ab. Sollte ich nicht den Gundermann Gundermann sein lassen und mit Levje einen zweiten Kaffee in den ersten Strahlen der Novembersonne trinken?

Kurz nachdem das Haus uns gehörte, als wir beim Notar unterschrieben hatten und die Schlüssel in den Händen hielten, es war ein warmer Maitag, sind wir sofort zum Haus gefahren und haben uns auf die Wiese gelegt, die keine Wiese war, sondern ein weicher Moosgrund, aus dem einzelne Grashalme ragten, und durch die Blüten des Apfelbaums haben wir in den blauen Himmel geschaut. Überall auf dem Grundstück lagerte altes Holz, fünfzehn Kubikmeter gespaltene und von Holzwürmern zerfressene Eiche. Das Holz war auf drei zusammengezimmerte Schuppen verteilt, und beugte ich mich über die ersten Reihen in die Mitte eines Schuppens hinein, spürte ich die Wärme, den Geruch, das Knistern des Holzes, das voller Käfer und Spinnen und Getier war. Nahm ich ein Scheit in die Hand, fiel die Rinde ab, das Holzmehl rieselte herunter, und die labyrinthartigen Fraßgänge der Holzwürmer wurden sichtbar. Am Rand des Grundstücks stand eine rostige Schaukel, einst gestrichen in grellem Gelb und Rot, doch die Farben blätterten ab, die Lackreste lagen auf dem Boden, und als die Kinder sie ausprobierten, wackelte das ganze Gestell. In jedem Winkel lagerten Leisten, Latten, Teppiche, Stangen, alte Schlüsselbünde, Schränke, Eimer – all das war voller Vergangenheit und Spuren eines ganzen Lebens, das am Übergang von der

Ordnung zum Chaos stehen geblieben war. Man spürte förmlich den *Moment*, an dem die alten Besitzer überfordert gewesen waren, an dem ihnen all das hier über den Kopf gewachsen war, aber die Bewegungsenergie steckte noch in den Dingen: Einer der Holzstöße war halb abgetragen, im Ofen lag noch die Asche vom letzten Brand, im Gefrierschrank fand sich eine gefüllte Eiswürfelform, in einer Küchenschublade die Montageanleitung von 1980 mit handschriftlichen Notizen.

Am Tag, als wir das Haus gekauft hatten, lagen wir auf der moosigen Wiese, ich verschränkte die Arme hinter dem Kopf und schaute in den Himmel. Die Kinder saßen neben mir und spielten oder kletterten auf meinen angewinkelten Knien herum, und ich musste daran denken, dass ich als Kind oft auf der Wiese gelegen hatte, hinter den Schrebergärten, wo die Stadt ins Umland ausfranste, dass das Auf-der-Wiese-Liegen damals noch eine Beschäftigung gewesen ist, mit der sich Nachmittage füllen ließen. Sah ich ein Flugzeug über unser Land hinwegfliegen – denn natürlich flog es über uns hinweg, unser Land erschien mir zu klein, als dass darin ein Flugzeug hätte landen können –, versuchte ich, die Himmelsrichtung zu bestimmen, aus der es kam und in die es flog. Ich zog eine imaginäre Linie auf der Weltkarte, und am Ende der Linie wartete etwas Verheißungsvolles, das ein warmes Gefühl in mir auslöste. In diesen Momenten packte mich eine solche Sehnsucht, dass ich mich ganz nach der Ferne verzehrte, dass ich mich in sie hinein auflöste, dass ich begann, in dieser Ferne zu leben.

Ich kannte nichts anderes als das Eingesperrtsein in einem kleinen Staat, in einer kleinen Plattenbauwohnung in diesem Staat, in einem kleinen Kinderzimmer in dieser Plattenbauwohnung, und nachdem dieser Staat an sein Ende gekommen war, löste sich all die aufgestaute Bewegungsenergie. Ich reiste durch Europa und die Welt, ich zog alle anderthalb Jahre um, fünfzehn Wohnungen in dreiundzwanzig Jahren, und nachdem ich die Firma gegründet hatte, war ich jede Woche in irgendeiner anderen Stadt, Berlin, München, Zürich, bis ich sie kaum mehr unterscheiden konnte, die Städte, doch an dem Nachmittag, als ich mit den Kindern auf unserer Wiese lag, überwältigte mich das Gefühl, angekommen zu sein.

Wir stürzten uns in die Arbeit, denn nach der Kündigung unserer Mietwohnung hatten wir nur drei Monate Zeit. Tagsüber renovierten wir das Haus, und abends, während die Kinder schliefen, erledigten wir die Mails. Die Fotos aus jener Zeit zeigen uns in Arbeitskleidung, in Malerjeans und alten Shirts, in verrückten Posen, mit heraushängender Zunge, mit verdrehten Augen, lachend, nicht vor Freude, sondern vor Ungläubigkeit angesichts des Wahnsinns dieser Aufgabe. Wir ließen die Fassade, die Fenster, die Heizung und die Böden neu machen, wir rissen Zwischenwände heraus, brachten Licht in die hinteren Zimmer, wir spachtelten die Wände, schliffen sie ab, strichen sie, ich verbrannte nach und nach das morsche Holz, riss all die alten Schuppen ab, verlegte eine neue Terrasse, wir trafen eine Fülle von Entscheidungen in kürzester Zeit. In den wenigen Pausen, mit einem Kaffee auf einer Umzugskiste, sprachen wir über Fliesen, Böden, Farben, die Küche. Ich spürte eine grenzenlose Energie in mir, einen Drang zum Gestalten, der mich in jener Zeit über meine Kräfte hinauswachsen ließ. Doch nachts kamen die Ängste, die Atemnot, der Druck, das Gefühl der Endgültigkeit. Mich befiel ein unbestimmbares Brummen im Ohr, das ich zunächst auf die Gefriertruhe im Keller schob. Als wir sie verkauften, völlig unter Wert, weil ich sie so schnell wie möglich loswerden wollte, und das Brummen blieb, vermutete ich eine unheimliche dunkle Lärmquelle unter dem Haus oder bei den Nachbarn, und jede Nacht überkam mich die blanke Panik, mit dem Haus auch dieses Brummen gekauft zu haben und es nie wieder loszuwerden. Levje musste mit mir nachts in den Keller, und wir standen dort und horchten, doch sie hörte nichts. Später verstand ich, dass dieser Ton aus meinem Kopf kam und eine kreisende Frage war, die sich so schnell drehte, dass sie sich zu einem Brummen verdichtete: Ist dies die letzte Behausung meines Lebens?

Ich stopfe das restliche Unkraut in den Eimer und bringe ihn nach hinten zum Kompost, und als ich ihn umstülpe und wieder hochhebe, bleibt der Inhalt in Eimerform stehen, ein zylinderförmiges Gewirr aus Gundermann, das sich nach und nach die Würmer holen werden. Den Eimer lasse ich beim Kompost stehen, schnappe mir den Laubrechen, gehe wieder nach vorn und harke die herabgefallenen Blätter zu Haufen zusammen, ergreife sie mit gespreizten Fingern und verteile sie mit schüttelnden Bewegungen auf die Beete. Das Gras wirkt danach wie gekämmt und gereinigt; dünnes, in eine Richtung gebürstetes Grün, und unter dem Kirschbaum entdecke ich jetzt wieder winzige, geschrumpfte Kirschen. Der Baum leidet unter Fruchtfäule. Ende April schauen die Kinder vorfreudig nach oben in den Baum, sehen die Kirschen größer werden, gelber, fast schon rötlich, dann kommen die ersten braunen Stellen. Kurz vor der Reife faulen sie unter unseren Augen weg. Irgendwann wird das Fleisch ledern und legt sich um den Kern wie Haut um einen Knochen, dann fallen die Kirschen auf den Rasen, wo sie trocknen und zu *Fruchtmumien* schrumpfen, die im nächsten Frühjahr ihre Sporen aussenden, die sich wiederum an die Kirschblüten heften und die Früchte faulen lassen. Ein Kreislauf des Todes, der Mumifizierung des Lebens kurz vor seiner Vollendung. Ich sammle sämtliche Fruchtmumien auf, die ich entdecken kann, um die Sporentätigkeit im nächsten Jahr, wenn schon nicht zu unterbinden, so doch zu verringern. Mit der Zeit habe ich geradezu einen Fruchtmumienblick entwickelt, aus jeder Entfernung entdecke ich die schwarzen Früchte und klaube sie aus dem Rasen.

Anschließend kontrolliere ich das Vogelhaus. Es ist schon wieder leer. In letzter Zeit fülle ich es fast täglich auf. Es steht direkt vor unserer Terrasse auf einem Pflock, hat ein grünes Dach und eine Futterrille in der Mitte. Ich tauche den rosafarbenen Spieleimer der Kinder in die Tonne mit dem Vogelfutter, wühle noch einen Moment mit den Händen darin herum wie als Kind in der Weizentruhe meiner Großeltern und sauge den aufsteigenden Geruch der Sonnenblumenkerne und Haferflocken ein, dann fülle ich ihn bis zur Oberkante und schütte den Inhalt ins Vogelhaus. Ich füttere das ganze Jahr über, denn draußen, in den Maiswüsten, finden die Vögel nichts. Doch regelmäßig führt mich das ganzjährige Füttern in einen Zwiespalt, den ich das *Fütter-Paradox* nenne. Im Frühjahr, wenn die Meisenjungen geschlüpft sind, fliegen die Eltern im Minutentakt das Vogelhaus an, im Sommer sitzen die aufgeplusterten Jungvögel auf den Ästen der Ölweide und betteln, mit den Flügeln schlagend, nach Futter. Die Eltern bringen ihnen bei, wo sich das Futter befindet, wo es sich *immer* befindet, ein Tischleindeckdich der Natur. Ich sehe, wie die jungen Vögel ein wenig später wie selbstverständlich auf das Vogelhäuschen zufliegen und sich satt fressen. Ich sehe, wie Generation um Generation von Sperlingen, Meisen, Gimpeln, Finken sich ihr

Futter von diesem Platz holt, und ich frage mich, was sie tun, wenn es eines Tages leer bleibt. Sind das überhaupt noch Wildtiere? Sie überleben um den Preis, dass sie allein nicht mehr überlebensfähig sind.

Ich bringe den Eimer zurück in den Schuppen, und als es wirklich nichts mehr zu tun gibt, bleibe ich noch einen Moment gegen die Holzwand gelehnt stehen, atme tief ein, schaue auf den aufgeräumten Garten und auf mein aufgeräumtes Selbst, auf das frisch gekämmte Grün, auf die alten Obstbäume, die sich weit über die Rasenfläche strecken, als griffen sie noch einmal nacheinander, als wollten sie sich mit den letzten Blättern noch einmal berühren. Jedes Frühjahr starten sie voller Energie, mit hellem Grün und weißen Blüten, sie wachsen los auf eine unbändige, fast naive Weise, bis die ersten Rückschläge kommen: Pilze, Gespinstmotten, Blutläuse, Birnengitterrost, Monilia, mit deren Abwehr sie den Rest des Jahres beschäftigt sein werden. Als mein Blick über das Vogelhaus streift, sehe ich dort etwas sitzen. Etwas Dickes, Graues. Es dauert einen Moment, bis ich begreife, dass es eine Ratte ist. Sie sitzt auf dem seitlichen Ausleger und knabbert in aller Ruhe die Kerne. Wie hat sie es bloß geschafft, den glatten Pfahl hinaufzukommen und dann den Überhang zu überwinden? Als ich mich bewege, ist die Ratte so rasch wieder verschwunden, dass ich mir kaum sicher bin, ob ich sie wirklich gesehen habe. Mich überkommt ein Anfall von Ekel, ein Kribbeln, von den Füßen steigt es auf durch meinen Körper in mein Hirn, als seien die Ratten schon zu Hunderten da, als säßen sie hier schon überall in den Ecken und bevölkerten den Hohlraum unter der Terrasse. Es schüttelt mich am ganzen Körper. Ich werde eine Falle aufstellen müssen.

Die verdichtete Zeit

– Wir haben eine Ratte.

Ich bin mir nicht sicher, ob Levje mich gehört hat, denn sie hackt weiter auf ihre Tastatur ein, obwohl dies sonst eine Nachricht wäre, bei der sie zumindest leise aufgeschrien hätte. Sie hat die bemerkenswerte Fähigkeit, sich bei der Arbeit vollkommen abschirmen zu können. Inmitten des größten Trubels sitzt sie im Wohnzimmer und schreibt Mails, obwohl Fritzi Klavier spielt und Malik an ihrem Bein zerrt. Wenn sie arbeitet, blendet sie alles um sich herum aus, sie scheint sich dann in einer anderen Welt zu befinden.

– Oje, sagt sie und tippt weiter.

Eine Minute stehe ich unschlüssig hinter dem Küchentresen und schaue ihr beim Arbeiten zu, ihr angespannter Blick auf den Bildschirm, ihre Finger auf der Tastatur. Es ist so still an diesem Vormittag. Das Wohnzimmer ist so groß, so leer. Ich frage mich, was wir einst tun werden, wenn die Kinder aus dem Haus sind. Was wir dann mit der vielen Zeit anfangen sollen. Früher war uns nicht bang vor uns selbst. Heute fühlen wir uns, wenn die Kinder fort sind, wie zwei Fremde, die einander kurz vorgestellt und dann miteinander allein gelassen wurden. Ich weiß nicht, worauf ich eigentlich warte, ich müsste hoch in mein Zimmer und arbeiten, aber auf irgendetwas warte ich. Um mein Warten nicht zu auffällig werden zu lassen, mache ich mir einen Kaffee. Krachend zermahlt die Kaffeemühle die Bohnen. Das Geräusch zerreißt den Raum wie ein Blatt Papier. Das Geräusch gibt mir die Rechtfertigung, noch hier sein zu dürfen. Würde ich länger hier stehen, ohne etwas zu tun, würde mein Stehen eine Bedeutung bekommen. Es wäre eine minimale Abweichung zu den anderen Morgen, an denen ich mir sofort mein Telefon schnappe und in mein Zimmer hinaufsteige, und diese minimale Abweichung, mein Zögern, würde Levje sofort als Botschaft verstehen. Sie würde vermuten, dass ich das Gespräch suche. Suche ich das Gespräch? Der Siebträger rastet in der Halterung ein, ich kippe den Kippschalter um, die schwarze Flüssigkeit tropft aus dem gebogenen Edelstahl in die Tasse. Der Geruch des Kaffees breitet sich in der Küche aus. Eigentlich ist mir gar nicht nach einem weiteren Kaffee, ich mache ihn mir nur, um noch in der Küche sein zu dürfen. Manchmal sagt sie dann: Machst du mir auch einen? Und dann löst sie irgendwann ihren Blick vom Bildschirm, kommt herüber, lehnt sich gegen den Küchentresen, umfasst die Tasse mit beiden Händen, führt sie an die Lippen und schaut mich mit weichem Blick an.

Die Kaffeetasse ist halb voll, ich kippe den Kippschalter zurück auf *Off* und schiebe mit dem Löffel die restliche Milch aus dem Edelstahlkännchen in die Tasse. Der Schaum vom morgendlichen Frühstück, der samtene, geschmeidige Schaum, ist größtenteils zerplatzt, es sind noch ein paar letzte zu große Blasen übrig. Alles in allem ein trauriger Kaffee. Ich spüre, wie meine Energie wächst, der Moment der Wachheit ist gekommen, das kleine Zeitfenster der Konzentration. Der Arbeitsdruck schwillt jeden Morgen an in mir, und er muss sich auf etwas richten, sonst werde ich unleidlich, ich *muss* arbeiten, jetzt. Später am Tag würde die Müdigkeit kommen, die Kinder, der Nachmittag mit seinen Terminen. Alles, was ich habe, sind diese drei Stunden am Vormittag.

Ich nehme einen Schluck Kaffee, er schmeckt nicht. Lauwarm und zu bitter. Ich schaue Levje zu, wie sie tippt, wie sie zwischendurch ihre Schultern leicht nach hinten dehnt, ihre welligen Haare fallen auf ihre Bluse, unter der Bluse sehe ich ihre schmalen Schultern, auf ihren Schultern liegen die Träger ihres BHs.

– Denkst du an den Steuerberater?, sagt Levje.

– Steuerberater?

– Der Betreuungsnachweis für Fritzi.

Vor über zehn Jahren habe ich damit begonnen, Texte für andere zu schreiben und zu lektorieren, journalistische Texte, Blogtexte, Prosatexte. Ich legte mich ins Zeug, arbeitete viel, und bald lief die Firma gut, so gut, dass die Arbeit allein nicht mehr zu bewältigen war. Levje kündigte ihren Job im Verlag, wir gründeten eine GbR, die Firma wuchs. Mittlerweile beschäftigen wir eine Reihe freier Mitarbeiter, die Gutachten erstellen, Lektorate und Korrektorate übernehmen oder Seminare geben. Wir sind eine Gesellschaft bürgerlichen Rechts, denke ich, und stoße mich von der Kante der Arbeitsplatte ab. Wir haften mit allem, was wir haben. Wir haften füreinander. Und aneinander. Scheitert unsere Ehe, scheitert auch die Firma. Dann müssen wir das Haus verkaufen, zurück in eine Mietwohnung, Trennung, die Kinder nur am Wochenende, zurück zur Kasse im Supermarkt mit fünfzehnhundert netto und vier Wochen Jahresurlaub … Manchmal überrollen mich solche Fantasien förmlich, nachts, wenn ich nicht schlafen kann, wenn wir vor wichtigen Entscheidungen stehen, größeren Investitionen, oder wenn wir, wie jetzt, auf rätselhafte Weise in diese Regionen der Erkaltung gelangen, in salzige Todeszonen, in denen jegliches Leben unmöglich ist. Unsere Ehe ist der Kern von allem, sie *muss* gelingen, wir haben keine andere Wahl.

Den Kaffee schütte ich in den Ausguss, trinke noch ein Glas Wasser und steige hinauf in mein Zimmer. Die Holztreppe knarzt. Jeden Morgen steige ich in mein Bergwerk, ich steige nicht hinab, sondern hinauf, es ist ein Bergwerk der Lüfte, in dem ich Sprache abbaue. Ich betrete mein Büro im ersten Obergeschoss, wo sich die Dachhälften zueinander neigen wie gefaltete Hände, ein lichter, hoher Raum mit verglastem Giebel, der den Blick auf den gesamten Garten sowie auf ein dreieckiges Stück Himmel freigibt. Die Wände sind bedeckt mit einer bunten Haut aus Buchrücken, die Regale reichen hinauf bis unter die Dachspitze. Ganz oben stehen Bücher, an die ich nur mit einer Leiter gelange, die Bücher meiner Kindheit, Jules Verne, Karl May, *Die Söhne der großen Bärin* 1–6, Geschichte 6, Die Verfassung der Deutschen Demokratischen Republik, Staatsbürgerkunde 9, Bücher mit brüchigen Seiten, die ich vermutlich nie wieder in die Hand nehmen werde, und trotzdem bringe ich es nicht übers Herz, sie wegzuwerfen. In einer Ecke steht ein dunkelblauer, weicher Sessel, in den ich mich gelegentlich fallen lasse, um ein paar Seiten zu lesen, und ihm gegenüber befindet sich mein Schreibtisch, ein aufgeräumter, mit schwarzem Linoleum bezogener Eichentisch, auf dem mein Laptop und eine angerostete, grüne Metalllampe stehen. Außerdem ein Zettelkasten aus Buchenholz und ein Gefäß für Stifte aus weißblauem Porzellan. Diese Dinge begleiten mich seit Jahrzehnten, dieses kleine aufgeräumte Setting auf meinem Schreibtisch ist wie ein Zuhause im Zuhause. Das Fenster ist gekippt, Geräusche von draußen dringen herein, Gesprächsfetzen von den Nachbarn, eine Schar Spatzen, die tschilpt und aufflattert. Neunzehn Grad, die ideale Arbeitstemperatur. Die Sonne fällt schräg von Osten her ins Zimmer. Es ist dieser frische Beginn jeden Morgen, diese

Ruhe, in der meine Finger auf der Tastatur liegen, für die ich alles andere aufgegeben habe. Dem Konzept der Festanstellung habe ich mich von Beginn an verweigert, da ich diese morgendlichen Stunden niemand anderem überlassen wollte. Ich war, diese Stunden betreffend, zeit meines Lebens äußerst geizig, und alles, was ich bin, bin ich in diesen morgendlichen Stunden geworden. Sie sind das Wertvollste, was ich habe, und ich konnte mich nie mit der Konvention abfinden, sie gegen Lohn einzutauschen.

Die Mission meines Vaters, als ich noch zu Hause wohnte, war, mich *unterzubringen*. Das Unterbringen war das Wichtigste, wo ich unterzubringen war, zweitrangig. Hauptsache, man war untergebracht. Die Angst, nirgendwo unterzukommen, war seine größte. Kaum war ich vierzehn, hörte er sich um, bei seinen Freunden, seinen Sportkumpels, seinen Arbeitskollegen, ob jemand eine Lehrstelle für mich hätte. Er wusste, was *top* für mich war und was *Quatsch*. Er schrieb in meinem Namen Bewerbungen, aus Sorge, ich könnte mich für den falschen Beruf entscheiden. Eine Zeit lang war es sein größter Traum, dass ich Flugzeugmechaniker bei der Interflug in Berlin werde. Er war geradezu besessen von dieser Idee. Über Wochen versuchte er, mir diesen Beruf schönzureden, *da haste Kontakte, da kannste auch mal ins Ausland, das ist top.* Ich wollte nicht nach Berlin, ich wollte auch nicht Flugzeugmechaniker werden, aber wir, meine Mutter und ich, schafften es nicht, ihn von dieser fixen Idee abzubringen. Zum Glück wurde meine Bewerbung abgelehnt. Nachdem all seine Versuche, mich irgendwo unterzubringen, gescheitert waren, zog er nach meinem Abitur für meinen weiteren Lebensweg nur zwei Möglichkeiten in Betracht: Betriebswirtschaft oder Rechtswissenschaft. Ich wusste, dass ich Schriftsteller werden wollte, aber dieses Wissen lag noch

in mir verborgen, ich hatte es hier und da in Tagebüchern angedeutet, aber es war nichts, was ich offen hätte aussprechen können. Dieser Wunsch wäre meiner Familie, meinem Freundeskreis,
meinem ganzen Umfeld derart suspekt vorgekommen, so weit
entfernt von allem, was man sich üblicherweise zu wünschen
hatte, dass ich diesem Wissen selbst nicht traute. Ein einziges Mal
versuchte ich, diese beiden Welten in Einklang miteinander zu
bringen, meine innere und die äußere. Ich versuchte zu testen, was
passieren würde, wenn ich das Unaussprechliche aussprechen
würde. Ich war siebzehn oder achtzehn, die Frage nach meinem
weiteren Werdegang stand immer drängender im Raum. Ich hatte
mehrere Vorschläge meines Vaters abgelehnt, und meine Mutter
sagte: Nun frag doch mal den Jungen, was der eigentlich will. *Na
wieso, was will er denn?* Ich nahm all meinen Mut zusammen, es
war, als trete ich ans Ende eines Sprungbretts, um zu schauen, was
passiert, und dann sprang ich und sagte: Ich will Schriftsteller
werden. Erst verstand er nicht, was ich sagte. *Was?*, fragte er. Ich
wusste nicht, ob er es akustisch oder inhaltlich nicht verstanden
hatte, wahrscheinlich bedingte eins das andere: Da die Antwort
derart außerhalb alles Erwartbaren lag, ist dieses Wort einfach
nicht zu ihm durchgedrungen. Schriftsteller, wiederholte ich.
*Schriftsteller? Was ist das denn für ein Quatsch? Das kannste dir
aus dem Kopf schlagen.* Meine Mutter intervenierte: Jetzt lass doch
den Jungen mal ausreden. *So ein Blödsinn. Sag das bloß keinem.* Es
war ihm peinlich. Er schämte sich für meinen Wunsch. Zum
Glück hatte er eine Art, offensiv mit Scham umzugehen, er ver-
wandelte sie sofort in Wut. Er war niemand, der herumdruckste
oder einen tagelang spüren ließ, wenn man etwas falsch gemacht
hat. Er war immer klar und direkt. Der Konflikt war da und stand

im Raum. Das gab mir die Möglichkeit, dagegenzuhalten, meinen Wunsch erst recht *gegen* ihn auszubilden. Ich bin nicht sicher, welche Art Vater besser gewesen wäre: einer jener konfliktvermeidenden, alles umarmenden und in dieser Umarmung alles Eigene erstickenden Väter oder eben einer wie er, der durch harte Grenzen Räume für Eigenes überhaupt erst geschaffen hat. Doch mit achtzehn wusste ich das noch nicht, ich wusste auch gar nicht, wie das geht, Schriftsteller werden. Was macht man da? Wie kommt man da hin? Ich gab seinem Druck nach und schrieb mich für das Studium der Rechtswissenschaft in Marburg ein, das ich wider Erwarten sogar anregend fand, denn es war im Kern eine Arbeit an der Sprache, an der Auslegung der Welt durch Sprache, an dem Versuch, sämtliche von der Norm abweichenden Verhaltensweisen durch Sprache zu erfassen. Schon in der ersten Vorlesung ging es um große Begriffe wie Schuld, Unrecht oder Strafe, und die Begriffe führten mitten hinein in menschliche Abgründe. Zentrum des Studiums war das Prüfen von Sachverhalten. Um zu prüfen, ob eine Handlung vorliegt, musste man das Wort Handlung definieren. *Handlung ist jedes vom menschlichen Willen beherrschte oder beherrschbare sozial erhebliche Verhalten,* und jedes Wort einer Definition musste wieder definiert werden. Was ist der Wille? *Der Wille ist der hinter jeder Bewegung stehende natürliche Wille, sich irgendwie zu verhalten und dieses Verhalten zu steuern. Er kann ausdrücklich, konkludent, mittelbar oder auch durch Schweigen ausgedrückt werden.* Und so drang man schon bei den einfachsten Hausarbeiten in den ersten Semestern rasch in die Tiefen philosophischer Fragen vor. Es gibt den freien und den natürlichen Willen, es gibt den wirklichen, den tatsächlichen und den auszulegenden Willen, und ich wälzte Kommentare, um bis hinunter in die Tiefe der Sprache die feinen Abgrenzungen zu verstehen. Man kam nie an ein Ende des Definierens, nie auf den Grund der Sprache, denn jede Definition führte zu weiteren Definitionen, um alles zu erfassen, was der Fall sein könnte. Was ist konkludent? *Entscheidend für konkludentes Handeln ist die Schlüssigkeit des Verhaltens, schlüssig ist ein Verhalten, wenn es zuverlässig auf einen bestimmten Willen schließen lässt.* Und man war wieder beim Willen, ein nie endender Zirkelschluss, ein Labyrinth, in dem man sich nächtelang verirren konnte, wenn man kurz vor Abgabe einer Hausarbeit feststellte, dass man irgendwo falsch abgebogen war. Hinzu kam, dass es unterschiedliche Auffassungen davon gab, was die *richtige* Definition eines Begriffs ist, es gab eine Hauptmeinung, eine erste Mindermeinung und eine zweite Mindermeinung, die man geschickt gegeneinander abwägen musste, bis man auf einem natürlich anmutenden Argumentationswege der Hauptmeinung recht gab, es sei denn, der Professor war Anhänger einer Mindermeinung, was einem, wenn man Glück hatte, ein älteres Semester beizeiten flüsterte. Dann hatte man das Wort *Mindermeinung* tunlichst zu vermeiden, die Meinungen als gleichwertig darzustellen, und kam nur zum *richtigen* Ergebnis, wenn man der Mindermeinung folgte. Der der Mindermeinung folgende Professor suchte also von vornherein nur solche Fälle aus, bei denen die Lösung die Überlegenheit *seiner* Mindermeinung zum Ausdruck brachte. Folgte man trotzdem der Hauptmeinung, stand unter der Arbeit *Vertretbar*. Doch es gab Punktabzug. Ich fand mich in diesem System rasch zurecht. Zu erspüren, was erwartet wurde, was ich sagen musste, um nicht anzuecken, Menschen in gewissen Positionen nach dem Mund zu reden, ohne sie dies merken zu lassen, hatte ich von

Kindesbeinen an gelernt. Das ist überhaupt die größte Ironie, dass mich ausgerechnet das Aufwachsen im Sozialismus, das Auf-der-Hut-Sein, das strategische Sich-Durchschlängeln, die Anpassungsfähigkeit, das *Überleben im System*, am allerbesten auf das Jurastudium vorbereitet hat. Ich absolvierte alle Prüfungen in kürzester Zeit. Nach sechs Semestern war ich fertig und hätte das Staatsexamen machen können. Es gab eine Regelung für besonders schnelle Studenten, den *Freischuss*. Bestand man den Freischuss nicht, blieben noch die beiden regulären Versuche. Ich holte mir alle Unterlagen, füllte sie aus und stand nach dem sechsten Semester mit einundzwanzig Jahren kurz vor dem *Freischuss*.

Dreiundvierzig neue Mails.

Meine Augen haben verlernt, auf etwas zu ruhen.

Sie wieseln die ganze Zeit über den Bildschirm.

Das ist kein Lesen, sondern ein Defragmentieren von Informationen, ein Erfassen von Textbausteinen, ein Abscannen auf Schlüsselwörter, um den Inhalt schnellstmöglich zu erfassen. Mein Handeln ist maschinenhaft. Ich lösche, ich verschiebe, ich antworte auf einige Mails mit *ja, gern* oder *eher nicht, liebe Grüße …* Früher empfand ich Menschen, die mir Ein-Satz-Mails schrieben, als unhöflich, heute erkenne ich in ihnen Gleichgesinnte. Wer zu lange Mails schreibt, hat zu viel Zeit. Das Telefon klingelt. Es geht um die Aktualisierung unseres Blogs. Während ich telefoniere, überfliege ich weitere Mails. Input, Output, Informationsverarbeitung in Sekunden, bei größeren Prozessen brauche ich länger. Die Raumtemperatur ist auf zwanzig Grad gestiegen. Fragen von Mitarbeitern beantworten, wo läuft es, wo nicht. Verärgerte Kunden beruhigen, die Website aktualisieren, neue Blogartikel in Auftrag geben, Rechnungen prüfen und bezahlen, mich um die Steuersache kümmern. Ab einem gewissen Punkt geht es nicht mehr darum, eine Sache gut zu machen, sondern sie *so schnell wie möglich* gut zu machen, und zwar für den Rest des Lebens. Eine Stunde wird immer dichter und dichter, wie ein massereicher Stern, eine Stunde meines heutigen Lebens ist nicht zu vergleichen mit einer Stunde meines früheren Lebens, in der ich hinter der Theke eines Cafés stand und sechs Euro neunzig verdiente; das Volumen der Stunde ist dasselbe geblieben, doch ihr Gewicht hat sich verzehnfacht, verzwanzigfacht. Das Gewicht der Zeit muss immer wachsen, nicht zu wachsen bedeutet schrumpfen, zu verlieren gegen die anderen, die wachsen. Wie der Gundermann. Die Natur kennt kein Gut und Böse, sie kennt nur Wachstum.

Ich nehme mir einen Stoß Blätter zur Hand. Unsere Softwareagentur hat uns ein Angebot geschickt, und wir stehen vor der Entscheidung, ein neues CRM-System einzuführen, ein *Customer-Relationship-Management-System*, ein Kundenbeziehungsverwaltungssystem, eine hohe fünfstellige Investition, die uns, wenn es schlecht läuft, ruinieren könnte. Doch wir müssen die Beziehung zu unseren Kunden auf eine neue Ebene bringen, wir müssen sie weiter entpersonalisieren, weil wir den persönlichen Dialog nicht mehr leisten können. Die Kunden sind Daten, und wir müssen die Daten besser verwalten, die einkommenden Anfragen, die Aufträge unserer Mitarbeiter, die ausgehenden Rechnungen, all das, was wir jetzt noch händisch machen, muss weiter automatisiert werden. Tagelang saß ich mit Levje am Esstisch und versuchte, unsere Prozesse zu durchdringen, zu verstehen, was *genau* passiert, wenn wir eine Rechnung verschicken, und wie sich dieser händische Prozess in einen automatisierten Prozess überführen ließe.

Produktivsetzung der RPA-Prozesse auf der bereitgestellten In-
frastruktur des AG; dies umfasst: Export des Prozesses der Entwick-
lungsumgebung, Import des Prozesses auf der Produktivumgebung,
Anpassung der erforderlichen Konfigurationen und Einrichtung des
Prozesses auf dem UiPath Assistant; Implementierung und Test des
o. g. Prozesses in der vom AG bereitgestellten Umgebung; Einrichtung
einer Protokollierung; Vorschlag: Prozessinstanz-ID, Vorgangs-ID,
Referenz-ID (z. B. Kundennummer), Start-/Endzeitpunkt, Prozess-
name, Benutzer-/Bot-Name, Status Bereitstellung des implementier-
ten RPA-Prozesses und so weiter und so fort, ich blättere, *Grund-*
preis 52 363 Euro. Mein Hirn braucht sämtliche Ressourcen, um
diesen Prozess zu bewältigen, meine Blicke muss ich kontrollieren,
ich muss mich zwingen, Wort für Wort zu lesen, so wie früher, als
ich noch selbst Korrektur gelesen und meinen Blick immer nur
Silbe für Silbe vorwärtsgeschoben habe.

Ich strecke mich. Mein Rücken schmerzt. Die Muskulatur ist
verkürzt. Sie hat keine andere Aufgabe mehr, als meinen Kopf zu
stützen. In meinem Postfach sind noch achtzehn Mails, die
meisten von ihnen von Levje. Ständig senden wir uns gegenseitig
Mails, von unten nach oben oder von oben nach unten, Weiter-
leitungen oder Anfragen, für die jeweils der andere zuständig ist.
Ich stehe auf, strecke mich noch einmal und trete an das Fenster.
Von hier oben überblicke ich den ganzen Garten. In der linken
Hälfte steht der alte Kirschbaum. Von seinem Stamm ausgehend,
streckt er fünf kräftige Äste Richtung Himmel, wie eine Hand, die
eine Glaskugel halten könnte. Der Kirschbaum strebt immer in
die Höhe, peitschenartig schickt er seine jungen Triebe hinauf,
um den Himmel zu erkunden, während der Apfelbaum in der
rechten Hälfte des Gartens eher in die Breite geht, seine knor-

rigen, bemoosten Äste hebt er weit über den Rasen, als suche er Kontakt zu den anderen Bäumen. Jedes Mal frage ich mich, ob die Kronenform der Bäume etwas über ihre Wurzelform aussagt, ob sie unterirdisch ähnlich ausgeformt sind wie oberirdisch, ob die Erdoberfläche für Bäume nur eine Art Spiegel ist, doch wenn man umgestürzte Bäume sieht, wundert man sich über den kleinen Wurzelknollen. Erstaunlich wenig trägt erstaunlich viel.

Weiter rechts, an der Grenze zu den Nachbarn, haben wir einen runden Sandplatz angelegt, auf den am Morgen die Sonne als Erstes fällt. Im Sommer sitze ich dort häufig und trinke einen Kaffee, während aus der Küche unseres Nachbarn laute, klassische Musik dringt. Die beiden Hochlehner lassen wir den ganzen Winter über draußen stehen, meist sogar mit den Polstern, einander leicht zugeneigt, so, als könne man sich jeden Moment auf sie setzen und miteinander reden. Wir nehmen in Kauf, dass Stühle und Polster unter dem Regen leiden, doch ohne die Stühle sähe der Sitzplatz, ja, der ganze Garten, leer und unbehaust aus.

Die Bäume, der Sitzplatz, die Beete und das Vogelhaus werden umflossen von einem kräftigen, grünen Rasen, und der gesamte Garten wiederum ist eingefasst von alten Liguster- und Buchenhecken, Weißdorn und Flieder. Für die Vögel ist der Garten, so kommt es mir vor, wie ein Schulhof. Die Vögel haben Zeiten. Alle kommen regelmäßig zusammen, wie in der großen Pause. Dann wieder sind sie stundenlang verschwunden, als sei etwas faul, wenn die anderen nicht da sind. Jede Vogelart hat ihre Strategie, ans Futter zu kommen: der Zaunkönig, eine federnde Schattenkugel am Boden, die man nie richtig zu Gesicht bekommt, das Rotkehlchen wartet in der Ölweide und holt sich rasch einen Kern, die Kohlmeisen machen es wie die Sperlinge, sie rotten sich zusammen und stürzen sich alle gleichzeitig darauf, die größeren Finken nehmen wie selbstverständlich Platz auf den Kanten des Vogelhäuschens, brechen mit ihren kräftigen Schnäbeln die Sonnenblumenkerne auf und lassen die Schalen fallen, das Gimpelpärchen, exotisch und scheu, lässt sich herab, zweimal täglich auf dem Futterhaus zu landen, immer zu denselben Zeiten, und die Elstern beobachten all das von den umliegenden Dächern aus und besprechen sich wie eine keckernde Bande. *Da ist was zu holen. Die Luft ist rein.* Doch mache ich auch nur die kleinste Bewegung, flattern sie auf, obwohl die Scheibe von außen spiegelt und meine Silhouette kaum zu sehen sein dürfte. Noch wachsamer sind die Krähen. Sie lauern in den Baumkronen und auf den Dächern. Lautlos gleiten sie im Schutz der Bäume heran, um meine Aufmerksamkeit nicht auf sich zu lenken. Bei jeder kleinsten Bewegung, jedem Geräusch fliegen sie auf und stellen ihre Flügel in den Wind. Gelegentlich landet ein Falke auf der Kiefer nebenan, der Schüler aus der obersten Klasse, und stürzt sich auf einen Singvogel, manchmal pirscht die Katze am Zaun vorbei, der unheimliche Kinderfänger am Rande des Schulhofes; sie hat Geduld, sie hockt sich in die Hecke und lauert. Sie erinnert mich an die Warnungen, die in unserer Kindheit geflüstert wurden: Da ist ein Kinderfänger in der Stadt, ihr müsst aufpassen. *Was macht der Kinderfänger?* Das kann man nicht sagen. Was ganz Schlimmes. Wenn wir Kantenball gespielt haben auf der Straße, spielte die Angst immer mit, hinter jedem Baum vermuteten wir ihn, jedem Vorbeigehenden schauten wir misstrauisch ins Gesicht. Vielleicht gab es ihn wirklich, vielleicht auch nicht, und wir Kinder haben uns Aufgeschnapptes zusammengereimt und in unserer Fantasie bis zum Dunkelsten weitergesponnen. Es war die Angst vor dem Verschwinden, vor dem spurlosen *Wegsein*, es war eine beunruhigende Ahnung vom Nichts.

Nur die Amseln sieht man nie am Vogelhaus. Körner sind ihnen zu vulgär. Den ganzen Winter kann man ihnen dabei zuschauen, wie sie mit ruckartigen Bewegungen des Kopfes die Blätter fortschleudern und nach kleinem Getier suchen. Überall im Garten sieht man die Zeugnisse ihrer Geschäftigkeit: Kuhlen, Löcher, aufgeworfenes Laub. Sehet die Vögel unter dem Himmel. Sie säen nicht, sie ernten nicht, sie sammeln nicht in die Scheunen. Morgens aufwachen mit einem leeren Magen und darauf vertrauen, dass die Welt auch an diesem Tag ausreichend Nahrung bereithalten wird. Die Tage im Winter sind kurz. Die Amseln machen sich schon im ersten Dämmerschein auf die Suche, zu einer Zeit, in der noch die Katzen unterwegs sind. Manchmal sehe ich am Morgen, wenn ich meinen Rechen zur Hand nehme, Zeugnisse nächtlicher Kämpfe. Hinten, bei der kleinen Birke, liegen Federn, an den Kielen klebt noch Blut. Dann weiß ich, dass wieder eine der Katzen, eine der verwöhnten, übergewichtigen Hauskatzen aus der Nachbarschaft, eine Amsel erwischt hat. Einmal war es eine Taube, die in Fetzen gerissen auf dem Rasen lag, hier der Flügel, ein paar Meter weiter Reste des Rumpfes und überall auf dem Rasen verteilt helle Federn, als wäre der Vogel in einen eisernen Ventilator geraten.

Ich habe die Anmeldung zum Freischuss nie abgegeben. Das Formular lag noch eine Weile unausgefüllt auf meinem Schreibtisch herum. Ich wollte keinen freien Schuss haben. Mich nicht freischießen. Der Schuss führte nicht in die Freiheit, davon war ich überzeugt. Ich schnitt mir diesen Weg meines Lebens ab wie einen Teil meines Körpers. Es war eine schwierige Operation, und ich schwieg lange davon. Mit einundzwanzig entschied ich über mein künftiges Ich, denn ich traute ihm nicht über den Weg. Hätte ich das erste Staatsexamen gemacht, wäre die Versuchung groß gewesen, auch das zweite zu machen. Hätte ich das zweite Staatsexamen gemacht, wäre die Versuchung groß gewesen, ein wenig Geld zu verdienen, *nur ein bisschen*. Und dann hätte ich in der Falle gesteckt. Um weiter krankenversichert zu sein, schrieb ich mich für Literaturwissenschaft ein. Den Fragen meines Vaters, mein Studium betreffend, wich ich aus. Irgendwann fragte er nicht mehr.

Durch das Fenster höre ich das Auto des Postboten. Der Wagen rollt ein paar Meter weiter, die Bremsen quietschen, und an diesem Quietschen erkenne ich den Postboten, zu jeder Zeit, egal, wo im Haus oder auf dem Grundstück ich mich befinde. Ich höre es, wenn er vier, fünf Häuser weiter vorn ist, das Anfahren, das Abbremsen, das Quietschen, die Musik, so, wie ich überhaupt jedes Auto aus der Nachbarschaft am Geräusch erkennen kann. Der Postbote ist früh dran heute, vielleicht eine Vertretung? Ein Springer, so, wie ich früher ein Springer gewesen bin? In den Jahren nach dem abgebrochenen Jurastudium tat ich nichts anderes, als zu jobben, zu malen und zu schreiben, nebenbei gab ich hier und da eine Hausarbeit ab. Wenn ich Geld brauchte, fuhr ich morgens mit meinem alten, metallicgrünen Ford Granada V6, den ich einem Freund für fünfhundert Mark abgekauft hatte, zum Arbeitsamt, setzte mich vor die Tür mit dem Schild *Tagesjobs* und wartete, bis die Dame mit den Karteikärtchen herauskam. Ich hoffte auf Gartenarbeit, Entrümpelungen oder einen Umzug ohne Waschmaschine, drei, vier Stunden, sodass ich neue Farben kaufen und den Nachmittag in meinem Atelier verbringen konnte. Meist war ich der Zweite oder Dritte in der Reihe, ich schaffte es einfach nicht, zeitig genug aufzustehen. Doch es war nicht immer besser, Erster zu sein. Manchmal zog der vor mir Sitzende feixend mit einem Traumjob von dannen, wedelte mit einer Nummer, die einen leichten Umzug versprach, manchmal kamen die guten Jobs aber auch erst später, und der Erste hatte das schlechtere Los gezogen. Eine Woche vor Monatsende hob ich sämtliches Geld von meinem Konto ab, um nicht durch unvorhergesehene Abbuchungen den Rest des Monats mittellos dazustehen. Ich lebte von der Hand in den Mund und hatte doch nie Sorge um meine Existenz. Es gab ein Grundvertrauen in die Belastbarkeit der Welt und in meine Fähigkeiten, in ihr zu überleben. Sehet die Vögel unter dem Himmel. Doch irgendwann fing dieses Grundvertrauen an zu bröckeln. Was ich eben noch als lässig empfunden hatte, wirkte plötzlich armselig, und je älter ich wurde, umso armseliger kam ich mir vor. Die Posen der Jugend verfingen nicht mehr. Meine Freunde wurden Chirurgen, Anwälte, Kuratoren, während ich mit dreißig immer noch im Weihnachtsgeschäft Bücher einpackte. In einem November, ich war zweiunddreißig, zog ich mit zweitausend Euro Erspartem, von dem ich glaubte, dass es mich über den ersten Winter trüge, nach Leipzig. Das Geld reichte kaum sechs Wochen. In Marburg hatte ich mir durch meine Arbeit bei der Lokalzeitung einen gewissen Namen gemacht, wenn ich durch die Stadt ging, kannte ich jeden Zweiten, der Bürgermeister grüßte mich, in Leipzig war ich ein Niemand. An einem bewölkten Januartag kratzte ich mein letztes Geld zusammen, kaufte beim Discounter ein, fuhr anschließend mit meinem Rad zum Sozialamt und beantragte Sozialhilfe. Dreihundertsechzig

Euro im Monat zuzüglich Miete. Als ich aus dem Gebäude kam, war der Sattel meines Rades gestohlen. Ich fuhr stehend zurück, bis ich Krämpfe in den Waden hatte, und vergrub mich in meinem Zimmer. Es war eine harte Landung. Ich war voller Hoffnung in diese Stadt gezogen, jetzt war ich kaputt, ich hatte kein Geld, keinen Job, meine Freundin hasste die Stadt und erwartete endlich ein Einkommen von mir. Aus lauter Verzweiflung schrieb ich in den nächsten Tagen die einzige offizielle Bewerbung meines Lebens. Ich bewarb mich als Texter bei einer Marketingagentur, zwängte mich für das Bewerbungsgespräch in ein altes, zu enges Sakko und versuchte, im Gespräch mit dem Geschäftsführer seriös zu wirken. Natürlich erhielt ich eine Absage, und kurz darauf machte ich mich selbstständig. Mein erster Auftraggeber war eine Agentur, die Firmenmagazine herausbrachte. Ich lernte, was der Begriff *Corporate Publishing* bedeutet, schrieb Artikel im Sinne der *Corporate Identity* der Unternehmen, übernahm das Schlusslektorat. Alles war plötzlich *corporate*. Der kritische journalistische Geist war nicht mehr gefragt, sondern das widerspruchslose Einschwören auf die Marke. Den Mangel an gestalterischer Freiheit positiv umzudeuten, etwas so lange umzuschreiben, dass es im bestmöglichen Licht erscheint, das hatte ich gelernt an den *Wandzeitungen* meiner Jugend, die wir einmal im Monat im Klassenraum gestalten mussten. Sozialistisches Corporate Design. Ich stellte meine Sprache in den Dienst der jeweiligen Auftraggeber, ich passte mich an ihr Vokabular an, um zu überleben, und wieder hatte ich das paradoxe Gefühl, durch den Sozialismus bestmöglich auf den Kapitalismus vorbereitet worden zu sein. Doch zur gleichen Zeit überfiel mich die seltsame Angst vor einer in meiner Kindheit unentdeckt gebliebenen oder spät ausbrechenden seltenen Form der Legasthenie. Jeden Satz einer Mail las ich drei Mal, bevor ich sie verschickte, bei manchen Satzstellungen war ich mir plötzlich nicht mehr sicher, ob sie richtig waren, ich schlug jedes dritte Wort im Duden nach. Es war, als löse sich meine Sprache von den Dingen ab, die Einheit von Welt und Sprache ging mir verloren, und manchmal wachte ich nachts auf, voller Angst, tagsüber ein Wort falsch geschrieben oder korrigiert zu haben. Ich wurde weiterempfohlen, ich galt als zuverlässig und professionell, bald kamen belletristische Texte hinzu, Romane, Exposés, Romananfänge. Die Aufträge stapelten sich, das Bedürfnis der Schreibenden, gelesen zu werden, war unstillbar. War ich anfangs noch voller Verwunderung, dass ich mit Lesen mein Geld verdiente, merkte ich bald, dass mir der Zwang raubte, was mir in der Freiheit am liebsten gewesen ist. Bald las ich, wenn es kein Geld brachte, keine Romane mehr, und wenn, dann nur, um auf dem Laufenden zu bleiben; das Flanieren vor meinem Bücherregal, das assoziierende Lesen, die Fähigkeit, mich zu versenken, all das ging mir verloren. Ich las keine Lyrik mehr, keine Philosophie, ich las nur noch *Texte*. Schnell und effektiv. Doch aus unternehmerischer Sicht hat das Lesen ein Problem: Es lässt sich nicht beschleunigen. Es ist der immer gleiche, elendig langsame Prozess des Über-die-Zeilen-Gleitens, und jeder Versuch seiner Optimierung führt zu seiner Negation. Je mehr ich las, umso leerer wurde ich, über kurz oder lang würde ich mich in die völlige Erschöpfung hineinlesen.

Starkzehrer

Die Vögel sind verschwunden. Man weiß nie, nach welchem Takt dieses flatterige Herz des Gartens schlägt. Für Stunden wird es jetzt still sein im Garten. Ich schaue hinab wie auf ein arrangiertes Tableau. Etwas huscht. Mit drei Sätzen ist es den Pfahl hinauf, er stellt überhaupt kein Hindernis für die Ratte dar. Sie setzt sich auf ihre Hinterläufe und knabbert in Ruhe die Kerne. Es ist ein fast friedliches Bild, wenn es mich nicht so ekeln würde. Ich stehe hier oben am Fenster, und sie sitzt dort unten, uns trennen nur wenige Meter. Jetzt hält sie inne, als hätte sie etwas gespürt, meine Anwesenheit, meinen Blick. Ich schicke ein scharfes *Ksch* durch den Spalt des immer noch gekippten Fensters, und mit zwei Sprüngen setzt sie den Pfahl hinunter und ist verschwunden. Die gute Natur, die böse Natur. Sie säen nicht, sie ernten nicht, sie sammeln nicht in die Scheunen. Jeden Morgen hungrig aufwachen, hinausgehen und fressen.

Ich fraß Texte. Es war, als würde ich fürs Essen bezahlt. Je mehr ich aß, umso mehr verdiente ich. Kantinenessen, schlechtes Essen, mittelmäßiges Essen, ab und zu mal ein wenig gehobene Küche. Hätte ich so weitergemacht, wäre ich über kurz oder lang an Übersättigung umgekommen. Ich begann, strategisch zu denken. Meine Ziele wurden langfristiger. Ein Tag war nicht länger einfach nur ein Tag, sondern er hatte nur noch eine Funktion in Hinblick auf das Ganze: Wachstum. Ich plante Monate, Jahre im Voraus, ich baute mir Netzwerke auf, ich sagte nie Nein zu einer Reise, wenn sie einen neuen Kontakt versprach, ich beschäftigte die ersten Mitarbeiter, lagerte Arbeiten aus. Es verging kein Tag, an dem ich nicht neben der zur Routine gewordenen Lesearbeit an der *Struktur* meines Unternehmens arbeitete. Ein Tag ohne Strukturarbeit war ein verlorener Tag.

Ich reiße mich vom Anblick des Gartens los und setze mich wieder an den Schreibtisch. Es ist halb elf. Die zweite Hälfte des Vormittags beginnt, sie muss beginnen. Ich öffne die Datei *Wörter* und notiere:

Selbstklimmer

Belastungsapnoe

Fruchtmumie

Ich setze noch Fliehkraft hinzu, denke einen Moment darüber nach, ob dieses Wort eine für meine Sammlung hinreichende Einzigartigkeit aufweist, ob es nicht zu gewöhnlich ist. Die Kraft zu fliehen. Die Kraft, die ein Objekt nach außen schleudert. Nein, ich lösche es wieder. Zu den letzten Wörtern, *Rhizomsperre, Singwarte, Himmelsschlüsselchen,* lasse ich eine Leerzeile Platz, sie sammeln sich gern in Dreiergruppen. Manchmal ergeben sich semantische Cluster: *Fällkerb, Losung, Wildverbiss*, weil ich irgendwo unterwegs war, wo ich gleich mehrere Wörter aufgesammelt habe, oder es tritt eine Zeitlichkeit hinzu und formt eine Miniaturgeschichte:

Lochfraß

Lichtkeimer

Starkzehrer

Das Dokument *Wörter* ist ein kleiner Zoo mit besonders seltenen, urwüchsigen Exemplaren. Ich besuche ihn oft und verbringe Zeit mit seinen Bewohnern: kleine, brutale Tiere, flatterhafte Zwitterwesen, Mischlinge und seltene Kreuzungen, elfengleiche, leichte Verben, germanische, fast ausgestorbene Viecher, technische Termini. Am ergiebigsten für meine Akquise ist das Handwerk, altes Handwerk. Das Jagen, das Fischen, das Pflanzen, das Bauen. Einziges Kriterium für die Aufnahme ist, dass das Wort beim ersten Kontakt unmittelbar eine Wirkung auf mich ausübt, wie das eine Bild in der Ausstellung, zu dem man sich sofort hingezogen fühlt, dass sie mich erschrecken, mir Angst machen, mich zum Lächeln bringen, mich stärken oder hinterfragen. Zu jedem Wort kenne ich die Geschichte, ich weiß, wann und wo ich es aufgelesen habe, in welchem Zusammenhang es mir begegnet ist. Ich besuche sie regelmäßig, die Wörter, damit sie nicht in Vergessenheit geraten. Sie leben davon, gesehen zu werden, meine Blicke sind ihre Nahrung. Ich besuche den *Zwielaut*, die *Rüstzeit*, den *Lochfraß*, ein grausiges, dunkles Tier, das alles um sich herum *verzehrt*. Der *Starkzehrer* ist ein egoistisches Tier mit starkem Nacken und kräftigem Gebiss, mit Zähigkeit und dem unbedingten Willen zum Wachstum. Kürbisse sind Starkzehrer. Tomaten, Kartoffeln, Gurken. Mais. Das dritte Jahr in Folge zehrt er auf den Feldern hinter unserem Haus den Boden aus. Der Starkzehrer bringt große Erträge, doch er vernichtet, woraus er erwächst. Wenn wir die Tomatenpflanzen am Ende des Sommers aus den Töpfen heben, ist die Erde ausgelaugt. Man sieht es ihr förmlich an, sie zerbröselt zwischen den Fingern, kein Leben ist mehr in ihr. Ich weiß nicht, ob ich all diese Wörter jemals brauchen werde, ich habe Dutzende von ihnen. Ich scrolle weiter und weiter, und ich spüre einen Widerstand in mir aufsteigen, einen Widerstand gegen das, was ich eigentlich machen sollte, ich scrolle nur noch, weil ich mit dem *Eigentlichen* nicht beginnen will. Ich öffne das *Grimm'sche Wörterbuch*, wie fast jeden Tag, und es begrüßt mich wie immer mit dem Buchstaben A:

A, der edelste, ursprünglichste aller laute, aus brust und kehle voll erschallend, den das kind zuerst und am leichtesten hervor bringen lernt, den mit recht die alphabete der meisten sprachen an ihre spitze stellen.

Dann gebe ich das Wort *zehren* ein.

zehren, *zerreiszen, zerstören, vernichten, aufzehren, verbrauchen, mhd. part. perf.* zezorn (der wolf hæt mir den lîp zezorn), *welches seinerseits dem lit.* dìrti *schinden, asl.* drati *spalten, zerreiszen, griech.* δέρειν *schinden, skr.* dr̥n̥āti *birst, spaltet entspricht. nächstverwandt sind* zergen *und* zerren *(s.d.). von diesen beiden gewährt* zerren *im südalemannischen gebiet, wo seine doppelconsonanz vereinfacht wird, dem worte* zehren *einen formzuwachs,* zehren zupfen *und viel essen,* des leybs zerrend und stâchend kranckheiten; ein solch grimmen und zeren in seinem leib und därme; *ebenso:*

doch wann es an ein zerren geht

und fressen, was sie (raben) han getôdt

(*die*) in reichtumb, bracht und übermût

zerren von uns armen schwaysz und blût

1) *essen und trinken, schmausen, gelage halten*

a) *mit persönlichem subject*

α) *ohne angabe eines objectes:*

ich wôlt gern mit üch zabend zeren

und saufst wie der frômst abt zum zeren

β) *mit object:* das frümal ... zeren, haben die herren noch was zu z. (*zu trinken und zu essen*)?, was zehrst im tag?

auch verdauen: ich han min essen gezehrt

γ) *verpflegung,* zehrpfennig *für die reise; wegzehrung*

b) *thiere und pflanzen als subject;*

α) *fressen: (die trappen)*

> hast (*du ochse*) von den schönsten blumen gezehrt

β) *insbesondere von schmarotzenden geschöpfen, die ihre nahrung aus dem körper ihres wirtes saugen:* wie sie an ihren wirthen z.

2) *verbrauchen, aufbrauchen*

a) *mit persönlichem subject*

α) *mittel und vorräte zum unterhalt:* hab ir gelt hie zert, schwäb.; alle frembde gest, die bey den gastgeben ab und zu ziehen und iren phenning zeren (*d. h. sich gegen entgelt bewirten lassen*) Nürnb. polizeiordn.

β) *im mhd. nicht selten von der zeit oder dem leben, das man hinbringt*

> dâ man den lîp durch wirde zert

γ) *abstractes oder unstoffliches als object, so dasz der genusz rein geistig ist:* so wollen wir ... an euren tugenden und gebrechen z.; an ihrem so werthen brief ... habe ich diese monate her gezehrt; von der gnade gottes ... z.; zehrten von der erinnerung

b) *von thieren,*

α) *die von dem eigenen fett zehren, während sie einen winterschlaf halten:* dasz die thiere, so den winter über ohne speisen in den hôlen leben, gleichsam von ihrem wesen leben, oder wie man spricht, von ihrem rûcken, *ebenso auch von menschen:* von seinem eigenen schmâr z.

β) *die die mittel des landwirtes, ohne genügenden nutzen abzuwerfen, aufzehren:* das pferd zehrt, die kuh nährt;

> ein yeder (*monat*) hat sein aigne art,
>
> einer der zert, der ander spart

c) *von dingen, sachen oder seelischen kräften,*

α) *krankheiten; im magischen denken des volkes als dämonen gedacht:* mit solchen würmern in der haut (s. zehrwurm) geplagt …, die man insgemein die mitesser, auch an vielen orten die zehrenden elben zu nennen pfleget

β) *luft, wasser, speisen:* eine zehrende luft

der wein und der essig zehret, aber das bier mästet; de wein zehrt, de beier nehrt

γ) *sonstiges:* der rost zehret das eisen

δ) *häufig* mark *object:*

der augenblick zehrt schon wieder an unserm marck

ε) *natur-, geisteskräfte, seelische mächte, geschehnisse u. ä. als subjecte:*

und in meinen eingeweiden

zehret eine fremde glut

(*o tod,*) zer mit dinen smerzen

daz leben von minem herzen

d) *reflexiv und absolut,*

α) indem ich … mich fast zum gerippe zehrte, sich grämen und z.

β) *absolut dahinschwinden, abmagern*

3) *besonderes,*

a) *verbalnomina:*

viel zehren und gasten

leeret keller und kasten

b) *rotwelsch:* z. betteln, erpressen

ZEHR- *in zusammensetzungen mit substantiven und adjectiven:*

brunnen, m., *schwindgrube, deren boden wasser einsickern läszt, so dasz es nicht abgeführt zu werden braucht*

-fieber, n., *abzehrendes fieber*, es trat z. und völlige abmagerung ein …

… und so weiter und so fort, und ich habe das Gefühl, allein das Wort *zehren* sei ein Stamm, an dem Tausende Wurzeln hängen, und jede legt eine andere Spur, und man müsste all diese Spuren kennen, um das Wort *zehren* wirklich nutzen zu dürfen, um ihm gerecht zu werden. *der augenblick zehrt schon wieder an unserm marck.* Das Gefährliche am Grimm ist, dass man sich darin verlieren kann wie in einer dunklen, traumartigen Höhle, allein in diesem Artikel fände ich Dutzende weitere Wörter, denen ich Herberge bieten könnte; der Zehrwurm, Zehrpfennig, der Zehrbrunnen, alles ist mit allem verbunden, man gelangt von einem Wort zum nächsten. Ich krieche hinab ins Wurzelwerk der deutschen Sprache, betrachte diese schillernden, urtümlichen Wendungen, tauche irgendwann mit glasigen Augen wieder auf und bringe ein Exemplar für meine Wörtersammlung mit, und irgendwann später, vielleicht, treibt es aus und sucht sich seinen Weg zum Licht. Als ich am Ende des Artikels angekommen bin, gibt es keine Ausrede mehr: Ich öffne meinen Roman. Während das Dokument lädt, versuche ich, mich einzustimmen. Wie müde bin ich, wie wach, habe ich heute meine Sprache oder nicht? Doch ich muss achtgeben, dass ich mich nicht zu genau beobachte, denn die Selbstbeobachtung verändert etwas. Je genauer ich mich betrachte, desto unschärfer werde ich. *Die Messung eines Impulses ist zwangsläufig mit einer Störung seines Ortes verbunden.* Indem ich mich beobachte, verunsichere ich mich. Ich selbst werde zum prüfenden Blick meines Vaters, und ich versuche, den Blick zurückzudrängen, ich stemme mich gegen ihn. An manchen Tagen verschlingt dieses Stemmen die meiste Kraft. Einmal, als sechs-

oder siebenjähriges Kind, schrieb ich ein Märchen. Es war die Geschichte von einem Bären, der sich auf die Reise machte, um Honig zu suchen. Ich illustrierte die Geschichte, ich machte ein Büchlein daraus, indem ich die Seiten in der Mitte mit einem Faden zusammenband. Ich spüre heute noch den Stolz, als ich es in den Händen hielt und darin blätterte. Ich überreichte es meinem Vater mit klopfendem Herzen, und zwei Tage später, nach mehreren Nachfragen, bekam ich es mit roten Anmerkungen zurück. Er hatte alle Fehler angestrichen.

Mein aktueller Roman handelt von einem Mann, der aus seinem Leben ausbricht. Ausbrechen soll. Dahin möchte ich ihn bringen, dass er eines Abends aus seinem Bett aufsteht, weil er nicht schlafen kann, weil er erkennt, dass er in einem falschen Leben steckt. Er spaziert einfach davon, während seine Frau neben ihm weiterschläft. Er fährt zu einem Punkkonzert in einer nahe gelegenen Landkommune und bleibt einfach dort. Es gibt dann noch eine Menge Hin und Her mit seiner Frau und seiner Firma, es gibt einen politischen Kampf, in den die Kommune verwickelt ist, aber im Wesentlichen geht es um die Möglichkeit eines Ausstiegs, um die Frage, ob wir tatsächlich die Freiheit haben, unser Leben von einer Stunde auf die andere zu ändern, und wenn wir sie haben, warum wir sie nicht nutzen. Gleichzeitig verfolge ich den Weg von Nicky, einer Frau aus der Kommune. Sie ist an einem Punkt in ihrem Leben angelangt, an dem sie mit der Pseudofreiheit der Kommune nicht mehr viel anfangen kann, an dem der Kampf für die Freiheit zum reinen Habitus verkommen ist. Auch sie will ausbrechen, jedoch in die andere Richtung. Zunehmend sehnt sie sich nach der Freiheit eines sicheren Einkommens, den verlässlichen Abläufen eines bürgerlichen Alltags. Auf ihren gegenläufigen Fluchtbewegungen begegnen sich die beiden und erkennen, so der Plan, dass die Suche nach dem jeweils Anderen nur eine Projektion ist. Ich bin auf Seite fünfundachtzig und an der entscheidenden Stelle, an der sich die Wege der beiden zum ersten Mal kreuzen. Fünfundachtzig Seiten bis zum ersten Treffen. Fast ein wenig zu lang. Ich spürte schon an den wachsenden Widerständen in den letzten Tagen, dass ich an eine unangenehme Stelle gekommen bin. Es wollte mir nicht so recht gelingen, das spontane Bleiben meines Protagonisten in der Kommune glaubhaft zu motivieren. Alles steht und fällt mit der Motivation. Der Mann heißt Pascal, wobei er ursprünglich Cordelius hieß und ich lange zwischen diesen beiden Namen geschwankt habe, immer noch schwanke. Ich habe den Roman schon mehrfach umgeschrieben, jeweils von Pascal zu Cordelius und wieder zurück, und jedes Mal saß ich vor dem Bildschirm und versuchte herauszufinden, ob die Figur dadurch glaubwürdiger wird. Ich kniff die Augen zusammen, als würde ich vor einem Bild auf der Staffelei stehen. Wie fügt sich der Name optisch in den Text ein? Ich las mir selbst Passagen laut vor, um die Satzmelodie zu erfassen, einmal mit Pascal und einmal mit Cordelius, fünf Minuten später klickte ich auf *rückgängig*, und der alte Name stand wieder im Text. Ich hatte an manchen Tagen mehr Zeit mit der Namensfindung verbracht als mit der aktuellen Szene. Zuletzt hatte ich Pascal favorisiert, aber den Namen Cordelius in Klammern dahinter geschrieben, um beide Möglichkeiten vor Augen zu haben. Ich öffne die Biografie von Pascal (Cordelius), um mich der Figur noch einmal anzunähern, und lese mir seinen Lebenslauf durch, seinen von mir erdachten Lebenslauf, meinen Versuch, ihm eine Vergangenheit zu geben, Stationen einer Kindheit,

Jugend, Ausbildung. Ich stattete ihn aus mit erdachten Eltern und Großeltern, mit einer Backstory und Needs und Wants und Hurts, als räumte ich einen leeren Schrank mit Klamotten ein, die ungefähr zueinander passen könnten. Über der Biografie hatte ich mir eine Reihe Fragen notiert, die dort schon eine Weile unbeantwortet standen. *Was interessiert mich an ihm? Welche inneren Konflikte trägt er mit sich herum? Warum ist er eine Figur unserer Zeit? Was drückt sich durch ihn aus? Was sind seine Vorstellungen vom guten Leben?*

Ich schaue aus dem Fenster und versuche, Antworten auf diese Fragen zu finden, doch mir fällt nichts ein. Also öffne ich das Kapitel, das ich zuletzt geschrieben hatte, in der Hoffnung, dass mich der Text zum Weiterschreiben inspirieren würde.

Pascal (Cordelius) stieg aus dem Wagen, zog seine Jacke aus, warf sie auf den Rücksitz und ging auf den Hof zu. Vor dem Haus saß eine Handvoll junger Leute auf improvisierten Holzbänken, die früher mal Paletten gewesen waren, um ein Feuer herum. Einer mit blonden Locken, er war barfuß, hatte gerade neues Holz geholt, zerbrochene Latten, und legte sie nach und nach in die Feuertonne. Die Glut loderte auf, Funken stoben in den Nachthimmel, es roch nach verbranntem Holz. Von drinnen aus dem Saal klangen dumpfe Bässe und Gitarrenakkorde, die Scheiben zitterten leicht in den Rahmen. Als er sich ans Feuer stellte, sagte jemand: «Hey, schön, dass du da bist!» Er fragte: «Darf ich?» Eine blasse Frau mit schwarzen Haaren sagte «Klar», rückte ein Stück, und er setzte sich dazu und schaute ins Feuer.

Die Stimmung gefällt mir. Paletten, Feuertonne, das ist konkret, so, wie ich es wirklich vor einiger Zeit in einer benachbarten

Landkommune erlebt habe. Ich ändere das Wort *Jacke* in *Sakko*, schaue von der Tastatur auf, nein, Sakko ist Quatsch. Trägt Pascal (Cordelius) ein Sakko? Würde er überhaupt, wenn er ein Sakko trüge, zu einem Konzert wie diesem gehen? Eher nicht. Ich lösche das Wort Sakko wieder, der Cursor blinkt zwischen *seine* und *aus*. Vielleicht lässt er seine Jacke einfach an? Aber es ist ein warmer Sommerabend. Oder er trägt erst gar keine. Aber als er losfuhr, warf er sie sich über und steckte den Flyer in die Jacken-tasche, das hieße, ich müsste den ganzen Roman daraufhin noch einmal durchgehen, ob er eine Jacke trägt oder nicht. Außerdem hat das Jacke-Ausziehen auch eine symbolische Funktion, das Ab-streifen der alten Haut, das Entblößen, das Öffnen für das Neue. Ich schreibe wieder das Wort Jacke in den Satz. Aber ist Jacke nicht zu allgemein? Wenn du Allee schreiben kannst, schreibe nicht Straße. Wie genau ist zu genau? Welche Art Jacke trägt er eigentlich? Müsste ich nicht sofort, und ohne nachzudenken, wissen, was er für eine Jacke trägt? Vielleicht eine Lederjacke? Oder eine Jeansjacke? Jetzt denke ich schon wieder fünf Minuten über seine Jacke nach, fünf Minuten von der Stunde, die mir noch bleibt. Es ist doch für die Handlung völlig irrelevant, welche Jacke er trägt, ich sollte dem nicht so viel Bedeutung beimessen. Dieses Kleinteilige, dieses Verbeißen in Details, das ist kein gutes Zeichen. Ich lasse jetzt das Wort Jacke im Satz. Sollen sich die Leser doch selbst denken, welche Art Jacke er trägt. Ich muss dringend vorankommen und scrolle weiter nach unten zum Ende des Kapitels.

Die Tür des Saals klappte auf, ein blonder, barfuß laufender Mann kam auf sie zu.

«Hast du noch Tabak?»

«Ja», sie kramte in ihrer Tasche und reichte ihm den Beutel hinüber.

«Ich bin Herken.»

«Pascal (Cordelius). Darf ich auch eine?»

«Klar.» Herken reichte den Beutel weiter. «Bist du zum ersten Mal hier?»

«Ja. Klasse Konzert.» Er versuchte, sich eine Zigarette zu drehen, was in seinem Zustand gar nicht mehr so einfach war. «Sagt mal», er leckte das Paper an, «meint ihr, ich könnte, äh, es gäbe die Möglichkeit, dass ich ein oder zwei Tage hierbleiben kann?» Er war eine Sekunde selbst überrascht von seiner Frage, die einfach so aus ihm herausgeplatzt war. Es war weniger der Alkohol oder das Gras, das ihn plötzlich schläfrig und matt machte, sodass er sich eine Autofahrt jetzt kaum noch zutraute, als die Furcht vor einer nächtlichen Grundsatzdiskussion mit Konstanze, die in eine einzige Rechtfertigungsorgie seinerseits münden würde. Er klebte die Zigarette zu, sie war schief und fiel fast wieder auseinander.

«Klar –» Herken und Nicky schauten sich an, «du meinst – gleich heute?»

(Dialog umschreiben)

Er klemmte sich die Zigarette hinters Ohr, wie früher, stand auf und folgte den beiden über den Hof hinaus in die Nacht, einen leicht abschüssigen Weg hinunter, sodass er ein Gefühl der Schwerelosigkeit hatte, ein Gefühl, das verstärkt wurde vom betörenden Duft des Rapses, der nachtgrau neben ihnen lag, der Trunkenheit vom Bier, vom Gras und von der unwahrscheinlichen Tatsache, hier mit diesen beiden fremden Menschen zusammen zu sein.

Klasse Konzert. Spricht man so? Sagt man das heute noch? Würde Pascal (Cordelius) *klasse* sagen? Ist das nicht vollkommen altmodisch? Verweist das nicht auf eine gewisse – Antiquiertheit der Figurensprache oder gar meiner Sprache? Bin ich nicht überhaupt ein hoffnungsloser Romantiker? Das geht doch alles nicht auf. Das ist doch völlig unglaubwürdig.

Seit ich meinen alten Bürostuhl gegen einen rückenfreundlichen Hocker getauscht habe, kann ich mich in Momenten der Frustration nicht mehr gegen die Lehne werfen, also mache ich einen krummen Rücken und schaue missmutig aus dem Fenster. Was wird er seiner Frau sagen, die ihn gleich auf dem Handy anrufen soll? Wie rechtfertigt er diese Handlung überhaupt vor sich selbst?

Auf dem First gegenüber landet eine Krähe. Sie hockt dort oben und äugt in unseren Garten. Sie sondiert die Lage. Sie weiß, dass ich sie sehe. Die nächsten zehn Minuten werden wir uns gegenseitig belauern. Ich versuchte, mir vorzustellen, was im Kopf von Pascal (Cordelius) vorgehen könnte. Soll ich das als inneren Monolog bringen? Oder erst mal eine Ellipse? Später nachreichen oder ganz weglassen? Aber ich müsste zumindest *wissen*, was er denkt, irgendwas wird er ja wohl denken. Ich krame in meinem Leben und versuche, mich an eine Situation zu erinnern, in der ich gegen alle Konventionen gehandelt habe, ich krame im Leben anderer, soweit ich es aus Erzählungen kenne, und als ich nichts finde, versuche ich, mir etwas auszudenken. Ich versuche, Pascal (Cordelius) eine Glaubwürdigkeit anzukleben wie Teig, der nicht haften will, weil … weil er keine eigene Motivation besitzt. Weil ich mit der Figur um jeden Preis irgendwohin *will*. Das ist doch absurd. Dass eine Figur so handeln *muss*, weil ich eine fixe Idee habe, und nicht, weil sie selbst es so will. Weil ich die Figur wieder mal vom Ende her denke und nicht als Prozess verstehe. Meine Unentschlossenheit bei seiner Benennung, ist sie nicht ein Zeichen für meine Indifferenz ihr gegenüber, eine geradezu schizoide Situation? Ich lande wieder bei den Fragen aus der Biografie: Was genau interessiert mich eigentlich an ihm?

Elf Uhr zehn. Noch fünfzig Minuten. Ich habe noch *fünfzig Minuten Zeit*, um endlich meinen Roman voranzubringen. Zu viel und zu wenig zugleich. Heute wollte ich es schaffen, ich hatte mir vorgenommen, heute endlich den Durchbruch zu schaffen. Stattdessen – wieder nichts. Ich könnte die letzten achtzehn Mails *wegmachen*, ich könnte ein paar aufgeschobene Anrufe tätigen. Ich könnte wieder in den Garten gehen und Gundermann ausreißen. Ich werfe einen Blick in die Nachrichten, *Emsland: Kindergartenkinder finden Riesenschildkröte*. Das Telefon klingelt, ich stelle es auf lautlos. Mein Handy leuchtet. Neue Nachricht in der Männergruppe.

Michael: In den letzten Tagen habe ich noch mal viel über mein Verhältnis zur Malerei nachgedacht. Ich glaube, es war tatsächlich weniger das Ergebnis als dieser wilde Akt des Malens, der mich früher interessiert hat. Das Ausleben, das Toben auf der Leinwand. Das Malen um des Malens willen? Der Malakt als Leibesübung?

Ich: Nicht so viel nachdenken, machen!

Michael: Ich weiß nicht. Dann brauche ich ein Atelier, die ganze Ausstattung. So viel Aufwand, nur um am Ende festzustellen, dass es nichts mehr wird.

Ich: Mal zwischendurch am Küchentisch in der Wohnung?

Michael: Ich weiß nicht, dann bin ich so gehemmt. Ist ja alles frisch renoviert.

Ich: Du suchst ja geradezu Argumente, um nicht wieder anzu-fangen.

Jost: Vielleicht ist ja die Sehnsucht nach der Malerei eigentlich die Sehnsucht nach Leiblichkeit?

Ich stehe auf und trete ans Fenster. Die Krähe auf dem gegen-überliegenden Dach hüpft einige Firstziegel weiter, beugt sich mit dem Rumpf vor, legt den Kopf schräg. Seit einem Jahr zehrt Pascal (Cordelius) jetzt von meinem Leben. Er ist ein Starkzehrer, ein Zehrbrunnen, der mich austrocknet. Seit einem Jahr versuche ich, ihm eine glaubhafte Geschichte zu geben, die auf irgendeine Weise Spannung erzeugt, zu einem Höhepunkt und schließlich zu einer Lösung führt. Wohin führt mich dieser Text? Muss jeder Text irgendwohin führen? Ist ein Roman wie ein unangenehmer Flug, eine Strecke, die man möglichst rasch durcheilen will, damit man schnell zum Ziel kommt? Als lese man ausschließlich und schnellst-möglich auf den Moment der Beendigung des Lesens hin. Ist die Heldenreise nicht auch nur eine Form von *Corporate Publishing,* und ich bin ihr wieder auf den Leim gegangen? Meine Sprache ist schon wieder eine Funktionssprache geworden, die ich in den Dienst eines Anderen stelle.

Die Krähe breitet die Flügel aus, schwebt in einem eleganten Bogen heran, sie fliegt nicht nur einfach plump in den Garten, wie die Tauben, von deren Flügelschlagen, das eher ein Klatschen ist, man aus dem Schlaf schreckt. Immer wieder frage ich mich, wie die Taube eigentlich durch die Evolution gekommen ist. Durch In-telligenz sicher nicht, es kann nur eine Art von stumpfer Beharr-lichkeit gewesen sein. Nein, die Krähe wählt einen Bogen, der es mir nahezu unmöglich macht, ihre Flugbahn zu erfassen. Sie anti-zipiert meinen Blick. Verdammt schlau, diese Viecher. Schnapp-

viecher. Sie müssen schlau sein, wenn sie draußen in den Maiswüsten überleben wollen. Mit einem gekonnten Schwung landet
sie auf dem Rasen, faltet ihre Flügel zusammen wie ein Studienrat
seinen schwarzen Schirm, stolziert ein paar Schritte weiter, dann
hebt sie sich mit zwei Flügelschlägen in den Kirschbaum. In seiner
Krone hängen zwei Futterspender, grüne, eierförmige Eisenspira-
len, in deren Mitte die Meisenknödel stecken. Eine Zeit lang fand
ich die Spiralen jeden Morgen leer auf dem Rasen liegend, bis ich
eines Tages eine Krähe dabei beobachtete, wie sie das grüne Metall
mit ihrem Schnabel derart geschickt vom Ast hob, dass es auf den
Boden fiel und sie es in Ruhe leeren konnte. Mittlerweile habe ich
die Futterspender mit Draht befestigt. Die Krähe müht sich verge-
bens. Sie merkt jetzt, dass am Futterspender nichts zu holen ist,
landet wieder auf dem Rasen, legt den Kopf schräg, setzt gemächlich einen Schritt vor den anderen, hebt die Beine, so scheint mir,
bei jedem Schritt etwas höher als nötig, als sei es ihr unangenehm,
durch nasses Gras zu staken. Sie betrachtet das Vogelhaus, dann
flattert sie hinauf und klemmt sich mit ihren Krallen an das seit-
liche Brett. Sie muss sich stark krümmen, fast zu einer Kugel
machen, um mit dem Schnabel an das Futter zu kommen. Zwischendurch schlägt sie zur Stabilisierung immer wieder mit den
Flügeln, und in dieser Zeit schlingt sie die Körner in sich hinein.
Heute störe ich sie nicht. Heute schaue ich ihr beim Fressen zu.

Buchkörper

Direkt vor dem Fenster, im Rücken geschützt von zwei Fachwerk-balken, zwischen die ich Regalbretter gezogen habe, steht mein Sessel, ein weicher, dunkelblauer Sessel mit hohen, seitlichen Lehnen, in den man geradezu tiefseehaft einsinken kann. Neben dem Sessel befindet sich ein alter Bistrotisch mit gusseisernen, ornamental verzierten Füßen und einer geäderten Marmorplatte, der mich seit meinen Studientagen begleitet. Auch wenn er nicht zur restlichen Einrichtung passt, hänge ich an ihm. Er erinnert mich an eine Zeit, als ich Möbel noch vom Sperrmüll sammelte, als es das Größte war, einen solchen Tisch am späten Abend oder in der Nacht auf dem Heimweg von der Kneipe auf der Straße aufzu-lesen und notfalls durch die ganze Stadt zu schleppen, eine Tro-phäe, die man am nächsten Morgen stolz den anderen präsen-tierte. Der Tisch ist eine Erinnerung an meine damalige Freiheit, an meine damalige Freundin, an unsere große Liebe, die sich überwiegend in Cafés mit solchen Tischen abgespielt hat, doch meist sieht man seine Platte vor lauter Büchern nicht mehr. Sie stapeln sich zu unterschiedlich hohen Türmen, ein kleines Down-town aus Büchern, Klassiker, ein paar gebundene Gegenwarts-romane und obenauf ein Duden, nicht der kleine, sondern das armdicke Universalwörterbuch, getragen von zwei unterschied-lich hohen Büchertürmen, aufgeschlagen beim Buchstaben C. Tisch und Sessel werden erleuchtet von einer Artemide-Lese-lampe mit Bowdenzügen und kleinen Rädchen an den Gelenken, eine geschmeidige Mechanik, die es mir erlaubt, die Lampe leicht zu bewegen und das Buch in jeder Sitzhaltung richtig auszuleuchten. Alles ist angerichtet zum Lesen, alles ist bereit, mich, den Lesenden, zu empfangen, es mir angenehm zu machen und mich so lange wie möglich zu halten, so sehr zu halten, dass es mir schon fast widerstrebt, mich hineinzubegeben in dieses mütterlich Haltende. Wenn ich dort sitze, dann lese ich nicht, sondern ich beobachte mein Lesen: Liest es sich gut, sitze ich bequem, ist das Licht hell genug, brauche ich noch dieses oder jenes, das Beobachten nimmt, während ich doch lesen wollte, immer mehr Raum ein, es bildet sich ein Wasserkopf aus Beobachtung, unter dem das eigentliche Lesen zusammenbricht. Ich habe keine Erklärung dafür, warum sich das Wasserkopfartige meines Lesens immer mehr ausbreitet und das eigentliche Lesen verdrängt. Dem Sitzen, so dachte ich bei der Einrichtung des Zimmers, kommt beim Lesen die größte Bedeutung zu, dem richtigen, bequemen Sitzen im richtigen, bequemen Sessel, doch je mehr ich den Akt des Lesens inszeniere, umso weniger lese ich tatsächlich. Das wurde mir klar im Sommer, an der Oberhavel, auf einem alten Gutshof, auf dem wir eine Woche mit den Kindern verbrachten. Dort habe ich in der Morgensonne auf einem krummen, einfachen Gartenstuhl gesessen, eine halbe Stunde, ja, stundenlang habe ich auf diesem harten Stuhl gesessen und gelesen, ich dachte gar, dass es sich deutlich besser lesen lässt auf so einem Gartenstuhl, weil er keinerlei Erwartungen weckt, weil er mir die Freiheit lässt, jederzeit aufzustehen und davonzugehen. Deshalb bin ich geblieben, da das Unbequeme, Unfertige wieder das Lesen ins Zentrum gerückt hat und nicht das Sitzen, ja, weil mich der Schmerz des Sitzens geradezu zum aushaltenden, widerständigen Lesen animiert hat, während mich der kubusartige Sessel ins Lesen *hinein-*

zwingt und sich daher paradoxerweise, wenn ich mich in ihm niedergelassen habe, eine Grundnervosität in mir breitmacht wie ein lästiges Jucken. Nach fünf Minuten muss ich aufstehen, weil ich etwas vergessen habe, ich muss auf mein Handy schauen, mir etwas notieren, ein neues Buch suchen, sodass ich nach der Rückkehr von der Oberhavel dachte, ich sollte mir einen harten Gartenstuhl statt des Sessels ins Büro stellen. All das erinnert mich an meinen Studienfreund Erik, der im Studentenwohnheim leidenschaftlich für uns alle gekocht hat, die feinsten Menüs, noch heute muss ich oft an seine Tipps denken, und dann, als er endlich Geld verdiente, sich als Erstes die Küche kaufte, von der er immer geträumt hat, eine Profiküche, eine Gastronomenküche, mit sechsflammigem Gasherd und Edelstahlregalen, in der er dann aber nicht mehr kochte. Die Leidenschaft für die Tätigkeit wurde durch die Leidenschaft für das Objekt ersetzt. Seitdem ich das verstanden habe, versuche ich gelegentlich zurückzukehren zur Einfachheit des Tuns, doch ich merke, dass auch dies nur eine Inszenierung ist, eine Reinszenierung des Alten auf der Suche nach der einstigen Begeisterung, und dann bin ich einen Moment ratlos, vielleicht verzweifelt, weil mir klar wird, dass ich mein Leben längst an den Konsum verloren habe. Doch brächte mir der Nicht-Konsum, die Konsumverweigerung die Begeisterung zurück? Wohl kaum. Vielleicht ist sie mir überhaupt ganz unmöglich geworden, diese Praxis des ruhigen Sitzens und Sich-Versenkens. Vielleicht hat es gar nichts mit dem Sessel oder dem Stuhl zu tun, sondern mit mir, mit der Fragmentierung meiner Zeit. Ich habe den Kontakt zum Kontinuum verloren. Ich lebe nur noch in den kleinsten Einheiten, Zeiteinheiten, Informationseinheiten, Freundschaftseinheiten, Liebeseinheiten, anders halte ich das Leben gar nicht mehr aus. Vielleicht ist das Lesen eine Praxis, die ich erst wieder lernen muss. Nicht die Buchstaben, die Sätze oder die Wörter, nein, das Stillsitzen. Das richtige Halten des Buches, den Blick ruhen zu lassen, den Blick am Abschweifen zu hindern. Mir scheint das schwieriger als das kindliche Lesenlernen. Las ich damals gegen den Hunger, lese ich heute gegen die Übersättigung. Vielleicht, denke ich, liegt es aber auch gar nicht an mir, sondern an der Zeit, am neuen Menschen, vielleicht war das Bücherlesen im Wesentlichen eine Praxis des zwanzigsten Jahrhunderts, der Habitus des Umblätterns, die Fähigkeit, sich einzulassen, die sich nicht binnen Sekunden, sondern erst über Tage oder Wochen erschließende Information, all das ist mir viel zu langsam geworden. Vielleicht wird das Umblättern eine Kulturtechnik sein, die wir bald halb spöttisch, halb fasziniert betrachten, wie das Auffalten einer Landkarte oder das Einlegen des ersten Ganges. Vielleicht ist dies der neue Mensch: fragmentiert, autark, einsam, dabei ständig auf der Suche nach dem Flow, dem Sich-Versenken, und dafür setzt er alles in Bewegung, während doch ein einfacher, harter Gartenstuhl reichen würde.

Ich erhebe mich wieder aus dem Sessel, dem Lesesessel, in dem ich jedoch nicht lesen *kann*.

Ich erhebe mich aus meinem Sessel und gehe vor den Bücherregalen auf und ab, ich gehe vor meiner Bibliothek auf und ab; dieses unruhige Hin- und Hergehen passiert mir immer dann, wenn etwas in mir im Umbruch begriffen ist und es nur noch eines leichten Stoßes in die richtige Richtung bedarf. Ich weiß, dass meine zielgerichteten Griffe ins Regal die richtigen sein werden, dass mir das Unbewusste die passenden Bücher empfehlen wird. Ich suche etwas, und wie immer, wenn ich auf der Suche bin, stehe ich fragend vor dieser Wand, so, wie ich immer fragend vor Büchern stand. Im Grunde ist es immer nur eine Frage, die ich an jedes Buch gestellt habe: Wie kann ich frei sein? Bezog sich diese Frage früher auf den Inhalt, auf unkonventionelle Lebensentwürfe, die Liebe, das Reisen, Abenteuer, bezieht sie sich heute auf die Form; ich suche, wenn ich lese, eine von der Konvention befreite Form, eine *Stimme.*

die eigentliche bedeutung des wortes ist seit alters der (vom kehlkopf erzeugte) ton, gesprochen oder gesungen, so wie er gehört wird. daneben erscheint zu allen zeiten, in einer verschiebung des standpunktes und aspektes vom gehörseindruck auf die erzeugung, stimme als besitz des sprechenden, als mittel, über das er verfügt, mit dem er wirkt; doch erweist sich der unterschied der blickrichtung auf das produkt des sprechens von der auf die tätigkeit des sprechens oft in den sprachlichen wendungen des wortes.

Als Mittel, über das ich verfüge.

Verfüge ich?

Vom Produkt des Sprechens auf die Tätigkeit des Sprechens kommen.

Nachdem wir das Haus saniert hatten, räumte ich meine Bücher ungeordnet in die Regale. Die graue Wand aus Kisten, die vor den Regalen stand, sollte schnellstmöglich verschwinden, und so griff ich wahllos hinein und stellte sie meterweise in die Regale, und es passierte etwas Erstaunliches: Obwohl die Bibliothek völlig ungeordnet war, wusste ich trotzdem, wo jedes Buch stand. Die Buchrücken sind mir seit Jahrzehnten so vertraut, dass ich beim Einräumen der Regale gespeichert haben muss, wo sich welches Buch befindet. Drei Jahre standen sie so, und ich hatte mich schon fast an diesen Zustand gewöhnt, doch eines Tages – Anlass war der Besuch einiger literarisch gebildeter Freunde, und ich rechnete damit, dass sie interessiert in meiner Bibliothek stöbern würden, war der Zeitpunkt gekommen, sie zu sortieren.

Ich nehme mir ein Buch aus dem Regal, ein Buch, das ich sehr lange nicht mehr in der Hand gehalten habe, und blättere es auf. Auf der ersten Seite habe ich, wie in fast allen meinen Büchern, die ich vor einer bestimmten Zeit gekauft habe, handschriftlich mit Verve meinen Namen und das Datum, an dem ich es gelesen habe, vermerkt. Es ist ein altes Taschenbuch, der Rücken gebrochen, das Papier vergilbt, *Aus dem winter unversehens in den grünfall der birken geraten.* Damals hatte ich die Angewohnheit, mir bedeutsam erscheinende Passagen mit kräftigen Strichen zu markieren oder zu unterstreichen, wobei ich heute häufig nicht mehr nachvollziehen kann, was ich daran bedeutsam habe finden können. *morgens scheint etwas verändert.* Und doch, das Unterstrichene und Angestrichene scheint mich damals bewegt zu haben, es rief eine starke Resonanz hervor, häufig handelt es sich um Passagen, in denen es um die Sehnsucht nach einem anderen Leben geht, um Freiheit, darum, das Leben zu nutzen, es nicht zu verschwenden, sich nicht den Konventionen anzupassen, seinen eigenen Weg zu gehen, und dann erinnere ich mich beim Wiederaufblättern an meine Grundstimmung jener Zeit: jenes melancholische, ganz und gar durch das Fernweh, das ständige Fortwollen geprägte Ziehen im Leib, und die Jahre als junger Erwachsener erstehen vor mir auf, mit all meinen Träumen und Visionen und Hoffnungen, mit meiner damals grenzenlosen Emphase, die ich nach der Wende empfunden habe. Ich floss über vor Ekstase und Glück, nie wieder habe ich mich so frei gefühlt. Ich habe mir jedes Buch geradezu einverleibt, es mit Strichen, Marginalien, Ergänzungen, Unterstreichungen,

Fragen, Fragezeichen, eigenen Zeilen, gar kleinen Gedichten überformt, schwungvoll auf die letzte Seite *yeah* oder *ja!!!* oder *danke für dieses Buch* geschrieben, häufig notierte ich auf der ersten Seite, an welchem Ort ich es gelesen habe, *sitze hier im Café Boheme in S. F. und lese Maugham, draußen blauer Himmel*, manchmal fallen Zettel aus den Büchern, grüne kleine Notizzettel mit der minimalistischen, nur aus einzelnen Längs- und Querstrichen bestehenden Handschrift von Lee, meinem damaligen Freund aus San Francisco, der auf diese Weise deutsche Vokabeln lernte, Zettel mit meiner eigenen Schrift, rundlich, rasch fließend, wie ein Flussbett voller Kiesel, ein für andere kaum lesbares Gewoge, Zettel mit der schrägen, ausdrucksstarken, fast herrischen Schrift meiner damaligen Freundin, kleine Liebesbriefe, versteckte Botschaften, Kapseln der Erinnerung, die durch die Zeit reisen, als wollten sie mich an mein damaliges Selbst erinnern, Einkaufslisten, Kontoauszüge, To-do-Listen, Kinokarten. *habe ich überhaupt gelebt vom april letzten jahres bis zum märz diesen jahres.* Meine Bibliothek hat mein Leben in sich aufgenommen, sie ist eine Erweiterung meines Körpers, und heute nehme ich manchmal eines der Exemplare aus dem Regal, nicht, um darin zu lesen, sondern um mich an die Situation des Lesens zu erinnern, eine zweite Ebene, die über den Büchern liegt und die fast wichtiger geworden ist als die Bücher selbst: ihre Funktion als Lebensspeicher.

Ich schiebe das Buch zurück in die Lücke zwischen Jörg Fausers *Rohstoff* und Martin Walsers *Ein fliehendes Pferd* und denke: Dort steht es eigentlich komplett falsch, dieses Buch von Verena Stefan, es müsste ein Regal tiefer stehen, zwischen Christa Wolf und Maxie Wander. Andererseits, in die DDR-Literatur passt es auch nicht. Lange habe ich über das richtige Sortiersystem nachgedacht und mit Levje darüber diskutiert. Sie sortiert ihre Bücher stur alphabetisch, was mir ein Graus ist, denn das gleicht einer Isolationshaft für jedes einzelne Buch, auf ewig gefangen in einer fremden Nachbarschaft. Ich hingegen sortiere sie nach Epochen. Ein Buch gehört in eine Zeit, sie drängen sich innerhalb bestimmter Jahrzehnte zusammen wie eine Herde bei Nacht, jedes einzelne braucht die Nähe der anderen, um lebensfähig zu sein, erst im unmittelbaren, körperlichen Kontakt mit Zeitgenossen erwachen sie zum Leben, dann erst passiert etwas Magisches: Eine Ära ersteht wieder vor mir auf, wenn ich vor einem Regalmeter stehe, wenn ich neben Else Lasker-Schüler auch zu Peter Hille greife und ihn neu für mich entdecke. Beauvoir muss neben Sartre stehen und Bachmann neben Frisch. Das führt auf der anderen Seite dazu, dass ich tatsächlich die Bücher nicht mehr finde, denn jedes Mal, wenn ich ein Buch suche, muss ich mir zunächst den Kontext seines Entstehens herleiten, mir Fragen beantworten, wie: Wann ist es genau erschienen? Engländer oder Amerikaner? Hatte ich Handke zur Nachkriegsliteratur sortiert oder zur deutschsprachigen Gegenwartsliteratur? War Simenon Franzose und woher kam noch mal Kundera? Schwierig wird es auch bei jenen, die eine lange Wirkungsphase hatten. Kommt der *Krebsgang* zur Nachkriegsliteratur oder die *Blechtrommel* zur Gegenwart oder reiße ich gar ein Werk auseinander und stelle das Frühwerk dorthin und das Spätwerk hierhin? Gelegentlich treten die Sortierkriterien zueinander in Konkurrenz, oder ich kann mich, wenn ich einen Bücherstapel wieder zurückräume, an meine ursprünglichen, fein gesponnenen Bezüge nicht mehr erinnern und stelle sie in Eile irgendwohin, sodass nach und nach die Unordnung doch wieder überhandnimmt und die Epochen zunehmend unscharfe Ränder bekommen, sich in die benachbarten Epochen hinein auflösen, wie bei einem Objektiv, das nur die Mitte scharf abbildet, sodass ich, auch wenn sich alles in mir dagegen sträubt, mittlerweile dazu neige, Levje recht zu geben und das Alphabet als kaltes, aber unbestechliches Kriterium anzuerkennen.

Mein Blick gleitet ein Regal tiefer, zur DDR-Literatur, zwei Regalmeter chronologisch sortiert zwischen Georg Maurer und Christa Wolf. Uwe Johnson lümmelt in der Mitte des Regals herum, als stünde er unentschlossen auf dem Spielbein, ein wenig traurig, fast geknickt; zweitausend Seiten ohne die stabilisierende Wirkung eines Hardcovers – nichts ist ärgerlicher als ein Buch, das ständig umzufallen und die anderen mitzureißen droht, doch damals konnte ich mir die gebundene Ausgabe nicht leisten. Zwischendrin finden sich einige originale DDR-Bücher, nicht die im Nachhinein gedruckten Westausgaben, sondern Erstausgaben aus jener Zeit. Über dem Frontispiz steht mit Bleistift 25 *Mark,* und wenn ich sie öffne, entweicht ihnen, wie einem Sarkophag, der staubige, muffige Geruch nach Keller, nach alten Wohnungen, nach Zigarettenrauch. Man traut sich kaum, das raue Papier umzublättern, damit es nicht bricht, der Buchschnitt ist bis zum Satzspiegel hin vergilbt, dann erst wird das Papier heller. Diese Regalmeter beherbergen eine Literatur, die sich immer entscheiden musste, die, wie bei einer Wippe, nicht denkbar ist ohne ein Gegenüber, auf das sich alles bezieht: den Staat. Geblieben ist jene Literatur, die auf eine einzige Frage fokussiert war: Wie kämpfe ich, ohne es wie einen Kampf aussehen zu lassen? Die ihre ganzen Energien für das Verstecken aufwendete, weshalb jeder Satz nicht nur doppeldeutig, sondern dreifachdeutig sein musste: Auf der ersten Ebene meinte er das, was er bezeichnete, auf einer zweiten umging er die Zensur, und erst auf der dritten, ganz verborgenen, sprach er die Leser an. Und auch wenn diese Literatur nichts dafür kann, ja, wenn sie sich unter diesen Umständen bestmöglich verhalten hat, habe ich ihr gegenüber doch immer eine gewisse Ablehnung empfunden. Das ist die Tragik dieser Literatur, dass sie, selbst wenn sie für die Freiheit gekämpft hat, trotzdem immer unfrei geblieben ist, weil ihr der Diskurs aufgezwungen wurde, und wenn sie nicht für die Freiheit gekämpft hat, war sie ohnehin hoffnungslos verloren. Dann war sie eine verordnete Literatur, die niemand ernst nahm, eine Funktionsliteratur, gegen die ich sofort eine Allergie entwickelte, eine Literatur, die irgendetwas mit mir vorhatte – wie alle um mich herum immer etwas mit mir vorhatten. Der erzieherische Gestus haftete an ihr wie der Geruch von Buttersäure, man spürte es drei Meilen gegen den Wind, wenn uns ein Lehrer ein Buch überreichte, das wir lesen *sollten,* wenn in der Bücherei bestimmte Bücher ganz vorn standen und immer ausleihbar waren, während die anderen, die, die man *wollte*, nie zu bekommen waren. Ein Überangebot an Erziehung auf der einen und ein Unterangebot an Freiheit auf der anderen Seite. Und doch finde ich auch in diesen Büchern eine Sprache wie einen alten, fernen Geruch, eine Sprache, die in die Jugend meiner Eltern zurückreicht, der man noch den Enthusiasmus beim Aufbauen einer neuen Gesellschaftsform anmerkt, man hört die Hammerschläge, man riecht den Geruch der Zweitakter, man spürt die Dringlichkeit der Debatten, in denen um das neue Miteinander gerungen wird, mit ersten Anzeichen von Resignation, ja, aber immer noch mit der Vision einer neuen Gesellschaft.

Begebe ich mich tiefer hinein in meine Bibliothek, in ihr Stammhirn, gelange ich in das Zimmer meiner Kindheit, in mein schmales Betonzimmer mit dem Fenster nach hinten raus, zum Schacht, mit der Klappliege mit den stechenden Metallfedern, auf denen ich nachts liege und der sich ausbreitenden Finsternis das Licht meiner Taschenlampe unter der Decke entgegensetze, darauf achtend, dass kein Lichtstrahl nach außen dringt, denn wenn das Licht im Flur ausgeht, darf meines nicht mehr unter dem Türspalt zu sehen sein. In der Dunkelheit kriecht der kleinste Schimmer unter der Tür hindurch nach draußen und macht mein Lesen für meinen Vater sichtbar. Lesen ist gefährlich, nächtliches Lichtlesen am gefährlichsten. Und so liege ich bäuchlings unter der Decke, eingenistet in meine Höhle, und lese, bis mir die Augen brennen und die Luft ausgeht. Zwischendurch hebe ich ab und zu die Decke an, um zu lüften, presse dabei die Taschenlampe mit der Lichtseite fest aufs Laken, damit kein Licht entweicht, und irgendwann, wenn mir die Augen zufallen, wenn der Schlaf allzu mächtig wird, schalte ich die Lampe aus und schlafe ein mit einem zur Wand gewendeten Gesicht. Die Bücher dieser Zeit finde ich, und ich tue ihnen damit unrecht, in den obersten und den untersten Regalbrettern, an den Rändern meiner Bibliothek, im Staub oder in unerreichbarer Höhe in der Dachspitze, doch wenn ich dorthin lausche, an die Ränder, höre ich sie, meine Stimme. Ich höre die Sätze, die ich damals gelesen habe, nicht wortwörtlich, aber ich höre ihren Klang, ihren Duktus, ihren langen Atem. Ich bücke mich und greife nacheinander einige Titel heraus, labbrige Umschläge mit düsteren Illustrationen, mit Vignetten und Zeichnungen, *Zwölftes Kapitel, worin ein kräftiger Blitz herniederfährt und dieses Kapitel im richtigen Augenblick beendet.* Die verheißungsvollen Überschriften waren wie eine Vorspeise, deren süßen Geschmack ich so lange wie möglich im Mund behielt, bevor ich mich auf die Hauptspeise stürzte. Gab es Karten auf den Umschlagseiten, fuhr ich mit dem Finger die gestrichelten Reiserouten zärtlich nach. Die allermeisten dieser Bücher besitze ich nicht mehr oder habe sie nie besessen, doch hier und da finden sie sich noch, die abgegriffenen, ergrauten Werke von Alexandre Dumas, Edgar Allan Poe, Agatha Christie, Homer, Jules Verne, Herman Melville, Dorothy Sayers, Karl May, Arthur Conan Doyle. *In der dritten Novemberwoche des Jahres 1895 lagerte dichter gelber Nebel über London. Ich zweifle, ob es in der Zeit zwischen Montag und Donnerstag überhaupt möglich war, aus unseren Fenstern in der Baker Street die Umrisse der gegenüberliegenden Häuser zu erkennen.* Wenn ich ein neues Buch ergattert hatte, nahm ich es behutsam in die Hand, trug es tagelang mit mir herum, getraute mich kaum, mit dem Lesen zu beginnen, weil ich schon vor dem Beginn die Leere nach dem Ende fürchtete, doch wenn ich dann las, sog ich das Buch mit allen Poren in mich auf. Ich las immer und überall, sofort nach der Schule, beim Abendessen, nachts unter der Decke. Die Fiktion war der Raum, in dem ich mich überwiegend aufhielt, in dem ich eigentlich lebte, in dem ich überlebte. Meinem Vater war das suspekt. Es verunsicherte ihn. Alles, was er nicht verstand, verunsicherte ihn, und was ihn verunsicherte, lehnte er ab. Mein Lesen: Es fand dort etwas statt, auf das er keinen Zugriff hatte, und gerade das war mein Sieg. Das Widerständige am Lesen war die unteilbare Intimität zwischen dem Buch und mir. Einmal habe ich gewagt, ihm zu widersprechen. Als er wieder einmal das Lesen abwertete, sagte ich: *Jeder ist das, was er liest.* Irgendwo hatte ich das aufgeschnappt. Er antwortete: *Dann müsste ich ja gar nichts sein.*

Wenn ich heute die alten Bücher in die Hand nehme, frage ich mich, wo er hin ist, der Glanz, den sie einst hatten. Jetzt lasse ich die Seiten über meinen Daumen gleiten, profane, eher schlecht gemachte Objekte, zweispaltig gesetzte Abenteuerromane, die an Heftromane erinnern, gekürzte oder schlecht übersetzte Ausgaben mit gerissenen Schutzumschlägen, und mit einer gewissen Wehmut betrachte ich ihr einstiges Heiligsein, an das ich mich noch so gut erinnern kann wie an eine alte, intensive Liebe. In meiner Kindheit verehrte ich sie wie Reliquien. Bevor ich sie las, habe ich ihren Schutzumschlag gerieben, ich habe sie eng an meinem Körper getragen und sparte mir das Lesen auf, solange es ging. Einmal noch derart hingerissen lesen wie in meiner Jugend, einmal noch ein Buch mit diesen leuchtenden Augen sehen können, nicht nur als Objekt mit Lesebändchen und Dünndruckpapier, nein, aus reiner *Lust*.

Ich greife mir ein Buch heraus, das mir Levjes Vater vor einigen Jahren schenkte, weil er Kontakte zum Wallstein Verlag hat. *Texte aus dem Literaturinstitut der DDR 1955–1993*, setze mich mit halbem Hintern auf den weißen Vitra-Stuhl, der vor dem Regal steht, und blättere durch den Band. Es handelt sich überwiegend um Lyrik, einige Namen kenne ich, doch die meisten sind mir kein Begriff. Ich stelle mir vor, mit welchem Elan, mit welchen Träumen und Hoffnungen sie damals begonnen haben zu studieren am Literaturinstitut, was aus ihnen heute geworden ist und ob sie sich damals haben vorstellen können, jetzt in einem solchen Bändchen eines Göttinger Verlags zu landen. Die Texte der Fünfzigerjahre sind noch sehr geprägt von der Verarbeitung des Krieges, der Schrecken hinterlässt seine Spuren. Bei den Texten der Sechzigerjahre geht der Blick merklich nach vorn, die neue Arbeitswelt rückt ins Zentrum und mit ihr die Maschinen, *die ihre Eisenschnäbel schreiend drehen.* Es ist der Versuch, eine Sprache zu finden für die Maschinenhaftigkeit des Seins, für lange Arbeitstage und Planübererfüllung, *und der junge Dreher flucht, wenn der Schruppstahl wieder die Mücke macht,* für den Aufbau des neuen Staates zwischen echter Faszination und politischen Vorgaben. Schließlich bleibe ich hängen an einer kleinen Geschichte aus den Siebzigern, vier Seiten lang. Elf Uhr vierzig. Ich habe es aufgegeben, heute noch etwas zu schaffen. Stattdessen lesen. Das Lesen wieder als etwas begreifen, für das man bereit ist, auch seine beste Zeit herzugeben. *Rainer Hohberg: Mein bestes Bier.*

Kieskipper und Touristenpekawes rollten auf der F87 in Richtung Thüringer Wald. Wir waren in einer Rekordzeit von 3 Stunden und 30 Minuten von Leipzig heruntergetrampt. Jetzt standen wir am Ortsausgang von Stadtilm, die Mittagssonne brannte auf den Asphalt, und ich winkte, daß mir die Arme wehtaten. «Warum hält denn keiner von diesen Stieseln», rief ich einer Wagenkolonne wütend hinterher, «wenn wir um drei bei Egon in Suhl sein wollen, müssen wir uns verdammt ranhalten!» Meine Freundin Isolde ließ sich gähnend auf ihrer Tasche nieder, den Rücken an den Pfahl des Ortsschildes gelehnt.

«Ranhalten, ranhalten», maulte sie, «langsam habe ich deine Kilometerfresserei satt.» Sie wollte runter von der Hauptstraße, gemütlich durch hübsche Dörfchen bummeln und so – jedesmal, wenn wir trampten, bekam Isolde diesen romantischen Tick.

«Dann lauf doch», sagte ich ärgerlich und winkte noch energischer. Eine halbe Ewigkeit stritten wir hin und her, aber die in den Autos gaben Gas, wenn sie uns und das Ortsausgangsschild sahen. Der Staub wirbelte vom Straßenrand hoch, knirschte mir zwischen

den Zähnen – und unwillkürlich mußte ich daran denken, wie jetzt
ein Bier im Dorfgasthaus schmecken würde.

Es passiert nicht viel in dieser Geschichte. Ein junges Paar
trampt durch Ostdeutschland, streitet sich ein wenig, und schließlich landen sie in einem Dorf namens Singen, bei größter Hitze
und kurz vor dem Verdursten. Alle Gasthäuser sind geschlossen,
bis sie am Rand des Ortes auf die kleinste Brauerei der DDR stoßen und dort das beste Bier ihres Lebens trinken. Es ist eine winzige Geschichte, mich wundert, dass sie als Abschlussarbeit durch-
gegangen ist. Heute würde man mit ihr vermutlich nicht mal mehr
die Aufnahmeprüfung bestehen, und doch hat sie etwas. Sie ist ein
kleiner, funkelnder Zeitkristall, eine eingefrorene Bewegung, die
mich berührt. Zwei Menschen, ein Paar, das durch den Südosten
eines kleinen Landes trampt und so etwas wie Freiheit erlebt. Die
Freiheit, das Ziel aus den Augen zu verlieren, vom Wege abzukom-
men, spontan zu sein, einfach einen Nachmittag zu vertrödeln.
Eine Beat-Geschichte aus dem Sozialismus, *On the road* im Wohn-
zimmerstaat DDR, von echter Flucht konnte ja keine Rede sein,
eher von einem Spaziergang, einem Auslüften, aber schon das
reicht, um das große Freiheitsgefühl auszulösen. Vermutlich war
schon dieser vertrödelte Nachmittag, diese Arbeitsverweigerung,
die Anarchie des Trampens abseits der Hauptstraße eine Provo-
kation. Das Gefühl, an einem heißen Tag ein kühles Bier zu trinken, diese Befriedigung, wenn man, hungrig, das Glück hat, nach
einer langen, zehrenden Wanderung ein offenes Lokal zu finden,
die Differenzen zwischen den beiden, die keine ganz frische Liebe
mehr verbindet, sondern eine etwas in die Jahre gekommene Part-
nerschaft, in der man seinen Verdruss nicht mehr versteckt, sondern dazu neigt, ihn auszustellen und den anderen für das eigene

Ungemach verantwortlich zu machen. Schließlich der Brauer und seine Frau, die vor lauter Arbeit kaum noch zum Brauen kommen, sie alle erstehen wieder auf, dieser ganze Nachmittag ersteht wieder auf. Ich schmecke das kühle Bier auf dem trockenen Gaumen, ich spüre den heißen Asphalt beim Trampen, ich höre den Streit der beiden – all das ist so lebendig. Die Geschichte ist aus den Siebzigern, vielleicht aus meinem Geburtsjahr? War mein Vater nicht zu jener Zeit in Leipzig? Vielleicht sind der Autor und er sich über den Weg gelaufen? Vielleicht war mein Vater einer von denen, die an den beiden vorbeigefahren sind? Nein, zu dieser Zeit hatten meine Eltern noch kein Auto. Aber es *könnte* sein. Theoretisch hätten sie sich begegnen können. Die Geschichte reicht zurück in die Anfangszeit meiner Eltern, in die Zeit ihrer Liebe, meines Entstehens, und vielleicht elektrisiert sie mich deswegen auf diese Weise, weil ich etwas erahne vom Lebensgefühl meiner Eltern, weil ich sonst kaum etwas weiß über meinen Vater, weil die Geschichte jene Leerstelle ausfüllt, die die Vergangenheit meines Vaters immer geblieben ist.

Es ist eine kleine Geschichte, aus einem mir eher zufällig geschenkten und heute Vormittag zufällig aus meiner Bibliothek ausgewählten Buch, mit einer Geschichte aus den Siebzigern, die vielleicht auch nur zufällig in diesem Band gelandet ist, denn eigentlich wirkt sie zwischen den ganzen ernsten, von Kunstwollen geprägten Texten ein wenig verloren, wie der Spaßvogel der Klasse. Alle beschäftigen sich mit politisch aufgeladenen Fragen, und die beiden trinken ein Bier zu viel, doch gerade deswegen, weil diese Geschichte so klein und konkret ist, bringt sie etwas in mir zum Klingen. Ich recherchiere kurz und stoße darauf, dass es all das wirklich gibt, Stadtilm, Singen, die Brauerei, die jetzt anders heißt, aber genau so, wie in der Geschichte beschrieben, zwischen zwei Teichen liegt, und ich habe das Bedürfnis, sofort dorthin zu fahren und mir diese Brauerei anzuschauen. Ich bin fasziniert von dem Gedanken, dass dieser Nachmittag also mit hoher Wahrscheinlichkeit genau so stattgefunden hat. Die Geschichte ist vergleichbar mit einer Fotografie, und eine Fotografie hat, wie ein *Diabolo,* immer zwei Seiten: Im Moment des Abdrückens fließt die Welt in die Fotografie ein, sie spitzt sich auf sie zu, bis sie zu einem Bild reduziert worden ist, während sie sich auf der anderen Seite wieder trichterförmig ausweitet, hin zum Blick des Betrachters im Jetzt. Heute befinde ich mich auf dieser Seite des Trichters, schaue in eine vergangene Welt, an jenem Nachmittag in einem kleinen thüringischen Dorf, und sie erscheint mir so gegenwärtig und lebendig, als wäre ich selbst gestern erst dort gewesen. Die Geschichte beginnt zu leuchten, und ich bin ganz erregt, ich weiß gar nicht, warum, es ist diese *Ehrlichkeit*, diese Wahrheit des Moments. Was ist die schillerndste ausgedachte Figur gegen den Schatten eines Menschen, der wirklich gelebt hat?

Ich erhebe mich von dem Stuhl und gehe hinüber zum Schreibtisch. Vielleicht war der größte Trugschluss zu glauben, ich müsse etwas erfinden. Dabei ist alles da. Warum soll ich mir etwas vorstellen, wenn das, was da ist, viel wesentlicher ist? Ich möchte mich nicht mehr in den Dienst der Fiktion stellen, sondern in den der Wahrnehmung.

Ich öffne ein neues Dokument. Es ist Zeit, mich von Pascal – plötzlich bin ich mir sicher, dass er hätte Pascal heißen müssen, doch jetzt ist es zu spät – zu verabschieden. Zu lang habe ich mich gefragt, ob mein Text *funktioniert*. Muss denn Literatur überhaupt funktionieren, ist sie Funktionsliteratur?

Literatur ist wieder das, was sie einst war, ein Raum für meine Stimme.

Meine Finger schweben über der Tastatur des Laptops, ich schaue aus dem Fenster und versuche, auf das zu vertrauen, was kommt. Eine Krähe sitzt auf dem First. Hinten im Beet wirft eine Amsel Blätter beiseite. Eine Ratte hockt auf den Hinterbeinen im Vogelhaus und knabbert Sonnenblumenkerne. Sonst geschieht nichts, und doch geschieht jetzt alles, ich sehe alles gleichzeitig, als betrete ich einen neuen Raum, einen Raum *hinter* der Fotografie, und schaute mich in Ruhe um. Ich schreibe vom Apfelbaum, davon, dass manchmal ein Apfel mit einem dumpfen Schlag auf das Gras fällt und gespalten wird, dass es eine späte Sorte ist, dass die Äpfel schmal und lang sind. Hasenkopfäpfel. Winteräpfel. Ihr Fleisch sei äußerst fest, schreibe ich, sodass es kaum gelingt, hineinzubeißen, aber es gebe mir eine Ahnung davon, wie Äpfel früher geschmeckt haben. Das Fleisch der heutigen Äpfel ist offen und leicht, es setzt einem Biss keine Widerstände entgegen und ist von einer enormen Süße, während die Äpfel in unserem Garten allenfalls geschält und in kleine Stücke geschnitten genießbar sind. Trotzdem, so schreibe ich, versuche ich immer wieder, diese Äpfel zu essen, es gibt in mir einen nostalgischen Antrieb, eine Hoffnung, dass der alte Apfel besser schmeckt als der neue, dass die alte Sorte ursprünglicher oder natürlicher sein müsse und dass das Ursprüngliche besser sei als das Gegenwärtige, Gezüchtete – doch jedes Mal, wenn meine Zähne das Fleisch des Apfels wieder nicht durchdringen können, werfe ich ihn nach einem Bissen in die Hecke. Der Apfelbaum hat eine Krankheit, schreibe ich. Die Rinde fällt nach und nach ab, bis nur noch das blanke, gebleichte Stammholz zu sehen ist. Seit der Baum krank ist, trägt er unermesslich viele Äpfel, als presse er noch einmal das ganze Leben aus sich heraus. Ich schreibe von den Vögeln, dem Vogelhaus und der Ratte, und nach zwanzig Minuten halte ich inne und überlege, was all das *bedeutet*, was dies für eine Geschichte werden könnte. Die Geschichte eines Apfelbaums? Die Geschichte von den Tieren im Garten? Ist das Haus eine Beobachtungsstation? Ich beobachte mich in diesem Haus, so, wie ich von hier oben die Vögel in ihrem Haus beobachte?

Nicht interpretieren. Nichts wollen. Nicht konstruieren. Es bedeutet nichts. Es bedeutet nur das, was es ist.

Mein Handy leuchtet, fast ärgere ich mich, aus diesen so wichtigen Gedanken gerissen zu werden, diesem *Durchbruch*. Eine Nachricht von Levje: *Mittag essen?*

«geet mit uns auf ein ort»

Das malträtierte Land, über das wir gehen. Der Feldrain ist geprägt von den Profilen der Treckerreifen. Ausgestanzte Erdklumpen, weit geschleudert. Die Abdrücke der Reifen sind gestochen scharf. Es ist befriedigend, das Profil der eigenen Schuhe in die Profile der Treckerspuren hineinzudrücken und sie zu überprägen, sie zu zerstören, gleich der kindlichen Lust an der Zerstörung einer Sandburg. Immerhin die Erde ist noch formbar, wenn wir es schon nicht mehr sind.

Wenn die Maschinen im Herbst über das Land kommen, ist es verwüstet wie nach einem Feldzug. Das Gras auf dem Weg ist platt gepresst, die Erde wirkt niedergeschlagen, nieder geschlagen, in einigen Furchen steht Wasser, das nicht versickern kann, weil der

Boden zu stark verdichtet ist, die Reste der Maisstängel ragen in einem Winkel von zehn, fünfzehn Grad aus dem Boden wie Speere, die aus einem fahrenden Trommelfeuer abgeschossen wurden und nun tief in der Erde stecken, hier und da liegt ein Maiskolben herum wie ein zurückgelassenes Kuscheltier. Der November hüllt uns in ein milchiges Licht. Es beginnt die Zeit des Zwielichts, die kurzen Tage fließen ineinander, und ich gehe durch eine lichte, traumartige Landschaft. Es existiert kein Unterschied zwischen den Tagen, auch kein Unterschied zwischen Vormittag und Nachmittag, allenfalls um die Mittagszeit herum drückt sich etwas mehr Licht durch die Wolken, und ich halte dann mein Gesicht gen Himmel, um das wenige Licht, das es gibt, aufzufangen wie ein Sonnensegel.

Wir passieren das dornige Gespinst einer alten Wildrose. Sie trägt an ihren kahlen Ästen dunkelrote und schwarze Perlenohrringe. Es ist der einzige Busch, den sie haben stehen lassen, damit sie mit ihren Schneidwerkzeugen problemlos wenden können, die einzige Landmarke, an der sich der Blick hier in der Weite festhalten kann. Im Frühjahr zwitschert es aus ihm, aus seinem Innern heraus, und sooft ich auch versuche, den Vogel zu entdecken, es gelingt mir nicht, selbst wenn ich ganz nah davorstehe. Auf dem Feld dahinter streckt sich ein zartes Grün aus dem Boden, eine Zwischenfrucht. Namenlose Pflanzen, Funktionspflanzen. Sie werden im Frühjahr untergepflügt und erfüllen allein die Aufgabe, dem ausgelaugten Boden neue Nährstoffe zur Verfügung zu stellen. Dem Bauern ist die Pflanze kein Anliegen, sondern immer nur ein Mittel.

Das malträtierte Land, über das wir gehen. Die Stille unserer Füße nebeneinander. Allenfalls ein leises Rascheln im Gras, manchmal ein saugendes oder schmatzendes Geräusch, wenn wir in eine feuchte Mulde treten. Wir schauen beide nach unten, auf den Boden, auf die Spitzen unserer Winterschuhe, ihre hellbraun, meine dunkelbraun, und ich versuche, den Gleichschritt zu vermeiden. Er ist mir unangenehm, eine Interferenz, nach der mir heute nicht zumute ist, sodass ich absichtlich etwas längere Schritte mache. Der Rhythmus ändert sich, unsere Beine sind zwei Scheren, die unterschiedlich schnell schneiden, unsere Köpfe wippen auf und ab, Kolben einer Maschine, die aus dem Takt geraten ist.

Wie wohltuend der Gleichschritt früher war. Einander untergehakt waren wir unbesiegbar, als wir durch den Englischen Garten spazierten, in München, wo Levje damals gearbeitet hat. Es war ein sonniger Februartag, als wir uns zum ersten Mal begegneten. Sie arbeitete als Lektorin in einem großen Verlag, und ich war mit einer Gruppe anderer junger Menschen aus der Buchbranche zu einer Verlagsbesichtigung verabredet. Wir wollten uns vernetzen, eine Nachwuchsorganisation gründen, wir barsten vor Energie, wir reisten gern und wollten etwas auf die Beine stellen, egal was. Erfüllt von diesem Flirren, dieser Aufregung, an etwas Neuem teilzuhaben, warteten wir vor dem Eingang des Verlags, über den sich ein weites Glasdach spannte, und dann kam sie aus der Drehtür mit einem Strahlen, von dem ich mich unmittelbar umfangen fühlte. Sie trug einen dunklen Mantel, eine randlose Brille, und offene lockige Haare, und ich fühlte mich bei ihr zu Hause, als öffne man nach einer längeren Reise die Tür seiner Wohnung und alles stehe an seinem Platz, man findet sich sofort wieder im vertrauten Geruch, der vertrauten Ordnung, und zugleich ist paradoxerweise alles aufregend und neu, als betrete man diese Wohnung, in der man sich doch so gut auskennt, zum ersten Mal.

In der Lobby hingen signierte Poster von Berühmtheiten, die der Verlag unter Vertrag hatte, ich schaute zu ihnen auf, und plötzlich wurden sie ganz nahbar, ganz normale Menschen, die Verträge unterzeichnen. Wir mussten an einem Tresen Anmeldeformulare ausfüllen und hefteten uns Namensschilder an die Brust, dann verloren wir uns aus den Augen. Später saßen wir zusammen in einer Arbeitsgruppe in einem der unzähligen Meetingräume mit schwarzen Freischwingern an ovalen Tischen, und ich versuchte, mich nicht vor ihr zu produzieren, sondern ganz natürlich zu wirken, doch ich war längst Gefangener einer Dynamik, in der meine Äußerungen nur noch in Bezug auf sie stattfanden. Wie wird sie finden, was ich sage? Unterstütze ich sie (ja), widerspreche ich ihr (wenn, dann nur auf eine Weise, die ihre Aufmerksamkeit erregt). Ich betrachtete mich selbst nur noch durch ihre Augen und setzte alles daran, ihre Sympathie zu erlangen. Am Abend tanzten wir in einem Kellerclub, wir umarmten uns, und nach dem dritten Bier gab ich ihr einen Kuss in die Halsbeuge, woraufhin sie halb entrüstet sagte, *das geht jetzt aber ein bisschen schnell*, doch dann konnte es auch ihr nicht schnell genug gehen, und sie nahm mich mit in ihr enges Münchner Appartement, in dem mir, als wir es betraten, als Erstes ein geheimnisvolles, grünes Leuchten auffiel. Es stammte von einem Aquarium, in dem ein paar Neonsalmler herumzuckten, und nachdem sie ihre Tasche abgelegt und sich ihrer Jacke entledigt hatte, streute sie ihnen eine Prise Flocken hinein. Diese Geste nahm mich vollends für sie ein. Ich hatte alles erwartet, aber kein Aquarium. Ab einem gewissen Alter umgibt das Hobby der Aquaristik immer etwas Nerdiges, als mache man sich gemein mit dem stummen Autismus der Fische, und ich setzte mich vor das Aquarium, ganz dicht, so wie früher, bis meine Nasenspitze fast die Scheibe berührte, um einzutauchen in diese andere Welt, und sah den Salmlern dabei zu, wie sie auf das Futter zuschossen. Irgendwann in meiner Jugend war die Mode aufgekommen, sich ein Aquarium anzuschaffen, es grassierte geradezu ein Aquaristik-Fieber, vielleicht, weil die Flucht in *diese* Welt unverfänglich war, und so hatte auch ich in meinem Kinderzimmer eine Ecke freigeräumt und mir zunächst ein kleines, später ein größeres Aquarium zugelegt. Jeden Nachmittag nach der Schule saß ich vor der Scheibe und beobachtete die Fische genau, ich führte ein Fischtagebuch, notierte, welcher Fisch wie viel fraß, welche laichten und wie sich der Nachwuchs entwickelte, ich protokollierte jede ihrer Aktionen. Eine Zeit lang war ich richtig gefangen in dieser Welt, als lebte ich mit den Fischen, ich wurde zu einem Fischforscher, und an all das wurde ich plötzlich erinnert, als ich hier in Levjes Wohnung auf das kleine Aquarium stieß.

Eine Nische des Appartements war vollkommen ausgefüllt von einem Doppelbett, es passte genau hinein, und die meiste Zeit der kommenden zwei Tage verbrachten wir in dieser höhlenartigen Nische, machten uns zwischendurch einen Kaffee, fütterten die Fische, arbeiteten, nur mit Unterhosen bekleidet, an unseren Laptops, und verschwanden wieder im Bett. Danach sahen wir uns alle paar Wochen. Ich lebte in Leipzig, hatte mich gerade selbstständig gemacht und war zu dieser Zeit oft unterwegs in Deutschland und Europa, und sobald sie es einrichten konnte, reiste sie mit. Nach Bydgoszcz, an die Algarve, nach Venedig, nach Sanary-sur-Mer, wo ich Seminare gab, und wir haben geredet und geredet und haben alles aufgearbeitet, mein Leben, ihr Leben, meine Trennung, ihre Trennungen. Wir verbrachten Tage und Nächte in ihrer Achtunddreißig-Quadratmeter-Wohnung in Giesing, und es dauerte nicht lange, und sie war mit Alma schwanger. Sie kündigte ihren Job, in dem sie ohnehin nicht mehr glücklich gewesen war, und zog zu mir nach Leipzig in meine unsanierte Altbauwohnung, mit breiten Dielen, einfach verglasten Fenstern, an denen im Winter die Eisblumen wuchsen, mit Kachelöfen und Toilette auf halber Treppe, und ich musste jeden Tag die fünf Stockwerke hinunter und zwei Eimer Kohlen aus dem Kellerverschlag hinaufschleppen, damit Levje es warm hatte. Im dritten Monat der Schwangerschaft trafen wir meine Eltern bei einem Ausflug zum Jahrtausendturm in Magdeburg, ein haushoher Kegel, in dem sich spiralförmig ein Weg nach oben schlängelt und in dem man die Naturwissenschaften in Experimenten selbst erleben kann. Wir lachten, wenn wir uns in verzerrten Spiegeln betrachteten, wir drehten an Kurbeln, die Blitze oder gigantische Strudel erzeugten, wir maßen den Stromfluss durch unseren Körper, und im Anschluss tranken wir Kaffee in der Sonne und sagten den Satz, den wohl jedes Paar, das Kinder bekommt, so oder ähnlich an seine Eltern richtet: *Wir müssen euch noch was erzählen ...* Und mein Vater lachte und freute sich, er wirkte gelöst und entspannt. Er war gerade in Rente gegangen, hatte die ständige Last des Geldverdienens hinter sich, nur nebenbei fuhr er frühmorgens Kinder zur Schule, sammelte sie auf den altmärkischen Dörfern ein und brachte sie nach der Schule wieder nach Hause, ein Nebenjob, der wie für ihn gemacht war. Der Existenzdruck und das Gefühl, sich ständig für sein berufliches Scheitern rechtfertigen zu müssen, waren von ihm genommen. Almas Geburtstermin war Anfang Dezember. Mein Vater starb eine Woche vorher.

Es kam völlig unerwartet. Ich war mit Levje bei einem Konzert, einem Liedermacherabend im *English Club* in Leipzig, einem mit feinen englischen Möbeln und Stoffen ausstaffierten Salon, an dessen Theke es *Scones* und *Clotted Cream* gab. Wir genossen diese letzten Abende zu zweit, in dem Wissen, dass diese Spontanität für die nächsten Jahre passé sein würde, und als wir gegen zehn nach Hause kamen, blinkte mein Telefon. Sieben Anrufe in Abwesenheit, kurz darauf klingelte es erneut. Meine Mutter war am Apparat, sie schluchzte und sagte: *Es ist was ganz Schreckliches passiert. Papi ist gestorben.*

Etwas sackte in mir in die Tiefe, wie bei einer unterspülten Grube, Tonnen von Erde und Sand sackten hinab und überfluteten etwas in mir, ich rannte ins Schlafzimmer, warf mich aufs Bett und weinte, weinte. Irgendwann kam Levje, setzte sich zu mir und strich mir über den Kopf.

Sieben Tage später wurde Alma geboren.

Sieben Tage nach ihrer Geburt fand die Beerdigung meines Vaters statt.

Das Feld hinter unserem Haus ist eingefasst von einer Reihe hoher Eichen. In den obersten Ästen nisten die Krähen, ihre Nester schwanken mit dem Wind. Jetzt, im nahenden Winter, sind sie gut zu erkennen, dunkle, schattige Kugeln, die wie Misteln in den Zweigen hängen. Die Krähen sitzen neben ihren Nestern und schwanken ebenfalls mit dem Wind, und manchmal bilden sie schwarze Schwärme und stürzen sich nach der Ernte auf die Felder, die Schlachtfelder. Manchmal wagt sich ein Falke oder ein Bussard in ihre Nähe, und dann treiben sie ihn vor sich her, eine akrobatische Hetzjagd in den Lüften, und ihr Siegesgeschrei gellt über den leeren Himmel.

Eigentlich müssten Levje und ich reden, die Kränkungen des Morgens aufarbeiten, doch der Weg zum Moorhof, in dem wir gelegentlich Mittag essen, dauert nur zehn Minuten, davon sind vier Minuten schon um. Wenn wir jetzt anfangen zu reden, schaffen wir gerade die ersten, stockenden Sätze, nein, zum Reden braucht man Raum und Luft nach vorn, ein, zwei Stunden ausschreiten müssten wir jetzt und mit jedem Schritt etwas vom Schweigen abtragen.

Ich muss an das Wort *Abriss* denken.

Futterabriss.

Jetzt erst fällt mir auf, dass ich schon den ganzen Vormittag an dieses Wort gedacht habe. Das Wort ist immer wieder aufgetaucht, ohne dass ich es bewusst wahrgenommen habe. Kann das sein? War es wirklich schon da, oder gaukelt es mir mein Gehirn nur rückwirkend vor? Nein, das Wort war da, ich kann mich daran erinnern, dass ich es gedacht habe, morgens, beim Laubharken, beim Auffüllen des Vogelhauses. Das Wort Futterabriss ist mit einer konkreten Tätigkeit verknüpft, also muss es da gewesen sein. Aber obwohl ich jetzt, im Rückblick, *weiß*, dass es da gewesen ist, habe ich es doch zu dieser Zeit nicht wahrgenommen. Etwas ist da und es ist doch nicht da, eine unmögliche Gleichzeitigkeit der Zustände; lag dieses Wort knapp unterhalb der Wahrnehmungsgrenze oder knapp darüber oder genau auf ihr?

Futterabriss.

Vor einiger Zeit hatten Levje und ich uns vorgenommen, den Imkerschein zu erwerben. In Deutschland muss jedes Handeln im öffentlichen Raum durch die Bürokratie legitimiert sein, ein behördlicher und ständig zu erneuernder Nachweis der Befähigung zu einer Handlung, denn der deutsche Staat setzt grundsätzlich den unmündigen, unfähigen oder falsch handelnden Bürger voraus, der allein durch die behördliche Genehmigung, Anordnung oder Prüfung, eben den *Schein*, ins Handeln-Dürfen versetzt wird. Uns kam also die Idee, den Imkerschein zu erwerben, weil wir die Bienen retten wollten, vielleicht, weil wir über den Umweg der Bienen uns selbst retten wollten, und wie wir feststellen mussten, waren wir nicht die Einzigen. Man hält sich für originell, bis man hinausgeht und begreift, dass man lange schon Teil einer Bewegung ist. Der Verein, der den Kurs anbot, konnte sich vor Anfragen kaum retten, sechsunddreißig Menschen, die meisten davon Paare, die die Bienen retten wollten. Früher, so sagte der Vereinsvorsitzende, wollte ein Imker dreißig bis vierzig Völker halten, um sich davon zu ernähren, heute wollen dreißig bis vierzig Imker je ein Volk halten, um die Welt zu retten. Wir kauften uns einen Imkeranzug, der jetzt im Keller verstaubt, und an den Abenden saßen wir, während die Kinder fernsahen, vor dem Laptop und machten uns fleißig Notizen zum Lebenszyklus der Bienenvölker, der abläuft wie ein Uhrwerk. Es gab eine Menge neuer Wörter, die ich während des Kurses entdeckte. Vereine sind, neben dem Handwerk, der ideale Aufbewahrungsort für Vokabular. Wörter wie *Klotzbeute*, *Faulbrut* oder *ortsstet*. Bienen sind ortsstet, wie Katzen, sie sind aber zugleich blütenstet, wie Hunde, sie sind überhaupt die stetesten Wesen, die es gibt, und irgendwann im Lauf des Kurses tauchte das Wort *Futterabriss* auf. Liegen die Bienen während des Winters tot in der Beute, könnte ein Futterabriss vorliegen. Der Futterabriss ist um jeden Preis zu vermeiden, weshalb mit Zuckerwasser nachgefüttert werden muss. Wurde zu wenig nachgefüttert, oder erreichen die Bienen das Futter nicht, weil sie die warme Traube nicht verlassen können, verhungern sie.

Woran erkennt man verhungerte Bienen? Sie haben ihre Mundwerkzeuge ausgestreckt und hängen tot in einer Traube an den Waben.

Abriss. Etwas reißt nicht ein, es reißt ab und endet in einer Tragödie. Strömungsabriss. Hangabriss. Futterabriss. Dabei erwischt es uns in Wellen, wie Quartalssäufer. Wir sind Quartalsschweiger. Wir füttern uns mit Liebe, bis es zu viel wird, als ob wir uns an zu viel Nähe verschluckt hätten, und plötzlich, aus einer Kleinigkeit heraus, einer Bemerkung, einer Verletzung, einem Übergehen, einer Missachtung, die mich meist völlig unvorbereitet und immer genau in jenen Momenten trifft, in denen ich am schutzlosesten bin, entsteht ein Riss, der sich bei der nächsten Kleinigkeit weitet und zu einer Abbruchkante der Liebe führt, die wir hinunterstürzen.

Und dann beginne ich zu schweigen.

Das Schweigen ist mein Erbe.

Das Problem des Schweigens ist, dass es sich nicht lösen lässt, da die Lösung durch das Problem selbst unmöglich wird. Das Schweigen zieht seine Energie immer wieder aus sich selbst. Ein Perpetuum mobile der Zerstörung.

Das Schweigen ist in meiner Familie weitverbreitet. Wenn man sich zerstritten hatte, schwieg man. Ein Jahr, manchmal auch zwei. Wenn man nicht mehr wusste, warum man sich zerstritten hatte, oder der Anlass längst hinfällig geworden war, schwieg man zur Sicherheit weiter. In unserer Familie gab es Schweigeexzesse, die sich über Jahrzehnte hinzogen. Mein Vater und sein Bruder haben vierzig Jahre lang einen Steinwurf voneinander entfernt gewohnt, und von den vierzig Jahren haben sie sich zwanzig Jahre angeschwiegen. Manchmal, wenn er getrunken hatte, brach es aus ihm heraus, *mit dreizehn stand ich bei ihm vor der Tür, doch er hat mich wieder weggeschickt,* und nach und nach setzte ich mir die Geschichte meines Vaters zusammen, ein Mosaik aus wenigen Steinen und mit großen leeren Flächen, aber die wenigen Stücke, die ich besaß, waren umso wertvoller. Seine Eltern starben früh, Mitte der Fünfzigerjahre, erst der Vater, kurz darauf die Mutter, an Krankheiten, an denen man heute nicht mehr sterben müsste. Sein älterer Bruder war gerade achtzehn geworden und mit seiner Freundin in die erste eigene Wohnung gezogen. Mein Vater stand vor seiner Tür und bat um Aufnahme, doch der Ältere wies ihn ab. Mit achtzehn und der ersten eigenen Freundin in der Wohnung hat man andere Pläne, als sich um den kleinen Bruder zu kümmern. So landete mein Vater im Heim. Heim, *das Haus, in das man gehört.* Gehört man in ein Heim? Ich habe meinen Vater ein einziges Mal weinen sehen, an Weihnachten, wir hatten gerade die Geschenke ausgepackt, da begann er zu schluchzen, die Familie sei alles, was er habe, die Familie sei das Wichtigste, Familie gehe immer über alles. Ich nahm ihn in den Arm und spürte seinen schweren, kräftigen Körper, seinen Alkoholatem, seinen zuckenden Rücken. Hinter ihm stand der Weihnachtsbaum mit der bunten Lichterkette und dem silbernen Lametta, und mir wurde ganz seltsam. Es war das erste Mal, dass ich für meinen Vater so etwas wie Liebe empfand.

Das Wesen der Kränkung liegt im explosionsartigen Wachstum von etwas Banalem. Ein kleiner Stich, und der Körper friert ein. Eigentlich müssten wir kraft unseres Intellekts über sie erhaben sein, doch ihr ist mit dem Verstand nicht beizukommen. Im gekränkten Zustand verstehe ich mich selbst nicht mehr, ich kann mir nicht erklären, woher das Schweigen kommt. Doch,

natürlich weiß ich es. Jemand wurde nicht zu einem Fest eingeladen, woraufhin zehn Jahre Schweigen folgten. Jemand hat jemandem etwas weggenommen, alte Fotos, die Münzsammlung,
jemand hat mehr vom Haus bekommen. Es geht immer um das
Kriegen. Schweigen ist eine Form von Krieg. Das Schweigen hat
seinen Grund in einem Mangel, und es erzeugt wieder neuen
Mangel. Man will gesehen werden. Man wird nicht gesehen. Damit beginnt alles.

– Und, hast du ein bisschen was geschafft?

Wir biegen auf den Moorhof ein, gehen vorbei an dem Blumen-
beet, auf dem die letzten Sonnenblumen ihre verwelkten Köpfe
hängen lassen. Der Kräutergarten zur Rechten ist eingefasst von
einer moosbewachsenen Natursteinmauer, dahinter erhebt sich
auf einem Hügel die altrosa gestrichene Mühle.

Levje hat ihre Art des Schweigens. Es ist ein sprechendes
Schweigen, eine Sprache, die jedem Konflikt aus dem Weg geht.

Doch vielleicht ist sie besser als nichts, diese Zwischenfrucht
der Sprache, die den Boden bereitet. Immerhin, wir reden.

– Geht so. Nicht so viel, wie ich gern geschafft hätte.

Wir überqueren eine Wiese, die sommers als Festwiese genutzt
wird, mit Zelten, Buden und Kinderschminken, gehen den kleinen
Weg hinab, hinein in das Ensemble aus gelb gestrichenen Häusern,
vorbei an der Weberei, in der, hinter großen Glasscheiben, die
Bewohner an Webstühlen sitzen und Leinentücher weben, Hand-
tücher oder Wolldecken, das Schiffchen flitzt durch die aufge-
spannten Kettfäden, und das Weberblatt wird an den Körper her-
angezogen, vorbei an der Wäscherei, der Hausmeisterei, hinab zur
Küche, aus der Stimmen dringen. Die Tür zur Küche steht offen,
der Dampf trägt die Rufe und das Klappern von Geschirr hinaus,

Kisten werden auf Handwagen mit Gummireifen geladen, einer der Bewohner packt die Griffe der Deichsel, beugt sich schräg nach vorn und zieht mit hinter dem Rücken gedehnten Armen den Wagen hinauf, um das Essen an jene zu verteilen, die nicht in den Saal kommen können oder wollen.

Pünktlich um halb eins trudeln alle Bewohner ein, aus ihren Werkstätten, von der Landwirtschaft, aus den Gewächshäusern; es wird gelacht, sich geknufft und gefeixt. Eine der Bewohnerinnen ruft einem jungen Gärtner zu:

– *Was machst DU denn hier?*

Keine Reaktion.

– *Du schnackst auch nicht mit je'm.*

– *Was?*

– *Ich hab dich gerade gefragt: Was machst DU denn hier?*

– *Ich hatte Kopfhörer im Ohr.*

– *Jaja. Das kann jeder sagen.*

– *Nur am Meckern die Frau.*

Beide lachen.

Wir binden Polly an einem Pfosten fest und geben ihr eine Kaustange, denn wenn wir ihr nichts zu kauen geben, fängt sie an zu jaulen. Sie kann herzzerreißend jaulen, sodass alle Vorbeikommenden stehen bleiben oder manche gar das Haus verlassen, um nach ihr zu schauen. Dann blickt sie sie mit großen Augen an, die nassen Spitzen ihrer Schlappohren hängen hinab bis ins Gras. Alle bücken sich zu ihr hinunter und streichen ihr über den Kopf, und ich sehe, was sie denken: Armer Hund, wer lässt dich denn hier so allein?, und sie schauen sich nach den Besitzern um, also nach uns, und ich werde abwägen müssen, ob ich die Gabel fallen und das Essen kalt werden lassen soll, um Polly und die um sie versammelten Menschen zu beruhigen, oder ob ich sie jaulen lassen und als schlechter Mensch dastehen soll. Doch wenn wir ihr etwas zu kauen geben, streckt sie sich auf dem Gras aus, schnappt sich das zu Kauende und leckt es zärtlich ab, bevor sie es nach und nach mit den Backenzähnen zerkleinert.

Die einstige Scheune, in der wir zwei-, dreimal pro Woche Mittag essen, ist ein lang gestreckter Bau mit einem kniehohen Fundament aus Feldsteinen. Die Dachtraufe gleicht einer tief in die Stirn gezogenen Mütze, die Gauben schauen keck hinaus. Die alte Art zu bauen: in Senken geduckte Höfe mit Walmdächern, in denen das Wohnen in seiner ureigensten Form verstanden wird: eine *Behausung* zu sein, ein Heim, das den Kräften der Natur standhält, indem ihnen möglichst wenig Widerstand entgegengesetzt wird. Wir betreten den Windfang. Die Tür klappt hinter uns zu, der Wind ist gefangen. Jul, der Gärtner, ist vor uns da. Er zieht sich die schweren Stiefel aus, an denen die Dreckklumpen hängen, indem er sich mit beiden Händen gegen die Wand stützt und jeweils einen der Schuhe mit dem Hacken des anderen Fußes abstreift, dann stellt er sie ordentlich mit den Spitzen gegen die Wand, um sich anschließend bunte Wollsocken über die Füße zu streifen. Dem Holzfußboden im Saal sind die Spuren von Jahrzehnten eingekerbt, die Wände sind in hellem Rosé gestrichen, der baumdicke Pfosten in der Mitte, gewellte Kopfbänder atlasgleich zu vier Seiten gestreckt, trägt das gesamte Dach. Das Fachwerk leuchtet in einem magischen Blau, ein schimmerndes Ultramarin, das sich tief in die Fasern des rissigen Holzes gesogen hat, sodass die dunkleren Pigmente an der Oberfläche treiben und das lasierende Blau eine Ahnung von Tiefe gibt. An der Stirnseite mündet der Raum in einen Kachelofen, ein verschachteltes, zur Decke hin ansteigendes Gebirge aus kleinen und kleinsten Ebenen, auf denen sich nach dem Mittag einige der Bewohner ungeniert ausstrecken, eine Wolldecke über sich ziehen und ruhen.

Ausschreiten. Einkehren. Ruhen.

All das ist mit so viel Liebe zum Detail gearbeitet, mit einer Wertschätzung, die jedem Objekt und jedem Material gleichermaßen entgegengebracht wird, dass man sich selbst unmittelbar beim Betreten dieses Raumes wertgeschätzt fühlt. Es sind die Kleinigkeiten, an denen man dies erfährt: am idealen Blau der Balken, nirgends habe ich wieder ein solches Blau gesehen, an den Fenstersprossen, die hier als umgekehrtes Fensterkreuz angebracht sind, sodass die Sicht frei ist und nicht durch eine Sprosse behindert wird, an den abgerundeten, augenbrauenartigen Fensterflügeln, die je nach Stimmung mal traurig, mal fragend schauen. Einmal habe ich beobachtet, wie Hendrik, der Hausmeister, über mehrere Tage hinweg jeweils um die Mittagszeit den Türgriff der Eingangstür, ein halbes Achteck, ausgebessert hat, die Verbindungen gedübelt, die gedübelten Löcher mit winzigen Zylindern aus demselben Holz verschlossen, die kaum sichtbaren Ritzen mit Holzpaste verfugt und darüber mit feinem Schleifpapier hinweggeschliffen hat, sodass die Reparatur kaum mehr zu erahnen war. Es ist diese Aufmerksamkeit, die den Unterschied macht, die Selbstverständlichkeit, mit der hier nicht aus ökonomischen, sondern aus ästhetischen Erwägungen heraus gearbeitet wird, aus reiner Lust an der Form, aus Freude daran, dass das Auge des Betrachters an den Formen entlanggleiten kann, und diese Freude am Gleiten des Blickes ist es, die uns mittags immer wieder hierherkommen lässt.

Wir, die Gäste, sitzen gleich vorn am Eingang an einer Tafel, das Essen wird auf einem Wagen serviert. Wir stellen uns in eine Reihe und schöpfen uns auf den Teller, wir sitzen und essen, meist schweigend, während es hinten an den Tischen der Bewohner hoch hergeht. Einer rülpst, eine andere ruft, *Ey, du Schwein*, es wird gelacht und geredet und kein Blatt vor den Mund genommen, wir lächeln uns schweigend mit über den Tellern gebeugten Köpfen zu, halb belustigt, halb neidisch ob ihrer Unbefangenheit. Da ist Jul, der Gärtner, dessen Gesicht man vor Bartwuchs kaum sieht, der Bart greift über die Wangenknochen nach den Schläfen, die Locken fallen efeuartig in die Stirn, er steht immer leicht gebeugt, wie ein knorriger Obstbaum, das Gebeugtsein ist seine natürliche Haltung geworden. Er redet wenig, doch bei den richtigen Themen gerät er ins Schwärmen, und dann entfließt ihm in seinem niederländischen Akzent ein Sprachstrom, dem man kaum folgen kann, er spricht dann davon, wann welches Feld gedüngt werden muss, wo man das Laub aufbringt, wann man die Bäume schneidet, welche Axt die beste zum Holzspalten ist, wie man trockenmauert und so weiter. Da ist Hendrik, der Hausmeister, zugleich jener Bauer, der uns eine Ladung Feldsteine für unseren Garten besorgt hat, so, wie hier alle einander helfen, wenn es einen Mangel gibt. Da ist Joscha, der Zimmermann, mit seinem Kollegen, dessen Namen ich nicht kenne, weil er nie redet. Beide tragen schwere Zunfthosen mit Schlag und doppeltem Reißverschluss, der Gürtel ist bestückt mit Zimmermannshammer und Nageltasche, sie haben Pranken, mit denen sie sich das Essen bedächtig in den Mund schieben. Joscha ist ein Einzelkämpfer, ein freier Handwerker, immer unterwegs, nie greifbar, und ich frage: *Und, wo seid ihr grad dran?* – meine Sprache verändert sich mittags, so, wie sie sich verändert, wenn ich bei Raiffeisen an der

Kasse stehe und *acht Sack Rheinkies und zwei Sack Zement* be-stelle –, antwortet Joscha: *An der Gaube hinten bei Buthmanns.* Sie reden nicht von Straßen, sondern nur von Höfen, da fängt die Fremdsprache schon an. Sie reden von Konterlattung, Doppel-krempern, Firstanfängern, Ortgang und Zahnleiste, *alles schief gebaut, büschen schiev hat God liev,* dann lacht er auch mal, mit seinen hohlen Wangen, seiner ledernen, von der Sonne ausge-zehrten Haut. Einmal traf ich ihn in einer Sommernacht auf einem Festival, da war er ein ganz anderer Joscha, morgens um vier bei Technomusik, mit einem fast leeren Tabakbeutel auf dem Schoß, aus dem wir die letzten Krümel auf das Paper rieseln lie-ßen, in irgendeiner Ecke im Wald saßen wir, lachend, uns knuf-fend, während der Kunstnebel uns mit seinem süßlichen Duft einhüllte und das Stroboskop zuckte.

Ich frage, was ein Ortgang ist. Ein leichtes Lächeln umspielt seine Lippen. Die hochgezogene Augenbraue. Der Blick zu seinem Kollegen.

– Das Ende des Daches.

Ich gebe, während ich kaue, den Begriff *Ort* in das *Grimm'sche Wörterbuch* auf meinem Handy ein.

ort:

1. die schneide, spitze, ecke

2. scharfe, spitze waffe, spitzes werkzeug

   si huoten ouch der porten

   mit ir scharpfen orten

   beidiu naht unde tac.

3. ecke, winkel, worin ebenfalls noch die vorstellung des scharfen und schneidenden liegt, da sich in dem endpunkte zwei linien schnei-den und eine spitze bilden.

4. winkel, schlupfwinkel, wobei schon der räumliche begriff sich geltend macht

> geet mit uns auf ein ort,
> so woll wir euch erzelen und sagen

Der Ort als Waffe. Als spitzer Winkel gegen die Natur. Als Ecke, in der sich erzählen lässt.

Seit einiger Zeit kommt auch Yngre zum Mittag, eine schlanke, blonde Neunzehnjährige und eine derart unwahrscheinliche Erscheinung, dass ich ihr anfangs gar nicht glauben wollte, als sie erzählte, dass sie Schäferstochter sei. Ich war völlig überrascht, dass es tatsächlich noch Schäfer gibt, also auch Schäferstöchter, und dass Schäferstöchter aussehen können wie ein Model, das in zu großen, grünen Latzhosen und zu schweren Stiefeln herumläuft, die an den langen Beinen hängen wie Gewichte, und natürlich steckt sie in einem dicken Schafwollpullover, als trage nicht sie den Pullover, sondern als trüge der Pullover sie. Sie wartet auf ihren Studienplatz in Ökotrophologie und überbrückt die Zeit bis zum Beginn mit einem sozialen Jahr auf dem Moorhof.

Auf dem Tisch stehen zwei Schüsseln Salat, zwei Karaffen Wasser, und ich nehme meinen Teller und gehe hinüber zu den Edelstahlwannen. Wenn es Fleisch oder Fisch gibt, klebt auf den Deckeln ein gelber Zettel, *jeder 2 Stück*, und all das erinnert mich an das einfache Mahl bei meinen Großeltern, in den Ferien auf dem Land, in denen ich den ganzen Tag gearbeitet habe, die Gurken sortiert, die Kartoffeln entkeimt, Kartoffelkäfer abgesammelt, Eier zur Sammelstelle gebracht, die Hühner gefüttert, Steine vom Feld gelesen, und wir abends hinten im Anbau zusammenkamen. Der Anbau befand sich noch im Rohbau, wir saßen zwischen unverputzten Mauern. Das Brot wurde in grobe Stücke geschnitten und mit groben Stücken Wurst aus eigener Schlachtung belegt, das halbe Brot in der Mitte geteilt, die Stücke mit der Messerspitze oder der Gabel aufgespießt und in den Mund geschoben. Gab es Suppe, hielten wir den Löffel nicht zwischen Daumen und Zeigefinger, sondern mit der Faust, sodass man von oben in die Suppe stach und sie schweigend ausschöpfte, bevor wir um zwanzig Uhr die *Tagesschau* sahen und um zwanzig Uhr fünfzehn ins Bett gingen. Seither fühle ich mich verbunden mit dieser Art des Essens, des schlichten, ehrlichen Essens, für das man tagsüber gearbeitet hat. Dieser unmittelbare Zusammenhang zwischen Arbeiten und Essen macht das Leben einfach, und jeden Mittag, wenn ich hier esse, mit den Handwerkern, den Pädagogen, den Bewohnern des Moorhofes, wird das Leben für eine halbe Stunde wieder einfach.

Es gibt, je nachdem, wer mittags am Tisch sitzt, eine Unsicherheit darüber, ob man ein Gespräch anfangen oder einfach schweigend essen soll, ob man ein Gespräch mit *allen* anfangen soll, vielleicht ein Wettergespräch, oder nur mit seinem nächsten Nachbarn. Würde ich ein Gespräch mit Levje anfangen, über unser neues CRM zum Beispiel, schlössen wir die anderen aus, denn das, worüber wir redeten, wäre für andere eine Fremdsprache. Wir alle sprechen verschiedene Sprachen, manchmal hören wir Bruchstücke, Fetzen aus den anderen Sprachen, Nachbarsprachen. Die Bewohner haben ihre Sprache, die Pädagogen haben ihre Sprache, die Handwerker haben die ihrige, Levje und ich haben unsere Sprache – falls sie uns nicht abhandengekommen ist –, und jeden Mittag kommen diese Sprachen hier zusammen. Wir leben in verschiedenen Sprachsystemen, und die Befangenheit, ein Gespräch zu beginnen, liegt darin begründet, dass wir uns die Mühe machen müssten, aufzutauchen aus der Tiefe unserer Sprachen, wir müssten ein neues sprachliches System begründen, eines, das *mittägliche Zusammenkunft* heißt, wir müssten unseren Wortschatz reduzieren auf den kleinsten gemeinsamen Nenner. Meist bietet sich ein Wettergespräch an, auch wenn es Gefahren birgt, denn ein Wettergespräch ist als Versuch doch zu durchschaubar, und manchmal antwortet niemand auf die Eingangsfloskel das Wetter betreffend, es sei denn, es herrscht Extremwetter, also Sturm, Starkregen oder Trockenheit, dann ist das Wettergespräch legitim, manchmal auch bei lang anhaltenden Wetterlagen, bei trübem Wetter, zu kaltem Wetter, Schnee, dann finden wir rasch zusammen zu einer gemeinsamen Sprache, einer Wettersprache. Wenn der Moorhof eine Utopie ist, und es könnte sein, dass er eine ist, dann hätte ich hier zu jener Utopie gefunden, zu der mich der Staat früher erziehen wollte: alle an einem Tisch, Arbeiter, Bauern, Intellektuelle, vereint im Schweigen oder im Wettergespräch oder in einer neuen Sprache, die noch gefunden werden muss. Das Wort *Utopie* setzt sich zusammen aus *ouk: nicht* und *tópos: Ort,* eine Utopie ist ein Nicht-Ort, ein Un-Ort, ein unmöglicher Ort. Jeder Ort taugt, von außen betrachtet, als Utopie, vielleicht ist eine Utopie immer nur ein Ort mangelnder sprachlicher Durchdringung.

Die Ersten sind fertig, schieben ihre Teller auf die untere Ebene des Edelstahlwagens und verabschieden sich. Jul, der Gärtner, lässt sich Zeit, er ist immer der Letzte. Levje und ich nicken uns zu, stehen auf und wünschen den anderen einen schönen Tag. Draußen, vor dem Windfang, sitzen die Jungen zusammen und drehen sich eine Zigarette. Yngre, der junge Gärtner und ein Pädagoge mit Rastalocken, und ich beneide sie um ihre Jugend, um das

Rauchen, um ihr Leben in der Kommune nebenan. Polly blickt mich erwartungsvoll an. Jedem, der vorbeigeht, wirft sie einen sehnsuchtsvollen Blick hinterher, in der Hoffnung, noch etwas zu fressen zu bekommen. Ich wickle die Leine ab, kraule ihr einmal das Fell, und wir machen uns auf den Rückweg.

Spaltraue Stunde

Wir gehen zurück, schnell und schweigend, vielleicht, weil wir mit den Gedanken schon beim Nachmittag sind. Polly zieht an der Leine. Sie will nach Hause. Levje will nach Hause und ihr Tagespensum schaffen, bevor die Kinder kommen. Natürlich wird sie es nicht schaffen, sie schafft es nie, ich schaffe es nie, denn bei unserer Art der Arbeit gibt es keinen Anfang und kein Ende, nur einen endlosen Strom aus Kommunikation, in den wir eintauchen und aus dem wir irgendwann wieder auftauchen. Sie geht schnell und bestimmt, mir einen halben Meter voraus, der gesenkte Blick, die Hände tief in den Taschen, die Ohrenschützer bändigen ihre Locken, sodass der Wind nur einzelne Spitzen ihrer Haare bewegt. Sie will jetzt kein Gespräch, und ich bin fast erleichtert darüber, denn solche Streits am Nachmittag oder, schlimmer noch, an Wochenenden, dehnen sich ins Unendliche; man wirft sich zwischendurch rasch ein paar harte Anschuldigungen zu, und die Kinder geraten zwischen uns wie Kiesel zwischen Mühlsteine. Sie spüren sofort, wenn etwas zwischen Levje und mir nicht stimmt, ich bemerke Almas prüfenden Blick, während sie den Schulranzen in die Ecke wirft, ihre Blicke in mein Gesicht, in Levjes Gesicht, und dann sehe ich ihre Erkenntnis, ah, schlechte Stimmung.

Sie liest in unseren Gesichtern, so, wie ich im Gesicht meines Vaters gelesen habe, in seiner Mimik, diesem von starken Kräften gefalteten Gebirge, der Stellung seiner Augenbrauen zueinander, dem Zustand seiner Stirn. Das Lesen seines Gesichts war eine wichtige Fähigkeit, um Eskalationen zu vermeiden, um zu verstehen, was von mir erwartet wird, und rechtzeitig darauf reagieren zu können, so, wie man sich als Kind an einen Ertrinkenden klammert, um selbst nicht zu ertrinken. Empathie war meine Überlebensstrategie. Wenn mein Vater mitten in der Nacht nach Hause kam, gegen zwei oder drei, erwachte ich vom suchenden Kratzen des Schlüssels an der Tür, weil er das Schlüsselloch nicht fand und mein Zimmer direkt an das Treppenhaus grenzte. Manchmal fand er seinen Schlüsselbund nicht oder hatte ihn verloren, dann klingelte er, ein schrilles, hohes Sirren, das in der Nacht nicht nur uns, sondern auch die Nachbarn weckte, weshalb meine Mutter dazu überging, eines ihrer vom vielen Waschen dünn gewordenen Stofftaschentücher zwischen die Türglocke und den Schlegel zu klemmen, sodass die Klingel, wenn sie betätigt wurde, nur ein tiefes Brummen von sich gab. Wir warteten, wir schauten fern, dann gingen wir ins Bett, und meine Mutter stellte sich auf die Zehenspitzen und stopfte schweigend das Taschentuch in die Klingel, es war wie ein Ritual, zweimal pro Woche, es erschien uns logisch, wir fanden nichts dabei. Und doch war dieses Ritual immer verbunden mit der Sorge vor einer ungewissen Nacht, und ich nahm eine Habachtstellung mit ins Bett. Irgendwann erwachte ich dann von einem Kratzen oder Brummen. Die Klingel mühte sich, ihren gewohnten Ton von sich zu geben, als würde jemand mit einem Knebel im Mund versuchen, etwas besonders Wichtiges mitzuteilen. Manchmal ließ ihn meine Mutter warten, als Strafe oder aus Angst. Wartete sie aber zu lange, hämmerte er gegen die Tür, bis sich einer von uns erbarmte, ihm zu öffnen, denn hätten wir nicht geöffnet, wäre er immer lauter geworden und die Nachbarn wären aus ihren Wohnungen gekommen. Manchmal gab es das, diese nächtlichen Beruhigungsversammlungen im Aufgang, in denen alle beschwichtigend auf den Trunkenen einredeten, und das wollte meine Mutter vermeiden, denn wir galten im Aufgang noch als etwas, eine intakte Familie, während andere Aufgänge, nebenan oder in anderen Blocks, in denen nur noch *Asoziale* wohnten, wie mein Vater sagte, schon heruntergekommen waren. Irgendwann hörte ich das erlösende *Psschtt, die Kinder schlafen* meiner Mutter, das *Ach, hör doch auf* meines Vaters, mein Herz schlug schneller, denn nun kam es ganz darauf an, welchen Weg er einschlug. An manchen Abenden ging er geradewegs ins Schlafzimmer, legte sich hin, und kurz darauf hörte man sein Schnarchen in der ganzen Wohnung. Manchmal ging er ins Wohnzimmer, schaltete den Fernseher ein, drehte die Lautstärke hoch und schlief bald darauf mit nach hinten über die Lehne gefallenem Kopf ein. Ich ging dann noch einmal auf die Toilette und stellte den Fernseher leiser, ihn auszuschalten wäre heikel gewesen, denn dabei erwachte er meist, als brauche er den Ton des Geräts, um weiterzuschlafen. In manchen Nächten aber bog er gleich von der Haustür rechts ab in mein Zimmer und setzte sich auf meine Bettkante. Ich schaute ihn mit verkniffenen Augen an, um in seinem Gesicht zu lesen, der Raum füllte sich mit Alkoholgeruch, seine Kleidung stank nach Zigarettenrauch, und er versuchte, mit mir ein Gespräch anzufangen, er wollte mir die Welt erklären, es war ihm wichtig, mir zu erklären, wie die Welt seiner Meinung nach beschaffen ist, was richtig ist und was falsch, er führte den Stammtisch fort in meinem Zimmer, *so 'n Großkotz, so 'n Lackaffe, tut immer so, als wär er sonst wer, dabei gönnt er mir nicht das Schwarze unterm Fingernagel.* Er schimpfte auf seine Sports- und Arbeitskollegen, mal auf diesen, mal auf jenen, *aber das darfste keinem sagen, das musst du mir versprechen,* er versuchte, ein Einverständnis mit mir herzustellen, mich auf seine Seite zu ziehen, zu überprüfen, ob ich auf seiner Seite stand, was er mir dann bestätigte: *Du bist in Ordnung, mein Junge, mit dir kann man reden,* und meine Rolle bestand darin, ihn zu bestätigen. Und so lag ich da und machte *mmh,* stundenlang machte ich *mmh* und versuchte, währenddessen weiterzuschlafen, ich war bald ein Experte in der Kunst des im Halbschlaf vorgetäuschten Mmh-Machens, immer in der Hoffnung, dass er sich müde redete und irgendwann der erlösende Satz kam: *Na ja, dann will ich dich mal schlafen lassen.* Manchmal, wenn es kein Ende nehmen wollte, kam meine Mutter herein und sagte, *jetzt lass den Jungen in Ruhe, er muss morgen früh in die Schule.* An manchen Abenden wurde er dann mild, sein Gesicht fiel in sich zusammen, und er sagte, *jaja, ist ja schon gut,* an anderen Abenden wurde es dann erst recht laut, und meine Mutter zog ihn wie einen verwundeten Stier ins Wohnzimmer, die Nebenarena, und lenkte den Kampf auf sich, während er darauf bestand, *sich mit seinem Sohn unterhalten zu dürfen.*

Wir gehen zurück über das Feld und biegen auf unser Grundstück ein. Vielleicht, denke ich, als ich das Tor öffne, ist das, was ich bisher unter Empathie verstanden habe, nichts anderes als meine Überlebensstrategie, ein zwanghaftes Hineindenken in andere, und jedes Mal wieder muss ich die *echte* Empathie erst wieder lernen, ich muss sie mir immer wieder aufs Neue herleiten. Wann habe ich mich das letzte Mal gefragt, wie es Levje *wirklich* geht? Ich öffne das kleine Holztor, das ich selbst gebaut habe. Es hat einen Heber aus Holz, den ich, als wir hindurch sind, wieder zwischen die beiden Wangen fallen lasse. Es ist kurz nach eins. In einer Stunde kommt Alma aus der Schule, und wir müssen die Kleinen aus der Kita abholen. Ich denke darüber nach, was ich alles nicht geschafft habe und was ich mit dieser Mittagsstunde, in der ich mich üblicherweise um das Haus und den Garten kümmere, anfange. Ich könnte die Wände im Heizungskeller weiterstreichen, den grauen, rußgeschwärzten Kalksandstein in eine weiße Wand verwandeln. Ich könnte im Garten die Trockenmauer an der Hecke entlang setzen, die Rasenfläche neu anlegen, das *Feinplanum* herstellen und den Rasen säen. Ich könnte meine Mails bearbeiten, mich mit dem CRM beschäftigen, endlich all die aufgeschobenen Prozesse angehen, die schon seit Wochen auf meinem Schreibtisch liegen. Ich könnte mich um unsere Ehe kümmern, um Levje und mich, die wichtigste aller Anforderungen, die Reparatur der Herzmaschine; wenn sie nicht läuft, gerät alles aus dem Takt. Ich könnte eine Pause machen, mich um mich selbst kümmern, lesen, schreiben, nachdenken, regenerieren, damit ich den Nachmittag überstehe. Regeneration, denke ich, ist auch nur eine Nutzungsart des Ichs. Ist es mir überhaupt noch möglich, an die Zeit keinerlei Ansprüche zu stellen, eine anspruchslose Stunde zu ertragen? Ich versuche, mir konfrontativ vorzustellen – etwa so, wie sich Menschen, die panische Angst vor Spinnen haben, vorstellen, dass jemand eine Vogelspinne auf ihrer Hand absetzt –, ich würde diese Stunde oder gar den Rest des Tages gar nichts tun, ich würde die Zeit *verschwenden*, doch mir will der Gedanke nicht in den Kopf, mir graust davor wie dem

Spinnenphobiker vor dem Gedanken an eine Spinne auf seinem Arm. Verschwenden kommt von verschwinden. Verschwende dein Leben. Verschwände dein Leben. Es ist mir unmöglich, diesen Gedanken zuzulassen, jede meiner Handlungen, jeder meiner Gedanken muss verwertet werden.

Polly zieht, ich muss sie bremsen, sonst verheddert sich die Leine in den Hortensien, die steif in den Weg hineinragen. Jetzt spüre ich die unterbrochene Nacht. Diese Schwere nach dem Mittag. Mein Denken wird ein Leimrinnsal, und mir kommt ein Kinderlied in den Sinn, es rotiert in meinem Kopf schon seit einigen Minuten, und diese Rotation ist ein untrügliches Zeichen für Erschöpfung. *Ach, wie bin ich müde, / Ach, ich schlaf gleich ein / Doch es ist ja heller Tag, / Wie kann ich müde sein!* Selbst wenn ich wollte, ich könnte jetzt nichts tun oder denken, also beschließe ich, dass diese Stunde, die keine Stunde mehr ist, sondern nur noch eine Dreiviertelstunde, für mich ist. Zur Regeneration. Und wenn schon. Selbst das ist mir jetzt egal.

Ich löse Pollys Leine, sie stürmt los, wetzt um die Kurve und steht schwanzwedelnd vor der Terrassentür, und als Levje die Tür von innen öffnet, springt sie über den kleinen Absatz ins Wohnzimmer. Eine Sache noch. Dann doch noch. Ich gehe hinüber in den Schuppen und krame eine Holzkiste hervor, eine jener Kisten, in die ich all das hineinwerfe, womit ich gerade nichts anfangen kann und in die sich nach und nach die ganze, anfänglich so wohlkonzipierte Ordnung hinein auflöst. Keile, Dübel, Sechskantschrauben, Unterlegscheiben, Holzreste – sie neigen unweigerlich dazu, sich zu vermischen, und mittlerweile habe ich unzählige Blumentöpfe, Schachteln oder alte Tupperdosen und wühle in ihnen, wie mein Vater in seiner Garage in diesen Schraubenkästen wühlte, mit einem langen Nagel als Suchhilfe, und er wühlte und suchte, und ich stand als Kind still daneben, und mir stieg der Geruch nach Metall und Öl in die Nase. Im Hintergrund dudelte das alte RFT-Radio vor sich hin, und in einer der ausgemusterten Kommoden standen immer paar Flaschen warmes Bier. Doch heute suche ich keine Schraube, ich suche die Fallen. Sie sind in einer Kiste ganz hinten, unter einem Arbeitstisch, zwischen Spinnweben und Mäusekot steht die Kiste, und ich ziehe sie hervor. Alte Mausefallen, teilweise kaputt, an einigen kleben noch Köderreste, an anderen getrocknetes Blut. Dann finde ich sie, ganz unten, die Rattenfalle. Beim Herausziehen gebe ich darauf acht, dass ich sie nur an den Rändern berühre, um den menschlichen Geruch nicht auf die Falle zu übertragen. Manchmal reibe ich mir sogar, bevor ich die Falle bestücke, meine Hände mit Erde ein, so wie früher, beim Angeln, bevor man den Wurm auf den Haken zog, doch heute ist mir das zu umständlich. Ich gehe mit der Falle ins Haus, halbiere eine Haselnuss, drücke sie unter den Bügel, sodass sie festsitzt, und bestreiche sie mit Nussnougatcreme. Fett und Zucker, Zucker und Fett, für Tiere wie für Menschen eine unwiderstehliche Kombination. Dann spanne ich mit meinen Daumen die Feder, wobei ich den Bügel gerade so auf die letzte, leicht wulstige Kante des Haltedrahts platziere, sodass er bei der kleinsten Bewegung abrutscht und zuschlägt, und trage die Falle wie ein rohes Ei Richtung Vogelhaus, lasse mich auf die Knie sinken und krieche unter den Büschen entlang bis zu dem Loch, hinter dem ich die Ratte vermute. Unsere Terrasse liegt leicht erhöht, ein Holzdeck, unter dem sich die Trägerkonstruktion verbirgt, ein Irrgarten aus Latten und Balken, und ich entdecke immer wieder Löcher oder Ritzen, die in diesen Irrgarten hineinführen. Vorsichtig platziere ich die Falle in der Nähe des Eingangs. Das ist der heikelste Moment, manchmal schnappt sie beim Absetzen zu und fliegt mir um die Ohren. Die Federn der Rattenfallen entwickeln eine enorme Kraft. Einige Male sind Meisen oder Spitzmäuse, ebenfalls angelockt vom Köder, von einer dieser Fallen geradezu zermalmt worden. Als die Falle steht, schiebe ich sie mit dem Zeigefinger noch ein paar Zentimeter vor, dann krieche ich auf allen vieren durch die Büsche zurück. Noch einmal begutachte ich mein Werk, zufrieden, dass während meiner Mittagspause etwas anderes weiterarbeitet, dann stelle ich meine beiden Telefone auf lautlos und gehe hinauf in mein Arbeitszimmer.

Der Raum ist kühl, siebzehn Grad. Ich hocke mich vor den Ofen, ein dänischer *Jydepejsen*. Auf die alte Asche lege ich zwei Stück gewachste Holzwolle, davor und dahinter je ein schmales Scheit und schichte darauf zwei weitere Scheite, sodass die Form einer Raute entsteht. Ich nehme dafür ein möglichst faseriges, splitteriges Stück Kiefer, damit das Feuer eine gute Angriffsfläche hat. Es ist eines der letzten Stücke aus einer Lieferung Kiefernstämme, die ich vor zwei Jahren leichtfertig bei einem Betrieb für Baumfällarbeiten bestellt hatte und deren Zerkleinerung mich Monate gekostet hat. Nachdem wir in das Haus gezogen waren, trieb mich eine Zeit lang das Ideal an, mich komplett selbst mit Holz zu versorgen, es selbst zu fällen, zu spalten und zu lagern, um damit das ganze Haus zu heizen. Es war ein eigenartiger Drang nach Autarkie, für den ich viel Mühe auf mich nahm. Im Keller stand ein tschechischer *Atmos* Holzscheitevergaser, ein Trumm von einem Ofen, eine halbe Tonne schwer, gekoppelt mit zwei Pufferspeichern à tausend Liter sowie mit einer Ölheizung, auf der *Raketenbrenner* stand, und wenn sie zündete, hatte man tatsächlich das Gefühl, gleich hebe eine Rakete ab. Der ganze Heizungskeller war ausgefüllt von dieser Anlage, mit Kupferrohren, die an der Decke entlangliefen, mit Kabeln, Hebeln, Druckbehältern und Thermostaten. Wenn man den Raum betrat, fühlte man sich wie im Maschinenraum eines Frachtschiffes, und ich war der Heizer und befeuerte jeden Tag zwei Mal den *Atmos*. Er erhitzte die Pufferspeicher auf siebzig Grad, das heiße Wasser floss durch die Adern des Hauses, und ich rannte jede Stunde in den Keller, um den Druck zu kontrollieren und Scheite nachzulegen. Mit dem Haus hatte ich den Heizungskeller und mit ihm die Bürde des *Holzmachens* übernommen, ich dachte, ich müsse sie übernehmen, es war wie eine Selbstverständlichkeit, die ich nicht hinterfragte. Ich kaufte mir eine Kettensäge, machte den *kleinen Kettensägenschein*, für den ich mir Schuhe mit Stahlkappen kaufte, in denen zu gehen sich als unmöglich erwies, einen Schutzhelm und eine faserverstärkte Schnittschutzhose, in der man sich nicht mehr bewegen konnte, alles in allem fühlte ich mich in der kompletten Montur wie ein Taucher mit Bleistiefeln auf dem Meeresgrund. Die Schutzvorkehrungen haben die Ausführung der Handlung unmöglich gemacht, sodass ich sofort, als ich den Schein in der Hand hielt, all das wegließ. Nachdem die Holzvorräte des Vorbesitzers aufgebraucht waren, bestellte ich Baumstämme, Hendrik vom Moorhof kannte jemanden, der jemanden kannte, und kurz darauf wurden mir zwanzig Fichtenstämme geliefert, achtzehn Kubikmeter, wobei sich bald herausstellte, dass es sich um *Straßenkiefern* handelte, die Straßenköter unter den Bäumen, gepiesackt, getreten und bisweilen mit in den Holzkörper eingewachsenem Schrott, was dazu führen kann, dass bei voller Drehzahl die Kette der Säge reißt und einem den Schädel spaltet. Erst später erfuhr ich, dass man alte Straßenbäume niemals zu Brennholz verarbeiten sollte, jedes Sägewerk lehnt sie ab, weil in ihnen häufig Metall steckt, nicht selten die Munition vergangener Kriege. Doch das wusste ich zu dieser Zeit nicht. Ich war froh, günstig an Holz gekommen zu sein, und stand dort oben auf dem Mikadoberg der Fichtenstämme wie der Bezwinger eines Gipfels, riss die Motorsäge an und begann zu sägen. Ich brauchte vier Wochen, um die Stämme zu zerkleinern, anschließend besorgte ich mir einen hydraulischen Holzspalter, wuchtete die Halbmeterstücke hinauf auf das Gestell, das die Form eines Holzpferdes hatte, und drückte den Knopf, um die Hydraulik zu starten. Der auf eine Schiene geschweißte Keil schob sich unnachgiebig durch das Holzstück, bis es krachte und die Hälften zu beiden Seiten auf den Boden fielen. Die Stücke, nur noch halb so schwer, wuchtete ich wieder hinauf, wieder ertönte das sonore Surren der Hydraulik, bis sie geviertelt oder geachtelt waren und gestapelt werden konnten. Manchmal hatte ich Wurzelstücke oder Stücke mit großen Ästen, die nach innen wuchsen, manchmal zog sich ein Ast quer durch den ganzen Stamm, und dann kapitulierte die Hydraulik mit einem immer höher werdenden Sirren, sodass ich mich intuitiv wegdrehte, als würde sie jeden Moment explodieren, bevor das Geräusch erstarb und sie feststeckte und gar nichts mehr tat. Die meiste Zeit verbrachte ich damit, den feststeckenden Keil aus den Aststücken wieder herauszubekommen, sodass ich am Ende das meiste doch mit der Axt schlug. Ein gut gesetzter Schlag reichte, und das Material spaltete sich entlang seiner natürlichen Struktur wie von selbst. Insgesamt brauchte ich drei Monate, um die Stämme zu zersägen, zu spalten und zu stapeln, und dann mussten sie immer noch in den Heizungskeller. Inspiriert vom Kohlenhändler in

Leipzig, der die Briketts über eine Rutsche in die Keller rauschen ließ, baute auch ich eine Rutsche, und als sie fertig war, warf ich oben die Scheite hinauf, doch die Scheite rutschten nicht, sie blieben einfach liegen, sodass ich das Holz auf den Armen in den Keller trug. Danach habe ich den *Atmos* an Schrotthändler verschenkt. Zu dritt wuchteten sie den Metallkorpus die Kellertreppe hinauf und beim Verladen in ihren Ford-Transporter schlugen sie sich eine ordentliche Delle in den Wagen.

Das Feuer leckt nach oben, es greift. Die ersten Fasern verglühen. Der metallene Ofen knackt, so, wie die Treppe knackt, das ganze Haus knackt. Manchmal geht regelrecht ein Schuss durch das Haus, eine Spannung in irgendeinem Gebälk löst sich. Das Material arbeitet, als recke sich das Haus bei Wärme und ziehe sich bei Kälte fröstelnd zusammen. Ohne das Knacken würde mir etwas fehlen, auch wenn man die Geräusche, all das knarzende Dehnen und Strecken, häufig nicht von Schritten unterscheiden kann und ich dann nachts aufschrecke in der Überzeugung, es sei jemand im Haus. Ich schaue in das rasch um sich greifende Feuer, spüre die Hitze durch die Scheibe dringen, nehme ein weiteres Scheit in die Hand, Buche, spaltrau, wie diese Stunde in der Mitte des Tages. Spaltrauh. Irgendwann hat man das H am Ende des Wortes entfernt, dabei wäre es so wichtig, dieses H. Es gibt dem Rauen einen Atem, ein Aushauchen am Ende, das das Raue wieder liebevoll glättet. Stattdessen bleibt ein karges, protestantisches *au* am Ende.

Das leise Wummern, wenn der Wind in den Schlot fährt und das Feuer auflodert. Es folgt ihm willig, dem Wind, es verzehrt sich nach ihm, es züngelt hoch, hinein ins Ofenrohr. Ich erhebe mich und gehe hinüber zum Sofa. Die Leselampe ist auf mein

Gesicht gerichtet, eine billige Imitation von Sonnenlicht, doch es reicht für das wärmende, tänzelnde Rot hinter den Augenlidern. So kann ich mich fallen lassen auf meinem Sofa, gestützt von zwei festen Kissen, halb liegend, halb sitzend, die Arme hinter dem Kopf verschränkt. Das Knacken des Ofens, eine Salve leiser Platzpatronen, fällt hinein in meine Gedanken, die ich jetzt richtungslos schweifen lasse. Das Glück, eine Behausung zu haben und in dieser Behausung ein eigenes Zimmer und in diesem Zimmer einen Ofen und nahe diesem Ofen einen *Ort*, einen Winkel, in dem man sich für einen Moment fallen lassen kann. Der Tag ist gespalten in der Mitte, entlang seiner natürlichen Struktur, und ich befühle seine Oberfläche und werfe einen Blick auf sein Innerstes, die Einschlüsse, die plötzlich wieder zum Vorschein kommen, alte Nägel, den Ursprung eines Astes, Äste, die es nie nach außen geschafft haben. Der ferne Brandgeruch des Holzes führt mich hinein in die Leipziger Winter, in denen wir jeden Morgen den Kachelofen angefeuert haben und in den Straßen der Dunst der Ofenbrände hing, und von dort weiter in die erste Wohnung meiner Kindheit, in das Kinderzimmer, das ich mir mit meinem Bruder teilte und in dem im Winter jeden Abend der Ofen angefeuert wurde, ein Ofen mit sechs kleinen Glasscheiben, jede so groß wie eine Kinderhandfläche, und eine dieser Glasscheiben hatte einen Sprung, sodass die Scheibe in der Mitte geteilt war, irgendwann brach die eine Hälfte der Scheibe heraus, und ich schaute jeden Abend durch diese Lücke in die offene Flamme, und meinen Bruder neben mir wissend, schlief ich rasch ein.

Ich weite die Nasenflügel und ziehe den Geruch ein, langsam dringt die Wärme des Ofens bis zum Sofa vor, bis zu mir, wärmt meine linke Seite. Irgendwo summt eine Fliege. Wo kommt jetzt eine Fliege her? In der alten Dämmung des Daches nisten allerlei Insekten, immer mal wieder fällt wie aus dem Nichts eine Wespe, eine Wanze oder eine Fliege aus einem der Astlöcher in der Decke, erwacht aus irgendeiner Verpuppungsphase und beginnt dann zu summen, und dieses Fliegensummen bringt mir, während der Ofen durch die Erhitzung zunehmend schneller knackt und ich tiefer in meine Gedanken sinke, jenen Nachmittag in den Pyrenäen in Erinnerung, an den ich immer denken muss, wenn ich in Muße einer Fliege beim Summen zuhöre. Ich kann mich nicht mehr an den Ort erinnern, es war auf meiner Spanien-Rundreise, die ich als Student unternommen habe. Ich hatte das Jahr über ein wenig Geld gespart und mir als Paketbote in der ersten Hälfte der Semesterferien noch so viel hinzuverdient, dass ich es mir erlauben konnte, in der zweiten Hälfte der Ferien zu verreisen. So machte ich es jedes Jahr. Hatte ich genug Geld zusammen, betrat ich ein Reisebüro und buchte den nächstbesten Flug. Entscheidend war dabei nicht die Destination, sondern der Preis, und drei Tage später saß ich, bepackt mit meinem Outdoorrucksack, einem aufgeschnallten Schlafsack und ein paar Travellerschecks im Flieger nach Barcelona. Und dann stieg ich aus dem Flugzeug und stand auf einem Parkplatz vor dem Gebäude, die Hitze ließ den Asphalt glühen, mir trat sofort der Schweiß auf die Stirn, ich roch die salzige Luft des nahen Meeres, und ich dachte, genau das ist es, weshalb du hierhergekommen bist, das ist es, wofür du das Jahr über gearbeitet hast, doch was sich dann abspielte, war immer dasselbe: Im Moment der Ankunft verlor die Euphorie des Aufbruchs schlagartig ihre Wirkung. Ich fiel in eine Angststarre, die mich den ganzen Urlaub über lähmte. Es war derselbe Effekt, den ich schon als Kind auf den Wiesen meines Großvaters erlebt hatte. Mich trieb ein unbändiger Freiheitsdrang hinaus, doch ich hielt die Freiheit gar nicht aus. Ich war nicht bereit für die Freiheit, ich sehnte mich nur nach ihr. Ich stand am Flughafen und fragte mich, was zum Teufel mich geritten hatte, den Rückflug erst für vier Wochen später gebucht zu haben; ich war hilflos und wäre am liebsten sofort wieder zurückgeflogen, zu meiner Freundin, meinem Studentenzimmer, meinen Routinen. Es war die reine Notwendigkeit, die mich in Bewegung setzte, der Hunger, der Durst, die Suche nach einem Schlafplatz. Ich musste diese Erfahrung in den kommenden Jahren sehr oft machen, wie ein Abhängiger, der wieder und wieder auf dem Boden aufschlagen muss, bis er begriffen hat, dass dem Rausch nicht zu trauen ist, dass der kurzen Euphorie des Anfangs ein langer Kater folgen würde. Ich war von Barcelona aus Richtung Norden aufgebrochen, und hatte mir vorgenommen, einmal die Pyrenäen zu durchqueren. Dabei wollte ich auf jeden Fall durch Andorra kommen. Ich weiß gar nicht, warum mich dieser winzige Staat so reizte, vermutlich lag es an Max Frisch, der zu jener Zeit eine große Bedeutung für mich hatte, obwohl ich sein gleichnamiges Stück nie gelesen hatte. Aus irgendeinem Grund gehörte der Zwergstaat zu jenen Orten, von denen ich in meiner Kindheit geträumt hatte, und je länger ich von ihnen träumte, umso glanzvoller wurden sie. Orte mit Namen wie Orient, Andalusien, Toskana, Sizilien, und eben auch Andorra. Jetzt, nachdem ich die meisten dieser Orte bereist habe, weiß ich, dass es einfach nur Namen sind, Gegenden wie jede andere auch, in denen Menschen arbeiten, einkaufen gehen und ihre Kinder zur Schule bringen, und auch wenn die Reisen in diese Gebiete häufig sogar Enttäuschungen waren, denn von dem Glanz, den ich mir erhofft hatte, vom Innersten dieses Begehrens, war dort nichts zu finden, im Gegenteil, häufig erlebte ich sie als kühl und zurückweisend, werden sie für mich doch immer diese Aura behalten. Nach Andorra kam ich während dieser Reise nicht, das Vorankommen gestaltete sich schwieriger als gedacht. Kaum jemand nahm mich mit, und wenn, sprachen die Fahrer, meist ältere Männer, kein Englisch, sodass wir stundenlang schweigend nebeneinandersaßen. Ich wiederum sprach kein Spanisch, und mehr als einmal bekam ich zu hören: *Warum bist du hier, wenn du kein Spanisch sprichst?* Ich ließ das Trampen bald bleiben und gab das meiste Geld für Zugfahrten aus. Es war kein besonderer Nachmittag auf dieser Reise, den mir das Fliegensummen in Erinnerung bringt, es passierte nichts Spektakuläres, und trotzdem ist dieser Nachmittag in meinem Kopf noch vollkommen präsent, ja, er ist einer von jenen wenigen Momenten, die mir von diesen vier Wochen überhaupt nur in Erinnerung geblieben sind. An einem der ersten Tage kam ich durch eine kleine Stadt und war hinaufgestiegen zu einer Burg oder einer Ruine. Ich war einfach der touristischen Ausschilderung gefolgt, irgendetwas musste ich ja machen, auf dieser Reise. Das Ganze war kaum mehr als eine überwachsene Trümmerwiese auf einem Hügel, es war später Nachmittag, ich saß auf einem Sandsteinblock, der aus einem Bogen herausgefallen war. Das hochgewachsene Gras berührte meine Knie, die Sonne brannte auf die staubigen Wege, es war still, nur die Fliegen summten. Meine Wasserflasche war so gut wie leer, und ich hatte noch keine Unterkunft für die Nacht, ich war in der Nachsaison gereist und viele der Jugendherbergen hatten schon geschlossen. Ich hätte eigentlich zügig wieder hinabsteigen und weitertrampen müssen, und doch blieb ich sitzen und blickte auf diesen Platz, diese zerfallene Festung, und zögerte den Aufbruch hinaus. Dieser Moment hatte etwas Magisches. Ich war wie gebannt und blieb einfach sitzen, um zu begreifen, dass ich nun wirklich hier im Süden in der Sonne saß. Ich war ins tiefe Wasser gesprungen, ohne zu wissen, ob ich schwimmen konnte, ob mich meine hektischen Bewegungen im Wasser tragen oder ich nicht doch jeden Moment untergehen würde, und ich war überrascht und entsetzt zugleich, dass ich wirklich gesprungen war. Und eine Sekunde trat vor die andere, und ich stellte mir immer wieder dieselbe Frage: Was willst du jetzt tun?, und ich konnte jede Sekunde aufs Neue entscheiden, ob ich noch sitzen bleiben oder aufbrechen wollte, und das tat ich ein oder zwei Stunden lang im Genuss meiner vollkommenen Freiheit, der Hoheit über mein Leben, die ich endlich erlangt hatte. Und ich sah, wie leer jede dieser Sekunden war, eine Sekunde war nichts. Die Zeit verrann, sie löste sich von alldem ab und war nur noch eine Hülle, es war nur noch die reine Zeit, in der ich mich aufhielt, und zugleich stürzte die ganze Fülle der Umgebung auf mich ein, der Reichtum der Natur um mich herum, der Eindrücke und Gedanken, die mir durch den Kopf gingen, die Schwere der Verantwortung, eine Entscheidung treffen zu müssen, denn irgendwann *musste* ich ja gehen. Musste ich? Was würde passieren, wenn ich einfach sitzen bliebe, bis es dunkel würde? Legst du dich dann hier mit deinem Schlafsack ins Gebüsch? Ohne Essen und Trinken? In die kalte Pyrenäen-Nacht? Würdest du das wirklich tun? Und die Fliegen summten um mich herum, und ihr Summen brannte diesen Moment in mein Gedächtnis ein. Diese eher nebensächliche Episode ist mit der Zeit zum Kern der Reise geworden, während ich an den Rest, an Barcelona, Biarritz, Gijon, St. Sebastian oder Madrid, kaum Erinnerungen habe. Vielleicht war es diese tiefe Erfahrung von Einsamkeit, die Angst vor dieser Verantwortung für das eigene Leben mit der klaren Möglichkeit vor Augen, sich dort auf diesen Hügel hinzulegen und einfach liegen zu bleiben, ich war auf dem Grund des Lebens angekommen, in einer Region, in der ich danach nur noch sehr selten war und in die ich auch nie wieder wollte.

Ich liege auf dem Sofa, und das Summen einer Fliege trägt mich zurück zu diesem Nachmittag, und ich ringe mit mir, ob ich die Szene ziehen lassen und mich gänzlich dem Schlaf hingebe oder ob ich diese so plastische Erinnerung, die perfekte, fragile Schönheit dieser Szene festhalten soll, doch mich jetzt aufzurichten und sie aufzuschreiben, hieße, sie zu zerstören. Ich schaue mich noch einen Moment um in diesem Nachmittag, weitere Szenen des Urlaubs tauchen auf, ich stehe vor einer Felswand, an der Wolken hängen, es regnet, es ist kalt, ich habe nur eine kurze Hose dabei, da ich in meiner Naivität dachte, ich flöge ja in den Süden, ich gehe eine Serpentine entlang, stundenlang kommt kein Auto, der Rucksack wird schwer, ich übernachte allein in einem Schlafsaal mit sechzig Betten, die Herbergsmutter schließt um neun die Tür von außen ab, ich schlafe allein auf dem Holzboden einer Turnhalle, auf meiner dünnen Isomatte, unter mir, direkt an meinem Ohr, kratzt es die ganze Nacht, ein Hohlraum, in dem sich Mäuse oder Ratten befinden, und in meinen Träumen hatte ich immer das Gefühl, sie seien nicht unter, sondern neben mir, sie kämen über mich und fräßen an mir, sobald ich einschliefe. Eigentlich verbrachte ich den gesamten Urlaub in Todesangst und konnte von der ersten Minute der Ankunft den Rückflug kaum erwarten.

Im Halbschlaf höre ich es draußen klacken. Es ist ein lautes Geräusch. Ich denke darüber nach, was für ein Klacken es gewesen sein könnte, das einer Autotür, ein Fahrradständer, kam denn jemand? Es hallt noch nach, es war ein sehr lautes, hohes Klacken.

Die Falle ist zugeschnappt. Sie sind einfach zu gierig.

Ich schaue auf die Uhr, Viertel vor zwei. Habe ich tatsächlich eine halbe Stunde gelegen? Habe ich geschlafen? Ich richte mich auf, noch ganz gefangen von der Intensität der Erinnerung, höre dem Wind draußen zu, dem Knistern des brennenden Feuers. Im Raum ist es jetzt warm, ich schließe die Ofentür und gehe hinunter in den Garten.

Die Ratte liegt da, hingestreckt, der Kopf klemmt halb unter dem Bügel, es steckt eigentlich nur die Schnauze unter dem Bügel. Vermutlich hat sie im letzten Moment gemerkt, dass es sich um eine Falle handelt, und den Kopf wieder zurückziehen wollen. Es ist ein großes Exemplar, lang wie mein Unterarm und mit einem dicken Unterleib, und als ich sie mit dem Spaten anstupse, bäumt sie sich auf und rennt mit der Falle am Kopf los, die Terrasse entlang, um die Ecke herum. Dann ist sie erschöpft und bleibt liegen. Ich versuche, das Spatenblatt unter ihren Körper zu schieben, doch sie springt hoch, es ist erstaunlich, wie hoch sie springen kann mit der Falle am Kopf, immer wieder springt sie einen guten Meter an der Hauswand hoch, prallt daran ab, läuft ein Stück, springt wieder hoch, und auf diese Weise kommt sie fünf, sechs Meter weit, dann hält sie inne.

Ich stehe etwas ratlos davor, mit einem solchen Widerstand habe ich nicht gerechnet. Sie verharrt ein paar Sekunden, sammelt Kraft oder wartet ab, was ihr Gegner tut, und als ich mich ihr nähere, läuft sie weiter. Wenn ich nichts unternehme, ist sie bald in der Hecke, ich laufe ihr hinterher, hebe den Spaten, warte den richtigen Moment ab, um ihr einen Hieb zu verpassen, aber es ist nahezu unmöglich, ihren Kopf zu treffen, und ich würde gern ihren Kopf treffen und nicht ihren Hinterleib, doch sie krabbelt im Zickzack über die Wiese, und irgendwann ist mir egal, was ich treffe, ich haue einmal kräftig mit dem Spaten auf dieses laufende Etwas, zur Sicherheit noch ein zweites Mal, schiebe das Spatenblatt darunter, laufe zur Mülltonne und werfe die Ratte samt Falle hinein. Ich höre den dumpfen Aufschlag weit unten, horche noch einen Moment, ob sie sich bewegt, doch es ist ruhig. Leider wurde die Tonne gerade geleert, lieber wäre es mir gewesen, sie wäre voll und die Leerung stünde kurz bevor. Ich stelle den Spaten ab, spüre die Erleichterung, etwas in diese Tonne werfen zu können, die Klappe zu schließen, und das *Entsorgte*, dem wir unsere Sorge entzogen haben, nicht mehr sehen zu müssen, die Erleichterung darüber, dass es diese Tonnen überhaupt gibt, dass sie jede zweite Woche abgeholt werden und ihr Inhalt dann *weg* ist. Die Müllabfuhr, denke ich, kann man gar nicht hoch genug einschätzen, ohne diese Möglichkeit, Objekte einfach verschwinden lassen zu können, die Reste unserer Existenz aus unserem Blick zu verbannen, sähe unsere Gesellschaft vermutlich anders aus.

Levje öffnet die Terrassentür und steckt ihren Kopf hinaus.

– Kannst du vielleicht die Kinder abholen? Dann kann ich hier noch schnell was fertig machen.

– Ja, ist gut. Ich hab sie übrigens erwischt.

– Wen?

– Die Ratte.

– Aber bitte nicht in die Restmülltonne. Beim letzten Mal hat es zwei Wochen lang gestunken.

– Was soll ich denn sonst damit machen?

– Vergrab sie doch hinten am Feld.

Prozession für eine Ratte

Es ist kurz vor zwei. Ich hole mein Rad aus dem Schuppen, befestige den Anhänger am Hinterrad und rolle hinaus auf die Straße. Der Teil der Straße, in dem wir wohnen, liegt leicht erhöht, und die Kinder lieben es, mit ihren Laufrädern dieses abschüssige Stück hinabzurollen und sich weiter unten in die Kurve zu legen. Und auch für mich ist dieses kleine Gefälle geschenkte Freiheit, ich fahre Schlenker, lege mich nach links in die Kurve, dann nach rechts, spüre die Balance zwischen der Fliehkraft und der Haftung des Reifens. Der Fahrtwind weht mir ins Gesicht, die feuchte, noch milde Novemberluft schlägt sich auf meiner Stirn und in meinen Haaren nieder. Ich lasse das Lenkrad los, richte mich auf, stemme meine Hände in die Hüften, das Rad liegt ruhig in der Spur, ich streiche mir mit der Hand über den feuchten Kopf und wische die Nässe an der Hose ab, für ein paar Sekunden losgelöst von allem, von der Schwerkraft, dem Haus, der Firma, der Familie, beim Radfahren bin ich ganz bei mir selbst. Als ich mit vierzehn mein erstes Achtundzwanzig-Zoll-Rad bekam, mattblau und mit Dreigangschaltung, war ich endlich frei, hinauszugehen, wann immer ich wollte. Bevor ich das Fahrrad hatte, musste ich mir jedes Mal eine gute Begründung für das Hinausgehen einfallen lassen. Ich musste mit jemandem verabredet sein, ein Ziel haben, denn das anlasslose Hinausgehen war ein Bedürfnis, das mein Vater nicht verstand. Wenn ich es in der Wohnung im fünften Stock doch nicht mehr aushielt, wenn es mir so eng wurde, dass ich Luftnot bekam, überwand ich mich und kündigte mein Hinausgehen an. Wenn ich dann wie nebenbei sagte, *Ich geh noch mal raus*, gab es jedes Mal diesen Moment der Beklemmung, den er zwar überspielte mit einem etwas zu selbstverständlich klingenden *na klar*, aber noch in der Tür hörte ich seine misstrauischen Fragen an meine Mutter: *Warum geht der Junge denn jetzt raus? Wo will er denn hin?* Als hätte ich etwas Geheimes vor, über das ich nicht sprechen dürfte, als träfe ich die falschen Leute, nähme Drogen oder als ginge es mir nicht gut (*Hast du irgendwas?*). Das anlasslose Hinausgehen war für ihn ein sonderbares Verhalten, das einen speziellen Grund haben musste, den es zu erforschen galt. Das Radfahren hingegen verstand er. Vielleicht, weil es sich um eine Fortbewegung mittels einer Mechanik handelte. *Ich fahr noch mal eine Runde Fahrrad* – das war eine Aussage, die er akzeptierte. Erst das Fahrrad gab meinem Drang hinauszugehen eine Legitimation. Mit dem Rad erweiterte ich nach und nach meinen Radius. Ich fuhr vorbei am Friedhof, auf dem mein Vater jetzt begraben liegt, der damals der unheimlichste aller Orte war, der stillste und einsamste Ort unter hohen Linden, mit einer steinernen Kapelle und dem Wasserbecken am Eingang, wo ab und zu ein gebeugtes Mütterchen mit der Gießkanne Wasser schöpfte, vorbei an den letzten Häusern des Ortes, an den Schrebergärten, über den Ortsrand hinaus, der lange Zeit wie eine natürliche Grenze für mich gewesen ist. Stück für Stück wagte ich mich weiter hinaus, durch die Felder, in das Nachbardorf, das mir wie ein anderer Staat vorkam, und alle hundert Meter dachte ich: Jetzt fahr ich einfach mal weiter, und noch mal hundert Meter weiter, jetzt betrete ich dieses fremde Land, und zwischendurch halte ich an und schaue mich in dieser stillen Weite um. Je weiter ich fuhr, durch die altmärkischen Felder, durch Dörfer wie Miltern, Bindfelde, Heeren, Fischbeck, Jerichow, umso größer wurde die Angst, dass das Fahrrad versagt, dass die Kette abspringt, ein Reifen die Luft verliert, so, wie es mir gelegentlich passierte, sodass ich das Rad stundenlang nach Hause schieben musste. Das Rad bekam zunehmend menschliche Züge, ich sprach es direkt an, *bitte bleib heile, halt durch,* das Fahrrad entwickelte sich von einem Instrument zu einem natürlichen Teil von mir.

Ich nehme die Hände wieder ans Lenkrad, denn gleich endet die Straße und wird von einem Feldweg abgelöst. Manchmal, ohne Anhänger, bremse ich nicht ab, sondern springe in voller Fahrt über die Asphaltkante wie über eine Rampe, doch mit dem Anhänger hintendran bremse ich scharf ab und mache einen kleinen Bogen nach rechts über die Grasnarbe. Der Anhänger klappert, als ich mit immer noch hohem Tempo auf dem Feldweg ankomme. Er holpert über die Grasbüschel und durch die Schlaglöcher, er hüpft hinter mir wie ein Zicklein. Rechter Hand liegen die abgeernteten Felder, der Blick hat Raum, er geht weit über die Landschaft hinweg nach Grasberg, Worpswede und Bremen. Auf den Feldern lungern Krähenschwärme herum und picken irgendetwas auf, drehen mit ihren Schnäbeln jeden Halm herum, in der Hoffnung, darunter etwas zu finden. Ich mache laut *ksch* und klatsche zwei Mal in die Hände, einfach aus Freude daran, sie zu ärgern, und dann stieben sie nach oben, ein schwarzer Schwarm, der sich zwanzig Meter weiter leicht federnd wieder auf dem Feld niederlässt.

Als ich auf die Kita zufahre, sehe ich Malik schon von Weitem am Tor stehen, in seiner grünen Dinohose und der blauen Jacke, mit seinem schwungvoll um den Hals geworfenen Schal. Er hält seinen Rucksack in der Hand, die Wangen sind vom Draußenspielen gerötet, ganz versunken steht er da in dem festen Vertrauen, gleich abgeholt zu werden. Diese Sekunden, in denen ich die Kinder abhole, in denen ich dieses Bild des wartenden Kindes ganz für mich habe, sind die wertvollsten des Tages. Die Vorfreude auf den Moment, in dem er mich entdecken wird, in dem sich sein Gesicht erhellen und er mir zuwinken wird. Einige Kinder rennen noch herum, schreien, jagen sich, klettern auf Bäume, fahren mit Dreirädern oder Kettcars über das, was mal ein Rasen gewesen ist. Der Lärmpegel ist hoch, obwohl die meisten schon mittags abgeholt worden sind. In unserer Zeit in Leipzig, als Alma dort noch in den Kindergarten ging, war es selbstverständlich, die Kinder so lange wie möglich in der Kita zu lassen. Wir holten sie gegen drei oder vier ab, andere Eltern ihre Kinder erst gegen fünf oder sechs, so, wie es auch in der DDR üblich gewesen ist. Auch wer nicht arbeitete, ließ die Kinder bis zum späten Nachmittag dort, und es war auch üblich, sie während der Ferien in den Kindergarten zu bringen, obwohl man selbst zu Hause war. Man machte sich keine Gedanken darüber, es war nicht Ausdruck mangelnder Liebe, sondern Gewohnheit. So war man selbst aufgewachsen, so gab man es weiter. Die Kinder mittags abzuholen, empfand man als zutiefst bürgerlich. Holten wir Alma in Leipzig früher ab, beschlich uns im Gespräch mit anderen Eltern rasch ein Gefühl von bürgerlicher Arroganz. *Ihr könnt es euch wohl leisten. Warum macht ihr euch denn DEN Stress?* Hier hingegen ist es umgekehrt: Lässt man sein Kind bis zum Ende der Öffnungszeit in der Kita, spielt es am Ende allein im Sandkasten. Drei Erzieherinnen sitzen um das Kind herum und schauen ihm beim Buddeln zu. Im Gespräch mit anderen Eltern kommt man sich schäbig vor und beginnt, sich zu rechtfertigen. Der Blick, die Augenbrauen, der Unterton geben dir zu verstehen: Diese armen, bedauernswerten Kinder werden abgeschoben. Sind nicht gewollt. Werden nicht geliebt. Und dieses Gefühl frisst sich nach und nach in dein Gehirn, bis du weich geworden bist und selbst beginnst, dein Leben umzubauen, damit du die Kinder so früh wie möglich abholen kannst, und jene komisch anzuschauen, die sie bis vier Uhr in der Betreuung lassen. Es ist das bürgerliche Selbstverständnis, dass die Kinder nur zu Hause wirklich gut aufgehoben sind. Bei meiner ersten Begegnung mit dieser Form der Bürgerlichkeit war ich derart überwältigt, dass ich beim Essen ohnmächtig zur Seite kippte. Im Sommer 1990 saß ich in der Küche in einem Einfamilienhaus im Siegerland und aß zum ersten Mal in meinem Leben Lasagne. Es war, abgesehen von einem Ausflug nach Uelzen, unsere erste Reise in den Westen. Die Mütter hatten sich vor Jahrzehnten über eine Zeitungsannonce kennengelernt und sich regelmäßig Briefe geschrieben, und ich hatte bald angefangen, mir mit den Kindern Briefe zu schreiben, kurze Berichte von meinen leeren Nachmittagen, während von ihnen seitenweise Berichte über ihre Aktivitäten kamen, Klavier, Reiten, Turnen, Ferienfreizeiten. Am ersten Tag unseres Besuchs lud mich der mittlere Sohn ein, seine Klasse zu besuchen. Ich sollte berichten von meinem Ostdasein, von meiner Ostexistenz, ich wurde neugierig begutachtet, durchaus mit Interesse, aber ich fühlte mich ausgestellt. Am meisten gelacht wurde bei den krassesten Geschichten, und so bemühte ich mich, immer krassere Geschichten zu erzählen. Nach der Schule zeigten sie mir ihren Tennisverein, wir spielten eine Runde, ich schlug mich, geschult vom Tischtennis, gar nicht schlecht, und dann saß ich mittags am Esstisch und blickte auf den terrassenförmig angelegten Garten, ich stach mit der Gabel in die Lasagne, durch die cremig ineinanderfließenden Schichten aus Tomatensauce, Hackfleisch und Nudeln, ich führte die Gabel zum Mund, ich spürte diese sämige Konsistenz der Béchamelsauce auf meiner Zunge, das würzige Hackfleisch, und ich musste mich beherrschen, nicht die ganze Portion auf einmal zu verschlingen. Ich musste lernen, langsam zu essen, nicht wie ein Bauer, nicht wie ein Proletarier, sondern gesittet, ich musste lernen, anders zu sprechen, nicht wie ein Ostdeutscher, nicht wie ein Altmärker, und ich lernte schnell. Ich zwang mich dazu, langsam zu sprechen und langsam zu essen, und konnte doch das Dessert kaum erwarten, Erdbeerquark mit ganzen Früchten, und diese Hochglanzversion eines heilen Lebens, die plötzliche Erkenntnis, dass es ein solches Leben wirklich gibt, erschlug mich förmlich, ein Hieb auf die rechte Schläfe, sodass ich nach links wegkippte. Diese Höflichkeit, dieses Zuvorkommen, diese Sorge umeinander, dieses Aufrechte, diese *echte Empathie*, das war zu viel für mich, eine Überspannung, die mein Hirn nicht aushielt. Wenige Sekunden später erwachte ich wieder. Nachdem sich die Aufregung gelegt hatte, wurde gerätselt, ob es daran lag, dass ich beim Tennis umgeknickt war, ob ich das Essen nicht vertragen hatte, doch ich wusste, woran es lag: Ich war erschlagen von dieser Bürgerlichkeit, es war ein Systemabsturz in mir selbst. Seitdem sind meine Bewegungen innerhalb Deutschlands immer solche über die ehemalige Grenze gewesen, hin und zurück, hin und zurück, als bliebe das eine im anderen immer unerfüllt. Mittlerweile lebe ich selbst in einer Version der Siegerländer Bürgerlichkeit. Wir haben ein Haus, drei Kinder, ein gutes Einkommen.

Wir leben in einem Dorf, in dem sich alle grüßen, in dem einen Fremde grüßen, in dem einen selbst die Dorfjugend, die abends betrunken am Spielplatz abhängt, grüßt, in einer beschaulichen, familiären Welt, in einem Ort, einem Winkel, in dem man sich gut verstecken kann. Ich bin nicht sicher, ob etwas dagegen einzuwenden ist. Ich selbst habe ab und zu das Gefühl, etwas dagegen einwenden, Einspruch gegen mich selbst erheben und wieder zurück ins Rohe, Unfertige zu müssen. Muss ich? Was ist, denke ich, als ich mit dem Rad vor dem Kitaparkplatz abbremse, einzuwenden gegen das Bedürfnis, in einer bestimmten Ordnung zu leben, wer lebte nicht in einer bestimmten Ordnung, und doch fühlt es sich manchmal wie ein Verrat an meiner Vergangenheit an, das Gefühl, die Seite gewechselt zu haben. Ich merke es daran, dass ich in der Altmark sofort wieder in den alten Dialekt verfalle, dass ich *nüscht* statt *nichts* sage, *ooch* statt *auch*, *globick* statt *glaub ich. – Na, heute jibt's noch was. – Globick ooch*, und es fühlt sich so vertraut an im Mund, als würde ich mit meinem Vater vorn im Auto sitzen und als würden wir beide einen *Schnongs* lutschen und uns über früher unterhalten.

Ich biege mit dem Rad um die letzte Kurve, und dann folgt immer der Moment, in dem Malik mich entdeckt. Seine Augen leuchten, er lächelt schüchtern und hebt die Hand, ich steige mit einem Schwung meines rechten Beines vom Rad, die Tür öffnet sich und er kommt auf mich zugelaufen, breitet seine Arme aus und fällt mir entgegen. Wir pressen unsere Wangen aneinander. *Papichen*, sagt er, und ich frage: *Und, wie war es heute?*, und ich bekomme, wie jeden Tag, zur Antwort: *Gut*. Mehr nicht, nur ein *gut*. Ich hebe ihn hoch und drücke ihn an mich, als hätte ich ihn eine Woche nicht gesehen, und küsse ihn auf seine kalte Wange.

Er wirft seinen Rucksack in den Anhänger und klettert hinterher.

– Sollen wir Fritzi holen?

– Ja, können wir machen.

Wir verabschieden uns von der Erzieherin, und ich schiebe das Rad einen Eingang weiter.

– Fritzi!, rufe ich, und sie winkt von einem Baum herunter, einem jener Gewächse im Garten der Kita, die trotz ihrer gnadenlosen Behandlung durch die Kinder stoisch weiterwachsen, sie springt herunter und kommt zum Tor gelaufen. Auf dem Rückweg ist sie oft zu müde für das Laufrad, daher verstaue ich es hinten im Anhänger. Die beiden schieben sich gegenseitig zur Seite, ein kurzes Gerangel um den besten Platz im Wagen, das in dem Moment beendet ist, als ich über eine Kante fahre und die beiden hinten einmal durchgeschüttelt werden.

– Und, wie war es heute?, frage ich nach hinten. Unsere Kommunikation während der Rückfahrt gleicht sich jeden Tag, sie ist weniger ein Informationsaustausch als ein Ritual, das einer gegenseitigen Vergewisserung dient.

– Gut.

– Was gab es zum Mittagessen?

– Nudeln.

– Und was für Nudeln?

– Spaghetti mit Sauce. Aber die Sauce mochte ich nicht.

Das Wort Spaghetti nehmen sie zum Anlass, herumzualbern. Malik spricht Wörter, manchmal absichtlich, manchmal aus Unwissenheit, falsch aus, baut kleine Unregelmäßigkeiten oder Änderungen ein, an denen sich eine Reihe von Wortneuschöpfungen entzünden kann.

– Schbageddi … Schaptecki … Verstecki …

Man kann der Sprache beim Werden zuschauen. Es ist, als würden sie mit ihrer Sprache in alle Ecken der Welt lugen, in verzerrte Räume, in surreale Winkel, um zu sehen, ob sich mit diesen Wörtern etwas zum Ausdruck bringen lässt, ob man die Welt mit ihnen erkennt und auf welche Weise. Einige der Wortneuschöpfungen haben sich mit der Zeit in unserer Familiensprache eingenistet. *Ehwieso* ist ein Wort, das von Almas Kindheit geblieben ist, eine Mischung aus *eh* und *sowieso*. Malik bezeichnet Eichhörnchen immer als *Einhörnchen,* und das Wort hat gute Chancen, sich zu behaupten. Fritzi sagte sehr lange *Salagne* statt *Lasagne,* und jedes Mal, wenn sie es sagte, huschte ein warmes Lächeln über mein Gesicht. Ich korrigierte sie nicht, am liebsten hätte ich mich mit den Kindern nur in solchen Wörtern unterhalten, in einer neuen Sprache, einem Geheimcode, den niemand außer uns verstünde, doch während ich mich insgeheim freute, wenn Fritzi *Salagne* sagte, ja, während ich selbst nach einiger Zeit begann, an das Wort *Salagne* zu *glauben* und die etablierte sprachliche Vereinbarung nach und nach durch das Fantasiewort zu ersetzen, korrigierte Levje die Kinder. *Lasagne heißt es richtig*, sagte sie und betonte, dass es wichtig sei, die Kinder immer gleich zu verbessern, damit sich der falsche Ausdruck gar nicht erst festsetze. Natürlich hatte sie recht, natürlich konnte ich den Kindern nicht ernsthaft eine *falsche* Sprache beibringen, nur weil ich diese exklusive Beziehung zu ihnen bewahren wollte, weil ich etwas zu konservieren versuchte, was sich nicht konservieren lässt. Ich dachte immer nur: Warte noch ein wenig, lass uns doch den Zauber, der Welt ein neues Antlitz zu geben, nur dieses Mal noch, dieses eine Mal. Doch ich konnte diesen Wunsch nicht ernsthaft vor mir und ihr vertreten, und so schaue ich wehmütig auf die letzten Exemplare ihrer Art, die *Einhörnchen*, die in wenigen Monaten ausgestorben sein werden.

Auf dem Rückweg werde ich von Fritzi und Malik angefeuert. Sie skandieren im Rhythmus: *Stram-peln Stram-peln*, und ich muss lachen. Der Anhänger wird schwer, den Hügel, den ich eben so leicht hinabgerollt bin, muss ich jetzt mit der schweren Last wieder hinauf. Als wir auf unsere Einfahrt einbiegen, sehe ich Almas Rad dort stehen. Sie ist zurück aus der Schule. Die Kinder klettern aus dem Wagen und rennen mit lauten Mama-Rufen hinein ins Wohnzimmer. Ich angle die beiden Rucksäcke aus dem Wagen, schaue in ihre Brotdosen und esse im Gehen die restlichen Möhren- und Apfelstücke.

– Espresso?, frage ich Levje, als ich das Wohnzimmer betrete, sie bejaht, und ich schraube den roten *Italexpress* auf, fülle ihn mit Wasser, häufe drei, vier Löffel Espresso in das Sieb, schraube ihn zusammen und stelle ihn auf den Herd.

In diesem Moment am frühen Nachmittag, wenn alle wieder zusammenkommen, kehrt das Leben zurück in unser Haus, die Kinder nehmen den Raum sofort in Beschlag, sie werfen ihre Jacken auf den Boden, streifen ihre Schuhe ab und lassen alles an Ort und Stelle liegen, es ist, als ob sie einen Schweif aus Chaos hinter sich herzögen. Fritzi plappert ununterbrochen, *Mama, weißt du, was heute passiert ist*, sie hat eine bestimmte Art, von etwas zu erzählen, sie gestikuliert mit dem ganzen Körper und redet ohne Punkt und Komma. Kaum sind sie da, vermisse ich die Ruhe, die eben noch geherrscht hat, kaum sind sie weg, vermisse ich ihre Lebendigkeit, dieser rasche Wechsel der Zustände überfordert mich. Ich spüre dann eine gewisse Trägheit meines Körpers, der, einmal in Bewegung gebracht, diese Bewegung gern fortführen will, aber gezwungen wird, ständig die Richtung und die Geschwindigkeit zu ändern. Mein Nachhausekommen als Kind war ein anderes. Ich war ein *Schlüsselkind*, vielleicht im doppelten Sinne. Ich hatte zwei Schlüssel, einen für die Aufgangstür, einen für die Wohnungstür, in einem Brustbeutel um den Hals, ich war allein in der Wohnung, machte die Hausaufgaben, las, ich trank einen Becher kalten Malzkaffee, ging nach einer angemessenen Zeit hinüber zu meinem Freund, und wir spielten Schach, Dame oder Mühle. Ich ging einfach ohne vorherige Verabredung hinüber, er wohnte gut fünfhundert Meter weiter, und ich schaute, ob er da war, meistens war er da, wenn er nicht da war, ging ich wieder zurück, deprimiert und mit der Frage, was ich mit dem leeren Nachmittag anfangen soll.

Vielleicht möchte ich meine Kinder vor solchen leeren Nachmittagen schützen, deswegen stehe ich jetzt hier gegen den Küchentresen gelehnt und schaue ihnen, während der *Italexpress* zu fauchen beginnt, beim Chaosmachen zu, ohne etwas zu sagen, ich fühle mich verantwortlich dafür, dass sie bessere, schönere, erfülltere Nachmittage erleben als ich, obwohl ich gar nicht sicher bin, dass sie schlecht für mich waren, diese leeren Nachmittage. Sie zwangen mich dazu, mir etwas einfallen zu lassen, ich musste kreativ werden, ich musste mir meine eigene Welt erschaffen. Sie forderten mich heraus, diese Nachmittage, während die Erziehung heutzutage auf eine Entlastung abzielt, indem man den Kindern ständig Angebote macht. Es fühlt sich an, als erhalte man eine kleine Unterhaltungsindustrie aufrecht, die allein die Bedürfnisse der Kinder ins Zentrum rückt. Ist es besser für ihr Leben, wenn sie glücklich aufwachsen? Kann ich das überhaupt beurteilen, ob sie glücklich aufwachsen, es ist ja nur meine Vorstellung davon, was Glück bedeuten könnte. Nehme ich ihnen, indem ich sie vor Frustrationen zu schützen versuche, nicht die Möglichkeit, sich zu entwickeln? Doch wie will man diese Härte vor sich und den Kindern rechtfertigen, zu sagen: Ihr müsst lernen, das Unglück auszuhalten, um zu reifen?

Ich gieße die schwarze Flüssigkeit in zwei Espressotassen, rühre einen winzigen Löffel Zucker hinein und gehe mit den Tassen zum Tisch. Levje klappt seufzend ihren Laptop zu, schiebt ihn beiseite und wendet sich den Kindern zu.

– Na, ihr Lieben, kommt mal her.

Und sie scharen sich um *Mama*, und sie nimmt sie auf ihren Schoß und in den Arm, eine Mutter mit drei Kindern, ein Bild wie gemalt, ein Bild, das mich rührt, ein Bild, auf das ich, die Espressotasse an den Lippen, zärtlich und ein wenig neidisch blicke. Ich kenne diese Wärme, die von ihr ausgeht, ich weiß, wie das ist, von ihrer Sorge, von ihrem Wohlwollen umfangen zu werden.

Alma löst sich als Erste und holt die Schulaufgaben aus ihrem Ranzen, Fritzi nimmt sich einen Malblock, Malik setzt sich auf den Teppich zu seinen Kühen. Levje lehnt sich zurück und nippt an ihrem Espresso.

– Hast du die Ratte schon aus der Tonne geholt?

– Wann hätte ich das denn tun sollen?

Mein Tonfall klingt ärgerlich, fast zynisch, denn es geht nicht um die Frage, ob ich es schon *getan* habe, sie hat gesehen, dass ich bisher keine Sekunde dafür gehabt hätte, es geht in Wahrheit um die in eine Frage verpackte Aufforderung, es möglichst gleich zu tun. Ich weiß, dass es ihr wichtig ist, beim letzten Mal hat die

Tonne noch wochenlang gestunken, aber auf diese in Fragen eingewickelten Ermahnungen, überreicht in dem Moment, in dem ich mich gerade mit meinem Espresso hingesetzt habe, reagiere ich gereizt. Mit dieser Art der indirekten Kommunikation ist Levje fein raus, sie kann immer sagen, *es war ja nur eine Frage, jetzt reg dich nicht so auf,* und dann stehe ich mit meinem Ärger allein da. Das Perfide daran ist, dass ich dann selbst glaube, ich sei aufbrausend, wie mein Vater, und dass ich das auf keinen Fall will, wie mein Vater sein, und dass es mir also mit dieser Art Fragen unmöglich gemacht wird, ihr gegenüber jemals Ärger zu äußern, da ich um jeden Preis vermeiden will, wie mein Vater zu sein. Ich kippe den süßen, klebrigen Rest des Espressos hinunter. Dieses Schürfen in den Halbgeschossen der Sprache, was bringt es denn, wie oft hatten wir diese Diskussion schon. Es ist einfacher, sich ins Schweigen zu flüchten, es bietet sich an, es ist ein Weg, den ich gut kenne.

– Welche Ratte, Mama?, fragt Fritzi.

– Papa hat eine Ratte gefangen.

– Wo? Zeig mal! Papa, wo ist sie?

– In der schwarzen Tonne.

– Ich möchte wirklich nicht, dass sie in der Tonne bleibt, das stinkt widerlich.

– Ich hab's ja verstanden!

– Mama, was hat gestunken? Die Ratte? Warum hat sie gestunken?

Es ist mir unangenehm, vor den Kindern über den Gestank der Verwesung zu sprechen.

– Mama, was hat gestunken?

Ich klappe die Zeitung zu und erhebe mich.

– Na dann … los geht's.

Die Kinder rennen mir hinterher. Auf dem Weg schnappe ich mir eine Kinderschaufel, die auf der Terrasse liegt, und wir gehen zur Mülltonne, die hinter dem Carport steht. Während ich den Deckel aufklappe, überfällt mich plötzlich die Angst, dass die Ratte mir aus der Tonne entgegenspringt, mit weit aufgerissenen Augen und gebleckten Zähnen, eine verzerrte Fratze meiner ins Groteske gesteigerten Schuldgefühle über diesen Mord, meinen Ausbruch von Brutalität, doch es rührt sich nichts.

– Zeig mal, zeig mal.

Die Kinder drängen sich um die Tonne, doch sie können die Ratte tief unten nicht sehen. Mit der Kinderschaufel ziehe ich sie an der Innenwand hinauf.

– Papa, ist die Ratte tot?, fragt Malik.

– Ja, sie ist tot.

– Schade, dass die Ratte gestorben ist, oder?

Ich nicke, *ja, schade,* ziehe die Ratte über den Rand der Tonne hinaus, und ihr lebloser Körper fällt auf den Boden. Mit dem Fuß schiebe ich sie auf die Schaufel und gehe voraus, am Haus vorbei hinten ans Feld. Die Kinder hüpfen um mich herum, und diese Szenerie lässt mich an Till Eulenspiegel denken. Wir sind eine lustige, eulenspiegelhafte Prozession, ich, eine Ratte mit einer Falle an der Schnauze auf einer Kinderschaufel vor mir hertragend, und die Kinder, die um mich herumtanzen. Auch Alma, die mit ihrer Jeansjacke, ihrem Jeansrock und ihrem Pailletten-T-Shirt ein glitzernder Kontrast zur toten Ratte ist, schaut neugierig, vermutlich eher aus Faszination am Ekel, von dem sie später ihren Freundinnen erzählen kann, *Wir haben gestern eine Ratte begraben, das war so eklig, ey.*

Malik geht mit seinem Gesicht ganz nah an die Ratte heran,

sie befindet sich ungefähr auf der Höhe seines Kopfes, er will immer alles genau sehen.

– Nicht so dicht, rufe ich, macht doch schon mal das Gartentor auf.

Er rennt los, alle rennen hinterher, und schon im Rennen gibt es Streit darüber, wer das Tor öffnen darf. *Ich, nein ich, nein ich*, Malik ist mit seinen kurzen Beinen der Letzte, Fritzi genießt ihren Sieg und öffnet das Tor triumphierend vor Maliks Augen. Malik weint, ist wütend, schleudert seine Faust in Richtung Fritzi und schreit *doof doof*. Alma redet beruhigend auf beide ein und macht den Vorschlag, die Tür wieder zu schließen, sodass Malik sie noch mal öffnen darf. Ich bewundere ihr pädagogisches Talent, ihre Fähigkeit zum Ausgleich. Malik reibt sich die Tränen von den Wangen, öffnet das Tor, und wenige Sekunden später ist der Streit zwischen den beiden wieder vergessen, und sie hocken in Erwartung der Rattenbeerdigung im Halbkreis am Feldrand. Für sie ist das Beerdigen ein ähnlich interessanter Vorgang wie das Kochen oder das Reparieren eines Fahrrades, vielleicht sogar der interessantere, da sie die Ausweichbewegung der Erwachsenen spüren und auf Widerstände stoßen, spüren, dass sie mit ihrem Interesse an die Grenzen einer Tabuzone gelangen. Sie bringen diese Beerdigung noch nicht mit ihrer eigenen Vergänglichkeit in Verbindung. Um der Tabuisierung des Todes entgegenzuwirken, bemühe ich mich, die Beerdigung als normalen Vorgang zu betrachten; das Leben kommt, das Leben geht, ein ewiger Kreislauf der Energie. Solange es nicht das eigene Leben ist, lässt sich leicht darüber philosophieren. Immer häufiger ertappe ich mich dabei, auszurechnen, wie viele Jahre mir noch bleiben. Dreißig, vierzig? Dann denke ich: Vierzig Jahre, das ist eine lange Zeit. Würde ich so alt werden wie mein Vater, blieben mir noch achtzehn Jahre. Achtzehn Jahre, denke ich, sind eine sehr kurze Zeit.

– Schade, dass die Ratte tot ist, oder?, sagt Malik.

– Ja, schade, sage ich.

– Was passiert jetzt mit der Ratte?, fragt Fritzi.

Welche Antwort biete ich an, die ausweichende, die realistische, die spirituelle? Alles zerfällt. Immer. Man vergisst es nur meistens. Ich schweige, lege die Ratte ab, grabe ein eher zu flaches Loch, da die Schaufel nicht so belastbar ist, dann schiebe ich den Körper samt Falle hinein, und bedecke ihn mit Erde.

Fritzi wiederholt ihre Frage.

– Papa, was passiert denn nun mit der Ratte?

– Tja, ich weiß auch nicht. Sie wird nach und nach zu Erde.

– Wird die zu Erde?, fragt Malik.

– Ja.

– Warum wird die zu Erde?

– Ich weiß auch nicht …

– Lebt die dann nicht mehr?

– Nein, die lebt nicht mehr.

– Kriegt die keine Luft mehr?

– Malik, die ist tot, sagt Alma und verdreht die Augen. Die atmet doch nicht mehr.

Wir häufeln noch ein wenig mehr Erde an, und ich hoffe, dass nicht die nächstbeste Katze sie wieder ausbuddelt und uns vor das Gartentor legt. Ich trete mit dem Fuß ein paarmal drauf, Malik und Fritzi tun es mir gleich und trampeln drauf herum.

– So, fertig, sage ich, lasst uns zurück. Und die Kinder laufen los und rufen: Papa, was machen wir jetzt?

– Wir fahren zum Bauern, Holz holen, wer will mit?

– Ich!, ruft Malik.

Fritzi ist unschlüssig, ob sie mitkommen oder zu Hause mit Alma Hausaufgaben machen soll. Sie sitzt am liebsten mit ihrer großen Schwester am Esstisch und schaut ihr beim Hausaufgabenmachen zu. Sie ist so wissbegierig, will sein wie ihre große Schwester, will können, was sie kann, und in ihrem Eifer nimmt sie ihr häufig die Räume, wogegen sich Alma wehrt. *Fritzi, jetzt lass mich in Ruhe, du nervst,* und ich erinnere mich an die Zeit, als ich meinen jüngeren Bruder ständig aus meinem Zimmer geschickt habe und meine Mutter sagte, *Jetzt lass ihn doch, er ist doch so gern bei dir.* Heute empfinde ich die oft herbe Zurückweisung Fritzis durch Alma als brutal, und ich versuche, sie so gut wie möglich aufzufangen. Doch heute ist Alma gut drauf, Fritzi darf sich neben sie setzen und spielt Hausaufgabenmachen, indem sie sich einen Rätselblock vornimmt. Als Mittlere hat sie eigentlich die beste Position, denke ich, sie hat die größte Reichweite an Handlungsoptionen, sie lebt in beide Richtungen, kann mit Malik noch ein kleines Kind sein und mit Alma zusammen ein großes Mädchen.

Malik steht schon angezogen in der Tür.

– Papa, geht's los?

– Ja, los geht's, sage ich.

Ich nehme den Autoschlüssel vom Brett, und er ruft den anderen im Hinausgehen noch *Tschüss, Mädels* zu, und wir hören hinter uns ihr Lachen.

To be a young man

Ich steige mit Malik in unseren VW-Bus, einen alten T5, und immer, wenn eines der Kinder und ich etwas mit dem Bus erledigen, Baumschnitt oder Bauschutt entsorgen, Brennholz holen, darf es vorn sitzen, auch wenn ich es Levje nie sage, denn sie hätte sofort tausend Einwände: Malik sitzt viel zu niedrig, das ist verboten, der Gurt könnte ihm die Luft abdrücken und so weiter, doch ich erinnere mich dann an das Vornsitzen meiner Kindheit, daran, welche Bedeutung es für mich und meinen Bruder hatte. Wir trugen um das Vornsitzen regelmäßig einen Wettkampf aus: Wir rannten die fünf Stockwerke hinunter zum Auto, nahmen zwei bis drei Stufen auf einmal, schwangen uns am Geländer um die Kehren, sodass die Metallstreben über alle Etagen hinweg erzitterten, und wer, außer Atem, zuerst am Auto angekommen war, die Hand auf das Autodach legte und rief *Erster Vornsitzer,* durfte auf den Beifahrersitz. Ich hasste es, der *Erste Hintensitzer* zu sein. Der Blick endete nach wenigen Zentimetern an der Kopfstütze, im seitlichen Hinausschauen zeigte sich nur das, was schon vorübergeflogen war, ein allenfalls retrospektiv registrierendes Schauen, von dem mir immer schlecht wurde. Vorn hingegen erblickte man das Kommende, es war ein vorausschauendes, aktives Sehen, das einen im wahrsten Sinne sprunghaft in den Status eines Erwachsenen erhob.

Der Diesel startet zuverlässig, der Reifen vorn links quietscht beim Anfahren, wie immer, vermutlich klemmen die Bremsbacken, sie sitzen zu dicht auf den Scheiben. Manchmal scherze ich und sage zu Levje: *Wir müssen mal die Bremsscheiben ölen*, doch sie versteht die Pointe nicht, sondern nickt besorgt, und dann stoße ich sie lachend an: *War ein Witz, Bremsscheiben darf man doch nicht ölen.* Die Automatik schaltet mit einem leichten Ruck in den zweiten Gang, kurz darauf in den dritten und vierten, der Drehzahlmesser geht runter auf 900 Umdrehungen. Der T5 hat einen niedrigen Blutdruck, und sobald ich auf dem Fahrersitz Platz genommen habe, werde ich ruhig. Seine Gemächlichkeit überträgt sich auf mich, von Beschleunigung kann ohnehin nicht groß die Rede sein, es ist ein langsames In-Fahrt-Bringen der zwei Tonnen Gewicht. Der Tank ist voll, das gibt einem die Gewissheit von großer Reichweite, das Gefühl, jederzeit bis Südfrankreich durchfahren zu können. Ich biege links ein auf den Betriebsweg von Brunß. Als säßen wir auf einem Elefantenrücken, wippen wir langsam durch die Schlaglöcher, das schlammige Wasser schwappt zur Seite, wir schaukeln vorbei an Brunß' Fuhrpark, ein Trecker rangiert, andere werden mit dem Hochdruckreiniger gesäubert, dann greifen die Räder wieder auf Asphalt, wir passieren den Moorhof und biegen links hinein in den Mühlenberg, wo unser Hänger steht. Wir teilen uns einen Anhänger mit drei anderen Familien, und wir vier Väter haben eine Chatgruppe eingerichtet, die *Hängergruppe*, in der wir unsere Bedarfe bekannt geben. *Wir wollten heute unseren Tannentraum holen und dazu den lieben kleinen Einachser mal an den Hängerhaken hängen. – Nur zu. – Hau rein. – Gut Holz.* Der Anhänger ist Teil einer Struktur, die hier, auf dem Land, viel mehr Raum einnimmt als in unserem Stadtleben, jener Teil der Arbeit, der nicht direkt dem Einkommen dient, sondern der Aufrechterhaltung der eigenen Lebensumgebung. Um das Haus in der Übergangszeit und im Notfall warm zu kriegen, haben wir einen Kaminofen, für einen Ofen brauche ich Holz, um das Holz zu transportieren, brauche ich einen Hänger, der Hänger muss irgendwo stehen, er muss zum TÜV, er muss gepflegt werden, für einen Hänger brauche ich ein Auto mit Anhängerkupplung, auch das Auto mit Anhängerkupplung muss zum TÜV, in die Werkstatt, zur Tankstelle, für das Auto brauche ich einen Carport, damit ich im Winter die Scheiben nicht freikratzen muss, denn an die Scheiben eines T5 kommt man nur mit einer Leiter, um das Holz zu lagern, braucht man einen trockenen, zugigen Unterstand, all dies muss instand gehalten werden, dafür brauche ich Werkzeug, eine Ketten-, Kapp-, Kreis-, Stich- und Tauchsäge, eine Schleifmaschine, eine Absaugvorrichtung, einen Raum für dieses Werkzeug und so weiter. Strukturarbeit erfordert jahrelange Praxis und Einübung, denn sie ist ineffizient. Als wir in einer Mietwohnung in der Stadt lebten, tendierte die Strukturarbeit gegen null. Wir hatten kein Auto, keinen Garten, kein Haus, um dessen Instandhaltung wir uns hätten kümmern müssen. Obwohl wir viel arbeiteten, hatten wir nachmittags jede Menge Leerlauf, den wir meist damit verbrachten, mit anderen Eltern auf dem Spielplatz herumzusitzen und unseren Kindern beim Buddeln zuzuschauen. Das Leben in der Stadt war bequem. Jede Entscheidung, insbesondere die für eine Wohnung, haben wir immer nur in Hinblick auf das Maß an Bequemlichkeit, das sie versprach, getroffen: Wie weit ist es zur nächsten Haltestelle, zum nächsten Supermarkt, zum nächsten Park, gibt es einen Aufzug, einen Balkon? Die Bequemlichkeit war das Maß aller Dinge, so wie 1984, als wir aus unserer ersten Wohnung am Wilhelm-Pieck-Ring in den fünften Stock in die Karl-Marx-Straße gezogen sind, meine Eltern voller Stolz über das Erreichte, mit Fernwärme, fließend

Warmwasser, Balkon, *dann habt ihr endlich eigene Zimmer*, dabei war ich gar nicht sicher, ob ich das wollte, ein eigenes Zimmer, ich fühlte mich wohl in dem Ofenzimmer mit meinem Bruder an meiner Seite. *Mensch, ist das bequem.* Wie oft mein Vater diesen Satz sagte, zu uns, zu unseren Verwandten, zu meinen Großeltern, die uns manchmal vom Land besuchen kamen, und wenn mein Vater das sagte, klang es immer wie ein kleiner Triumph, als wären unsere Leben ein Wettbewerb. Meine Großeltern standen in dieser Wohnung herum wie an einem fremden Bahnhof, an dem sie niemand abholte, meine Großmutter hatte körbeweise Essen mitgebracht, mein Großvater trug eine ausgebeulte Cordhose und ein Sakko, das am Rücken spannte, er setzte sich auf die Kante eines Stuhls, nahm ab und zu seine Schirmmütze ab, um sich am Kopf zu kratzen, oder er kratzte sich mit allen Fingern in seinem unrasierten, faltigen Gesicht. Ihm war das alles viel zu bequem, so wie mir, ich war ja auf seiner Seite, ich lebte ja viel lieber auf dem Land, mit Plumpsklo und knarrenden Dielen. Nur der Aufzug fehlte, das wurde immer wieder bemängelt. *Wie willste denn im Alter hier hochkommen?*, fragte mein Onkel, wiederum mit einem siegessicheren Unterton, und meinem Vater war es unangenehm, dass ein Haar in der Suppe gefunden worden war, und er verteidigte sich, *Wieso?, da bleibt man fit*, aber wenn alle weg waren, gab er ihnen recht, *einen Aufzug hätten sie mal einbauen sollen*. Der Aufzug war das letzte, fehlende Teil im Paradies der Bequemlichkeit, ein Zustand, in dem man nichts weiter tun muss, als in einem braunen Veloursessel zu sitzen und fernzusehen und sich ein warmes Bier nach dem anderen zu holen. Die einzige Strukturarbeit, die blieb, bestand darin, alle paar Wochen die Treppe zu wischen oder den Vorgarten zu pflegen. In unserem

Aufgang gab es zwei Schilder, einfache, mit einer Kordel versehene Pappschilder, auf die jemand mit dickem Stift *Gartenarbeit* und *Treppenreinigung* geschrieben hatte und die Woche für Woche jeweils an die nächste Wohnungstür gehängt wurden. So wanderten sie von oben nach unten und von unten nach oben, und nie habe ich jemanden gesehen, der sie aufhängte. Es war mir fast unheimlich. Ich ging die Treppe hinunter, es hing kein Schild am Knauf, ich kam die Treppe wieder hinauf, da hing das Schild an der Tür, als sei das Weiterreichen des Schildes unangenehm oder peinlich. Doch alle paar Wochen baumelte wieder eines der beiden Schilder an unserem Türknauf, ein stummer Imperativ, *ihr seid dran!*.

Als wir bei Simon, der den Hänger verwahrt, angekommen sind, stelle ich den Motor ab, springe aus dem Bus und ziehe den Hänger mit ganzer Kraft vom Grundstück. Er steht in einem laubbedeckten Winkel des Gartens, neben alten Dachpfannen und einem Steinhaufen, und ich muss ihn zunächst über die knöchelhoch aus dem Boden ragenden Wurzeln zweier Kiefern hinüberwuchten. Mit schräg gelegtem Körper ziehe ich an dem zurückdrängenden Gewicht, um dann, wenn er drüber ist und plötzlich gegen mich drückt, sein ganzes Gewicht aufzufangen, damit er nicht gegen den Bus prallt. Ich rangiere ihn ans Heck des Busses, lege die Sicherheitsschlaufe um die Anhängerkupplung, lasse das Zugmaul einrasten, schließe den Hänger an den Strom an und steige wieder ein. Als ich ans Lenkrad greife, entdecke ich schwarzen Schmierstoff an meinen Händen, und einen Moment lang empfinde ich so etwas wie Wehmut angesichts des nahenden Endes des Ölzeitalters, ich denke an meine alte *Simson S51,* an schmierige Hände, die man sich an ebenso schmierigen Lappen abwischt, an eine nach Öl und Metallspänen riechende Werkstatt, an malträtierte Werkbänke, an denen Gewinde geschnitten werden, das hohe Quietschen der Feile auf dem Grat, das Aufbohren von Kolben, um mehr Leistung herauszuholen, an einen hochgezogenen Auspuff, violett schillernde, durchgebrannte Krümmer, an eine feucht gewordene Zündkerze, unter die man ein Feuerzeug hält, das hohe Knattern des Zweitaktmotors, an die lange Fahne Abgase in der Luft, die noch Minuten später an das vorbeigefahrene Fahrzeug erinnert. Ich lasse den Motor an, werfe noch mal einen Blick in den Rückspiegel, in dem ich gerade so die obere Kante des Hängers erkennen kann, und dann rollen wir langsam über den Sandweg, wippen durch die Schlaglöcher, und der Hänger hinten springt munter auf und ab.

Malik sitzt vorn und freut sich darüber, dass es losgeht.

– Haben wir jetzt den Hänger?, fragt er.

– Ja, sage ich, er ist hinten dran.

– Von hier oben kann ich alles sehen, sagt er.

Es geht nach Wilstedt durch hügeliges Gebiet, wir werden in die Senken gedrückt und über die Hügel gehoben, wie ein Vogel, der sich fallen lässt und mit ein paar Flügelschlägen wieder aufsteigt. Wir durchqueren ein lichtes Mischwäldchen, in dem die Holzstämme meterhoch gestapelt liegen, neongrelle Markierungen auf den Stirnseiten. Ein Imbisstisch mit zwei Bänken steht direkt an der Straße. Ich habe dort noch nie jemanden sitzen sehen. Links haben sie vor Kurzem ein Windrad gebaut, 196 Meter hoch, zwei weitere sollen folgen. Es sind gigantische Türme, deren Rotoren gemächlich am Himmelsblau kratzen, selbst bei Sturm lassen sie sich kaum aus der Ruhe bringen und treiben mit sichtbar kraftvollen Bewegungen den Generator an. Die Straße wird schmaler, kurvenreicher, gesäumt von Birken, die weiß gegen den dunklen Himmel leuchten, eine Allee, die enger wird, je schneller man fährt, doch heute habe ich es nicht eilig. Die Tachonadel steht konstant auf achtzig, Malik neben mir schaut aus dem Fenster.

– Schade, dass die Ratte gestorben ist, sagt er.

– Ja, schade, sage ich.

– Opa ist ja auch schon gestorben.

– Ja, das ist sehr schade, sage ich.

Maisfeld folgt auf Maisfeld, hier und da eine dünn gesäte Zwischenfrucht, durch die man den Boden sieht, eine Biogasanlage, in der all das gären kann, um Strom zu erzeugen. Unser Land ist keine Landschaft mehr, denke ich, es ist nur noch ein Energieträger. Die Sonne bricht durch, es wird hell im Auto, die dunklen, nassen Flecken auf dem Asphalt werden seltener. Ich nehme mein Handy zur Hand, starte meine Playlist und drehe den Lautstärkeregler auf. Ein Akkord auf der akustischen Gitarre setzt ein, ein liedermacherartiges Schrammeln, zu dem kurz darauf das Schlagzeug dazustößt, ein Trommelfeuer der Erinnerung, und irgendwann haucht Nadine Shaw mit ihrer rauchigen Stimme den Text hinein *I was once a virtuous man / Now stealing's all I've got.* Die Birkenstämme gleißen wie entflammte Lichtstäbe, für einen Moment bin ich geblendet und klappe die Sonnenblende hinunter, sehe erst spät das Ortsschild, gehe vom Gas, denn wir rollen hinein nach Wilstedt, vorbei am Freibad, das gleich rechts am Ortseingang liegt und in dem wir häufig die Sommernachmittage verbringen. Ein Bad wie aus meiner Jugend, mit abblätternder Farbe und brüchigen Kacheln, alles in einem charmanten Zustand des

Verfalls begriffen, ein großes Becken, eingelassen zwischen Kiefern und Eichen, und auf zum Becken hin abfallenden Rasenflächen liegen die Familien auf ihren Decken. Immer am selben Platz liegen wir, im Schatten einer Spitzeiche, mit zackigen Blättern und Eicheln wie Pickelhauben. Die Spitzeiche ist der wohl ungeeignetste Baum für ein Freibad, denn Tausende ihrer spitzen Früchte liegen das ganze Jahr über auf dem Rasen, sodass man nur auf Zehenspitzen laufen kann, ständig kleine Schreie ausstoßend. Dann liege ich dort und döse weg, unter der Decke drücken einige halb in den Boden eingegrabene Eicheln in meinen Rücken, im Hintergrund höre ich das sich immer weiter entfernende Geschrei der Kinder beim Planschen und Schwimmen. Manchmal, selten, wenn es sehr heiß ist, tauche ich ein mit lang gestrecktem Körper, alles abwaschend und hinter mir lassend, die dumpfen Geräusche unter Wasser, das Auftauchen mit zusammengekniffenen Augen, das Glitzern der kabbeligen Wellen. Über das Gesicht streichen und losschwimmen in langen ruhigen Zügen. *But there were hopes and dreams / That we locked up and hid. / Now we're stuck in nine to fives / A monotonous routine, / And any hope we had / Seems distant and obscene.* Der Geruch nach stark gechlortem Wasser, das kalte, sehr kalte Wasser, mein zitternder Körper. Ich spüre den Eisenring an meinem Arm, mit dem mich die bullige Schwimmlehrerin immer wieder vom Rand wegstößt, damit ich die fünfzig Meter schaffe. Ich schlucke Wasser, ich strampele hektisch, und immer wenn ich mit einer Hand an den Beckenrand greifen will, schiebt sie mich zurück ins Wasser, beiläufig, sie schaut dabei woandershin, als sei es ihr egal. Sie sieht nicht, dass ich kurz vorm Ertrinken bin, sie sieht mich nicht, sie sieht nur die anderen Kinder und ihre lange Stange, verzinktes

Eisen, an deren Ende ein Ring geschweißt ist, wie im Zirkus, ein Hund hätte wohl hindurchspringen können, und sie läuft neben mir her, ich sehe ihre Füße in den Badelatschen, ich sehe den eisernen Ring neben mir schweben, ich sehe, wie sie sich an unserer Angst weidet, an unserer Todesangst, wie sie die Todesangst für ein notwendiges Mittel der Abhärtung hält, ich sehe ihre Füße und ihre dicken Waden, und ich hasse sie, nein, erst jetzt hasse ich sie, damals erlaubte ich mir den Hass noch nicht, ich war ja von ihr abhängig, ich war ihr ausgeliefert. Meine Rufe *Ich kann nicht mehr* ignoriert sie, sie hat ein untrügliches Gespür dafür, wann es wirklich ernst wird, wann man wirklich droht unterzugehen, und dann erst, aber auch erst im allerletzten Moment, wenn ich schon mehrfach Wasser geschluckt hatte, wenn der Kopf mehr unter als über dem Wasser war, hielt sie mir die Stange hin, und ich konnte mich kurz daran festhalten, doch wenige Sekunden später entzog sie sie mir wieder. Sie gab uns immer gerade nur so viel Zuwendung, wie zum Überleben notwendig war. Und so begleitet mich mein Leben lang ein Unbehagen beim Schwimmen, und ich komme eigentlich nur ins Freibad, um auf der Wiese zu liegen, in den Halbschlaf hinüberzugleiten und das sich weiter und weiter entfernende und schließlich in einer feinen Gischt zerplatzende Juchzen der Kinder zu hören, worüber sich Levje und Alma ständig lustig machen. *Papa zahlt Eintritt, um auf der Wiese zu liegen*, und dann lachen sie, aber ich lache mit ihnen und hole uns ein Eis.

You don't know what I would give / To be a young man / A young man again. Das Lied von Nadine Shaw berührt mich. Es fühlt sich an, als würde sie von mir singen oder für mich, ich fühle mich in diesem Moment von ihr geliebt, und während ich, in Gedanken versunken, auf die Straße schaue, fällt mir auf, wie sehr ich das Geliebtwerden vermisse. Es ist ein fremd gewordenes Gefühl, ein fernes, vergessenes Gefühl, und ich erinnere mich an die erste Zeit mit Levje, an die Berührungen auf unseren Körpern, an die gegenseitige Faszination, mit der wir uns erkundet haben, als sei der andere eine neue, besonders empfindsame Spezies, und ich frage mich, warum diese Neugier aufeinander mit der Zeit ersetzt wird durch diese Verhärtung, was genau diesen Prozess ausmacht, der von einem Zustand des Überflusses zu dem des Mangels führt. Ich fühle den Mangel auf meiner Haut, es brennt, und dieses Lied ist nur ein magerer Balsam.

Wir biegen am alten Edeka rechts ab, einem Lebensmittelladen, der zugleich eine Boutique ist, in der verstaubte Mode in XXL im Schaufenster hängt. Den Kleiderbügeln hat man Köpfe aus Pappe aufgesetzt, und an ihnen hängen Leopardenleggins, weite Blusen mit Tulpenmustern. Vor dem Edeka steht, wie immer, der *Antalya Grill* und davor zwei oder drei Männer, es sind immer Männer, die an Stehtischen Fleisch von ihrem Brathähnchen zerren, vorbei am Milchkontor, ausgezeichnet als beste Eisdiele Niedersachsens, wo die Milch für das Eis direkt hinterm Laden im Stall gezapft wird, durch Wilstedt hindurch, wieder auf die Landstraße. Je weiter man Richtung Rotenburg kommt, umso ländlicher wird die Gegend. Weitläufige Höfe, Scheunen mit ausladenden Schleppdächern, die große Maschinen und Trecker beherbergen, Silagehügel, beschwert mit Planen und Treckerreifen, eingekoppelte Pferdeweiden, auf denen sich die Maulwürfe austoben dürfen, norddeutsche Klinkerhäuser mit abgerundeten Giebelohren, dem vorgesetzten Windfang, neben dem eine Bank steht, darunter vier Paar Schuhe. All das ist so uneitel. Man lebt sein Leben, man hat sein Stück Land, man zieht seine Kinder groß, mehr nicht, nicht mehr.

An der gelben Telefonzelle, die jetzt keine Telefonzelle mehr ist, sondern eine Tauschbörse für Bücher, biege ich auf Dresens Hof ein. Ich fahre weit rechts ran, um später nicht mit dem vollen Hänger wenden zu müssen, stoppe den Motor und springe aus dem Bus. Ich entdecke den Trecker mit beladener Schaufel, zwei Kubikmeter Brennholz. Immer wenn ich herkomme, steht der Trecker schon beladen da. Dahinter beginnt das weite, flache, wassergetränkte Land, ein blinder Spiegel, auf dem Horizont liegt ein Lidschatten von Wäldchen, der Himmel ist groß und wild und zerrauft, die Sonne bricht durch und wärmt unerwartet diesen Novembernachmittag auf. Was ist dies für ein Tag? Welche Art von Tag? Tage öffnen oder schließen sich, manche sind schmal wie Schlitze, andere weit wie ein Sommerhimmel. Ich kenne mich gut, ich weiß, wie ich mit welcher Art Tag umzugehen habe. Kommt die Euphorie zu früh am Morgen, werde ich misstrauisch, es ist nicht gut, wenn die Energie zu rasch verbrennt. Es gibt die überspannten Tage, in denen mir ständig etwas herunterfällt und ich Kopfschmerzen habe. Es gibt die offenen, luziden Tage, sie sind selten und wertvoll, in denen ich mich aus einem unerschöpflichen Reservoir an Energie bedienen kann, es gibt die Tage, in die ich mich erst langsam hineinarbeiten muss, wie aus einem Stollen heraus ans Licht – ein solcher Tag scheint heute zu sein. Ich summe *To be a young man* vor mich hin, gehe um das Auto herum, öffne die Beifahrertür, hebe Malik herunter und schaue noch einmal in die Runde auf diesem weitläufigen, stillen Hof, in dessen Mitte eine alte Linde steht. Links befinden sich mehrere hohe, offene Scheunen, dahinter Holzmieten, so weit das Auge reicht, dann folgt der Kuhstall mit zwei Schiebetoren und rechts das lang gezogene Wohnhaus mit der Giebelinschrift:

Wir haben hier keine bleibende Statt
sondern die zukünftige suchen wir.

Der Bauer ist nirgends zu sehen.

– Komm, wir gehen mal in den Kuhstall.

Malik folgt mir mit seinen kleinen Schritten, die ausladender werden, je mehr Mut er fasst. Irgendwann stapft er mit viel zu großen Schritten, als imitiere er einen Bauern, vor mir her. Ich ziehe die Schiebetür ein wenig zur Seite, das Licht fällt schräg in den Stall, es dampft aus den Mäulern der Kühe. Unsere Augen müssen sich erst an das Halbdunkel gewöhnen. Es ist ein alter Stall, mit rissigen Balken, gusseisernen Sprossenfenstern und weiß gekalkten Wänden, der Betonboden ist runzelig und an den Rändern gefliest, damit sich die rauen Zungen der Kühe nicht am Beton kaputt reiben. Der Atem der Kühe steigt auf in die schräg einfallenden Sonnenstrahlen, und als wir ein paar Schritte hineingehen, kommt Leben in die Herde. Die Rinder weichen zurück, als drängten wir in einen Schwarm hinein, in einen einzigen Organismus. Sie spüren, dass wir Fremde sind. Stiernackige Blicke aus dem Dunkeln, schwarze Augen, große Augen, riesige, runde Augen, rosa Schnauzen, Atem, Dunst, etwas Bleiches, ein Riesenschädel, groß wie mein Brustkorb, löst sich aus dem Dunkel. Hörner wachsen aus dem Fell, Ansätze von Hörnern. Eines der Tiere stößt ein Brummen hervor, aus dem ganzen Körper, ein fragendes, warnendes Röhren. Es sind urige Viecher mit tiefem, weichem Fell, in das man hineingreifen möchte, ungewöhnlich kräftige Tiere, Fleischberge, die hier im Stroh stehen und langsam wieder ruhiger werden, fast neugierig. Ein Wind geht durch den Stall und trägt den Geruch nach Silage und Mist fort, das an einer Schiene hängende Tor schlägt gegen die Wand, zwei-, dreimal. Eine Kuh hebt den Schwanz und pisst in weitem Strahl aufs Stroh. Es ist wie ein Signal, dass alles wieder normal ist, als seien wir in ein Dorfgespräch geraten, das kurz verstummte, als Fremde auftauchten, und dann wieder aufgenommen wird, als wäre nichts gewesen. Ich strecke einer der Kühe die Hand hin, und sie wuchtet ihren Schädel über die Latten des Gatters und streckt ihre Zunge nach meiner Hand aus. Na komm, sage ich zu Malik. Zaghaft hockt er sich neben mich, ich nehme seine Hand in meine. Von hier unten wirkt die Kuh noch größer, monströs geradezu, und ich verstehe, warum sich die Fantasie der Kinder so leicht entzünden lässt, alles wirkt aus dieser Perspektive riesig. Ich kehre mit meiner Hand ein paar Fasern Kraftfutter vom Boden auf und halte sie der Kuh hin, sie versucht, es mit verdrehter Zunge aufzulecken, ein Reibeisen der gröbsten Körnung. Da hören wir hinter uns Schritte.

– Da seid ihr ja.

Ich werfe das Futter auf den Boden und wische mir die Hände an der Hose ab.

– Ich hoffe, das war okay.

– Na klar. Schön, dass sich jemand dafür interessiert.

Er schaut mich noch einmal mit prüfendem Blick an, als müsse er sich erst an mich erinnern.

– Ah, jetzt hab ich auch wieder ein Gesicht, sagt er.

Jetzt habe ich wieder ein Gesicht. Vor zweihundert Jahren hätte man diesen Satz vermutlich anders verstanden.

– Das sind keine Milchkühe, oder?

– Nee, er lacht, das ist 'ne Fleischrasse.

– Und wohin geht das Fleisch?

Er kratzt sich am Kopf.

– Das weiß ich nicht, sie werden einfach abgeholt.

Er hat helle Haare, ein freundliches, breites Gesicht, das eine gewisse Ähnlichkeit mit seinen Tieren aufweist, stiernackig, kräftig, gutmütig. Er trägt eine blaue Baumwolljoppe und hohe Stiefel, an denen Mist klebt.

– Sollen wir zum Holz gehen?

Ich schiebe Malik aus dem Stall, der Bauer steigt auf den Trecker, lässt den Motor an, fährt langsam bis zum Hänger vor, die Schaufel senkt sich, kippt nach vorn, das Holz hält sich erstaunlich lange, als klebe es an der Schaufel fest, doch irgendwann beginnt es zu rutschen und poltert auf den Hänger. Der ganze Wagen ruckelt, die Reifen des Hängers werden sichtbar zusammengepresst. Ich hätte noch mal den Luftdruck überprüfen sollen. Der Bauer wartet, und ich sortiere ein wenig von der Seite, schaffe Platz, werfe einige Scheite an den Rand, dann gebe ich dem Bauern einen Wink, und er kippt das restliche Holz hinauf. Es entsteht ein Hügel, ein Holzhügel, der einen halben Meter über die Kante des Hängers hinausragt. Der Bauer setzt mit dem Trecker zurück, stoppt den Motor und stellt sich zu mir an den Hänger.

– Und, was kriegst du?, frage ich. Das waren doch bestimmt zwei Raummeter, oder?

– Nee, das war höchstens ein und ein Viertel.

Es ist immer dasselbe. Jedes Mal nach dem Verladen treten wir in eine Art umgekehrtes Verhandeln ein. Es ist wie ein Ritual, ich versuche, den Preis hochzutreiben, und er, ihn zu drücken. Wir einigen uns schließlich auf anderthalb Raummeter, ich reiche ihm zwei Fünfziger über den Hänger, und mir fällt das Wort *lauter* ein, *das durchsichtig reine, klare, in bezug auf luft und feuer, sowie auf wasser und flüssigkeiten überhaupt, häufig übertragen auf das innenleben des menschen, seine gesinnung, handlungen, reden, thaten, wo es das reine, fleckenlose bezeichnet.*

Ein lauterer Mensch inmitten von Kuhscheiße, denke ich. Er stellt sich auf die andere Seite des Hängers und hilft mir beim Ordnen des Holzes.

– Ist diesmal viel Eiche dabei, sagt er.

– Wahnsinnig schwer. Hoffentlich halten die Reifen.

Schweigend verteilen wir die Scheite auf dem Hänger, als stünden wir an einem Fließband und sortierten etwas, wir tragen den Hügel ab, werfen das Holz in die Ecken, verkeilen die Scheite ineinander, damit nicht beim erstbesten Schlagloch die Hälfte der Ladung auf der Straße landet.

– Alle wollen immer Eiche, sagt er, dabei brennt die gar nicht so gut. Ich nehme nur noch Buche und Birke. Die Birke für das Flammenbild.

– Und, was macht die Landwirtschaft?

– Ach, er zuckt mit den Schultern, solange die Knochen mitmachen. Einfacher wird's nicht.

Und dann erzählt er mir von seiner Welt, in der jeder Tag einen Preis hat, den des Diesels und den des Fleisches, den von Jungbullen oder den von Ferkeln, ein Preis, der täglich im Kreisblatt bekannt gegeben wird: *Ferkelnotierung: Notierung der Beratung für Rindvieh- und Schweinehalter Hunte-Weser. Erzeugerpreis für URS-Qualitätshybridferkel: 56 Euro pro Stück (Vorwoche: 43 Euro pro Stück); Tendenz: rege,* und ich werde das Gefühl nicht los, dass sich mit dem Zeitalter des Diesels auch das der Bauern dem Ende zuneigt, dass wir all diesen Schmutz und diese Arbeit irgendwann hinter uns lassen, dass uns das Halten von *echten* Tieren vollkommen absurd erscheinen wird, dass wir nur noch künstliches Fleisch oder Fleischersatz oder gar kein Fleisch mehr essen werden, nur noch sauberen Strom produzieren werden, alles wird sauber sein in dieser Zukunft, rein und lauter und leer, und ich weiß nicht, ob es dann noch Menschen wie ihn gibt, ob ich mich auf diese Zukunft freuen oder mich vor ihr fürchten soll. *Lauter: aus dem begriff des reinen in den des sündefreien umschlagend; auch sonst entsteht aus der vorstellung des durchsichtigen und reinen die des leeren.*

Malik hat sich mittlerweile dem Trecker angenähert, steht vor dem Gefährt und schaut hinauf.

– Na, willst du mal hoch?

Er geniert sich, versteckt sich hinter meinen Beinen.

– Na komm, sage ich. Versuch's doch mal.

Er nickt, ich hebe ihn hinauf, es ist ihm unangenehm, dort oben zu sitzen, beobachtet von zwei Erwachsenen, und doch blitzt der Stolz aus seinen Augen, er greift zaghaft ans Lenkrad, winkt mir von dort oben zu, ein kleiner Junge auf einer großen Maschine, und ich frage mich, ob das etwas spezifisch Männliches ist, dass wir jetzt hier um eine solche Maschine herumstehen, ob wir in diesem Moment etwas Männliches weitergeben: die Natur zu beherrschen mittels großer Maschinen. Ich versuche, mich zu erinnern, ob die Mädchen in diesem Alter dieselbe Faszination für Trecker zeigten, ich weiß es nicht mehr, ich meine mich zu erinnern, dass Fritzi auch einmal stolz auf einem alten *Lanz*-Bulldog saß, es gibt ein Foto davon, und doch geht die Begeisterung Maliks für Maschinen weit darüber hinaus. Er hat zu Hause eine ganze

Treckersammlung, wenn er spielt, dann kracht es häufig, und er ruft: *Megakraft* und *Doppelmegakraft* und *megacool*. Diese Hinwendung zu Kraft und Stärke, zum Kampf, zur Auseinandersetzung. Oder schreibe ich ihm das nur zu? Schreibe ich meine Vermutung hinein in eine Unschärfe der Geschlechterstereotype, und aus der Vorstellung wird die Wirklichkeit, und aus dieser Wirklichkeit wird wieder eine Vorstellung, und so wird alles wieder und wieder reproduziert, seit Generationen. Ich spüre, wie der Bauer unruhig wird, er will weiterarbeiten.

– Na komm, rufe ich Malik zu, hebe ihn mit einer kleinen Drehung hinunter und setze ihn auf dem Boden ab.

Wir verabschieden uns, ich lasse den Motor an, greife beim Drehen über die jeweils andere Hand ans glatt gewetzte Lenkrad, und langsam rollen wir vom Hof. Ich spüre die Last hinten am Wagen, das träge Wippen, als ich von der Bordsteinkante fahre und langsam auf der Straße beschleunige. Es ertönt ein hoher Signalton, weil ich nicht angeschnallt bin, wie mein Vater, der sich nie anschnallte und immer wenn er die Polizei sah, hektisch den Gurt über seine Brust legte, nur um ihn sofort, wenn sie weg war, wieder loszulassen, und dann freute er sich diebisch, dass er ihnen eins ausgewischt hatte, als befinde er sich beständig im Kampf gegen diese Ordnungsmacht, als versuche er, sich selbst zu beweisen, dass sie ihn nie ganz beherrschen werden. Ich ziehe den Gurt über meine Brust und beobachte im Rückspiegel den Berg geschlagenen Holzes auf dem Anhänger, immer in Sorge, dass sich eines der Scheite lösen und dem nachfolgenden Auto gegen die Windschutzscheibe knallen könnte, doch es bewegt sich nichts, der Haufen liegt wie festgenagelt. Wir werden überholt, denn ich fahre mit maximal siebzig die Landstraße entlang, ein Auto nach dem anderen zieht an uns vorbei, doch ich lasse sie ziehen, ich lehne mich zurück und schalte den Tempomat ein, erleichtert, dass alles geklappt hat, dass die Reifen zu halten scheinen, dass wir den Winter über mit Holz versorgt sind. Wir kommen durch Wilstedt, vorbei am *Antalya Grill,* am Edeka, jetzt gehe ich etwas langsamer in die Senken, bis wir zu Hause vor dem Carport parken. Ich helfe Malik aus dem Auto, Levje, Alma und Fritzi kommen, um zu sehen, ob alles geklappt hat.

– Mama, ich durfte vorn sitzen, ruft Malik.

– Aha, sagt sie und schaut mich mit hochgezogenen Augenbrauen an, und ich hebe kurz die Schultern, als hätte ich mich seinem Wunsch nicht widersetzen können.

– Was will man machen?

Es ist das Fällige, das fällt

Das Holzlager befindet sich unter dem Dachüberstand des Carports. Der Standort für das Holz sollte trocken und zugig sein und mit einigen Zentimetern Abstand vom Boden und von der Wand angelegt werden, damit der Wind das ganze Jahr über hindurchpfeifen kann. Einen Moment wäge ich ab, ob ich den Hänger rückwärts in den Carport rangieren und so nah wie möglich an die Holzlagerstelle heranfahren oder ihn an Ort und Stelle stehen lassen und für jede Handvoll Holz fünf, sechs Meter laufen soll. Es geht um eine halbe Stunde Mehrarbeit gegenüber dem Wagnis, den Hänger rückwärts einzuparken, mit diesem nadeligen Gelenk im Rücken, das jede Bewegung in ihr Gegenteil verkehrt. Beim letzten Mal schlug ich das Lenkrad eine Spur zu stark ein, der Winkel wurde zu spitz, und eine Ecke des Hängers zerknackte mir das Rücklicht. Werkstatt, Austausch des Rücklichts, ein halber Tag hinüber. Doch ich möchte nicht, dass eine schlechte Erfahrung zum Beginn eines Vermeidungsverhaltens wird. Etwas allein aus Angst nicht zu tun, obwohl bessere Gründe dafürsprechen, hielt ich nie für den richtigen Weg. Also steige ich wieder in den Bus, fahre ein wenig vor, um genug Spielraum zu haben, und stoße dann langsam zurück, wobei ich mir bei jeder Lenkbewegung erneut die Logik herleiten muss: Das Lenken nach rechts führt zu einer Hängerbewegung nach links, die Lenkung nach links führt zu einer Hängerbewegung nach rechts, immer aber mit einer unwägbaren Verzögerung, die einen im Unklaren darüber lässt, welche Wirkung die eigene Handlung nun tatsächlich entfaltet. Erschwert wird das Ganze dadurch, dass man nie weiß, in welcher Stellung sich das Lenkrad gerade befindet. Es bräuchte ein Lot, eine Wasserwaage für das Geradeauslenken. Ich kurbele am Lenkrad, der Hänger sackt leicht in die Fugen unseres Kopfsteinpflasters; es ist ein altes Straßenpflaster, das wir aus der Nähe von Hamburg geholt haben, Katzenkopfpflaster aus Granit, es schimmert rötlich, gelblich, hell- oder dunkelgrau, mit breiten Fugen, in denen sich Moose und Flechten ansiedeln. Wir haben überhaupt nur alte Steine für den Garten verwendet: Moorklinker aus Worpswede, vor hundert Jahren im Ringofen gebrannt, zweihundert Jahre alte Sandsteinplatten aus einer Scheune aus dem Weserbergland, mit gebrochenen Kanten und tief in die Poren eingedrungenem Grün, Feldsteine aus Wilstedt, schwarzes Basaltpflaster von Gehwegen aus Tostedt, von denen jeweils eine Seite glatt geschliffen ist von Zigtausenden Sohlen, alles, nur keine genormte, graue Form, nur kein Betonpflaster, überhaupt kein

Beton, denn ich habe eine Betonallergie, eine Betonaversion, einen Betonhass. Ich habe noch den letzten Betonstein von unserem Grundstück getragen, als wäre er kontaminiert, habe mit einem Gefühl der Befreiung den Beton in den Bauschuttcontainer geworfen, ich habe alles vom Grundstück verbannt, was in irgendeiner Weise normgerecht ist, und als ich später feststellte, dass ich in einer Ecke des Gartens einen Stapel vergessen hatte, diesen an die Straße gestellt, mit einem Schild *Zu verschenken* versehen, und zehn Minuten später war er fort. Es gibt immer genügend Betongierige, die mein Treiben verwundert verfolgen, den guten Beton weg und stattdessen die alten Steine her, um mir hier auf irgendeine Weise ein *kleines Idyll* zu schaffen. Ich umgebe mich ausschließlich mit Materialien, die man vor hundert Jahren ebenso hätte verbauen können, in dem Versuch, eine ländliche, irgendwie *ursprüngliche* Atmosphäre wiederherzustellen. Der Ursprung, wovon? *Der Ortsprunk: das hervorspringen, -brechen, das hervorspringende und der ort des hervorspringens.* Das Idyll ist die perfekte Idee von sich selbst, der Fluchtpunkt der Kindheit, jede meiner Handlungen, jeder Moment dieses Tages, alles, was mich umgibt, hat seinen Ursprung in meiner Vergangenheit, im Zimmer meiner Jugend, im Betonzimmer.

Unter vielfachem Kurbeln und Vor- und Zurückfahren manövriere ich den Hänger so nah wie möglich an die Wand des Carports heran, springe aus dem Bus, schlage mit dem Handballen gegen die Sicherheitsbolzen an der hinteren Klappe, und ein Teil des Holzes poltert auf die Steine. Emil, der Nachbarsjunge, kommt angelaufen. Wenn in der Nachbarschaft etwas los ist, erweckt es sofort die Neugierde anderer Kinder. Die beiden Jungs klettern auf den Holzstapel und weiter hinauf auf den Hänger.

– Wollt ihr mir helfen, frage ich?

– Jaaa, rufen sie.

Die beiden stehen oben auf dem Berg Holz wie zwei Ingenieure, die ein großes Problem zu lösen haben, und beginnen damit, die Scheite hinunterzuwerfen, mit einem Eifer und einem Ernst, als wäre es ihre Lebensaufgabe, und dabei rufen sie sich laut Kommandos zu: *Okay, ich hab wieder einen. – Guck mal, wie schwer meiner ist*, und dann wuchten sie das Holzstück über die Kante des Hängers und lassen es fallen.

Ich greife die Scheite und lege eine erste Schicht aus möglichst großen, kantigen Stücken. Die erste Lage muss stabil sein, sie bildet die Basis für die zwei Meter fünfzig, die folgen werden, und dann schnappe ich mir in rascher Folge jeweils fünf, sechs Scheite, indem ich mit beiden Händen in den Haufen greife wie ein Greifarm auf einem Schrottplatz, eine halbe Drehung mit dem Oberkörper mache und sie auf die jeweils untere Schicht fallen lasse, hier und da leicht drückend und korrigierend, doch im Wesentlichen ergibt sich im Fallen der Scheite ein natürlicher Halt wie von selbst. Das gespaltene Holz verhakt sich ineinander, der Winkel eines Scheites passt genau in eine Lücke, presst die beiden Nachbarn auseinander wie ein Keil und gibt der Reihe eine innere Spannung, ein rundes Aststück legt sich in eine Kuhle, ein gebogenes Stück füllt das Gefälle, das ein anderes Scheit hinterlassen hat, und gleicht das Niveau wieder aus, es ist ein Tanz, eine Choreografie zwischen meinen Händen und dem Holz, manchmal schlage ich mit einem Scheit ein anderes weiter hinein, und am Ende entsteht ein Bild, ein gewachsenes, einzigartiges Bild aus den Stirnseiten der Hölzer, ein Stirnholzbild, das ich den Winter über mit Bedauern wieder zerstören werde, Tag für Tag. Während ich staple, gerate ich in einen Rausch, eine Trance, es ist eine Tätigkeit, die ganz und gar Besitz von mir ergreift, bei der die Scheite fallen wie meine Gedanken beim Einschlafen, und vielleicht, denke ich, besteht ja zwischen dem Schlaf und dem Holzstapeln eine Art innerer Zusammenhang: Das Fallen erzeugt eine eigene Ordnung, die Struktur findet sich, als hätte die Schwerkraft eine sortierende Wirkung. Es ist das Fällige, das uns zufällt, sagte Max Frisch, ein Satz, der mich geprägt und über Jahre begleitet hat. Es ist das Fällige, das fällt, es ist das Sägliche, das zu sagen wäre im unsäglichen Schweigen zwischen Levje und mir. Sie wird uns zufallen, die Sprache, wenn es so weit ist.

Der Hänger leert sich zusehends, die beiden Jungs sind unermüdlich, die Haufen links und rechts des Hängers wachsen an den Radkappen hinauf, und ich greife und drehe mich, greife und drehe mich. Aus dem Haus kommen nun auch Alma und Fritzi dazu. *Mama kommt auch gleich*, sagen sie, und dann tragen auch sie ein paar Scheite hinüber. Der Stapel wächst rasch, schon bin ich auf Kopfhöhe und muss mich bei jeder neuen Reihe strecken. Unter meiner Jacke wird mir warm. Holz wärmt immer zweimal, sagt man. Ich beginne auf dem Boden mit einem zweiten Stapel, und es stellt sich das beruhigende Gefühl ein, ausreichend Holz für den kommenden Winter zu haben. Das Lager ist gefüllt, Vorsorge ist getroffen, Vorräte sind gesammelt, es ist eine geradezu archaische Befriedigung, im Notfall das Haus warm zu kriegen. Dieses *Zur Not*, das *Notfalls*, das *Nötigenfalls* ist wie ein Sicherheitsnetz, das unter all meinen Handlungen liegt: Notfalls könnte ich aus dem Garten einen Acker machen, notfalls könnte ich die Eichendielen verbrennen, notfalls flüchten wir uns in den Keller, als bereite man sich schon auf etwas vor, auf welche Art Not auch immer, denn das Perfide an der Not ist ja, dass sie auf eine Weise kommt, die man nie hätte vorhersehen können. Es sind die alten Geschichten, die in unsere Körper eingeschrieben sind, die Kriegsgeschichten meiner Oma, die sie mir am Bett erzählt hat, früher, als ich unter einem Berg aus Gänsedaunen lag, unter dem ich selbst bei Minusgraden schwitzte, und sie an meinem Fußende mit ihrem Dutt und ihrer Nylonschürze saß und mir mit hoher, brüchiger Stimme von Pommern erzählte, vom großen Hof, den sie einst hatten, von den Angestellten, die sie alle zurücklassen mussten, sie erzählte von den fruchtbaren Feldern und von den Obstwiesen, und all das erschien mir wie ein Paradies, das wiederauferstand an diesen Abenden, sie erzählte von der Flucht, davon, dass sie nur wenige Stunden hatten, um ihre Koffer zu packen, davon, wie winters die Möbel verbrannt wurden, um nicht zu erfrieren, wie die Stadtkinder aufs Land kamen, um Kartoffeln von den Feldern zu klauben, und vielleicht sind diese Erzählungen der Ursprung jenes Lebens, das ich führe, den alten Pflastersteinen, dem Holzlager, dem Idyll, das ich mir zu schaffen versuche.

Der Hänger ist leer, ein paar Scheite liegen noch auf dem Kopfsteinpflaster verstreut, die Jungs stehen herum, plötzlich arbeitslos, und schauen sich um, ob sie in den Ecken noch ein letztes Scheit übersehen haben, dann hebe ich sie vom Wagen herunter und schlage ihnen vor, den Rest des Holzes zu einem Haufen zusammenzutragen, während ich den Hänger wegbringe. Ich steige wieder in den Bus und nehme die Abkürzung über den Feldweg hinter unserem Haus, auch wenn ich weiß, dass einige Nachbarn das nicht mögen, denn man zieht tiefe Furchen in den Schlamm, die sich später verfestigen und das Gehen erschweren, doch die

Abkürzung ist einfach zu verführerisch. Es fühlt sich an, als würde ich auf den Reifen schwimmen, und immer wenn ich ein wenig Gas gebe, dreht sich das Auto leicht weg, manchmal mache ich mir einen Spaß daraus und gebe extra viel Gas, dann wird der Bus plötzlich ganz leicht, und die zwei Tonnen schlingern wie auf Eis, und ich lache vor mich hin, drehe das Radio auf, trete noch einmal kräftig aufs Gaspedal, bevor ich den festen Schotterweg des Mühlenbergs erreiche. Vor Simons Haus kopple ich den Hänger ab, schiebe ihn zurück in seine Nische zwischen den hohen Kiefern, und als ich wieder zu Hause ankomme, steht Levje im Carport und streckt sich, um die letzten Scheite auf dem Stapel abzulegen. Es ist halb fünf, der Himmel über den Feldern leuchtet dunkelblau, und ich gehe nach vorn zur Straße, wo die Kinder mit Straßenkreide malen, hinein in diesen Nachmittag, mit dem guten Gefühl, Dinge erledigt zu haben, körperlich beansprucht gewesen zu sein, *sinnvoll* beansprucht gewesen zu sein, strecke mich einmal, dehne meine Hände, denn von der Arbeit spüre ich meine Muskeln, meine Gelenke, meine Knöchel. Ich lasse mich auf der Bank an der Straße nieder und werfe einen Blick auf mein Handy. Vierundzwanzig neue Mails, die ich kurz überfliege, davon drei, vier wirklich wichtige, um die ich mich heute noch kümmern muss. Ich rücke ein Stück, denn Levje kommt dazu, wir sitzen auf der Bank vor dem Haus und schauen auf die Straße. Das war eines der ersten Bilder, die sie in unserer Beziehung hervorrief, ich kann mich nicht mehr an den genauen Zusammenhang erinnern, ob es eine Postkarte war, ein Buch, das sie gerade gelesen, oder ein Film, der sie begeistert hat, aber in einem unserer ersten Gespräche erzählte sie mir von einer Bank, auf der nach einem gemeinsam verbrachten Leben ein altes Ehepaar sitzt – *ist das nicht süß?* –, als wolle sie mich testen, nicht bewusst, aber implizit abfragen auf meine grundlegende Einstellung gegenüber einem gemeinsam verbrachten Leben. Ich fand es riskant, diese Frage an den Anfang einer Beziehung zu stellen, und mutig, zugleich war es mir zutiefst sympathisch.

Wir sitzen schweigend nebeneinander, und ich bin froh, dass die Kinder spielen und wir uns hinter der Tätigkeit des Zuschauens verstecken können. Ich versuche herauszufinden, wie der Zustand unserer Beziehung ist, sind wir noch zerstritten oder schon wieder versöhnt? Sind wir überhaupt zerstritten? Warum eigentlich? Bin ich gekränkt, ist sie gekränkt? Ich weiß es nicht. Es erschreckt mich, dass es so leicht ist, sich im Schweigen einzurichten. Vielleicht ist das Gekränktsein bereits die Normalität in unserer Beziehung geworden, so wie in meiner Familie, in der, seit ich mich erinnern kann, immer irgendjemand gekränkt war, so wie bei Levjes Eltern, die sich, als Levje elf war, getrennt haben, und dreißig Jahre später ist die Kränkung darüber noch immer spürbar, und manchmal habe ich Angst, dass diese Geschichten wie ein Omen sind, dass sie nicht Vergangenheit, sondern Prophezeiung sind, dass mein fester Glaube daran, dass der Wille immer über die Herkunft triumphiert, trügerisch war, dass man trotz aller Bewusstheit seiner Vergangenheit nicht entkommt.

Fritzi läuft rückwärts im Entengang und zieht die Kreide hinter sich her, um eine Straße zu malen, Alma stattet das Eiscafé mit bunten Eiskugeln aus, und wir sitzen dort und schauen der Zeit beim Vergehen zu. Jeder dieser Tage ist ein Abschied von den Kindern, wie sie eben noch waren, von einem Gleichgewicht, das sich gerade erst eingestellt hatte.

Es ist Viertel vor fünf. Langsam beginnt es zu dämmern. Was

habe ich geschafft an diesem Tag? Was gäbe es noch alles zu schaffen! Wie klein ein Tag doch ist angesichts der Größe der Aufgaben. Ich bin kurz davor, schon wieder aufzuspringen, um noch ein wenig zu arbeiten, da ruft Fritzi, *Papa, fährst du mit uns auf unserer Straße?*, und ich lehne mich wieder zurück. Diese Einladung der Kinder in ihre Welt kann ich nicht abschlagen, und ich bin froh, dass sie mich ab und zu daran erinnern, einen Tag nicht nur als Werkzeug zu sehen, mit dem man beständig am großen Ganzen arbeitet, daran, dass ich den Tag wieder als das sehen sollte, was er ist: eine Klammer um das Licht, eine Öffnung ins Jetzt, durch die man hindurchgehen kann. Die Kinder haben ihre Fahrzeuge aus dem Schuppen geholt, Kettcar, Roller, Laufräder, und fahren auf der Straße aus Kreide entlang, ein Oval aus einem sich hin und wieder verdickenden Schlauch, an dessen Rand sich eine Reihe Geschäfte oder Institutionen befinden, die Schule, die Kita, eine Werkstatt, eine Autowaschanlage und natürlich ein Eiscafé, manchmal kommt noch ein Geschäft für Hutmoden oder Turnschuhe dazu, manchmal ein Spielplatz oder ein Freibad, und dann rollern sie ihre bunte Straße entlang und machen hier und da Station: Nach der Schule geht es erst mal ins Eiscafé, dann ins Freibad, dann in ein Geschäft. Alma spielt Verkäuferin, und Malik bestellt Schuhe, *welche hätten Sie denn gern? – Die grünen Turnschuhe*, dann geht es zurück auf die Straße. Sie haben eine Abkürzung gemalt, mitten durch das Oval hindurch, sodass man blitzschnell abbiegen und die anderen überholen kann, es gibt Zebrastreifen und Ampeln, an denen Fritzi steht und mit einem Stock auf die jeweilige Farbe zeigt, Rot, Grün, Gelb. Sie bauen eine Miniaturgesellschaft auf, sie ahmen eine Ordnung nach, als könnten sie es kaum erwarten, Teil dieser Ordnung zu sein. Warum können wir die Regeln nicht neu schreiben, denke ich, einmal alles neu denken, aber welche und wie? Ich habe keine Antwort auf diese Frage, schnappe mir einen Roller und werde Teil ihrer Ordnung, stoße mich mit dem linken Fuß von der Straße ab, lege mich in die Kurve, nehme natürlich immer die Abkürzung und überhole alle, halte an der Waschanlage und mache *Schschsch, fertig*, bestelle eine Kugel Vanille im Eiscafé und fahre bei Rot über die Ampel. *Papa! Das war Rohot,* doch ich tue so, als hätte ich es nicht gewusst, *Ach wirklich, das war doch noch Gelb,* und die Kinder lachen und legen mir ein Strafstöckchen hin. Sie summieren sich schnell, meine Strafstöckchen, bald habe ich zehn beisammen und scheide aus. Dann nehme ich noch einmal extra viel Schwung, stoße mich mit dem linken Fuß ab und rolle über die Kreidestraße hinaus den Berg hinab, vorbei an den anderen Häusern der Siedlung, hinein in dieses Siedlungswir, in dem ich durch winzige Schlenker des Zufalls gelandet bin und das nun meine Heimat geworden ist.

Die Siedlung wurde auf den Feldern erbaut, sie legt sich wie eine Zunge über den Berg. Die Siedlung wuchs hinein in das offene Land, vor fünfzig Jahren, als sie noch ein Neubaugebiet war, erfüllt von Hoffnungen und Wünschen, von Sehnsüchten. Jetzt ist die Siedlung zugewachsen, die Rhododendren sind hoch und dicht und verschließen die Gärten, der Flieder neigt sich weit über den Rasen, der Weißdorn blüht im April und ist dann ein einziges Summen, die Obstbäume tragen reichlich, und die Vögel nisten unter den hohlen Dachpfannen. Die ersten Siedler kamen 1970, einige von ihnen leben hier noch immer, doch ein Haus nach dem anderen wird alt. Es bleibt stehen in der Zeit, als sei ihm die Puste ausgegangen. Die Alten sterben, die Jungen kommen, sie renovieren, sie erneuern die Fenster, sie bringen die Heizungsanlage auf den neuesten Stand, sie ziehen ein mit denselben Hoffnungen und Sehnsüchten wie die Generation vor ihnen, sie reißen die einst modernen Fliesen heraus, und dann liegen die Schuttberge vor dem Haus, dann stehen die Container vor den Türen, und man sieht die beigefarbenen, braunen, grünen Fliesen von einst und denkt: *Das war wirklich mal modern?*, und man ahnt, dass in vierzig Jahren wieder Container vor der Tür stehen und junge Menschen das entsorgen werden, was wir heute für modern halten. Die Häuser sind ein Medium für unsere Tage, und unser Leben fließt durch sie hindurch, und all die Mühe, die wir uns mit ihnen machen, all der Gundermann, den wir herausreißen, all diese Räume, die wir liebevoll gestalten, das gemütliche kleine Eckchen Welt, in das wir uns kauern, dient nur einem brüchigen Gefühl von Sicherheit. Sie werden hinweggefegt werden, die Häuser, von einem Krieg, einem Unwetter, vom Meer, und manchmal versuche ich mir vorzustellen, was diesen Landstrich in den nächsten zwei, drei Jahrhunderten ereilen wird. Ob Soldaten durch die Dörfer ziehen werden, ob Stürme die Dächer abdecken, ob das Meer an unseren Gärten leckt, wer dieses Haus in Besitz nehmen wird.

Die anderen Häuser sind uns fremd, wir sehen nur die Fassade, wir sehen nicht, was sich dahinter abspielt. Wir schließen von seiner Fassade auf die Bewohner: große Fenster und niedrige Hecken vermitteln Transparenz und Freundlichkeit, schmale, schießschartenartige Fenster wirken wie zusammengekniffene Augen. Das Misstrauen wohnt hinter dem dunklen Klinker. Jedes Haus erzählt seine Geschichte, manche Häuser bleiben fremd für immer, niemand weiß, wer in ihnen wohnt. Manchmal betritt man ein fremdes Haus, wenn man ein Paket abholt oder sonntags nach drei Eiern fragt, weil die Kinder plötzlich Kekse backen wollen, man wird hineingebeten, und dann betritt man den Flur, vielleicht das Wohnzimmer oder die Küche, in der es nach kaltem Braten riecht, behutsam, als könne man mit jedem Schritt den Teppich beschmutzen. Die Art der Einrichtung wirkt seltsam fremd, die Bilder an den Wänden von alten Seeschlachten, die dunklen Möbel, man taucht hinein in diese andere Welt und tritt sofort in Beziehung zu ihr, man denkt: Ja, das ist eine gute Idee, das muss ich mir merken, oder: Gott, wie kann man wirklich so wohnen. Man atmet, als wäre der Sauerstoff ein anderer, alles wirkt gedämpft, es ist geradezu ein Schock, dass sich hier, wenige Meter entfernt, eine solch fremde Welt befindet, dass dies wirklich *nebenan* ist. Man wirft von hier aus einen nie geworfenen Blick auf das eigene Haus, man sieht Winkel des eigenen Daches, die einem fremd vorkommen, man sieht, was der Nachbar tagtäglich sicht, in welche Fenster er blicken kann, welches Stück vom Garten einsichtig ist, man nimmt für einen Moment die Perspektive des anderen ein: So sieht das also von hier aus.

Die Siedlung verändert sich, langsam, aber stetig. Neue Windräder wachsen in den Himmel, neue Baugrundstücke werden ausgewiesen, es wird an- und umgebaut, doch wir wollen nicht, dass sich etwas verändert. Haben wir einen Ort gefunden, bestehen wir darauf, dass er so bleibt, wie er war, als wir ihn gefunden haben. Aus unserem Heimatgefühl leiten wir das Recht auf Unveränderbarkeit ab. Ich noch. Nur noch ich. Die Veränderung soll bitte nach mir aufhören. Kein neues Windrad, kein weiteres Baugebiet, kein neues Haus. Man richtet sich ein, und dann soll Stillstand herrschen, und eines Tages erschrickt man, weil man begreift, dass genau das Konservatismus ist: das Konservieren des eigenen Lebens. Man wird Teil des Entrüstungsbürgertums. Über alles und jedes lässt sich entrüsten, über die Politik, die linke Politik, die rechte Politik, den Bebauungsplan, die Gestaltungssatzung, darüber, dass eine Straße eine 30er-Zone wird, darüber, dass sie nicht zu einer 30er-Zone wird, je nachdem, mit wem man spricht, über das Zu-schnell-Fahren, das Zu-langsam-Fahren, das Nicht-Blinken, das Wenden in fremden Carports, allem und jedem wird mit Entrüstung begegnet, die ja keine Ent-, sondern eine Berüstung ist, und diese Rüstung ist es, die die Siedlung zusammenhält.

Aber nein, da ist noch mehr. In der Siedlung bildet man eine Telefonkette, um bei Ölbestellungen ein paar Cent zu sparen, und dann hält der Tanklaster vor jedem Haus, schiebt seinen vierzig Meter langen Rüssel in den Keller hinein und befüllt die Drei- oder Sechstausend-Liter-Tanks mit der zähen Flüssigkeit, man hilft beim Eindecken eines Daches, beim Anreichen der Dachpfannen, man kommt rüber mit der Kappsäge, man bringt den fehlenden Maulschlüssel, man feiert hölzerne Hochzeit mit einem Glas Sekt draußen in der Kälte vor einem hölzernen Herz, man tauscht sich über Handwerker aus, gute und schlechte, man gibt sich Klettergerüste weiter oder Spielküchen, natürlich Kinderkleidung, man redet über den Rasen und den richtigen Zeitpunkt zur Düngung, man trägt eine Hundert-Kilo-Badewanne nach oben, man hilft mit der Erdfräse, dem Erdbohrer, beim Pfähle-Setzen, man schreibt in die Flohmarktgruppe: *Bei uns vor dem Haus stehen ein paar Sachen zu verschenken, liebe Grüße.* In der Siedlung brodeln immer Gerüchte. Wem gehört was, wer hat geerbt, wer hat gekauft, zu welchem Preis? Und ist man nicht dabei, wird man selbst zum Gerücht: *Was machen die denn jetzt schon wieder?* –

Nur vom Feinsten. – Die Kuh musst du mir mal zeigen, die sie melken. Die Siedlung ist ein warmer Gerüchtekuchen, und die wichtigste Zutat ist die Frage: Wo wird ein Haus frei? Denn alle wollen hinein in diese Siedlung, Familien stürzen sich auf jedes frei werdende Objekt, sie stehen Schlange, wer kann es ihnen verdenken.

– Papa, sollen wir dir mal unseren neuen Geheimweg zeigen?

– Na klar.

Ich stelle den Roller wieder ab, außer Atem, denn den Weg zurück, den Berg wieder hinauf, musste ich die ganze Zeit treten, um mir Anschwung zu geben.

– Dann komm mal mit.

Wir schleichen geduckt hinter dem Haus entlang, vorbei an den rückwärtigen Gärten, den Nordgärten, auf einem Streifen Wiese, der eigentlich zu Brunß' Acker gehört, vorbei an Gewächshäusern mit blinden Scheiben, durch ausgreifende Brombeeren, durch Löcher in Hecken, unter altem Stacheldraht hindurch, und ich weiß wieder, wie er sich angefühlt hat, dieser feste Glaube daran, dass dies tatsächlich ein *geheimer* Weg ist, ein Abenteuer, dass wirklich etwas auf dem Spiel steht – es stand ja etwas auf dem Spiel, das eigene Leben, wenn der Stacheldraht der Zäune die Hose aufriss, die Dornen an der Haut entlangritzten, die Panik, wenn man nicht mehr zurückfand und sich verloren fühlte in der Welt. Wir ducken uns unter herabhängenden Ästen hindurch, wir kommen vorbei an einem Stapel alter Treckerreifen, an vermoderten Paletten, an alten Tausend-Liter-Kanistern mit Totenkopfzeichen, wir folgen einem kaum sichtbaren Trampelpfad, und ich muss daran denken, wie ich mich früher im Spurenlesen übte, wie ich auf den Boden starrte und unbedingt etwas *lesen* wollte, verwischte Abdrücke von Tierpfoten, Losung, Fellspuren an

Büschen, wie ich mit großer Bewunderung Sätze las wie: *Die Spuren waren aufgrund des dreitägigen Regens kaum mehr zu erkennen.* Ich erkannte weder mit noch ohne Regen etwas auf dem Boden, und doch hat diese Übung meine Sinne geschärft, und dieses Schärfen der Sinne einen Einfluss gehabt auf mein weiteres Leben. Das Achtgeben auf jede Kleinigkeit, das genaue Hinsehen hat sich später wiedergefunden im Studium der Malerei, bei dem es ebenso darauf ankam, die *Form der Welt* neu zu sehen, den Blick zu befreien von Vorstellungen, vom vermeintlichen Wissen darüber, wie die Welt aussehe, ob ein Objekt diesen oder jenen Schattenwurf *habe*, nein, es kam nur darauf an, zu sehen, was *wirklich ist,* aus welchen Flächen die Welt besteht. Hatte man dieses neue Sehen einmal verstanden, war man in der Lage, die Realität abzubilden.

– Guck mal, Papa, hier ist eine Spur, könnte von einem Reh sein, oder?

– Ja, könnte sein, sage ich, oder von einem Wolf.

Und dann stoßen wir auf eine Weide und sehen drei Pferde. Sie stehen auf der Koppel und knabbern am Gras. Wir hören das leise Rupfen. Als wir auftauchen, heben sie den Kopf, schnauben und senken ihn wieder.

– Und, wie heißen die Pferde?, flüstere ich.

– Also, das ist Weißer Stern, flüstert Alma zurück, da drüben, das ist Rotes Herz und da hinten Ostwind.

Sie spricht die Namen mit großer Emphase aus, einem nachdrücklichen Hauchen. Ich beneide die Kinder um diese Fähigkeit, aus einem Weg einen Geheimweg zu machen, aus einer Hecke eine Höhle. Etwas legt sich über die Realität, etwas Eigenes, das wahrhaftiger ist als die Wirklichkeit. Ich hatte auch einen solchen Geheimweg in meiner Kindheit, einen Busch weit draußen zwischen zwei Feldern, in den ich mich nachmittags kauerte, ein Wigwam, ein Fleckchen festgestampfter Boden, ein Stein, unter dem ich Zettel, Münzen, Federn, kleine Schätze verbarg und mir fest vornahm, sie später wieder auszugraben. Vor allem schrieb ich Briefe an mich selbst, Ermunterungen an mein zukünftiges Ich, woran ich auf jeden Fall denken, was ich keinesfalls vergessen dürfe. Tatsächlich bin ich später einmal da gewesen, an diesem Busch. Es war ein dürrer Hartriegel zwischen zwei unermesslich weiten Feldern. Den Stein, unter den ich meine Zettel gelegt hatte, gab es tatsächlich noch, ich hob ihn hoch, und in einem winzigen, irrwitzigen Moment aufflammender Hoffnung war ich sicher, die Zettel noch zu finden, doch natürlich war nur Sand darunter. Zwischen den Ästen entdeckte ich ein Stück Klopapier. Keine geheime Höhle, keine Schätze. Es war einfach nur ein Busch. Und doch wusste ich noch genau, was dieser Strauch mir damals bedeutet hat, welche Kraft dieser Ort hatte, in welchen Farben er leuchtete, und ich hätte viel dafür gegeben, noch einmal in das Erleben von damals einzutauchen, als alles durchdrungen war von Poesie, *poēsis*, von der eigenen *Schöpfung*, als man mit den Tieren sprechen konnte, mit Steinen, mit Pflanzen, als alle Dinge belebt waren und man selbst Teil einer einzigen belebten Welt.

Alma legt Ostwind die Hand auf die Stirn.

– Er ist ein bisschen krank, sagt sie, deswegen kriegt er besonderes Futter.

Ich kenne die Pferde, sie gehören Brunß' Tochter. Sie heißen Uschi, Mona und Opa, doch natürlich sage ich es den Kindern nicht. Opa, der vor uns am Zaun steht, ist ein alter Klepper, der hier sein Gnadenbrot erhält. Er hat das hintere rechte Bein angehoben, ihm fehlt selbst die Kraft, die letzten Fliegen zu verjagen, sie trinken ungestraft aus seinen Augen. Er steht einfach nur da, stundenlang, die Lippe hängt ihm herunter, er hat kaum noch Zähne, eine Narbe zieht sich längs über seinen Bauch. Ich beuge mich etwas hinunter, auf Augenhöhe meiner Tochter. Wir stehen nebeneinander, schauen auf dasselbe und sehen doch zwei völlig verschiedene Versionen der Welt. Wahrheit, denke ich, ist immer nur jene Geschichte, die man sich selbst erzählt.

– Na, kommt, sage ich, es wird langsam dunkel.

Wir schleichen wieder vorbei an den Brombeeren, den Paletten, den Nordgärten, zurück zu unserem Haus. Ich bin den Kindern dankbar, dass sie mir ihren Geheimweg gezeigt haben. Es fühlt sich an wie eine Aufnahme in ihren Zirkel. Ich hole die Feuerschale aus dem Schuppen, werfe drei, vier Scheite hinein, dazu ein paar Stücke alter Bretter, und zünde sie an. Die Flammen kommen rasch in Gang, die Funken schlagen in den Himmel, das Feuer streut sie mit großer Geste auf das Dunkelblau des Abends. Die Kinder wollen Stockbrot machen, doch uns fehlt die Hefe. Levje schneidet ein paar Scheiben Baguette ab, wir spießen sie auf Bambusstöcke, und halten sie ans Feuer. Es ist Anfang November. Ich hole noch einmal tief Luft, als müsse ich den Atem anhalten bis März. Das Holz birst, manchmal spritzen die Funken meterweit. Dann gibt es einen Aufschrei, und die Kinder wischen hektisch über ihre Jacken. Ich lege noch zwei Scheite nach, dann muss es reichen. Ich schaue hinauf in den Himmel, in den der Rauch aufsteigt, und frage mich, ob es legitim ist, zum eigenen Wohlbefinden Emissionen zu verursachen, ob der Zusammenhalt der Familie, die Erinnerungen, die wir erzeugen, den Rauch aufwiegen, den wir in die Atmosphäre schicken.

Es ist halb sechs, mein Rücken ist kalt, meine Brust ist heiß. Ich bin von der Temperatur längs geteilt und sage zu Levje, dass ich noch mal ein wenig arbeiten müsse. Ja, ist gut, antwortet sie.

Inselverzwergung

Den ganzen Nachmittag, während ich etwas anderes tue, einkaufen fahre, Holz staple, mit den Kindern spiele, hocke ich in Wahrheit auf meinem Beobachterposten und warte auf die Zeit der Wachheit. Ich lauere mir selbst auf, und wenn sie dann da ist, die Zeit, dann verschwinde ich sofort an meinen Schreibtisch. Meist nehme ich das Mailschreiben als Vorwand, um nach meinem Roman zu schauen, als könne ich schreiben immer nur aus dem Hinterhalt, um das Schreiben nicht mit Erwartungen zu erdrücken, also muss ich mich auf dem Weg die Treppe hinauf selbst täuschen, ich schauspielere dann wie jemand, der pfeifend einen Gehweg entlangschlendert, obwohl er gleich einen Juwelierladen überfallen will.

In meinem Büro ist es kühl geworden, der *Jydepejsen* ist lauwarm, unter der Asche schwelt noch die Glut. Ich lege etwas Holzwolle und zwei Scheite nach und warte, bis sich die Flammen hinaufgearbeitet haben, dann schließe ich die Tür und setze mich an den Schreibtisch. Mein Blick geht noch einmal hinaus Richtung Südwesten. Auf dem Horizont liegt ein tiefes Preußischblau, ich höre die Stimmen der Kinder, die mit ihren Stöcken auf den Feuerkorb schlagen, ihre Rufe *oh nein, jetzt ist es verbrannt*. Eigentlich wäre ich lieber bei ihnen unten geblieben, hätte die halbe Stunde bis zum Abendessen noch mit ihnen am Feuer gestanden, mir vielleicht schon ein Bier geholt, die kühle Flasche an die Lippen gesetzt. Doch ich muss noch mal hinauf, jeden Abend, etwas treibt mich hier hoch. Wenn ich diese Arbeitsphase auslasse, werde ich ungehalten, als hätte ich nicht genügend erbeutet in mir selbst, als sei es nachlässig, geradezu unstatthaft, mich nicht bis an die Grenzen ausgeschöpft zu haben. Ich bin ein Ausbeuter meiner selbst, tagtäglich muss ich Beute machen. Die Erholung des Geistes dient der körperlichen Ausbeute, und die Erholung des Körpers dient der geistigen Ausbeute, und dieses Wechselspiel treibe ich den ganzen Tag. Aber das ist in Ordnung. Ich habe all die Jahre an nichts anderem gearbeitet als daran, die Ausbeutung durch andere zu verringern, Stück für Stück, jedes Jahr etwas weniger. Ich habe gute Miene zum bösen Spiel gemacht, ich habe gearbeitet für den halben Mindestlohn, ich habe an der Theke gelächelt, und innerlich habe ich gehasst, und wenn der Chef kam und etwas nicht in Ordnung war, habe ich gelächelt, und innerlich habe ich gehasst und all die Jahre meinen eigenen Plan verfolgt: mich unabhängig zu machen. Lange habe ich gedacht, das kannst du denen nicht antun, den Vaterfiguren, den Männern mit Geld, die mich für ihre Geschäfte einspannten, weil sie selbst keine Ideen hatten, weil sie sich die Ideen der jungen Kreativen kaufen mussten, und lange habe ich nicht gewagt, die letzten Verbindungen zu kappen. Ich dachte immer: Du brauchst doch jemanden, der stolz ist auf dich, wenn du eine Eins nach Hause bringst, doch das stimmte nicht. Das Gegenteil war der Fall. Erfolg hatte ich erst, als ich aufhörte, der Sohn meines Vaters sein zu wollen, als ich verstanden hatte: Das Leben ist kein Versprechen, das andere einlösen. Dann erst war ich endlich frei. Niemand, der mir sagt, wohin ich zu welchen Zeiten meinen Körper zu bewegen habe, was ich mit meinem Körper zu tun habe, was ich zu denken habe, denn Angestelltsein heißt, seinen Körper oder sein Denken zu verkaufen, meistens beides, niemand, der mir sagt, was an meinem Handeln falsch sei. Nur ich. Ich stelle mich ganz ins Zentrum meiner Wertschöpfung. Es gibt keine Verantwortung außerhalb meiner selbst, es gibt keinen Schuldigen, dem ich ein Scheitern anlasten kann, so, wie mein Vater, dessen Welt zweigeteilt war: auf der einen Seite er, auf der anderen Seite all die anderen, die Schuld hatten an seinem Absturz. Seine gute Stellung, seine dreißig Jahre währende feste Anstellung als Ingenieur im VEB Faser- und Spanplattenwerk wurde sofort mit der Wende gekündigt, die Firma abgewickelt. Die ganze Region strauchelte, stürzte, fiel. Die Fabriken wurden nach Polen verkauft, dafür Baumärkte an jeder Ecke hochgezogen, in denen mein Vater sich als Verkäufer versuchte. Die Produktion wurde durch Konsumtion ersetzt. Seine Wut wuchs mit jeder Stelle, die er wieder verlor, weil er kein Verkäufer sein wollte, weil er zu viel trank, zu viel schimpfte, weil er kein Englisch sprach und auch nicht sprechen wollte, weil er nicht umziehen wollte, weil er Probleme hatte, sich unterzuordnen. Seine Wut auf den Wessi, den Großkotz, den Gernegroß, den Lackaffen, *den hab ich gefressen*, der ihm immer unter die Nase rieb, was er falsch machte. Erst kurz vor der Rente gelang es ihm, sich mit der Arbeitswelt zu versöhnen. Er machte sich selbstständig. Er eröffnete eine kleine Firma namens *Bautec*, spezialisiert auf Renovierungen, und jeden Tag fuhr er ins Büro und wartete auf Anrufe. Er fuhr jeden Morgen hin, auch wenn es wochenlang nichts zu tun gab, er fuhr auf Messen, brachte uns stoßweise Prospekte mit, erklärte mir die Funktionsweise der neuesten Aufsparren-Dachdämmung, in die man die Dachpfannen einfach nur ein-

hängen musste, und allein dieses Herumfahren und Geschäftig-
tun machte ihn zufrieden, auch wenn meine Mutter murrte, dass
er kein Geld nach Hause brachte und sie die Familie allein über
Wasser halten musste. Gab es einen Auftrag, wurde er betriebsam,
dann sagte er: *Jetzt geht's aufwärts, jetzt haben wir einen dicken
Auftrag*, und die beiden Polen, die er angestellt hatte, renovierten
die Wohnung, und mein Vater bestellte Dämmung, Fenster, Farbe,
und ich fragte mich immer, wer wen mehr brauchte: die beiden
Polen ihn oder er die beiden Polen. Die Rente war dann für ihn
eine Art Zieleinlauf, ein lang ersehntes Ausatmen, ein Endlich.
Doch dieses Ausatmen währte kaum zwei Jahre.

Die Mails rattern herein, ich sortiere sie weg, antworte, lösche.
Bei manchen denke ich ein paar Sekunden länger über die richtige
Antwort nach, schaue aus dem Fenster, höre die Kinder draußen
lachen, sehe den Widerschein des Feuers an der hölzernen Car-
portwand und antworte erst dann. Eine Kundin war nicht zufrieden mit einer unserer Dienstleistungen, und nun startet sie einen
Vernichtungsfeldzug gegen uns im Internet. Auf allen möglichen
Seiten gibt sie uns nur einen Stern, schreibt hasserfüllte Kommentare, die mich ebenso ratlos zurücklassen wie diese ganze Bewer-
tungsdiktatur. Man muss sich noch besser absichern, denke ich,
es geht überhaupt nur noch darum, sich nach allen Seiten hin ab-
zusichern, sich unangreifbar zu machen. Jede öffentliche Äußerung führt zwangsläufig zu einem Konflikt, da die Energie zum
Engagement nicht aus der Zustimmung, sondern immer nur aus
der Ablehnung erwächst, und so wird jede Äußerung sofort als
falsch markiert, jede Äußerung führt nur noch zu einem einzigen,
großen Sich-falsch-Fühlen. Man schrumpft in der Öffentlichkeit
zu einem ängstlichen Rumpfselbst, das sich, wenn überhaupt, nur

noch in einer Weise äußert, die dem kleinsten gemeinsamen Nenner genügt. Ich bitte ein paar gute Kunden und Freunde, möglichst rasch positive Bewertungen darüberzusetzen, dann sortiere ich die Mail weg, sie ist die Energie nicht wert, sich länger damit aufzuhalten.

Es ist Viertel vor sechs. Ich schaue noch einmal aus dem Fenster. Der Himmel ist fast schwarz geworden. Obwohl eine Straßenlaterne ihr Licht auf den Asphalt wirft, ist es dunkel genug, um erste Sterne am Himmel zu erkennen. Ich öffne noch einmal das Dokument vom Vormittag und überfliege die paar Zeilen, die ich in die Tastatur gehackt habe.

Die Blätter des Apfelbaums werden gelb, einige sind schon braun. Er wird von Tag zu Tag lichter, ein Greis, der im Garten steht und seine Haare verliert. Ich kann wieder das Nachbarhaus sehen, die Nachbarn können mich sehen, der Winter fördert seine eigene Transparenz zutage. Die Äpfel fallen auf den Rasen. Sie schlagen dumpf auf, man hört es den ganzen Tag über, manchmal auch nachts. In ihrem Fleisch suche ich den Geschmack der Äpfel meiner Kindheit, der frühen Äpfel, der sehnlichst erwarteten Augustäpfel, die noch wirklich nach Apfel schmeckten, nicht nach angezüchteter Süße, wie heute. Doch trotz all meiner Versuche, in den Äpfeln unseres Baums diesen verlorenen Geschmack zu finden, trotz meines guten Willens, sind sie ungenießbar, sie taugen allenfalls zum Mosten, und ich werfe die angebissene Frucht jedes Mal wieder unter die Hecke, wo die Amseln sie den Winter über zerhacken oder die Regenwürmer sie unter einer Schicht Laub nach und nach verdauen. Organisches Material, das wieder seinem Ursprung zugeführt wird. Der November ist die Zeit, in der ich das Vogelhaus wieder in Betrieb nehme. Ich befülle es mit Sonnenblumenkernen, und bald schon stürzen sie heran, die Sperlinge, Meisen, Rotkehlchen, Gimpel. Die Vögel haben Zeiten. Wie auf einem Schulhof. Alle kommen regelmäßig zusammen, dann wieder sind sie stundenlang verschwunden.

Bis dahin bin ich gekommen. Ich lese den Text noch einmal und nehme kleine Verbesserungen vor, lösche Sätze, Wörter, Satzzeichen, ich kämme den Text mit meinen Blicken, wieder und wieder, bis er mir geschmeidig genug erscheint. Schließlich bewege ich den Cursor ganz nach oben und schreibe über das Dokument *Das Vogelhaus.* Lehne mich zurück, nehme Abstand. Wenn ein Text einen Namen hat, ist das ein gutes Zeichen. Es zeigt, dass sich etwas zu formen beginnt, dessen Richtung in einem Titel zusammengefasst werden kann. Doch es ist eine Richtung, die ich noch nicht kenne. Ein nicht einsehbarer Weg. Wie geht es weiter? Welche Wendungen kann ich einbauen, wie daraus eine Geschichte formen?

Ich stehe auf, stelle mich an das Giebelfenster und schaue hinab in den Garten. Im Feuerkorb verglüht das letzte Stück Holz, mit jedem Windzug glimmt es noch einmal auf. Manchmal fliegen kleine Ascheflöckchen in die Luft und schweben durch den Garten wie graue Seelchen. Die Kinder und Levje sind verschwunden, vermutlich sind sie hineingegangen. Es waren nicht die Mails, die mich hochgetrieben haben, nein, es war dieser Text über den Apfelbaum. Über den Geschmack der Äpfel meiner Kindheit. Ich wollte sehen, ob er stimmig ist, ob ich meine Stimme gefunden oder wiedergefunden habe, eine Stimme, die ich sehr lange nicht gehört hatte. Vielleicht zuletzt in meiner Kindheit, in dem einsamen Busch zwischen den Feldern, als ich die Briefe an mein erwachsenes Ich schrieb.

Es sollte mir egal sein, ob der Text irgendwohin führt. Entscheidend ist, dass ich wieder auf meine Sprache vertrauen kann. Ich glaube ihr wieder, meiner Sprache. Als sei alles Bisherige nur Behauptung gewesen. Ich behauptete immer, es gebe eine Handlung, behauptete, die Figur zu kennen, zu wissen, wie sie sich verhält. War ich mir unsicher, habe ich konstruiert, in der Hoffnung, ein Prinzip könne die Wahrnehmung ersetzen. Ich schlich an einer Stadtmauer entlang und suchte den Eingang, und als ich ihn nicht fand, schrieb ich darüber, wie ich mir die Stadt im Innern der Mauer vorstelle, so, wie Städte eben aussehen, mit Gassen und Türmen und Häusern, und ich bewegte mich außen am Text entlang und schrieb allein von der *Vorstellung* her. Ich dachte, ich müsse eine Stadt in der Weise beschreiben, wie andere erwarten, dass sie sei, und ich versuchte, die Erwartung der anderen zu verstehen, ja, mein Schreiben war ein einziges Bemühen, diese Erwartungen vorwegzunehmen.

Die Holztreppe knarzt. Sie kündigt einen Besuch hier oben immer schon sechzehn Stufen vorher an. Ich weiß dann, dass ich noch etwa zehn Sekunden habe, um den Gedanken zu Ende zu denken oder mir rasch zu notieren. Die Schritte kommen näher, die Treppe knarrt lauter, dann schaut Levje um die Ecke, unter dem Arm ihre blaue Yogamatte.

– Ich hab gleich Pilates. Bist du fertig?

– Ja. Was machen die Kinder?

– Spielen was auf dem Tablet.

Jeden Mittwoch von sechs bis sieben findet eine Onlinestunde Pilates statt, manchmal nimmt nur Levje sie wahr, manchmal nur ich, manchmal wir beide. Wir gehen dazu immer hier hinauf in mein Büro, hier ist man ungestört, und es ist Platz. Üblicherweise bereitet einer von uns währenddessen das Abendbrot vor. Die Entscheidung zwischen Abendbrotmachen und Pilates fällt nicht immer leicht. Auf jeder Etage kämpft man einen anderen Kampf, unten den gegen das Chaos und den Lärm, hier oben den gegen den eigenen Körper. Es ist schon vorgekommen, dass ich den einen Kampf aufgegeben und dankbar den anderen angenommen habe: Ich loggte mich zu Beginn in die Pilatesstunde ein, verlor aber nach den ersten Bewegungen jegliche Energie, mein ganzer Körper erschlaffte, als hätte man ihn ausgeknipst, und nach einem letzten Aufbäumen gab ich auf und ging hinunter zu den anderen, aß Abendbrot und schaute *Paw Patrol* mit den Kindern. Zwischendurch hastete ich dann zur Treppe und horchte nach oben, denn manchmal, selten, kommt es vor, dass Olga einen direkt anspricht, *Na, klappt bei euch zu Hause alles?*, und dann hallt hier im leeren Raum ihre Stimme ins Nichts. Das hat etwas Gespenstisches, und ich stelle mir vor, dass alle aus der Gruppe es genauso machen und Olga am Bildschirm die Übungen für uns vortanzt, wir aber alle in unseren Sesseln sitzen und fernsehen, und am Ende der Stunde lassen wir uns kurz blicken und verabschieden uns. Olga knipst die Zehnerkarte ab – die zehn Euro sind nichts anderes als ein Ablass für unser schlechtes Gewissen – und geht mit hundert Euro die Stunde nach Hause, dafür, dass sie selbst in Form bleibt. Ein bewundernswertes Geschäftsmodell.

Doch heute würde mir eine Stunde tatsächlich guttun, vielleicht bin ich auch einfach nicht in der Stimmung, zu den Kindern hinunterzugehen und das Abendbrot vorzubereiten. Bei dem Gedanken an die Mühe, alles zum Tisch zu tragen, Brot zu schneiden und Gemüse, während die Kinder um mich herumtoben, erscheint mir Pilates als die attraktivere Alternative. Kurz entschlossen ziehe ich mir eine Trainingshose an, schnappe mir ebenfalle eine Matte und rolle sie neben Levjes Matte aus.

– Die kommen schon mal ein paar Minuten ohne uns klar, oder?

– Bestimmt.

Der Bildschirm flimmert, schemenhaft sehen wir Olga im Halbdunkel ihres Studios, hinter ihr die großen Scheiben des Lofts mit den Vorhängen, die Ecken liegen gänzlich im Dunkeln, aus einer kleinen Box schnarrt die Yoga-Electronic-Playlist, die sie jedes Mal laufen lässt.

– *Hallo, ihr Liiieben, ruft sie, alles gut bei euch?*

Ihre gute Laune sprüht förmlich durch die Lautsprecher des Laptops, den ich auf einem Hocker abgestellt habe, damit wir auch im Liegen ihren Anleitungen folgen können.

– *So, dann wollen wir ...* sie beugt sich über die Box und dreht die Musik lauter *... uns erst mal ein bisschen warm machen.*

Ich stehe mit nackten Füßen auf der Matte, meine Füße sind kalt, der Holzboden wippt leicht mit, als wir beide hüpfen und mit den Armen kreisen. Wir werfen die Füße nach außen, tänzeln wie Boxer vor dem Training, und dieses Tänzeln fühlt sich noch leicht und schwerelos an. Die Euphorie der Selbstüberwindung durchflutet mich, der Körper scheint wieder bewältigbar, nicht ich in seiner Hand, sondern er in meiner. Es erscheint mir ein wenig grotesk, uns beide hier so hüpfen zu sehen, Levje in ihrer engen, grauen Jogginghose und in ihrem rosafarbenen Shirt. Sie lässt die Arme kreisen, und immer wenn die Arme oben sind, sehe ich ein Stück ihrer Taille. Es irritiert mich, mit Levje hier zusammen zu hüpfen, als gehörten diese Bewegung und diese Verkleidung nicht hierher in diesen Raum. Wir fallen aus den

Konventionen wie ein Clown, der ein Außerhalb der Gesellschaft repräsentiert in der Art und Weise, wie er sich kleidet und mit zu großen Schuhen durch die Welt stolpert, ein Anarchist, über den wir lachen, dabei lachen wir, weil er uns eigentlich verunsichert, und so verunsichert mich dieses plötzliche Herausfallen aus unseren gewohnten Abläufen, dieses clowneske Schlenkern mit den Gliedmaßen zu zweit, und es drängt sich mir ein Lachen auf, hinter dem doch eigentlich eine Befangenheit steht. Es fühlt sich an wie am ersten Tag im Urlaub, nur sind wir nicht dieselben in einer anderen Umgebung, sondern wir sind andere in derselben Umgebung, und ähnlich wie der Wechsel der Umgebung eine erotisierende Wirkung hat, weil man denselben Menschen plötzlich neu sieht, sehe ich Levje mit innerer Überraschung an, als hätten wir uns Wochen nicht gesehen, und ich denke: Sie ist eine Frau, eine Frau mitten im Leben, und dieses Mitten-im-Leben übt auf mich plötzlich eine unwiderstehliche Anziehungskraft aus. Ihre Reife, ihre Erfahrung, ihr Frausein jenseits des Mutterseins, und ich frage mich, ob es ihr mit meinem Mannsein ebenso ergeht.

– … und jetzt streckt die Arme nach oben, als würdet ihr nach Früchten greifen, die ganz oben hängen, und noch ein bisschen weiter nach oben …

Ich spüre Schmerzen unter meinem rechten Schulterblatt, in meinem unteren Rücken. Die ganze Rückseite ist verkürzt, die Muskulatur ist verkümmert. Kein Wunder, sie wird nicht mehr benötigt. Mir kommt, während ich die Fingerspitzen abwechselnd nach oben Richtung Decke strecke, das Wort *Inselverzwergung* in den Sinn, vielleicht, weil bestimmte Muskeln in meinem Körper verzwergt sind, vielleicht, weil wir uns beide auf einer Insel befinden und nach und nach verzwergen. Ich habe das Wort vor einiger Zeit in einer Naturdoku aufgeschnappt, in meinen Wörterzoo aufgenommen, und seither hat es sich in meinem Kopf festgesetzt. Es bezeichnet das Phänomen, dass die Körpergröße einer auf einer Insel lebenden Spezies mit den Generationen immer kleiner wird, als teile sich das Leben den knappen Raum, indem die Einheiten schrumpfen, sodass insgesamt mehr Raum zur Reproduktion zur Verfügung steht. Das Gegenteil von Inselverzwergung ist Gigantismus, und während ich versuche, mit meinen Fersen den Po zu berühren, ein beständiges Nach-vorn-Fallen, das ich wieder auffange, und mein Atem dabei immer schneller wird, denke ich, dass wir in einer asymmetrischen Welt leben, dass unser Gehirn in einer Welt des Gigantismus lebt und unser Körper in einer Welt der Verzwergung, dass wir diesen Körper aber nun einmal haben und ihm gegen alle Widerstände Energie in Form von Bewegung zuführen müssen. Wir halten den Körper für ein Objekt, das, wie alle Objekte, die uns umgeben, ganz auf die Befriedigung unserer Bedürfnisse zugeschnitten ist, ein Objekt, das wie selbstverständlich funktioniert, und es versetzt uns in Erstaunen, wenn es das irgendwann nicht mehr tut und wir feststellen, dass es dem Verschleiß unterliegt. Der Objektcharakter des Körpers tritt zunehmend in den Vordergrund, und der Aufwand, den wir betreiben müssen, um ein bestimmtes Niveau aufrechtzuerhalten, wird immer größer. Ich muss, während ich meinen Oberkörper nach vorn hängen lasse wie einen Sack und die Arme ausschüttele, an diesen Film mit Bruce Willis denken, mir fällt sein Name nicht ein, in dem seine Ehefrau und seine Geliebte mittels eines Elixiers unsterblich geworden sind, jedoch um den Preis, dass sie nach und nach versteinern, dass sie zu Beton erstarren und die Hautfarbe von ihnen abblättert wie das Rosé von einer alten, venezianischen Mauer. Sie leben zwar noch, aber ihr Körper ist versteinert, sie leben noch, sind aber schon tot, sie sind tot und lebendig zugleich.

– *... und wir gehen nach vorn in die Planke ...*

Jedes Mal beim Pilates muss ich an den Tod denken und daran, dass ich mittels des Sports versuche, das Körperobjekt zu erhalten, dass ich mich in die Planke quäle, um den Tod zu überwinden. Die Leichtigkeit des Anfangs ist verloren, meine Arme beginnen zu zittern und mich ärgert, dass meine Muskeln nicht mehr in der Lage sind, den eigenen Körper zu tragen. Wie schwer der eigene Rumpf sein kann, wie schwer ein Bein sein kann, wenn man es im Liegen kurz über dem Boden schweben lässt, wie einfach sich mittels der Hebelwirkung mit dem Körper selbst arbeiten lässt. Ich hebe meinen Kopf und sehe Levje schwitzen und zittern, doch wenn sie sich etwas vorgenommen hat, kann sie einen enormen Ehrgeiz entwickeln. Ihr Zittern und ihr Bemühen rühren mich, denn ich erkenne mich in ihrem Bemühen wieder. Wir sind vereint im Kampf gegen unsere Körper, zwei Verzwergende, die sich vor zwölf Jahren zufällig in München getroffen haben und sich nun bei dem Versuch, dem Altern eine Stunde Sport pro Woche entgegenzusetzen, etwas hilflos vorkommen.

– *... und wir halten ...*

Rein physikalisch betrachtet, ist unser Körper eine Ordnung von Teilchen, und der Drang dieser Ordnung nach Zerfall wird mit der Zeit immer größer, entsprechend wird die Energie, die man dem Zerfall entgegensetzen muss, ebenfalls immer größer. Es ist der einfache, aber unbezwingbare zweite Hauptsatz der Thermodynamik: Jeder Zustand einer höheren Energie strebt unweigerlich einem Zustand niederer Energie entgegen, und dieser Prozess ist unumkehrbar. Der einzige Sinn dieser wöchentlichen Stunde Pilates ist es, denke ich, das Bestreben der Materie nach Entropie so lange wie möglich hinauszuzögern.

– ... *achtet auf euer Powerhouse, das Powerhouse ist FEST ...*

In einer bestimmten Phase des Abiturs habe ich mich intensiv mit dem Universum befasst. Ich habe Mathematik und Physik als Leistungskurse belegt und mit meinem Lehrer Fragen nach dem Zusammenhang zwischen Materie und Energie diskutiert. Wenn zwischen den Teilen eines Atoms so viel Platz ist, warum kann man dann nicht durch einen Tisch hindurchgreifen? Ist Materie gleich Energie? Sind wir selbst also nichts anderes als ein besonderer Schwingungszustand von Energie? Mein Entschluss, Astrophysik zu studieren, stand fest. Die Weite des Universums war gerade groß genug, um der Enge des Plattenbaus zu entkommen. Ich wollte die Grenzen meines Denkens ausloten, ich war fasziniert von den verschiedenen Theorien zum Urknall, ich las Spezialliteratur über den Dopplereffekt, das Hintergrundrauschen des Universums, Schwarze Löcher, über das statische und das sich ewig ausdehnende Universum, doch am meisten gefiel mir die Idee vom kontrahierenden Universum, ein Universum, das schlägt wie ein Herz, im Abstand von Jahrmilliarden, es dehnt sich aus, es kühlt ab, bis alles zum Stillstand gekommen ist, heruntergekühlt auf den absoluten Nullpunkt, und daraufhin zieht es sich wieder zusammen, erst langsam, dann immer schneller, bis sich alles auf ein gigantisches Schwarzes Loch verdichtet, in dem die gesamte Masse des Universums enthalten ist, in dem wir alle atomisiert enthalten sind, woraufhin es wieder explodiert und der Urknall aufs Neue ein sich ausdehnendes Universum erzeugt, mit neuem

Leben, neuen Menschen, anderen Naturgesetzen, wer weiß. Doch die Frage bleibt: Wessen Herz schlägt hier? Was befindet sich außerhalb dieses Herzens? Gibt es ein Außerhalb? Wie kann es *etwas* geben ohne ein Außerhalb, das dieses Etwas definiert? Ich dachte so lange darüber nach, ich versuchte so lange, mir dieses Außerhalb oder dieses Nicht-Außerhalb vorzustellen, bis mir schwindlig wurde und mein Denken regelrecht zusammenbrach. Ich landete immer wieder in einer Denkfalle, ich stieß mit meinem Denken zugleich gegen die Grenzen meines Schädels und gegen die des Universums, und nach unzähligen Anläufen beschloss ich, nicht mehr darüber nachzudenken. Es ergab keinen Sinn. Ich stand vor dem Bereich des Undenkbaren, und ich musste ihn akzeptieren.

– … und wir halten weiter, die ganze Kraft kommt aus der MITTE … noch fünf … vier … drei … zwei … und jetzt noch fünf wunderschöne Pilates-Push-Ups …

Es ist ein Phänomen, dass Olga die Übungen absolvieren und zeitgleich noch reden kann. Manchmal macht sie zwischendurch kleine Witze, während ich Mühe habe, überhaupt zu atmen. Fünf saubere Pilates-Liegestütze sind eine Herausforderung, der ich nicht mehr gewachsen bin, ich quäle mich, doch mein Körper ist wie entleert. Ich schiele hinüber zu Levje, die sich ebenso quält wie ich, nach dem zweiten gebe ich auf und sacke auf die Matte. Ich atme schwer zur Seite, der Geruch des Gummis strömt mir unangenehm in die Nase, aber das ist mir jetzt egal, es ist der Geruch der Entspannung.

– So, ihr Lieben. Wenn ihr wollt, könnt ihr einen kleinen Schluck trinken … Olga nippt an einer Wasserflasche … *und dann stellt euch wieder in die Pilates-Grundhaltung. Die Füße sind geerdet, sie*

sind fest im Boden verwurzelt, das Becken ist nach vorn gekippt, die Knie leicht angewinkelt, das Powerhouse ist FEST, und wir beugen uns nach vorn. Lasst euren Oberkörper hängen und umfasst, wenn ihr mögt, mit den Händen eure Knöchel …

Levje und ich sind wieder von der Matte aufgestanden wie nach einem Sturz kurz vor Ende eines Fünftausendmeterlaufs, wir beugen uns nach vorn, ich lasse meinen Kopf zwischen meinen Knien hängen, nicke leicht, schüttele ihn leicht hin und her, als sage ich neinneinnein, jajaja, und alle Gedanken sammeln sich unten an der Schädeldecke, mein Kopf wird träge, ich werde müde, unendlich müde, … *und wir richten uns wieder auf, Wirbel für Wirbel, spürt die ganze Länge eurer Wirbelsäule, als würdet ihr am Scheitel von einem unsichtbaren Faden nach oben gezogen werden, macht euch ganz lang und lasst euch wieder sinken.*

Bei jedem Hinauf und Hinab bleibt mein Blick kurz an Levje hängen, und ich denke, wenn die Kinder nicht unten sitzen würden, wäre eine Versöhnung vielleicht einfacher, ich könnte zwei Schritte auf sie zugehen und sie umarmen und ihr verschwitztes Gesicht küssen und den Rest unseren Körpern überlassen. Auf der Treppe poltert es, ich höre ein Getrampel und die drei Stimmen unserer Kinder, *ich zuerst – ob sie oben sind –, ja, sie sind oben …*

– … und nun lauft mit den Händen nach vorn und geht in den herabschauenden Hund.

Mittlerweile bin ich so weit, den herabschauenden Hund als Entspannung empfinden zu können. Stundenlang könnte ich im herabschauenden Hund zubringen, Handflächen und Zehen auf dem Boden, den Po hoch in die Luft gestreckt, ich werde zu einem Dreieck und versuche, die Fersen so weit wie möglich zum Boden zu drücken, um die Wadenmuskulatur zu dehnen, und Olga sagt, irgendwann wird jede Übung wie der herabschauende Hund, eher Entspannung als Anstrengung, aber dieses Stadium scheint mir sehr fern, wenn nicht unerreichbar. Die Kinder stürmen ins Zimmer und entern uns mit Gebrüll, sie hängen sich an die Masten und an die Reling, sie klettern über uns drüber und auf uns hinauf. Eine Zeit lang versuche ich noch, den herabschauenden Hund zu halten, doch es ist unmöglich mit Fritzi auf meinem Rücken. Malik versucht mitzuturnen, indem er Hände und Füße auf den Boden stellt und den Po in die Höhe streckt und zwischen seinen Beinen hindurchschaut und ruft: *Hallo, Mama, hier bin ich.* Ich bin unentschieden, ob ich für heute aufgeben oder weitermachen soll, dann müsste ich die Kinder wegschicken oder zurechtweisen, doch ich mag ihre Fröhlichkeit nicht unterbrechen, ich will kein Vater sein, der um jeden Preis Disziplin über das Spielerische stellt. Es geht wie so oft um eine Abwägung zwischen meinen und ihren Bedürfnissen, zwischen meinem Körper und ihren Körpern, zwischen meinem Leben und ihrem Leben. Doch wenn ich ehrlich bin, kommt mir die Ablenkung nicht ungelegen, ich bin zu erschöpft zum Weitermachen, ich hätte meinen Körper durch den Rest der Stunde quälen müssen, und so sind sie mir ein willkommener Vorwand, mich auf die Matte fallen zu lassen, den Kopf zur Seite zu legen und meinen Atem zu spüren, und im Moment des Fallens wird mir klar, dass ich für heute aufgebe.

Malik steigt über mich drüber, er benutzt mich als einstufige Treppe, steigt auf meinen Rücken und auf der anderen Seite wieder hinunter, um sich dann umzudrehen und den Vorgang zu wiederholen. Hinauf, hinunter. Levje steht noch immer im herabschauenden Hund, ihr struppiges Haar berührt den Boden, als wäre auf dem Scheitel eine kleine Bombe explodiert. Die Haare, sagt sie, seien nicht ihr großes Kapital, doch ich mag sie, drahtig und lockig. Hier und da mischt sich eine graue Strähne unter das Dunkelblond. Olgas Stimme schnarrt aus den Laptopboxen: *Spürt noch mal in eure Waden und versucht nach und nach, die Fersen auf den Boden zu bekommen.*

– Papa, wann gibt's endlich Essen?

– Gleich, sage ich, noch einen Moment.

Wolfen

Die Kinder stürmen die Treppe hinunter, ich folge ihnen, in einer Mischung aus Erleichterung, mir selbst freigegeben zu haben, und der Enttäuschung über die mangelnde Selbstbeherrschung. Der Esstisch ist voll mit Malblöcken, Stiften, Knete, Spänen vom Anspitzen. Die Kinder sind noch ganz aufgedreht und toben auf dem Sofa herum. Der Teppich ist das Wasser, das Sofa ist das Land, die Sofakissen sind kleine Inseln, auf die man hüpfen muss, ohne ins Wasser zu fallen. Ich werfe ihnen ein halb vorwurfsvolles *Ihr hättet ja schon mal eure Sachen wegräumen können* zu, das aber im Lärm untergeht, schiebe alles auf dem Tisch Liegende mit dem Unterarm Richtung Tischende, gerade so, dass es nicht hinunterfällt. Als wir das Haus bezogen haben, stand er da im leeren Wohnzimmer, der Tisch aus Eiche, einen Meter mal zwei Meter groß, und ich dachte, das ist unser Familientisch, an ihm werden wir sitzen und essen und diskutieren, seine Größe weckte eine gewisse Erwartung an die Größe der Tischrunden, an viele Kinder und Enkel und Besuch von Freunden. Die Fläche war absolut rein, helle Eichenstäbe, fein lackiert, eine Projektionsfläche für all die künftigen Familiengeschichten, die wir an ihm erleben würden. Leer war der Tisch danach nie wieder, die linke Hälfte ist immer belegt mit Schulheften, Rätselblöcken, Stiften, Bildern, Schnipseln, sodass wir zum Essen immer nur die andere Hälfte benutzen, und manchmal spiele ich mit dem Gedanken, diesen übergroßen Tisch zu verkaufen und stattdessen einen kleinen Tisch zu besorgen, auf dem unsere Teller gerade so Platz finden, sodass wir gezwungen sind, ihn immer wieder freizuräumen, und zumindest für Momente die Ordnung des Anfangs zurückkehrt. Manchmal bin ich all dieser Aufgaben so überdrüssig, dieses Räumens, dieses täglichen Versuchs, das Chaos zu bändigen, der ständigen Verfügbarkeit, dem Zwang, immerzu Entscheidungen treffen zu müssen. Es ist die Zeit des Tages, in der ich am liebsten mit der Zeitung in einem Sessel versinken und eine Stunde später wieder auftauchen würde, um eine Kleinigkeit zu essen oder auch groß zu kochen, auf die italienische Art, mit Rotwein und Pasta und Musik, so wie Freunde von uns, deren Kinder aus dem Haus sind und die einen vollkommen freien, von der Uhrzeit losgelösten Umgang mit Mahlzeiten pflegen können.

Ich bringe Wasser und Becher zum Tisch, Frischkäse und Gemüse; wie oft am Tag ich diese Strecke zwischen Küche und Esstisch ablaufe. Dann schneide ich Brot. Die Zacken des Brotmessers fressen sich in die Kruste. Immer wenn ich mit diesem Messer Brot schneide, muss ich an Wien denken. Wir haben das Messer vor elf Jahren dort gekauft. An jenem Tag saß ich in einem Seminar, und Levje schickte mir ein Foto von einem positiven Schwangerschaftstest. Ich saß vorn und dozierte, und als das Handy aufleuchtete, warf ich einen Blick auf das Display und war völlig aus dem Konzept gebracht. Am Nachmittag haben wir uns dann durch die Stadt treiben lassen und in einem winzigen Haushaltsladen für viel Geld dieses Brotmesser gekauft. Ich achte darauf, dass die Scheiben gleichmäßig geschnitten sind, nicht zu dick, nicht zu dünn, ich habe regelrecht eine Manie entwickelt, möglichst identische Scheiben zu schneiden. In meiner Kindheit hatten wir eine Brotschneidemaschine, ein billiges, vergilbtes Plastikding mit einer schwarzen Kurbel und mit Saugnäpfen, die nie hielten, weil sie viel zu klein waren. Ständig gerieten Krümel darunter, und dann rutschte die Maschine mitten im Schneidevorgang ab, und man hielt die Maschine in der einen und das halb geschnittene Brot in der anderen Hand, beide ineinander verbissen wie Kampffische, und versuchte verzweifelt, mit ein wenig Spucke die Saugnäpfe wieder auf der Arbeitsplatte zu befestigen, in der Regel vergeblich, weil das Spucke-Krümel-Gemisch ein Festsaugen unmöglich machte, sodass man zunächst die Saugnäpfe und dann die Arbeitsplatte reinigen und trocken wischen musste, bevor man weiterschneiden konnte. Später wurde die manuelle Maschine abgelöst von einer elektrischen, die Tätigkeit des Kurbelns ersetzt durch die des Knopfdrückens, das Scheibenmesser fraß sich schneller durch den Laib, und Scheibe um Scheibe surrte durch den Schlitz, doch das Problem mit den Saugnäpfen blieb. Jedes Mal hatte ich Angst, dass die Maschine gerade in dem Moment verrutschte, in dem sich mein Daumen am Messer befand. Seitdem hasse ich Brotschneidemaschinen, sie sind für mich der Inbegriff der Spießigkeit, doch die Befriedigung beim Anblick gleichmäßig geschnittener Brotscheiben ist geblieben. Und als müsste ich besser sein, exakter als jede Schneidemaschine, um mir selbst zu beweisen, dass ich keine Schneidemaschine benötige, dass ich *nicht* spießig bin, stecke ich all meinen Ehrgeiz in das Schneiden möglichst identischer Scheiben. Und jeden Abend, wenn die Scheiben im Brotkorb aufgefächert liegen, überfällt mich ein kleiner Stolz. Jeder Wesenszug, denke ich dann, trägt immer auch sein Gegenteil in sich, jede Benennung einer Charaktereigenschaft – ich bin *nicht spießig* – ist wahr und unwahr zugleich. Meine Abneigung gegen Brotschneidemaschinen birgt die Liebe zu möglichst perfekt geschnittenen Brotscheiben in sich, ja, das gleichmäßige Schneiden der Scheiben ist eine Zeremonie, an der ich mich allabendlich aufrichten, aus der ich Kraft schöpfen kann. Ich trage den Brotkorb hinüber zum Tisch und werfe wieder ein halbherziges: *Könnt ihr mir nicht mal helfen* Richtung Sofa, ein leiser Zuruf, der in der Kissenschlacht untergeht. All unsere Versuche, die Kinder zum Mitmachen zu animieren, fruchten nicht oder nur für eine kurze Zeit. Gelegentlich versuchen wir es mit Belohnungsstrategien: Wer den Tisch abräumt, bekommt ein Gummibärchen, doch auch das entfacht jeweils nur eine kurze Begeisterung, sodass ich nicht weiß, was mühsamer ist, selbst rasch den Tisch zu decken oder minutenlang daran zu arbeiten, die Kinder zum Mithelfen zu animieren, damit sie dann halbherzig ein Brettchen zum Tisch tragen. Natürlich könnte ich laut werden, ich könnte die Stimme erheben und damit meine Macht demonstrieren. Doch ich möchte keine Erziehung, die auf Macht oder Drohungen beruht – *Muss ich erst laut werden?* – Ich möchte aber auch nicht die Servicekraft meiner Kinder sein, und so befinde ich mich jeden Tag wieder in dem Zwiespalt, die Freiheiten der Kinder einzuhegen, ohne meine Autorität ausspielen zu müssen, und es hängt von der Tagesform ab, in welche Richtung das Pendel ausschlägt. Im Moment bin ich für einen Konflikt dieser Art zu erschöpft und lasse sie spielen, gönne ihnen den Zustand der Seinsvergessenheit, dieses kindliche Ewigkeitsgefühl, in dem man nur von Bedürfnis zu Bedürfnis lebt, anstatt von Pflicht zu Pflicht.

Malik immerhin, bei dem das Helfen ein Gefühl von Stolz auslöst, Stolz darüber, schon groß zu sein, kommt angelaufen und sagt: *Papa, ich helfe dir.* Er stellt sich auf die Zehenspitzen, zieht die Butterdose mit dem zarten, blauen Design von Bollhagen vom Küchentresen, hält sie verdächtig schief, ich verziehe den Mund, hoffe, dass alles gut geht, und trägt sie zum Tisch. Dann flitzt er zurück, plötzlich ganz eifrig und holt die Brettchen. Die Messer nehme ich ihm lieber aus der Hand, dafür nimmt er das Käsebrett, hält es wieder schief und stellt es auf dem Tisch ab, aber nur zur Hälfte, weniger als die Hälfte, sodass es hinunterfällt. Es poltert, die Käsestückchen verteilen sich auf dem Boden.

– Ach Malik, pass doch auf!

Polly wittert sofort ihre Chance und schleicht sich seitlich heran.

– Polly, ab!, sage ich scharf, und sie verzieht sich wieder in ihr Körbchen.

– Papa, das ist runtergefallen, sagt Malik, als hätte ich nicht mitbekommen, was passiert ist.

– Ja, das habe ich gemerkt.

– Aber der Boden ist nicht kaputtgegangen, sagt er. Er weiß, dass wir gerade sehr empfindlich auf alles reagieren, was den frisch abgeschliffenen Boden betrifft, und er versucht, mir die Sorge zu nehmen, dass die Ecke des Brettchens eine Scharte in das Holz geschlagen haben könnte. In seinem Kommentieren höre ich mein eigenes Kommentieren, als hätte er unseren Blick bereits verinnerlicht, als nehme er die *Bewertung* dieser Situation bereits vorweg, was wird gelobt, was wird getadelt oder sanktioniert. Auf diese Weise, denke ich, als ich die Käsestückchen vom Boden aufsammle, passen sich Kinder an das bestehende System an, das Familiensystem, und es ist für den Rest des Lebens unmöglich, sich davon zu befreien, selbst wenn man in Opposition geht zu diesem inneren Kommentar, ist man nicht frei von ihm.

– Komm mal her, sage ich, ich wollte nicht schimpfen.

Wir hocken beide halb unter dem Tisch, unsere Köpfe befinden sich auf derselben Höhe, ich drücke Malik an mich, er legt seinen Kopf in meine Halsbeuge und wuschelt mit seinen Händen über meine Haare.

Levje kommt von oben herunter, es ist kurz vor halb sieben. Sie scheint heute auch früher aufgegeben zu haben. Ich bin erleichtert, denn sie bindet sofort einen Teil der Energie der Kinder.

– Huch, was ist denn da passiert, sagt sie.

– Mama, das ist runtergefallen, aber der Boden ist nicht kaputtgegangen. Kannst du Papa helfen.

– Und du?, fragt sie, kannst du uns auch helfen?

– Nee, ich hab keine Lust, sagt er, läuft weg und wirft sich aufs Sofa. Er äußert sein Befinden noch mit einer entwaffnenden Ehrlichkeit, die uns zum Lachen bringt.

Der Tisch ist endlich gedeckt. Fritzi und Malik albern auf der Sitzbank herum, ich nehme die Zeitung zur Hand, überfliege sie auf der Suche nach Artikeln, die ich noch nicht gelesen habe, dann lege ich sie wieder weg. Ich will nicht beim Essen abtauchen, auch wenn mir danach wäre. Das Abendessen ist nicht irgendeine Mahlzeit, es lastet eine Erwartung auf ihm, die Erwartung, sich zu unterhalten, den Tag Revue passieren zu lassen, eine richtige Familie zu sein. Jetzt ist Familie, hier findet die gute Familie statt. Ich stelle Alma ein paar Fragen zur Schule.

– Wie war Sport heute?

– Gut.

– Wie lief die Deutscharbeit?

– Gut.

Ich versuche mein Glück bei Fritzi, die in der Regel gesprächiger ist.

– Was war bei dir heute so los?

– Papa, ich kann jetzt schon das B, sagt sie.

Sie spricht das *B* mit betontem *E* aus, *Bé*, woraufhin Alma sie korrigiert, man sage *Be*, und sie spricht es unbetont aus, wie Liebe ohne *Lie*, so, wie sie es in der ersten Klasse gelernt hat. Diese Art der Aussprache nimmt den Konsonanten meiner Meinung nach jedoch die ganze Sinnlichkeit und führt zu einem ausdrucks- und emotionslosen Luftausstoßen. Das H darf nicht mehr Ha heißen, wie in *A-haa*, bei dem die Luft strömt und weich ausklingt, sondern *Hə*, ein verächtliches, hartes Lachen aus dem Zwerchfell heraus. Das F klingt wie der Beginn einer stotternden *F-f-f-ahrt*, das *Dé*, in dem das Dehnen schon angedeutet ist, wird zu einem verstümmelten *də* wie in *Freu-de* ohne *Freu*, dabei kommt das Wort *Konsonant* von con-sonare, *mit-klingen*. Der Klang ist in ihren Namen eingeschrieben, doch das muntere Auf und Ab des Alphabets, die Brücke zum nächsten Buchstaben, wird irgendwelchen pädagogischen Erwägungen geopfert. Ich kann mir eine Bemerkung nicht verkneifen.

– Also, wir haben früher immer *A-Bé-Cé* gesagt, ich fand das besser, aber schon während ich das sage, fürchte ich, dass ich mich anhöre wie meine Elterngeneration, wenn sie von der Volksschule erzählt.

Malik, der das meiste von dem, worüber wir sprechen, noch nicht versteht, tut so, als verstünde er alles und als könne er mitreden, er lacht an den falschen Stellen auf, er redet vor sich hin in einer Kunstsprache, die keinen Sinn ergibt, aber vom Tonfall und Duktus so klingt wie eine echte Sprache, es ist die reine sprachliche Artikulation, eine leere Hülle, die sich der unseren anzupassen versucht. Manchmal sagt er zwischendrin *voll krass,* oder er wirft ein *natürlich* in die Unterhaltung ein, *Willst du noch ein Brot? – Natürlich*, wir müssen dann lachen, und das Lachen löst fast etwas zwischen uns, aber nur fast. Ich versuche, mich zu erinnern, ob wir in meiner Kindheit auch eine gute Familie waren, ob wir uns während des Abendbrots unterhalten haben, ob wir gelacht haben, wie sie überhaupt abliefen, unsere Mahlzeiten unter der Woche, wir in unserer engen Küche auf der Eckbank mit dem rot geblümten Wollstoff, auf der mein Bruder, meine Mutter und ich saßen. Mein Vater hingegen saß gegenüber auf dem Stuhl, abgesondert, und je länger ich dieses Bild betrachte, desto mehr Details kann ich ausmachen, es ist, als hätte ich nicht einen bestimmten Abend fotografiert, sondern unzählige Fotos unserer Abende übereinandergelegt, eine Langzeitbelichtung, in der die meisten Bereiche bis zur Unkenntlichkeit verwischt sind und nur einige Details scharf hervorstechen. Ich beiße in mein Brot und sehe die *Stulle* meiner Kindheit vor mir. Mein Blick ging, wenn ich das Buch, das ich immer bei mir hatte, weglegen musste, hinaus aus dem Fenster – immerhin gab es hier die Weite, immerhin war das ein Vorteil des fünften Stocks – in den Himmel über Tangermünde, in den sich die Spitze St. Stephans wie ein erhobener

Zeigefinger hineinstreckt. Links, am Rande meines Blickfelds, erhob sich der Schrotturm, eine fünfzig Meter hohe Zigarre, in der früher Munition gegossen wurde, indem oben Tropfen flüssigen Bleis auf die Reise geschickt und unten als abgekühlte Schrotkugeln aufgefangen wurden, der Eulenturm, der Kapitelturm, all diese Türme ragen weit über die Dächer der Stadt hinaus und prägen ihre besondere Silhouette. Meist schwiegen wir. Wenn mein Vater da war, schwiegen wir, wenn er nicht da war, schwiegen wir erst recht. Oder täuscht mich die Erinnerung? Haben wir über den Tag geredet? Hat er von seiner Arbeit gesprochen? Er fragte, wie die Mathearbeit war, und wenn es eine Eins war, sagte er, *super, mein Junge*, bei einer Zwei sagte er, *na ja, eine Eins wäre besser gewesen*, hatte ich eine Drei, sagte er: *Nanu, was ist denn da los?*, und dann belegte er das Mischbrot mit Salami, die damals nicht Salami, sondern Schlackwurst hieß, ein Begriff, vor dem ich mich heute ekele. *Schlacke*. Als würde man Abfall zu sich nehmen, Übriggebliebenes, Unverwertbares. *Schlacke: zugehörigkeit zu dem verbum schlagen, derart dasz der name der beim schlagen oder schmieden des metalls abfallenden unreinigkeit auf die entsprechende beim schmelzen übertragen worden ist; im braunschweigischen schlacke und schlackdarm: der mastdarm; die darein gefüllte wurst: schlåcke, schlåckworscht.* Und er aß Hack, fingerdick auf dem Brot, mit rohem Ei gemischt und mit Zwiebelhäckseln bestreut wie mit kleinen Blüten. Fleisch zu essen, war für ihn der Inbegriff von Wohlstand. Je mehr Fleisch, umso besser, er konnte sich an Fleisch gar nicht satt essen. Das Essen, insbesondere aber das Fleischessen, brachte seinen ganzen Körper in Bewegung. Seine Art zu essen hat sich mir eingeprägt, sein Gestus, seine Körperhaltung: über den Tisch gebeugt wie ein Wolf über das Opfer. Er riss große

Stücke von der Wurst, zermalmte sie und schlang sie halb zerkaut hinunter. Das Fleischessen war für ihn wie ein Sieg, als fände sich im Fleischessen noch immer die rohe Aggression der Jagd, das Zermalmen des anderen Lebewesens. Und während des Essens trank er schon zwei große, lauwarme Bier, die immer in einer Ecke der Küche in einem Leinenbeutel standen, als käme seine Ernährung direkt aus dem Mittelalter: Gesottenes und Gegorenes. Seine Kiefer mahlten kräftig, eher seitlich, wie bei einer Kuh, die zu schnell wiederkäut. Wenn er in eine saure Gurke biss, übertönte sein Kauen jedes andere Geräusch, er kaute schnell und kräftig, er kaute, als ginge es um sein Leben, als sei das Kauen ein mechanischer Vorgang von höchster Dringlichkeit. Oft biss er sich dabei selbst auf die Zunge, dann stand er auf, zog die Luft scharf zwischen den Zähnen ein und hielt sich die Hand vor den Mund. Meine Mutter sagte, *Mensch, was machste denn schon wieder,* und rang sich ein *Zeig mal her* ab. Noch heute gelingt es mir nur mit Mühe, langsam zu essen. Es dauerte Jahrzehnte, bis ich mir meiner Art des Essens, der Vaterart, bewusst wurde. Ich schlang ausnahmslos alles hinunter, Essen war für mich eher Rausch als Genuss, ich hatte einen Hang zur Maßlosigkeit, in der sich auch eine Lebensgier äußerte, aber mittlerweile versuche ich, mich stärker zu kontrollieren. Ich nehme mir ein Beispiel an Levje, an ihrer unbekümmerten, maßvollen Art des Essens. Sie ist nicht wählerisch, verschmäht nichts, passt sich an alles an, sie isst langsam und unaufgeregt, durchaus mit Genuss, aber nie unkontrolliert, und ich denke, an der Art des Essens lässt sich der Charakter eines Menschen erkennen, der Umgang mit Geld, mit Sexualität, die Gier, die Selbstbeherrschung, Egoismus, Altruismus, das Essen ist eigentlich ein Abbild unserer selbst, und so habe ich bei jeder

Mahlzeit das Gefühl, ich kämpfte gegen meinen Vater, der in mir steckt und die Nahrung reißen will, schnell kauen will, doch dann kommt etwas hinzu, mein neues Ich, meine bürgerliche Nachsozialisation, der Tod meines Vaters. Mich befällt, wenn ich esse wie mein Vater, die Angst, auch zu sterben wie mein Vater. Dann kaue ich langsamer. Meine Kiefer bremsen die exzessive Art meines Vaters, die Kontrolle über mein Essen ist Zeichen eines angemessenen sozialen Verhaltens, jedes *Wolfen* ist wieder ein Rückfall.

– Papa. Darf ich Handwurst?

Handwurst ist ein Begriff, der sich bei uns eingebürgert hat; er bedeutet, eine Scheibe Wurst direkt zu essen, ohne Brot. Seitdem nutzen wir die Handwurst zur Beruhigung, wenn es etwas zu beruhigen gibt, *Willst du eine Handwurst?*, doch in letzter Zeit hat es mit der Handwurst überhandgenommen. Malik ging dazu über, nur noch Handwurst einzufordern und sich mit drei, vier Scheiben vordergründig satt zu essen.

– Aber nur mit Brot.

– Ich mag aber kein Brot.

– Sonst hast du nachher wieder Hunger. Nachher gibt es nichts mehr.

– Ich will aber kein Brot.

Sein Ton wird weinerlicher, trotziger, und ich bin unsicher, ob ich darauf bestehen soll, dass er Brot isst, ob ich ihn dazu zwingen soll und ihn damit dem aussetze, was ich früher gehasst habe: aufessen müssen.

– Können wir fernsehen?, fragt Alma, die schon lange fertig ist.

– Gleich, sage ich, Malik muss erst was essen, und etwas ratlos schaue ich zu Levje hinüber. Sie schlägt vor, dass er ausnahmsweise sein Brot vor dem Fernseher essen darf. Es ist sieben. Alma schaltet den Fernseher ein. Im Hintergrund höre ich die Fanfaren der *Heute*-Sendung, und mir fällt siedend heiß der Pilateskurs ein.

– Hattest du den Laptop ausgemacht?

– Ach herrje, nein.

Ich sprinte die Treppe hoch und sehe im Halbdunkel den Bildschirm und darauf Olga, wie sie mit geschlossenen Augen im Schneidersitz auf der Matte sitzt und mit ruhiger, sonorer Stimme spricht.

– *... gönne dir noch mal zwei tiefe Atemzüge, greife noch mal mit beiden Armen weit in die Luft, nimm die ganze Energie, die ganze Kraft, die du heute hier erzeugt hast, mit in den Abend und in den nächsten Tag und verneige dich in Liebe und Dankbarkeit vor deinem Körper.*

Ich mag diesen Spruch von ihr, *verneige dich in Liebe und Dankbarkeit vor deinem Körper.* Der Gedanke, meinem Körper dankbar zu sein, ist mir vor den Pilatesstunden nie gekommen. Ich stelle das Mikro an und rufe Olga zu: Danke! Bis zum nächsten Mal.

– War alles okay?, fragt sie noch zurück.

– Jaja, sage ich, alles prima. Ich muss zu den Kindern ...

Dann klappe ich den Laptop zu und überlege, ob ich noch aufräumen soll, aber nein, ich lasse die Matten liegen und den Laptop auf dem Hocker stehen, auch wenn ich weiß, dass es mich morgen ärgern wird, meinen Laptop vom Hocker zu nehmen, die Matten zusammenzurollen und das Zeichen unseres Versagens stillschweigend wegzuräumen, all das werde ich morgen machen, nicht heute.

Der Archetyp des Eigenbrötlers

Während Levje am Abendbrottisch sitzen bleibt, in die Zeitung vertieft ist und sich dabei kleine Stückchen Käse abschneidet und in den Mund schiebt, setze ich mich zu den Kindern aufs Sofa, vielmehr: Ich lasse mich zwischen sie fallen, links sitzt Malik in der Sofaecke, er hat sich ein Kissen in den Rücken gesteckt und eine Wolldecke über seine Beine gelegt und sagt, *hier, Papa, die Decke,* und schiebt mir die andere Hälfte der Decke rüber. Ich lege meinen Arm um ihn, er lehnt seinen Kopf gegen meine Brust, und wir beide liegen dort, ganz eins, er in der Erwartung der Kindersendungen, ich aus Erschöpfung, eine Praxis, an die ich mich so gewöhnt habe, dass ich manchmal halb im Scherz behaupte, ich würde diese Gewohnheit beibehalten, auch wenn die Kinder längst aus dem Haus sind, und jeden Abend gegen sieben drei Kindersendungen schauen, obwohl es natürlich vollkommen lächerlich wäre, gruselig, so, wie in manchen Wohnungen auf den Kommoden die Kinderpuppen sitzen und einen mit leeren Augen anstarren. Ich bin dankbar über jeden Abend, den ich unter dem Vorwand des begleitenden Fernsehens hier liegen und endlich frei von Verpflichtungen und ohne schlechtes Gewissen alles loslassen kann, Sendungen schauen, in denen die Welt wieder einfach wird: einfache, kleine Probleme, verpackt in einfache, kleine Dramaturgien. Die Welt wird zerlegt in ihre kleinsten Bestandteile und neu zusammengesetzt zu einer Wirklichkeit – *Conni geht zum Friseur, Conni backt Pizza –,* die den Kindern die Handlungslogiken unserer Gesellschaft veranschaulichen soll.

Conni schüttet das Mehl in eine Schüssel, knetet den Teig, rührt in der Tomatensauce, und ich entdecke die Welt mit Conni noch einmal neu und registriere zugleich, auf welche Weise dieses Weltentdecken vermittelt wird, wie jeder Satz, jede Figur, jeder Dialog *erziehen* will. Ich sehe dahinter die Heerscharen von Pädagoginnen und Pädagogen, die sich Gedanken darüber machen, welches Familienbild, welches Frauenbild, welches Männerbild, welches Jungsbild und welches Mädchenbild mit jedem Satz, mit jeder Handlung zum Ausdruck gebracht wird, welches Verhalten als *richtig* und welches als *falsch* bewertet wird, ich sehe den sanft führenden, gut meinenden, sich moralisch überlegen fühlenden Geist, aus dem all das geboren ist, und ich bin nicht sicher, ob dieses Bemühen am Ende nicht mehr Schaden anrichtet als Nutzen, ob es überhaupt einen Einfluss hat oder den Kindern völlig egal ist. Ich rutsche noch ein wenig tiefer in die Kissen und lasse meinen Kopf nach hinten auf die Lehne sinken. Meine Augen fallen zu, und in diesem Zustand der äußersten Müdigkeit und aller bunten Bilder entledigt ist mein Unterbewusstsein zugleich ganz wach und weit geöffnet. Bild und Ton fallen auseinander, ich ordne die Stimme nicht mehr einer Figur zu, sondern ich sehe die Sprecher in ihren Studios stehen und die Dialoge in die Mikros schauspielern, und wenn ich die Augen einen Spalt öffne, werden Bild und Ton wieder zusammengeschweißt. Eine Zeit lang spiele ich damit, Augen öffnen, Augen schließen, bis meine Lider irgendwann ganz geschlossen bleiben. Die Stimmen dringen in meine aufziehende Traumwelt hinein und vermischen sich mit meinen Gedanken, einem Fazit des Tages, mit der Frage, ob ich heute Abend noch mit Levje reden soll oder nicht, ob wir noch die Kraft dazu haben.

– Was wollen wir jetzt gucken?, fragt Fritzi, als die Sendung zu Ende ist.

Wir diskutieren ein wenig herum, und einigen uns schließlich auf *Shaun das Schaf*, so, wie nahezu jeden Abend; es ist die einzige Sendung, die wir alle mögen. Manchmal überschlage ich, wie viele Folgen *Shaun das Schaf* inklusive aller Wiederholungen ich schon gesehen habe, denn jede der gut einhundertsiebzig Folgen habe ich mit jedem der drei Kinder mindestens drei, vier Mal gesehen, das macht etwa eintausendsiebenhundert Folgen *Shaun das Schaf* in den letzten sieben Jahren. Vielleicht bin ich derjenige, der von allen Menschen auf der Welt die meisten Folgen *Shaun das Schaf* gesehen hat. Wer könnte mehr Folgen gesehen haben? Vielleicht gibt es Fanclubs in Irland oder sonst wo auf der Welt, in denen man laut Satzung jeden Tag drei Folgen schauen muss, um Mitglied zu sein, mag sein, aber ich glaube, da könnte ich mithalten. Die meisten Folgen erkenne ich mit geschlossenen Augen schon in den ersten Minuten an den Geräuschen, doch das Erstaunliche an dieser Serie ist, dass sie trotzdem nie langweilig wird, ja ich entwickle geradezu eine Freude an der Wiederholung. Ich lache immer wieder an denselben Stellen, ich weiß genau, wann welche Wendung kommt, ich kenne jedes Geräusch, bewundere jedes Mal aufs Neue die komplexen ironischen Dramaturgien, den hintersinnigen Humor, die schrägen Figuren, und manchmal, ganz selten, passiert es, dass wir eine neue, noch nie gesehene Folge entdecken, und das ist, als stießen wir beim Spazieren zufällig auf eine Schatzkiste am Feldrand, die wir langsam und genüsslich öffnen. Häufig fällt bei uns der Satz: *Das ist ja wie bei Shaun das Schaf*, wenn wir eine Krähe im Garten haben, wenn jemand Schluckauf hat, wenn eine Spinne im Waschbecken sitzt, eigentlich sagen wir diesen Satz ständig, und jedes Mal, wenn dieser Satz fällt, muss ich wiederum an einen Aufkleber denken, der mir vor Jahren am Heck eines Autos aufgefallen ist: *Ich kenne das Leben, ich war im Kino.* Von all den Autoaufklebern, die ich in meinem Leben gesehen habe, ist ausgerechnet dieser hängen geblieben. Es ist wie mit Witzen oder Sinnsprüchen, von denen sich zwei oder drei derart widerständig bei uns festhaken, dass wir sie nie wieder loswerden. Ich frage mich, während ich den Geräuschen der Folge *Der große Ausbruch* lausche – es ist die Folge, in der der Bauer versucht, die Schafe zu scheren, und ständig die Schermaschine auseinanderfliegt –, warum sich nur ganz bestimmte Sätze derart tief in unserer Erinnerung verankern, zu Ankersätzen werden, und ob die Sätze unser Leben beeinflussen oder unser Leben die Auswahl der Sätze. Vermutlich stieß der Satz bei mir, einem Cineasten, der in der Studentenzeit nächtelang Filmklassiker analysiert hat, auf eine gewisse Sympathie: Das Kino ist echter als das Leben, es ist weiter, größer, es entfaltet in seinen besten Momenten eine Magie, die das Leben nie erreichen wird, und je öfter ich die einhundertsiebzig Folgen *Shaun das Schaf* schaue, desto mehr bestätigt sich dieser Spruch, je öfter ich sie sehe, desto mehr Wahrheiten entdecke ich.

Rechts neben mir sitzt Alma und kichert vor sich hin, als der Bauer mit der Schermaschine wartet und der ganzen Szene eine leichte Horrornote beigegeben ist. Ihr Lachen ist bedeckt, zurückhaltend, mit einer leicht herablassenden Note, als sei dieser kindliche Humor eigentlich nichts mehr für sie, als sei sie sich aber auch des Erwachsenenlachens noch nicht sicher, nicht gewiss, ob sie die zweite Ebene, die Anspielungen, Verweise, Zitate, schon richtig versteht. Mich wundert, dass sie heute überhaupt mit uns die Kindersendungen schaut, normalerweise zieht sie sich um diese Uhrzeit in ihr Zimmer zurück. An Wochenenden läuft sie stundenlang nur mit Kopfhörern durch das Haus, sie antwortet meist nur mit Ja oder Nein, ein Zustand, an den ich mich erst noch gewöhnen muss. Aus irgendeinem Grund hatte ich die Vorstellung, ich bliebe von diesen Prozessen rund um die Pubertät verschont, die Innigkeit, die uns seit der Geburt verband, hielte ewig. Die ersten Stunden ihres Lebens verbrachte ich mit Alma allein in einem Zimmer der Geburtsklinik, während Levje ein paar Zimmer weiter im Aufwachraum lag. Alma war in ein weißes Baumwolltuch gewickelt und schlief. Ihr Köpfchen lag auf meiner Schulter, und ich wippte leicht auf und ab beim Gehen, ich lief mit ihr immer wieder auf und ab, aus Glückseligkeit, dieses Kind tragen zu dürfen, aber auch, weil ich mich nicht traute, sie abzulegen, oder nicht wusste, wie man das macht: ein Kind ablegen. Ich lief vom Fenster zur Tür und wieder von der Tür zum Fenster, und immer wenn ich am Fenster angekommen war, warf ich einen Blick hinaus, über eine Baumkrone hinweg auf die anderen Gebäude des Klinikgeländes, und auf dem Rückweg kam ich jedes Mal vorbei an dem Wickeltisch, über dem eine riesige Infrarotlampe hing, ausgestattet mit diversen Schaltern und Rädchen, und an der Zimmertür, einer schweren, gelben Tür, drehte ich wieder um. Ich trug sie, als wäre sie ein zerbrechliches Wesen von einem anderen Stern, das ich soeben gefunden hatte und das sich an die hiesige Atmosphäre erst gewöhnen müsse. Zwischendurch blieb ich stehen und lauschte, ob ich ihren Atem noch hören konnte, er war so leise, dass ich mit dem Ohr ganz nah an ihren Mund herangehen musste. Einmal wehte die Hebamme in das Zimmer und sagte, ich solle das Kind wickeln. Vorsichtig nahm ich Almas Kopf in die eine und den Windelpo in die andere Hand, legte sie auf dem Wickeltisch ab und schaltete die Infrarotlampe ein. Es war ein winziger schwarzer Klecks in der Windel, aber ich wusste nicht, wie ich eine neue Windel anlegen sollte, ich hatte Angst, Alma anzuheben, sie zu hart anzufassen, als hätte sie Glasknochen, die bei jeder Berührung zerbrechen könnten, doch die Hebamme sagte, *Ach, die halten was aus,* hob die Beine an, schob die Windel drunter und klebte sie zu. Levje hatte wegen des Kaiserschnitts eine Betäubung ins Rückenmark bekommen, eine routinemäßige, partielle Narkose, und trotzdem ließen uns die Krankenschwestern nicht zu ihr. Sie hatten gleich nach der Entbindung ein Foto gemacht und es Levje mit den Worten *Das ist Ihr Kind* auf den Nachttisch gestellt. Es war eine traumatische Erfahrung für sie, und noch heute kocht bei ihr, wenn sie darüber spricht, die Wut hoch, über dieses Krankenhaus, über Hebammen, die der Mutter nach der Geburt das Kind wegnehmen, als müsse das säuberlich voneinander getrennt werden: die Geburt und das Begrüßen des Kindes, als müsse man erst ganz aufgeräumt und wach sein, um sein Kind in Empfang nehmen zu können wie ein verpacktes Geschenk, sie ist wütend auf sich selbst, dass sie das alles mit sich hat machen lassen, dass unsere Verunsicherung als Ersteltern auf diese Weise ausgenutzt wurde. Als wir, nach drei Stunden, endlich zu Levje durften, legte ich ihr Alma auf den Bauch, doch Levje lag da, mit einem leeren, abwesenden Blick, als sei ihr gar nicht klar, was gerade passiert war. Es dauerte Wochen, bis sie wieder richtig lachen konnte. Die Veränderungen an ihrem Körper machten ihr zu schaffen, die Narbe des Kaiserschnitts schmerzte und wollte nicht verheilen. Niemand hatte einen darauf vorbereitet, wie es ist, mit einem Kind nach Hause zu kommen, plötzlich zu dritt in der Wohnung zu sein, plötzlich in einem anderen Tagesrhythmus, einem anderen Leben zu stecken. Das erste Jahr mit Alma war eine unwirkliche Zeit, in der wir in einem Kokon aus Liebe und Glück schwebten, in unserer Dachgeschosswohnung im Musikerviertel in Leipzig, mit den alten Holzdielen und den Kachelöfen, die ich jeden Morgen anheizte, bevor ich mit Alma zum Bäcker ging und Brötchen holte, und zugleich war es eine Zeit, in der Levje und ich nicht mehr zueinander fanden. Levje haderte mit ihrem Körper, mit der Narbe, mit der Veränderung ihres Bauches, ihrer Brüste, alles geriet plötzlich aus der Form. Die Narbe hinterließ eine taube Stelle, als sei mit der Geburt die Verbindung zwischen Oberkörper und Unterleib zerschnitten, und es dauerte das ganze erste Jahr, bis wir als Paar wieder zusammenfanden.

In Kürze wird Alma elf, und begleitet wird diese Lebensphase von enormen Stimmungsschwankungen. An manchen Abenden, so wie heute, scheint sie es zu genießen, noch ein Kind sein zu dürfen, dann spielt sie mit Fritzi und Malik wie früher, albert herum, baut Höhlen, rennt im Wohnzimmer im Kreis oder schaut mit uns die alten Sendungen, und sie wirkt fast erleichtert darüber, dass ihr diese Welt noch zur Verfügung steht. Mal kommt sie tanzend aus der Schule, dann wieder weint sie, ohne recht zu wissen, warum. Vor allem abends weint sie. Es ist ein stilles Weinen, ein grundloses Weinen, als liefen die Tränen einfach aus ihr heraus. Wenn wir bei ihr auf der Bettkante sitzen und nach dem Grund fragen, bekommen wir nur zur Antwort: *Ich weiß es nicht.* Weder Levje noch ich haben je eine wirklich zufriedenstellende Erklärung von ihr bekommen. Mittlerweile sind wir der Überzeugung, dass es ihre Art des Abschieds von der Kindheit ist. Wir reden darüber auch mit anderen Eltern, und alle machen auf die eine oder andere Weise dieselbe Erfahrung. Manche Kinder werden wütend, rasend, frech. Alma weint. Ich versuche dann, mich selbst daran zu erinnern, wie es war, diesen Emotionen ausgesetzt zu sein, als sei man besetzt von einer neuen Macht, die sich von innen ihren Weg durch den Körper sucht und immer drängender die Frage stellt: Wer werde ich sein? Wie bedrohlich das ist, wie unwägbar, wie aufregend und wie abgrundtief verunsichernd, wenn alle Gewissheiten sich plötzlich auflösen, als liefe man auf einer Treppe in der Luft und müsse immer größere Schritte machen, um die nächste Stufe noch zu erreichen, als würden die Abstände zwischen den Stufen größer und größer und schließlich würde man fallen und fallen. Jede Nacht träumte ich in jener Zeit vom Fallen – ich rutschte eine endlose, spiralförmige Rutsche hinab, die im schwarzen Nichts endete –, erst später dann, als ich ausgezogen war, hatte ich Schwingen, und aus dem Fallen wurde ein Fliegen. Ich versuche, ihrem gelegentlich abweisend wirkenden Verhalten nicht mit einem reflexhaften Widerstand zu begegnen, ich halte mich zurück, versuche zu stützen, wo es geht. Doch am Ende können wir ihr das Gehen nicht abnehmen. Wir können sie nicht hinübertragen in ihre neue Identität. Also müssen wir hart sein; auch wenn es uns widerstrebt, müssen wir sie ab einem gewissen Punkt mit ihrem Weinen allein lassen. Nur in den nächtlichen Stunden in meinem Zimmer, wenn draußen im Flur der Streit tobte und ich mich unter der Decke verkroch, wenn ich mich vom Rest der Welt abgeschnitten fühlte, wenn auch mein Bruder schon schlief, was ich daran merkte, dass er auf mein Klopfen an die Betonwand nicht mehr antwortete, wenn auch unsere Klopfsprache verstummte, entstand so etwas wie Widerstandsfähigkeit, dieses Trotzdem, das mich durchs Leben trägt. Manchmal frage ich mich, ob unser Bedürfnis, den Kindern eine glückliche Kindheit zu ermöglichen, nicht kontraproduktiv ist. Welche Geschichte lässt sich erzählen aus einem Glück heraus? Keine. Glück strebt nach nichts, Glück erzeugt nichts, Glück ist der Endzustand. Sind meine Kinder glücklich? Und wenn ja, ist das eine gute Vorbereitung auf das Leben?

– Was gucken wir jetzt? *Paw Patrol, Super Wings* oder *Zoés Zauberschrank?*

– Neenee, sage ich, lieber was Normales.

– Papa, was meinst du denn mit *normal*, das ist doch normal.

Es gibt die guten Kindersendungen und die schlechten, die menschlichen und die künstlichen. Seit einiger Zeit diskutieren wir jeden Abend darüber, denn die Kinder haben einen Hang zu den künstlichen Sendungen, und sie verstehen nicht, was daran schlecht sein soll. Fritzis Frage: *Was meinst du denn mit künstlich?* brachte mich vor einigen Tagen in Erklärungsnot, und ich war gezwungen, mein diffuses Gefühl mit Argumenten auszuleuchten, musste mir aber selbst erst einmal klar über die Kriterien werden. Während ich ein wenig herumstotterte, *na ja, also …,* dachte ich fieberhaft über die Dramaturgie, die Ästhetik, die seltsame Ortlosigkeit dieser künstlichen Sendungen nach, von denen ich nicht einmal wusste, aus welchem Land sie stammen oder wo sich diese pseudo-asiatisch-europäisch-amerikanischen Schauplätze überhaupt befinden, über das *Gewollt-Universelle,* das dabei nur unkonkret bleibt, diese unverfänglichen Weltdramaturgien, die nichts wagen. Ich dachte über diese flächigen, mit grellen Farben und austauschbaren Ornamenten ausstaffierten Räume nach, über die klischeehaften Charaktere, die absurden, unmotivierten

Wendungen, diesen Entwurf einer Welt, der nicht auf Erkenntnis, sondern allein auf Attraktion ausgerichtet ist und dessen Taschenspielertricks die Kinder hoffnungslos ausgeliefert sind. Ich sagte dann, das sei, als würden Mama und Papa jeden Abend einen *James-Bond*-Film gucken, doch sie konnten mit James Bond nichts anfangen, schließlich kam ich darauf, diese künstlichen Sendungen mit Zucker zu vergleichen. Das wäre, sagte ich, als würde man jeden Abend drei große Löffel Zucker in sich hineinstopfen. Das leuchtete ihnen überraschenderweise ein. Seitdem haben wir die Abmachung, dass sie zwei *normale* und eine *künstliche* Sendung schauen dürfen, doch ich bin nicht sicher, ob dieser schwer errungene Kompromiss wirklich ihnen oder nur mir etwas bringt.

– Wie wär's mit *Pettersson und Findus?*, frage ich

– NEIN, Papa, rufen die Kinder gesammelt, und wir lachen, denn es ist wie ein Spiel, das wir jeden Abend spielen und das immer dasselbe Ergebnis hat. Neben *Shaun das Schaf* schaue ich am liebsten *Pettersson und Findus* und erschrecke dann, weil ich den alten, grummeligen *Pettersson* ebenso mag wie den alten, grummeligen Bauern von *Shaun*. Ich frage mich, ob ich mir darüber Sorgen machen sollte, dass ich diese Eigenbrötler zunehmend sympathisch finde, und was genau ich an diesen Figuren eigentlich mag, ob sich jemand in Japan oder den USA ebenfalls mit ihnen identifizieren kann, ob der Eigenbrötler also ein universeller Archetypus oder nur eine gut erzählte Figur ist. Es ist das Uneitle, im besten Sinne Selbstzufriedene, das mich berührt, sie sind eigensinnig wie die Kinder, sie sind Lebenskünstler, die auf den Rest der Welt pfeifen.

Schließlich einigen wir uns auf das *Dschungelbuch*, eine Serie, die mit der Naturphilosophie des Originals nicht mehr viel zu tun hat, sondern lediglich Kiplings Figuren für ihre rasanten Wendungen ausweidet. Im Grunde erzählt die Serie immer dieselbe Geschichte in unzähligen Variationen, und obwohl es um Leben und Tod geht, obwohl Shir Kahn jedes Mal wieder sagt: *Da kommt mein Mittagessen*, ist Mowgli geradezu übermenschlich geduldig mit seinem Feind, verzeiht ihm, hilft ihm, verspottet ihn. Es ist ein Spiel auf Leben und Tod, das lachend gespielt wird, das aber darüber hinaus keine tiefere Dimension entfaltet. Ich werfe einen Blick auf mein Handy, scrolle mich durch die Nachrichten, checke meine Mails, schaue mir ein paar Fotos aus den letzten Tagen an, und als die Sendung zu Ende ist und Fritzi den Fernseher ausschaltet, drängen sich die Kinder an mich.

– Papa, können wir alte Fotos angucken? Sie wissen, dass ich ihnen diese Bitte schlecht abschlagen kann, denn ich liebe dieses gemeinsame Eintauchen in die Vergangenheit genauso wie sie. Ich scrolle in den Alben ein paar Jahre zurück, und starte die verwackelten Filmchen, Almas erste Schritte durch den Flur, im Hintergrund unsere Rufe *Oh, ah, wie toll!*, Alma knabbert an einer Gurke, Fritzi isst Nudeln mit Tomatensauce und lacht mit verschmiertem Mund in die Kamera, Fritzi fährt zum ersten Mal Fahrrad, Malik tut so, als würde er telefonieren. Wenn Levje in den Filmen auftaucht, gibt es immer diesen Moment, in dem sie merkt, dass sie gefilmt wird, und dann verändert sich ihr Lachen, es wird ihr fotogenes Kameralachen, sie zeigt ihre hellen, gleichmäßigen Zähne, ihre schönen Lippen, ihren großen Mund. Ich selbst bin so gut wie nie zu sehen, da ich immer filme, doch ich höre im Hintergrund mein Lachen, das mir seltsam fremd vorkommt, oder meine Rufe, *Wahnsinn, oh nein*. Die Kinder sind ganz verrückt danach, sich diese alten Filme anzuschauen. Immer wieder müssen wir ihnen dieselben Geschichten erzählen, die Geschichte ihrer Geburt, wie sie als Baby waren, wie viele Haare sie auf dem Kopf hatten, was sie als Erstes gesagt haben, und sie lauschen aufmerksam, als verstünden sie in diesen Momenten, dass es so etwas wie eine Herkunft gibt. Ich erinnere mich an die Momente, in denen ich die Filmchen gedreht habe, ich erinnere mich daran, wie ich dachte: Das werde ich nie vergessen, das werde ich mir einprägen, wunderbare kleine Momente voller Witz und Liebe, doch wenn ich mir jetzt, ein paar Jahre später, diese Videos anschaue, wenn ich Alma oder Fritzi dreijährig auf einem der Videos sehe, sind sie mir fremd. Meine Erinnerungen haben nichts mit diesen Bildern zu tun, als müsse sich das Gedächtnis das, was auf Bilder gebannt ist, nicht mehr einprägen. Ich fürchte, dass diese Aufnahmen zum Gegenteil dessen führen, was sie bezwecken sollen. Der Glaube, man halte diese Momente damit fest, ist ein Trugschluss, in Wahrheit verliert man sie, die tatsächlichen Erinnerungen werden durch diese Videos ersetzt. Doch die andere, nicht erzählte Seite der Geschichte, die gefühlte Geschichte, lässt sich nie verbergen. Sie ist schrecklich unpräzise, sie würfelt die Räume und die Jahre durcheinander, sie verzerrt die Dinge, Kleinigkeiten werden gigantisch groß, während der raumgreifende Alltag bis zur Unkenntlichkeit schrumpft. Und so entsteht eine offizielle und eine inoffizielle Erzählung der Kindheit. Die meisten erzählen sich selbst zeitlebens die Geschichte einer glücklichen Kindheit, in unserer Familie war es umgekehrt. Ich habe mir selbst lange Zeit die Geschichte einer unglücklichen Kindheit erzählt, vielleicht, weil ich auf den Fotos immer dicke Tränensäcke habe, weil ich selten lache, weil es einfacher ist, entlastender, aber auch diese Erzählung kann nicht vollständig sein. Das Glück muss da gewesen sein in unserer Familie, nur musste ich es lange suchen. Ich fand es in dem Willen, die Familie zusammenzuhalten, diesem unbedingten *Familienwillen*, in den Urlauben, von denen man jeden Tag mit Goldstaub aufgewogen hätte, wenn mein Vater plötzlich lachte, wenn er den Arm um meine Mutter legte und sie zu sich zog, wenn wir über die Dünen liefen, die Schuhe auszogen, den heißen Sand unter den Fußsohlen spürten und den ersten Blick auf das glitzernde Meer warfen, ich fand es in den Samstagen, wenn mein Vater in seinem Sessel saß und die Zeitung las, während aus der Küche der Duft des Mittagessens durch die Wohnung zog, wenn er den Daumen anleckte und die Blätter des Sportteils herumriss, dass man davon aufschreckte, und er jedes Kreisligaspiel kommentierte, *der Rethfeld war stark gestern, aber Wulf war schwach, ganz schwach,* ich fand es in den herbstlichen Wäldern der Börde, in denen wir Pilze sammelten und uns, wenn wir uns verliefen, durch lautes Rufen wiederfanden, bis ich ein Rot oder ein Blau durch die Stämme blitzen sah, ich suche noch heute diese Spuren des Glücks und finde sie in der Sorge füreinander, einem grundlegenden Gefühl des Angenommenseins.

Die Kinder haben glasige Augen. Irgendwann geht die Freude an den Videos über in einen automatischen Konsum, in ein endloses *Noch-eins-noch-eins-noch-ein*s, und spätestens dann ist es Zeit, aufzuhören.

– Jetzt ist es aber gut, sage ich und lege das Handy weg. Sie fallen von mir ab, als hätte man einen Magnetismus ausgeschaltet, und treiben ziellos in den Raum hinein. Sie brauchen ein paar Minuten, bis sie wieder in der Gegenwart ankommen.

Das Zentrum des Lebens

– Was können wir jetzt machen?, fragen sie und treiben noch immer etwas ziellos im Raum herum. Es ist kurz nach halb acht, und es wäre ein Leichtes, diese Frage mit einem *Ins-Bett-Gehen* zu beantworten, aber ich weiß, wie das war, als ich selbst um halb acht in der Schwärze des Kinderzimmers lag, obwohl ich nicht müde war, auch im Sommer lag ich in der Schwärze und hob das Rollo einen Spalt an und sah, geblendet vom Licht, wie meine Freunde draußen auf der Wiese zwischen den Pfosten, an denen die Wäscheleinen hingen, Fußball spielten, und so neige ich, was das Thema Schlafenszeit betrifft, eher zu einer Übertreibung in die andere Richtung, zu einer südeuropäischen Gelassenheit. Manchmal hält Levje dagegen, *die Kinder müssen mal wieder früher ins Bett*, sagt sie dann, ausgelöst durch irgendeinen Unmut, den ich nicht verstehe. Doch heute treiben wir gemeinsam in den Abend hinein, in diese leichte Stunde, und diese Frage: *Was können wir jetzt machen?* gehört dazu. Sie erscheint mir geradezu wie eine philosophische Frage, eine Frage, die wir uns unser ganzes Leben lang stellen, es ist die Frage nach der Gestaltung des nächsten Augenblicks. Nachdem der größte Teil des Tages festgelegt und durchgeplant ist, ist diese offene Stunde am Abend die Familienstunde. In dieser Stunde sind unsere besten Spiele entstanden, sie bringt jeden Abend etwas Neues hervor, es ist die Zeit, in der wir als Familie überhaupt erst zusammenfinden, doch dafür ist es nötig, diese anfängliche Unsicherheit des *Was können wir jetzt machen?*, den Anspruch und die Frustration, die darin mitschwingen, auszuhalten, dann erst geht aus dieser Frage etwas Neues hervor.

– Übe doch mal deine Stücke, sagt Levje zu Fritzi.

Vor zwei Jahren äußerte Levje völlig überraschend das Bedürfnis, Klavierspielen zu lernen. Ich wusste zunächst nicht, wie ernst ich das nehmen sollte, ob es eine Laune ist, so, wie mich von Zeit zu Zeit anfallsartig das Bedürfnis packt, endlich Italienisch zu lernen, doch Levje meinte es ernst, und nach ein paar Probestunden haben wir ein Klavier gekauft, ein braunes Ding aus den Achtzigern. Und seitdem das Klavier in einer Ecke des Wohnzimmers steht, sitzt ständig jemand daran und klimpert herum, Gäste spielen ungefragt das einzige Lied, das sie können, alle setzen sich wie selbstverständlich auf den Schemel und üben sich in einfachen Stücken, seit es dort steht, ist das Haus lebendiger geworden.

Fritzi lässt sich auf den Hocker fallen und dreht ihren Unterkörper hin und her, die Beine schlenkern herum, sie blättert ihr Notenheft auf und beginnt *What shall we do with the drunken sailor* zu spielen, zaghaft, ein wenig ungelenk, manchmal verspielt sie sich, lässt sich aber davon nicht abbringen, sondern spielt einfach weiter oder beginnt von vorn. Gegen Ende spielt sie immer zu schnell, als wolle sie es rasch hinter sich bringen. Sie spielt jeden Tag, ohne dass wir sie dazu auffordern oder drängen müssen, sie spielt einfach aus Freude am Klang.

Hoo-ray and up she rises
Hoo-ray and up she rises
Hoo-ray and up she rises
Early in the morning!

Bei *hoo-ray* greift sie jeweils mit allen Fingern in die Tasten, es erklingt ein mehrstimmiger Akkord, und am Ende applaudieren wir alle aus den unterschiedlichen Ecken des Wohnzimmers und rufen: Toll, Fritzi! Obwohl sie sich verspielt hat, obwohl das Tempo nicht ganz stimmte, jubeln wir, und ich bin mir unsicher, ob ich sie einfach nur loben soll, auch wenn das Lob in den meisten Fällen eine Phrase ist, oder ernsthaft auf ihr Spiel eingehen soll – *diese Stelle ist etwas zu schnell, versuche das doch mal langsamer* –, wäre das nicht das größere Lob? Oder handelt es sich dabei schon um einen Akt der Wertung? Würden meine Versuche, sie zu verbessern, sie nicht nur verunsichern?

Fritzi stimmt noch einmal die ersten Töne an, *What shall we do with the drunken sailor*, während ich mich neben Malik auf den Teppich lege, seitwärts auf den Ellenbogen gestützt, und wir *Bauernhof* spielen. Der Kuhstall und die Gatter stehen noch genauso herum, wie wir sie am Morgen hinterlassen haben, nur ein paar Zäune sind umgekippt. Ich fahre den Trecker mit Anhänger und bringe das Stroh zu den Kühen. Malik ist begeistert, er geht vollkommen auf in seiner Rolle.

– Okay, sagt er, ist gut, wir brauchen noch mehr Stroh.

– Wohin?

– Hierher, an den Stall.

Und ich fahre mit dem Anhänger wieder zurück und hole noch mehr Stroh oder einen Trinkeimer und bringe die Fuhre wieder zu ihm und den Tieren. Unsere Sprache hat sich ganz im Spiel aufgelöst, es ist eine leicht aufgeregte, verkürzte Sprache, *Stroh kommt! – Ok, ich hab verstanden. – Alles klar,* als würden sich Bauarbeiter auf der Baustelle etwas durch Walkie-Talkies zurufen, und erst mit dieser Sprache versinken wir in den Zustand der Seinsvergessenheit, der das Spiel überhaupt erst zum Spiel macht. Wir haben drei Kühe, eine braune mit einem abgebrochenen Bein, die immer zum Tierarzt muss, eine schwarz-weiße Milchkuh, einen Stier, die *Papakuh*, sowie ein paar Babykühe. Wir holen nacheinander die Kühe aus dem Korb und bringen sie in den Stall, nur die Papakuh fehlt.

– Wo ist denn die Papakuh?, frage ich in unserer Kindersprache, nehme die dreibeinige Kuh in die Hand und lasse sie suchend um den Korb herumlaufen.

– Auf dem Küchentresen, sagt Levje, und ich falle aus dem Spiel heraus, ich falle aus dem Mythos und lande hart in der Realität. Wir waren für einen Moment in der Welt dieses Bauernhofes verschwunden, wir waren vertieft in die Suche nach der Papakuh und darüber im Spiel vereint, ja, vielleicht hätte sich aus dieser Suche ein ganzes Epos entsponnen, eine Geschichte über die Suche nach dem Vater, doch Levje zerrt das Spiel auf die Sachebene, auf die nackte, weiße, hell ausgeleuchtete Fläche des Küchentresens. Doch das ist es gar nicht, was mich in diesem Moment so erstarren lässt. Es ist diese Instanz, die alles sieht, die immer wachsam ist, selbst wenn ich mich in ein winziges Versteck, den geheimen Winkel des Spiels, gedrückt habe. Levje hat die Angewohnheit, wenn sie im Raum ist, im Hintergrund alles mitzuscannen, und sie lauert dann in einer Habtachtstellung auf Fehler, auf Hilfsbedürftigkeiten oder scheinbare Hilfsbedürftigkeiten, sie hält sich bereit, in jeder möglichen Situation eingreifen zu können. Es ist ein vergiftetes Geschenk, eine als Hilfe getarnte Kontrolle, und wenn ich sie darauf anspreche, reagiert sie beleidigt. *Ich habe es doch nur gut gemeint, ich wollte euch helfen.* Ich hätte auch einfach darüber hinweggehen können, jemand anders wäre wahrscheinlich einfach darüber hinweggegangen, vor Jahren wäre ich vielleicht auch noch drüber hinweggegangen, doch irgendetwas daran trifft bei mir einen Nerv. Sobald ich mich aus dem Hinterhalt beobachtet und verbessert fühle, als sei ich bei irgendetwas ertappt, als sei meine Unzulänglichkeit ans Licht gezerrt worden, erstarre ich. Ich kann nichts dagegen tun. Es ist ein Totstellreflex. Ich falle in das schreckliche Kindsein, ich bin das Kindlein, das vor dem Vater steht, ich bin das Kindlein in dem Staat, dem nichts entgeht, vor der Instanz, die ungefragt eindringt in mein durch das Spiel geöffnetes Ich.

Ich versuche, wieder ins Spiel zurückzufinden, doch ich bin noch immer erstarrt, es ist mir plötzlich *peinlich*, die Kindersprache zu sprechen, wenn ich dabei beobachtet werde.

– Papa, weiter, ruft Malik.

– Papa braucht eine Pause, sage ich, lege mich auf den Rücken, verschränke die Arme hinter dem Kopf und schaue in die Pendellampe über mir. Es ist gleich acht, ich liege auf dem Teppich, draußen ist es längst dunkel, wir sind in unserem Wohnzimmer zusammen als Familie, Abend für Abend, der Winter steht vor der Tür, der Winter wird lang, und das Licht der Pendelleuchte wird für die nächsten Wochen das hellste Licht sein, in das wir blicken. Die Familie ist ein System, dem man nicht entkommen kann, denke ich, als Malik noch einmal einen Versuch startet, *Papa, komm doch*, und ich aus Trotz gegenüber Levje nicht mehr weiterspielen mag, auch wenn ich darunter leide, dass er ausbaden muss, was zwischen Levje und mir vor sich geht. Fritzi dreht sich mit Schwung auf dem Hocker noch zwei Mal um sich selbst, dann kommt sie zu uns gelaufen.

– Papa, du bist das Moor!

– Ja, du bist das Moor, stimmt Malik ein.

Das Moor ist ein Spiel, das ich mir irgendwann ausgedacht

habe, ich kann mich nicht mehr entsinnen, wie ich darauf kam, vermutlich entsprang es meiner Faszination für das Moor, das für mich immer der geheimnisvollste aller Orte war, ein Ort voller Mythen und Legenden, geheimer Wege, auf die einen die Irrlichter führten, voller Erscheinungen und Trugbilder. «*Das Moor ist ein wunderbarer Ort*», heißt es im *Hund von Baskerville*, den ich als Jugendlicher mehrfach verschlungen habe. «*Das Moor ist nie langweilig. Sie haben keine Vorstellungen von den wunderbaren Geheimnissen, die sich darin verbergen. Es ist so weitläufig, so öde und so geheimnisvoll. (…) Ein falscher Schritt bedeutet den Tod für Mensch und Tier. Erst gestern sah ich eines der Moorponys hineinlaufen. Es kam nie wieder zurück. Eine Weile sah ich seinen Kopf noch aus einem Schlammloch herausschauen, aber dann wurde es schließlich nach unten gesogen. Selbst in trockenen Perioden ist es gefährlich, den Sumpf zu durchqueren, doch nach diesen Herbstregen ist es ein furchtbarer Ort. Und doch kann ich meinen Weg ins Innerste finden und auch wieder lebend heraus.*»

Ich bin das Moor. Ich liege auf dem Teppich, Malik steht links von mir und ist ein Reiter, der nachts das Moor durchqueren muss. Manchmal bewege ich meine Finger leicht hin und her wie Tentakel eines Sonnentaus, der zuschnappt, wenn er berührt wird. Ich bin das Moor, das plötzlich, wenn es einen Reiter bemerkt, zum Leben erwacht und ihn hinabziehen will in die Tiefe, dann schießen meine Arme empor, und ich fange den Reiter und rufe: *Das Moor hat wieder einen Reiter gefangen*, und Malik zappelt und juchzt in meinen Armen, wenn ich ihn kitzle. Fritzi steht schon ungeduldig neben mir und ruft: *Jetzt ich!*, und fiebert auf den Moment hin, in dem sie durchs Moor muss. Manchmal entkommt mir ein Reiter, dann sage ich, *oh, der Reiter war zu schnell*, manchmal rühre ich mich auch nicht, dann sage ich in einem einschläfernden Rhythmus, *das Moor schläft, das Moor schläft, das Moor schläft,* und meine Finger wiegen sich sacht im Wind und lassen den Reiter über sich hinwegziehen. Die Angstlust entsteht nur dadurch, dass sich die Kinder nie sicher sein können, ob ich zuschnappe oder nicht. Selbst Alma kommt heute dazu und springt über mich drüber, und ich versuche sie zu greifen, doch sie ist zu groß und zu schnell, aber einmal erwische ich sie, oder sie lässt sich erwischen, denn heute ist sie ja wieder Kind, ich ziehe sie zu mir hinab, sie lacht, und ich drücke meine Nase in ihre Haare und weiß, dass es nicht mehr lange so sein wird. Dann liege ich wieder still da, ich bin der Moorkörper, mein Körper ist ein Raumobjekt, an dem sich die Kinder abarbeiten können, auf dem sie hüpfen, von dem sie herunterspringen, das sie überqueren können. Manchmal frage ich mich, warum Levje nie das Moor ist, warum sie nicht mit den Kindern balgt, sich auf dem Boden rollt, Fußball spielt, spielerisch boxt, warum die physische Auseinandersetzung Sache des Vaters ist. Als sei der Mutterkörper für diese Art des Ringens nicht gemacht, als seien Vaterkörper und Mutterkörper kulturell unterschiedlich besetzt, mit dem, was ihnen gestattet ist und was nicht, und das schreibt sich fort und fort und hört nie auf.

Die Melodie von *Morning has broken* klingt durch den Raum. Levje hat sich jetzt an das Klavier gesetzt und spielt etwas hölzern die ersten Töne. Immer zögert sie an denselben Stellen und verspielt sich an denselben Stellen, *Mine is the … sun-light, mine is the morning,* eine etwas zu lange Pause vor dem Ton, ein Nachdenken, und dann wird der richtige Ton rasch nachgeliefert, wie ein Wort, das einem auf der Zunge lag. Seit einem Jahr spielt sie immer dieselben beiden Lieder, und immer wenn ich sage: *Kannst du dein Repertoire nicht mal erweitern?*, sagt sie: *Na, erst mal muss ich das hier richtig können.*

Mir geht die Puste aus vom Moorsein.

– Wie sieht es denn aus, rufe ich, seid ihr müde?

– Nein!, rufen sie zurück, natürlich rufen sie Nein, ich habe noch nie erlebt, dass sie Ja, wir sind müde, gerufen haben.

– Aber das Moor ist müde, sage ich.

– Sollen wir verschiedene Stationen machen?, fragt Fritzi.

– Okay, zehn Minuten noch, dann ist Schlafenszeit, okay?

Seit einiger Zeit hat sich das Stationen-Spiel bei uns einge-bürgert. Wir tauschen im Spiel die Rollen: Die Erwachsenen rut-schen in die Welt der Kinder, die Kinder nehmen die Welt der Erwachsenen an, und sie testen auf spielerische Weise verschie-dene Berufe. Fritzi ist hinüber zum Sofa gelaufen, und ich sitze im Wartezimmer, während sie den Arztkoffer holt. Als sie wie-der da ist, rutsche ich ein Stück weiter ins Behandlungszimmer. Fritzi hat sich ein rotes Stethoskop um den Hals gehängt, dann sagt sie: *Guten Tag, was haben Sie denn?* Ich sei ein Wanderer, sage ich, der in eine Felsspalte gestürzt sei und sich nun den Fuß ge-brochen habe. Ich muss den Strumpf ausziehen, das Bein hoch-legen, und Fritzi röntgt meinen Fuß, indem sie ein Blatt Papier vor den Knöchel hält und mit Bleistift ein Bild meines Fußes malt, das Blatt hält sie dann in die Luft und zeigt es mir, *sehen Sie, hier ist der gebrochene Fuß.* Dann wickelt sie einen Verband um meinen Knöchel.

– So, dann kommen Sie morgen noch mal zur Kontrolle, ja?

– Ist gut, Frau Ärztin, sage ich, vielen Dank.

Malik hat neben uns einen Friseursalon eröffnet. Levje sitzt auf dem Boden vor dem Sofa und Malik frisiert sie. Alma baut derweil die Station *Kinderschminken* auf, indem sie auf einem Hocker eine Reihe kleiner Pinsel und Farbtöpfchen aufreiht. Ich bin bei der Ärztin fertig und habe nun einen Friseurtermin, Levje und ich tauschen die Plätze. Ich lehne meinen Kopf nach hinten, Malik krault mit seinen Fingerkuppen meine Kopfhaut und ahmt das Geräusch einer Duschbrause nach, *sch-sch-sch,* und ich frage mich, ob diese abendliche Sorge umeinander nichts weiter ist als das ins Menschsein übertragene Lausen bei den Affen, Praktiken der Zuneigung, die den sozialen Zusammenhalt stärken, ob sich also im Grunde seit Jahrtausenden nichts verändert hat. Dann bürstet er meine wenigen Haare, mal von vorne nach hinten, dann von hinten nach vorne, und schließlich klemmt er mir ein Dutzend Spangen in die Haare, obwohl meine kurzen Haare gar keine Spangen halten, sie fallen immer herunter oder hängen allenfalls an einzelnen Haaren, und sobald ich meinen Kopf drehe, fallen sie wieder ab.

– Fertig, ruft Malik.

– Ich hätte gern noch Strähnchen.

– Okay, welche Farbe?

– Lila, Rosa und Grün.

Er streicht mir mit zwei Fingern über den Kopf, und erwähnt dabei immer die jeweilige Farbe, *so, Lila, Rosa und Grün,* und ich genieße es, im Spiel jemand anderes sein zu können, mit langen Haaren und violetten Strähnchen, vielleicht eine Frau sein zu können, sich die Haare pflegen zu lassen, sich die Haare kämmen zu lassen, Strähnchen einzuarbeiten, die Nägel zu lackieren, diese ganzen Techniken der Körperliebe, die bei Männern noch immer verpönt sind. Ein solches Spiel, denke ich, wäre mit meinem Vater unmöglich gewesen, es wäre viel zu weich, zu weiblich gewesen.

Die Spiele meiner Kindheit waren immer männlich. Es ging darum, sich zu messen. Es ging um Konkurrenz, um Kampf, ums Gewinnen. Unser Spielen war nicht ein Spielen miteinander, sondern gegeneinander. Wie sich mein Vater freute, wenn er gegen uns im Skat gewann, dann kloppte er die letzte Karte auf den Tisch, strich den Siegerstich ein und sagte seine Punktzahl an. Und ich spielte das Spiel mit, in doppeltem Wortsinne, ich spielte seine Form der Männlichkeit mit, auch wenn ich mich dabei unwohl fühlte. Tatsächlich bin ich dem Männlichen ausgewichen, ich ging jedem Konflikt aus dem Weg, ich trank nie, Jungs interessierten mich nicht, ihre Weltsicht war mir zu simpel, ihre Statussymbole waren nicht meine, die Themen, die jede Innerlichkeit ausschlossen, nicht meine Themen. Ich habe meine Welt vor dem Männlichen lange Zeit verschlossen.

– Wer kommt zum Kinderschminken?, ruft Alma, und wir tauschen wieder die Plätze, Levje ist schon als Blume geschminkt und geht jetzt zum Arzt, ein zarter Stängel rankt sich über ihre Wange und ihre Schläfe und erblüht rot über der Augenbraue.

– So, was willst du denn sein? Ein Löwe, ein Hund oder eine Sonnenblume?

Ich entscheide mich für den Hund, schließe die Augen und spüre kurz darauf den kleinen Pinsel auf meiner Nase, drei Schnurrhaare zu jeder Seite, eine schwarze Stupsnase. Er fährt über meine Wangenknochen, weiter über die Stirn, und ich genieße es erneut, mich zu verwandeln, als würde ich mit geschlossenen Augen verzaubert. Es ist kurz vor halb neun und ich weiß, dass sich der Abend nun dem Ende zuneigt. Levje hat schon mehrfach unruhig mit den Füßen gescharrt, *aber nur noch das, nur noch kurz, es ist schon spät.*

– Alle Kinder noch mal zu mir!, rufe ich, und sie werfen sich auf Levje und mich und rufen *Kuschelhaufen!*, und ich nehme diese kleinen Körper in meine Arme, die kleinen Hände, die Köpfe, die Ohren, die Haare, überall Haare und Arme, wir werden zu einem Wesen mit fünf Köpfen und zehn Armen und zehn Beinen, eine heilige, hinduistische Gottheit. Ich befinde mich im Zentrum des Lebens, es ist wie im Sommer, wenn alles auf einmal blüht und man nicht weiß, wohin man zuerst schauen soll, dieser Überfluss an Rede, an Streit, an Liebe, an Versöhnung, an Verzweiflung, an Verwandlung, an Vergangenheit und Gegenwart, an Abschied und Neuanfang, und nur an einem herrscht Mangel: an Zeit. Eine Sekunde lang spüre ich Levjes Hand an meiner, eine raue, rissige, viel zu große Hand, so kommt es mir vor, und ich ziehe meine Hand zurück. Das Zentrum des Lebens hat einen Riss.

Blatt und Schmetterling

Wir drängen ins kleine Bad, wir treten uns gegenseitig auf die Füße, das fünfköpfige Wesen löst sich auf, die Einzelteile sortieren sich. Jemand setzt sich auf die Toilette, eine Zahnpastawurst wird aus der Tube gedrückt, die Bürste fällt herunter, die Zahnpasta wird auf dem Boden verschmiert, jemand zieht sein Nachthemd an, jemand drückt die Toilettenspülung, jemand tritt in die Zahnpasta, und alle reden durcheinander. Es ist noch das Bad der Vorbesitzer, mit dem Spiegelschrank, dem WC und den Fliesen der Vorbesitzer, die mir ein Dorn im Auge sind. Niemals hätte ich solche Fliesen ausgesucht, eine Marmorimitation an den Wänden und auf dem Boden, ein Material, das vorgibt, ein anderes zu sein.

Ein Material sollte seine Materialität zeigen und sie nicht zu verbergen suchen. Ich will keinen Kunststoff in Holzoptik und keine Fliese in Marmoroptik, die Nachahmung von etwas Wertigem auf billigem Trägermaterial, dieses anbiedernde *So-tun-als-ob.* Allen, außer mir, ist es allerdings egal, welche Fliesen im Bad an der Wand hängen. Levje ist in dieser Hinsicht eher leidenschaftslos, und für die Kinder spielt es ohnehin keine Rolle. Sie nehmen die Wirklichkeit, wie sie ist, nicht, wie sie sein sollte, alles, was real ist, ist für sie zugleich normal, so, wie mir als Kind unsere winzige Nasszelle im Plattenbau normal vorkam. Wenn mein Bruder und ich uns zum Zähneputzen ans Waschbecken drängten, rangelten wir um den besten Platz und schoben uns mit den Schultern weg. Das Bad hatte eine Fläche von vielleicht vier Quadratmetern, einen Quadratmeter davon nahm die Badewanne ein, einen weiteren die Waschmaschine, das Waschbecken und das WC, sodass das Bad voll war, wenn mein Bruder und ich am Waschbecken standen, es gab kein Fenster, die Tür war aus besserer Pappe, und unter der Tür klaffte ein zweifingerbreiter Spalt, sodass man die Fußknöchel sah, wenn jemand auf dem Klo saß. Doch diese winzige Nasszelle hatte eine enorme Bedeutung für mich, sie war jeden Abend wieder meine Rettung, sie war ein Fluchtort, wenn ich abends mit angehaltenem Atem vor der Wohnzimmertür stand und durch das Schlüsselloch noch eine Weile mit meinem Vater fernsah. Meine Mutter war längst im Bett, doch mein Vater saß häufig noch bis Mitternacht in seinem Sessel und schaute *Magnum,* manchmal auch *Miami Vice,* und allein bei den fanfarenartigen Synthesizern zu Beginn, Verkünder einer neuen Zeit, stellten sich mir vor Erregung die Nackenhaare auf, dazu die exotischen Flamingos, der Helikopterflug über das Wasser, die peitschende Musik, startende Flugzeuge, glitzernde Wolkenkratzer, Palmen, Frauen in knappen Bikinis, diese ganzen Insignien der Freiheit der westlichen Welt sog ich auf wie ein nahrhaftes Getränk, von dem ich ein paar Tage zehren konnte. Wenn ich heute im Fernsehen durch Zufall auf eine der alten Serien stoße, dann kommen sie mir dermaßen billig vor, mit ihren durchschaubaren Dramaturgien, den einfachen Kulissen und Kostümen, ich kann sie, wenn überhaupt, nur mit einem Lachen anschauen, wahlweise einem sentimentalen oder peinlich berührten Lachen. Während ich leise atmend und hin und wieder das Standbein wechselnd durch das Schlüsselloch schaute, behielt ich die ganze Zeit über die linke Hand am Türgriff des Bades, der aus einfachstem, schwarzem Plastik hergestellt und daher nicht selten abgebrochen war, sodass sich die Bruchkante mit der Zeit schmerzhaft in meine Hand presste. Da ich meinen Vater durch das Schlüsselloch immer nur von hinten sah, seinen Hinterkopf über der Lehne und seine Zehenspitzen auf dem Couchtisch, wusste ich nie, ob er schlief oder noch wach war, und so musste ich auf jede seiner Regungen achtgeben, jedes Zucken seines Körpers richtig interpretieren, um vorbereitet zu sein, falls er plötzlich aufstehen und hinauskommen sollte. Manchmal stand er abrupt auf und kam direkt auf mich zu, und ich musste mich blitzschnell entscheiden, ob ich links im Bad verschwinden oder zurück in mein Zimmer rennen soll. Entschied ich mich für das Bad, gab es zwei Möglichkeiten: Bei der defensiven Taktik setzte ich mich im Dunkeln auf die Toilette und hoffte, dass mein Vater in die Küche ging, um sich ein weiteres Bier zu holen, diese Taktik war erfolgversprechender, wenn er den Fernseher nicht ausgeschaltet hatte. Falls er doch die Badtür aufriss, was manchmal passierte, schaute ich ihn erschrocken und mit verkniffenen Augen an und nuschelte *Ichmussenochmal*, zog meine Schlafhose hoch und drückte mich an ihm vorbei. Oder ich ging offensiv vor, machte das Licht im Bad an und behauptete ganz offiziell, dass ich noch mal gemusst hätte. Meist jedoch entschied ich mich dafür, auf Zehenspitzen zurück in mein Zimmer zu huschen, zurück in die Schwärze des Zimmers, in der, wie auf einer Leinwand, die grellen Bilder der Serien nachflimmerten, und schloss sacht, ganz sacht die Tür, denn unsere Türen hatten keine Gummidichtungen. Sie machten bei jedem Schließen ein Geräusch, ein leises *Klack*, als würde man zwei Klanghölzer gegeneinanderschlagen, also musste ich sie äußerst behutsam schließen und hielt dabei die Luft an, in der Hoffnung, dass mein Vater nicht einen Blick nach links werfen und den offenen Türspalt oder die heruntergedrückte Klinke bemerken würde. Manchmal bemerkte er sie, und dann kam er zu mir ins Zimmer und fragte, was los sei, und dann stellte ich mich schlafend, lag unter der Decke und wartete schwitzend. Dann sagte er: *Ich weiß, dass du wach bist, kannst mir doch nischt vormachen*, doch ich rührte mich nicht, und irgendwann schloss er die Tür. Ging mein Vater dann ins Bett, lag ich deprimiert im Dunkel, ich fiel von der amerikanischen Hochglanzwelt in die Einsamkeit meines Zimmers, der dramaturgischen Lösung beraubt und voller Adrenalin. Kam mein Vater nicht zu mir ins Zimmer, schlich ich mich nach einigen Minuten wieder an die Wohnzimmertür und schaute so lange durch das Schlüsselloch, bis mir die Augen wehtaten. Dann erst stellte sich eine Befriedigung ein, die mehrfacher Natur war: Ich war gesättigt von den schillernden amerikanischen Bildern, der Auflösung der Geschichte und dem Sieg über meinen Vater, und derart befriedigt, schlief ich binnen kürzester Zeit ein. Diese Aktivitäten jeden Abend wurden irgendwann zu einer Art Sport, sie waren das Einzige, was meine Abende lebendig werden ließ, und schon tagsüber malte ich mir voller Vorfreude aus, was abends im Fernsehen laufen würde.

Während die Kinder ihre Zähne putzen, intonieren wir *Zähneputzen, Pullern und ab ins Bett.* Es ist ein rhythmischer Sprechgesang, eine Liedzeile der durchgeknallten Band *Knorkator,* die ich irgendwann mal vor mich hin gemurmelt habe und die die Kinder sofort aufschnappten. Da alle die Zahnbürsten im Mund haben, klingt es eher nach *Fähneputzen, pfullern und fab ins Bfett,* und wir lachen darüber, und ich bin froh, darüber lachen zu können, denn mein Vater meinte diese Worte ernst, wenn mein Bruder und ich abends herumalberten, er sprach sie streng und mit Nachdruck aus, oft begleitet von dem Wort *Feierabend. Jetzt ist aber Feierabend,* oder auch: *Das ist ja nicht mehr feierlich.* Diese Umdeutung des Feierns und des Feierlichen als letzte Grenze der Geduld ist mir ein Rätsel, und doch ertappe ich mich regelmäßig dabei, wie ich diese Wendungen selbst benutze.

– Los geht's, rufe ich, nehme Malik auf den Arm, und wir gehen zusammen die Treppe hinauf. In der letzten Zeit kümmert sich Levje überwiegend um Alma, während ich die beiden Kleinen ins Bett bringe. Ich gieße Fritzi und Malik Wasser in ihre Trinkbecher, lasse die Rollläden herunter, schüttele die Kissen noch einmal auf, während sie ihre Kuscheltiere sortieren. Es ist eine ganze Armada, die sie jeweils an ihrem Kopfende postieren, Teddy, Ameisenbäri, Hasi, Tummetot, Elchi, Eddy, Alpakeri, Hamsteri, Affi Eins und Affi Zwei, Pips, Timmy, Fletcher, Robbi, Floppy, Igeli und Ratti, fehlt auch nur eines von ihnen, müssen wir das ganze Haus danach absuchen, bis wir es gefunden haben. Dann decke ich sie zu und lege mich zu ihnen in die Mitte.

– Papa, kannst du eine Geschichte verzählen?

Verzählen sagt Malik, statt erzählen. Laufen, verlaufen, zählen, verzählen. Man könnte das Verzählen auch als *Verlaufen in einer Geschichte* sehen. Lange Zeit habe ich Geschichten mit immer denselben Figuren erzählt, erst war es ein Bauer mit seinen Tieren, und jedes Mal ist eines der Tiere verloren gegangen, es ist *ausgebüxt*, und alle machten sich auf die Suche nach ihm, dann kam die Phase der Igelfamilie, die in einer Baumwurzel lebte und ähnliche Dinge erlebte wie wir tagsüber. Eigentlich erzählte ich keine Geschichte, sondern ich erzählte ihnen in leichter Abwandlung ihren Tag nach, nur all das versetzt in das Paralleluniversum einer Igelfamilie. Wichtig dabei war, dass Malik so viel wie möglich wiedererkannte, dann sagte er, *mmh, stimmt, genau,* während Dinge, die er nicht kannte, sein Interesse weckten, dann fragte er: Was ist dieses oder jenes, wie geht das, und wurde dabei immer wacher. Doch die Igelfamilie war irgendwann auserzählt, und in letzter Zeit sind wir zu mehr Improvisation übergegangen. Und so erzähle ich im Moment jeden Abend eine Geschichte, die aus zwei Wörtern, die sie mir nennen, hervorgeht.

– Na gut, welche Wörter wollt ihr heute?

– Ähm, Blatt, sagt Malik.

– Und Fritzi?

– Schmetterling.

Ich denke kurz nach, ich versuche, diese beiden Begriffe in Beziehung zueinander zu bringen, doch ich darf auch nicht zu lange nachdenken. Wichtig ist es, dem ersten Impuls zu folgen, denn denke ich zu lange nach, fange ich an zu sortieren, zu zensieren, zu kontrollieren, unterwerfe ich diesen ersten kreativen Impuls einer Erwartung, wird er zerstört. Ich wippe nur einmal kurz auf dem Sprungbrett und springe.

Es war einmal ein Baum, der hatte tausend Blätter, und alle Blätter fühlten sich wohl an dem Baum. Nur ein Blatt, das wollte unbedingt reisen, es wollte einmal den Regenbogen sehen. Es fragte die Amsel:

«Amsel, kannst du mich zum Regenbogen bringen?»

«Nein», sagte die Amsel, «so weit war ich noch nie.»

Am nächsten Abend fragte es die Eule:

«Eule, kannst du mich zum Regenbogen bringen?»

«Nein», sagte die Eule, «ich fliege gern weite Strecken, aber so weit war ich noch nie.»

Da war das Blatt traurig.

Am nächsten Morgen setzte sich ein Schmetterling auf das Blatt, und das Blatt fragte: «Schmetterling, kannst du mich zum Regenbogen bringen?»

«Ja», sagte der Schmetterling, «das kann ich machen.» Und er pflückte das Blatt ab, und sie flatterten zusammen los. Sie ließen sich hierhin und dorthin treiben, mal nach Norden, mal nach Süden, und schließlich sahen sie am Horizont einen Regenbogen.

«Da …», rief das Blatt, «… da ist er. Flieg schneller!», doch sosehr sie sich auch bemühten, der Regenbogen kam nicht näher. Er blieb immer in derselben Entfernung. Dann wurde es dunkel, und der Regenbogen verschwand.

Das Blatt war traurig.

«Komm, wir fliegen zurück», sagte der Schmetterling, und sie flatterten zurück zum Baum. Die anderen Blätter freuten sich, dass das fehlende Blatt wieder zurück war. Der Schmetterling setzte sich

auf den Zweig, an dem das Blatt früher gehangen hatte, doch er konnte es nicht mehr befestigen, sosehr er sich auch bemühte. Und so segelte das Blatt langsam hinab auf den Boden.

Doch zum Glück war schon Herbst, und am nächsten Tag fiel ein Blatt nach dem anderen vom Baum hinab auf den Boden, und es traf all seine Freunde wieder. Doch sie hatten sich verändert, sie waren ganz bunt geworden. Sie waren grün und gelb und rot und schimmerten auf dem feuchten Boden in allen Farben des Regenbogens.

– Nachts ist der Regenbogen weg, oder?, fragt Malik.

– Ja, sage ich, nachts ist er weg.

Dann ist es still, sein Kopf liegt auf meiner Schulter, er atmet ruhig, draußen geht ein Wind und fährt in die Birke am Feld, sie brandet einmal kräftig auf, ein Leuchtturm, der jedem Sturm standhält, irgendwo krächzt ein Rabe, ein anderer antwortet von weit weg, doch sein Krächzen wird vom Wind fortgetragen. Das stetige Rauschen ist beruhigend. Meine Augen fallen zu, ich könnte jetzt einfach hier einschlafen, doch es ist erst neun Uhr. Vermutlich würde ich dann mitten in der Nacht aufwachen, mit Druckstellen am Körper und einem schalen Geschmack im Mund und läge danach drei Stunden wach im Bett. Also halte ich mich wach, bleibe noch ein paar Minuten in diesem Schwebezustand liegen, höre dem Rauschen der Bäume zu, und bin glücklich, hier sein zu können, stillhalten zu können, bei meinen Kindern sein zu können, nicht wegzumüssen, wie mein Vater, den irgendetwas hinaustrieb. Irgendeine Kraft zog ihn fort von uns, in ein namenloses, gesichtsloses Gebiet. Das war überhaupt das Befremdlichste daran, dass es kein Bild gab von dem, was meinen Vater so anzog, was er suchte, dadurch wirkte es unheimlich und rätselhaft zugleich. Einmal habe ich mich auf den Weg gemacht, um zu sehen, wohin es ihn trieb, einmal bin ich abends los und habe ihn gesucht. Ich bin in die *Sonne* gegangen, und da saßen sie dann um einen Tisch, drei, vier Männer, und als er mich erblickte, sagte er: *Was machst du denn hier?* Sein glasiger Blick, leicht abschätzend, peinlich berührt. *Hat dich Mutti geschickt, oder was?* Es war ein einfacher Raum, ein Tresen, eine Handvoll quadratische Tische, Linoleumboden, es war so trostlos, wie sie dasaßen und das Bier in sich hineinschütteten, es hatte nichts Glamouröses oder Faszinierendes. Und doch musste etwas sein dort zwischen den Männern am Tisch, etwas musste dort passieren, das eine stärkere Anziehungskraft entfaltete als der Abend bei den Kindern und der eigenen Frau, eine Kraft, die stärker sein musste als die Müdigkeit, als das Wissen darum, am nächsten Morgen um fünf Uhr aufstehen zu müssen, eine Kraft, die stärker sein musste als die Angst vor den Konflikten, die auf jeden dieser Abende folgten.

Malik neben mir atmet gleichmäßig, auch Fritzi scheint eingeschlafen zu sein. Ich hebe sein Ärmchen von meiner Brust, richte mich mit Mühe auf und ziehe noch mal die Decken über die beiden. Ich gehe hinüber ins Bad und werfe einen Blick aus dem Fenster auf das dunkle, abgeerntete Maisfeld, das direkt hinter unserem Grundstück beginnt. Das Gartenlicht fällt ein paar Meter auf den Rasen, streift gerade so den Feldrain. Polly schnüffelt herum. Dann zeichnet sich eine Gestalt im Dunkeln ab, und Levje tritt in den Lichtkegel. Sie hat die Hände in die Taschen ihrer gelben Regenjacke gesteckt, die im Dunkeln leuchtet. Ihre schlanke Gestalt, ihr gesenkter Blick. Plötzlich tut sie mir leid, mir tut unsere seltsame Sprachlosigkeit leid. Wir müssen es lösen heute, ich will wieder zurück in unsere Zwiesprache, ohne unsere Sprache verstumme ich.

Madenhacker

Ich komme in das leere Wohnzimmer, schließe die Tür hinter mir, schließe die Tür zum Flur, schließe alle Türen, die vom Wohnzimmer abgehen, denn am Abend, wenn die Kinder im Bett sind, überkommt mich das Bedürfnis nach einem abgeschlossenen Raum, der keine Verbindung mehr zu den anderen Räumen hat. Danach stehe ich unentschlossen herum, es gibt keine Anforderungen mehr von außen, nichts, auf das ich reagieren müsste. Ich mache dann ein paar Schritte hierhin oder dorthin, werfe die Kissen aufs Sofa, räume etwas weg, und das Wohnzimmer kommt mir plötzlich viel größer vor als tagsüber, geradezu riesig. Es bleiben noch ein, zwei Stunden Zeit, um sich um alles zu kümmern, was nicht mit Geldverdienen, Haus und Kindern zu tun hat, sich um den ganzen Rest zu kümmern, das Eigentliche, das, was früher mal das Eigentliche gewesen ist, die Beziehung, sich selbst, Kultur, und es ist eine Ironie, dass man sich ausgerechnet dann umeinander kümmern soll, wenn man am müdesten Punkt angelangt ist. Ich schalte das Babyphone ein, aus dem ein undefinierbares, extraterrestrisches Rascheln zu hören ist, ein Störgeräusch, das man nicht zuordnen kann, wenn man es nah ans Ohr hält, hört man durch das Knistern hindurch gelegentlich ein lautes Atmen oder ein Seufzen.

Auf dem Boden stehen noch die Kühe herum, die Mamakuh, die Papakuh, die dreibeinige Kuh sowie die ganze Ausstattung des

Bauernhofes. Ich raffe alles zusammen und werfe es in einen Bastkorb, schiebe ihn mit dem Fuß in eine Ecke. In der Küche stapelt sich das Geschirr vom Abendessen, und ich denke einen Moment darüber nach, ob ich jetzt noch die Küche aufräumen oder mich auf das Sofa werfen und lesen soll. Lebte ich allein, würde ich den Abwasch morgen erledigen oder übermorgen oder irgendwann, ich würde mir aus dem Stapel des dreckigen Geschirrs immer denjenigen Teller herausziehen, den ich gerade benötige. Mich stört das Chaos nicht, vielleicht stört es mich, aber in Abwägung der auf meine Lebenszeit einwirkenden Anforderungen würde ich mich immer für andere Aufgaben entscheiden, es sei denn, die andere Aufgabe wäre noch unangenehmer, aber ich weiß, dass es Levje stört, dass sie sich, wenn sie gleich zurückkommt, schweigend an die Küche machen und sie in ihrer gewissenhaften Art aufräumen wird, eine halbe oder eine Dreiviertelstunde die uns dann fehlen wird, um vielleicht, eventuell ein Gespräch zu führen. Ich möchte zumindest die Voraussetzungen dafür schaffen, dass wir ein Gespräch führen *könnten*, also räume ich mit raschen Handgriffen erst den Geschirrspüler aus, dann wieder ein, stecke einen Spültab ins Fach, stelle ihn auf ECO und drücke auf Start, streiche die Essensreste von den Brettchen in den Restmüll, wasche die Brettchen kurz unter fließendem Wasser ab und lehne sie gegeneinander ins Abtropfgitter. Dann stehe ich wieder im Raum und schaue mich um, alles andere kann so bleiben, es ist das solide Grundchaos, das in einem Haushalt mit Kindern immer herrscht, und lasse mich auf das Sofa fallen.

Das Sofa steht in einer Ecke des Wohnzimmers, und diese durchgesessene Sofaecke ist wie ein Kaninchenbau, zu zwei Seiten begrenzt von Wänden, zur dritten von einem Bücherregal, und so liege ich hier und schaue wie aus einem Höhleneingang hinaus in den Raum, und jeden Abend, wenn ich mich in diese Ecke fallen lasse, stellt sich ein Gefühl von Sicherheit ein, Erleichterung, diesen Tag geschafft zu haben. Die letzten Reste von Energie verwende ich darauf, mir ein Buch vom Stapel zu greifen. Der Stapel neben dem Sofa wächst kontinuierlich, nur manchmal ziehe ich eine Handvoll Bücher von unten weg und sortiere sie ins Regal. Jedes von ihnen habe ich angefangen zu lesen, und ich würde sie gern zu Ende lesen, doch in dem Moment, in dem ich eines von ihnen in die Hand nehme, befällt mich eine Hypernervosität. Ich fange an, mit den Beinen und den Füßen zu wackeln, mein Atem wird flach, ich muss tief Luft holen, mein Körper ist so auf Bewegung konditioniert, dass er einfach weitermacht, obwohl es keinen Grund mehr für eine Bewegung gibt. Ich schaue hinüber zur Terrassentür, ich meine, ich hätte etwas gehört. Ob es Levje ist? Und ich frage mich, auf welche Weise wir uns begrüßen werden in dieser plötzlich über uns hereinbrechenden Zweisamkeit, was ich sagen soll, soll ich was sagen oder warten, bis sie etwas sagt? Ich lege dieses Buch weg und greife zum nächsten, vielleicht finde ich mit diesem endlich in den Zustand der Versenkung, denn das würde ich gern können, mich versenken, *mit dem Sinken eingehen in etwas, ein Umgeben-, Umfasst-, Bedecktwerden, ein Bewegen bis zur Ruhelage,* doch schon nach wenigen Zeilen wird mir klar, dass es heute Abend unmöglich ist, mich zu versenken, ebenso wie es gestern Abend unmöglich gewesen ist und vorgestern, und so greife ich zur Fernbedienung und schalte den Fernseher an, wie jeden Abend in der Hoffnung, eine große Geschichte zu finden, eine Geschichte mit Kraft, die mich für kurze Zeit versinken lässt. Manchmal findet sich tatsächlich unerwartet ein Film, dessen Zauber uns tagelang begleitet, doch sie sind selten, diese Ereignisse, sie werden immer seltener, je mehr wir gesehen haben, stattdessen setzt sich im Fernsehen nur das Stückhafte meines Alltags fort. Ich zappe mich durch das Programm, das voll ist von deutschen Wohlfühlfilmen und banalen Shows und Thrillern und *Marvel*-Verfilmungen und sonstigen übernatürlichen Figuren. An manchen Abenden reiht sich eine fantastische Welt an die andere, und ich denke, die Fantastik hat seit meiner Kindheit eine unglaubliche Karriere hingelegt, früher war sie eine Randerscheinung, eher was für den Groschenroman oder für Nerds, während man jetzt das Gefühl hat, die Realität sei eine Randerscheinung und eher was für Nerds.

Ich bleibe schließlich bei *Stirb langsam* hängen. Bruce Willis ist gerade in L. A. gelandet, da öffnet sich die Terrassentür. Polly schießt herein, schüttelt sich, ich zucke mit einem Gefühl des schlechten Gewissens zusammen, denn jetzt sieht es so aus, als hätte ich schon die ganze Zeit vor dem Fernseher gesessen. Ich hätte mir, denke ich, beim Aufräumen der Küche mehr Zeit lassen und es in Levjes Rückkehr hinein verlängern sollen, als sichtbare Geste, als anschlussfähiges Zeichen meines Bemühens, auf das sie vielleicht reagiert hätte mit: Ach, das ist nett, dass du noch die Küche machst.

– Ich habe gerade erst den Fernseher angemacht, sage ich, bin mir aber nicht sicher, ob Levje mich verstanden hat, denn sie ist mit Polly beschäftigt. Polly reibt ihre Ohren am Boden ab, wälzt sich auf den Dielen. Levje bückt sich zu ihr hinunter, *A-a-a, Fräulein, so nicht, komm mal*, sagt sie und rubbelt sie mit dem Hundehandtuch ab, was Polly mit einem tief hängenden Blick und eingeklemmtem Schwanz über sich ergehen lässt.

Bruce Willis und seine Frau kommen sich wieder näher, während ein Irrer im Keller an den Drähten herumfummelt und ein anderer Irrer mit einer Kettensäge die Kommunikation nach außen kappt. Seit Jahrzehnten sind es immer wieder dieselben Gesichter, denen ich im Abendprogramm begegne, die erste Riege der Hollywoodstars, oft auch die zweite oder dritte Riege, Filme, die ich alle schon mindestens ein Dutzend Mal gesehen habe, nur über Jahre hinweg in kleine Häppchen zerteilt. Manche Szenen kenne ich auswendig, andere fehlten mir noch, und ich bin dann ganz überrascht und denke: Warum habe ich diese Szene von *Bourne Identität* noch nie gesehen?, und ich ergänze sie in meiner inneren Bilderbibliothek wie die fehlende Herzsieben auf einer Romméhand. Und wenn ich zum zehnten Mal Bruce Willis' verschmitztes Lächeln sehe, während er mit einer Knarre hinter einem Schrank Deckung sucht, wird er schon ganz und gar zu einem alten Bekannten, einem Freund, dem man, wenn man ihm auf der Straße begegnete, zurufen könnte: Hey, alter Kumpel, wie geht's?

Levje hat sich neben mich gesetzt, mit einem Meter Abstand ans andere Ende des Sofas, und wir sitzen vor dem Fernseher und schauen Bruce Willis bei seinem Weg durch die Eingeweide des Hochhauses zu, durch Luftschächte, Aufzugsschächte, gespenstisch leere Büroräume. Er geht seinen Weg durch das Labyrinth, in dem sich das Böse eingenistet hat, und der Held muss das gesamte System auseinandernehmen, um das Böse zu finden. *Mister, Sie zerstören ein ganzes Gebäude. Ich habe hier noch immer das Kommando. – Von hier oben sieht es so aus, als würde nicht mal Mickey Mouse auf Ihr Kommando hören.* Bruce humpelt und blutet immer stärker aus den verschiedensten Teilen seines Körpers, er bekommt noch eine Wunde und noch einen Hieb. Eigentlich, denke ich, ist es ein Folterfilm, wir schauen dabei zu, wie Willis gemartert wird, es geht um die Zerstörung des männlichen Körpers, des Helden, der aber aus all diesen Angriffen immer als Sieger hervorgeht und am Ende die Kontrolle zurückerlangt. Die Integrität des Helden ist angekratzt, wird aber nie substanziell infrage gestellt, der Held hinterfragt sich nicht, zerfällt nicht, bleibt konsistent. Wir wollen ein Leben voller Schmerz und Leid und Wahnsinn und großer Gefühle sehen, nur nicht bei uns, bei uns nicht, sondern bei den anderen, dann können wir uns daran aufrichten.

Ich bin mir unsicher, ob Levje auch *Stirb langsam* schauen will oder ob ich umschalten soll. Ich könnte mir den Film noch ein zehntes oder zwanzigstes Mal anschauen, ich weiß nicht, wie oft ich ihn schon gesehen habe, der *Masterplot Underdog* funktioniert immer wieder. Oder ist es eher ein *Racheplot?* Eine Mischung aus *Underdog* und *Racheplot,* das wäre das vielleicht wirkmächtigste dramaturgische Narrativ. Gerade, als Bruce innerhalb eines Aufzugsschachts von einem Luftschacht in einen anderen springt, sagt Levje *Kannst du mir mal sagen, was los ist?* Ich hatte gehofft, dass dieser Satz irgendwann fällt, und es zugleich befürchtet, ich bin ihr dankbar, dass sie den Anfang gemacht hat, doch ein anderer Teil in mir hätte jetzt gern einfach nur Bruce Willis bei seinem Siegeszug zugeschaut. Mein Blick klebt an den Bildern. Ich warte noch ein paar Sekunden, bis die Szene zu Ende ist, dann stelle ich den Ton leiser.

– Es sind diese ständigen kleinen Übergriffe, den ganzen Tag über.

– Wovon redest du?

– Dass du mich behandelst wie ein Kind. Heute Morgen ging es schon los, du sagst: Die Brotdose ist im Geschirrspüler, obwohl ich gar nicht danach gefragt habe. Ich frage Alma nach ihrem Stundenplan, und *du* antwortest für sie. Ständig ziehst du die Kommunikation an dich, das nimmt mir als Vater die Stimme.

– Mein Gott, daran kann ich mich schon nicht mal mehr erinnern. Du bist so was von empfindlich.

Bruce robbt sich durch einen stählernen Schacht, ich merke, wie mein Blick von den Bildern angezogen wird, hier kann sich mein Blick erholen, bei diesen bekannten Bildern findet er endlich Ruhe. Wie gern würde er sich weiter versenken, mein Blick, aber nein, ich zwinge ihn zurück in den Raum, irgendwo in die Mitte zwischen Fernsehgerät und Levje.

– Jetzt schiebst du es wieder mir zu. Nicht *du* hast einen Fehler gemacht, sondern *ich* bin empfindlich. Mit diesem Argument kann man alles rechtfertigen, sogar körperliche Gewalt. Das bisschen Schläge, jetzt sei doch nicht so empfindlich.

– Das kann man ja nun nicht vergleichen.

Eine Zeit lang, als ich ihre Taktik noch nicht durchschaut hatte, habe ich das so hingenommen, ich dachte wirklich, ich sei zu empfindlich. Ich fühlte mich schuldig, dass ich so empfindlich bin, ich überging diese kleinen Angriffe und bemühte mich, nicht mehr empfindlich zu sein. Doch es funktionierte nicht, es brach dann an anderen Orten oder zu anderen Zeiten aus mir heraus, und Levje war völlig perplex, und ich merkte, wie ich mich zu verändern begann. Irgendwann fragte ich mich, was denn dieses Empfindliche eigentlich sei, dem ich ausweichen wollte, was anderes es sei als das Empfundene und ob ich auf das Empfundene nicht doch besser vertrauen sollte.

– Ich möchte diese Art von Hilfe nicht. Es ist eine Entmündigung. Du vermittelst mir die ganze Zeit das Gefühl, dass ich das allein nicht hinkriege. Ständig drängst du dich in die Beziehung zwischen mir und den Kindern hinein. Heute Abend zum Beispiel, die Sache mit der Papakuh.

– Was denn für eine Papakuh?

– Als ich mit Malik auf dem Boden gespielt habe. Wir waren mitten im Spiel, ich fragte nach der Papakuh, und du antwortest: Auf dem Küchentresen. *Auf dem Küchentresen!* Danach war das Spiel vorbei.

– Ich wollte euch doch nur helfen.

Bruce ballert mit einem Maschinengewehr in eine riesige Glasscheibe, sie zerbirst, und der Boden ist voller Scherben.

– Kannst du bitte mal was anderes anschalten?

Mit leichtem Bedauern schalte ich ein paar Kanäle weiter. Ein Wasserbüffel steht in einem Fluss. Auf seinem Rücken sitzt eine Reihe Vögel, und immer mal wieder picken sie an dem Tier herum. Ich lege die Fernbedienung zur Seite, auf Naturfilme können wir uns immer einigen, sie sind neutrales Gebiet.

– Du schiebst alles mir in die Schuhe, was ist denn mit dir? Was ist denn dein Anteil daran? Du ziehst dich zurück, schweigst den ganzen Tag. Aus Nichts machst du wieder einen tagelangen Streit. Dann sag es doch in dem Moment, dann ist es gut, dann kann ich damit umgehen.

– Jetzt sag ich es ja.

– Nachdem ich wieder den Anfang gemacht habe.

Vielleicht stimmt das alles nicht, mein Empfinden. Zum ersten Mal nehme ich eine andere Perspektive ein, *ihre* Perspektive. Ich sehe mich von außen, gekränkt, verletzt wegen Kleinigkeiten, schweigend, manchmal zieht sich das tatsächlich über Tage hin.

Vielleicht bin ich doch empfindlich, nicht im Sinne von empfindsam, sondern von kränkbar, und ich frage mich, ob jemand anders auch so darauf reagiert hätte. Ein Gepard jagt eine Gazelle. Die Gazelle flieht, der Gepard wirft seine Hinterläufe vor seine Vorderläufe, beide legen sich in die Kurven, der Dreck spritzt. Meme einer aussterbenden Welt. Naturdokus sind Blicke in die Vergangenheit, und wir sitzen in unseren Wohnzimmern und schauen den Adlern beim Kreisen und den Löwen beim Jagen zu, in dem Glauben, es gebe sie da draußen noch, die intakte Natur, wir lebten hier unser kleines Leben, während die große Natur da draußen noch in Ordnung ist.

– Warum musst du immer alles so zerdenken?

Das Denken war meine Rettung, denke ich, das Denken hat mich aus allem herausgebracht.

– Vielleicht ist das Denken meine Art, um die Beziehung zu kämpfen.

– Mir wär es lieber, du würdest mich in den Arm nehmen.

Das ist raffiniert von ihr, sie gibt sich schwach und verletzlich, appelliert an meine starke Schulter, um den Streit vorzeitig zu beenden, aber ich habe nicht das Gefühl, dass wir schon einen Schritt vorangekommen sind. Natürlich könnte ich sie in den Arm nehmen, und wir würden den Geparden noch zehn Minuten gemeinsam beim Jagen zuschauen, um dann nacheinander Zähneputzen zu gehen, aber das wäre unbefriedigend, es würde all diese Vorarbeit zunichtemachen, und wir würden in ein paar Tagen wieder von vorn anfangen. Ich bin mir manchmal nicht sicher, ob es, über die Lebenszeit einer Beziehung betrachtet, überhaupt so etwas wie ein Vorankommen gibt, ob es ein zwangsläufiger Prozess ist, dass man sich *als Paar entwickelt*, in kleinen Schritten, These, Antithese, Synthese, dass jeder Streit tatsächlich etwas im anderen verändert. Auf eine gewisse Weise halte ich immer noch an diesem Ideal fest, während für Levje diese Art der Auseinandersetzung, mein Versuch, eine echte Einsicht herzustellen, meist nur lästige Pflichtübungen sind, die ich aus irgendeinem Grund anzettle. Für sie wäre es mit einer kurzen Entschuldigung getan, und weiter ginge es im Text, und aus diesem Grund haben unsere Streits ab einem gewissen Punkt immer etwas Quälendes.

– Aber verstehst du mich denn? Wie es mir damit geht?

– Nein, ehrlich gesagt, nicht. Ich weiß nicht, was du da siehst. Das sind doch ganz normale familiäre Vorgänge. Ich will dich halt unterstützen.

– Wie kommt es dann, dass ich mich in deiner Gegenwart oft so unsicher fühle? Du verunsicherst mich im Umgang mit den Kindern. Wenn ich allein mit den Kindern bin, geht es mir nicht so.

– Weiß ich doch nicht. Das ist doch dein Problem.

– Na, du machst es dir ja einfach.

Aus dem Babyphone poltert es, etwas ist umgekippt, ein Kind hustet. Wir horchen beide auf, warten eine Minute, dann ist es wieder still.

– Oder neulich, die Sache mit der Tasse.

– Was denn für eine Tasse?

– Als ich Fritzi die Schneemannsuppe gemacht habe. Du weißt doch genau, dass sie die kleinen Tassen liebt, und du stellst mir eine große Tasse hin und sagst, nimm doch die.

– Weil die Milch sonst übergelaufen wäre.

– Das weißt du doch gar nicht!

Meine Stimme wird schrill, immer dann, wenn ich das Gefühl

habe, an ihrem Starrsinn zu zerschellen. Ich habe das Bedürfnis, aus dieser Situation auszubrechen, stehe auf, laufe hinüber zum Kühlschrank, hole ein Bier heraus, nehme einen Schluck und ziehe in Erwägung, einfach dort am Küchentresen stehen zu bleiben und abzuwarten, was passiert. Es ist die maximale Entfernung, die unser Wohnzimmer hergibt, sie sitzt auf dem Sofa und starrt vor sich hin, ich stehe am Küchentresen und starre in den leeren Raum, und wenn unsere Blicke Geraden wären, würden sie weit aneinander vorbeilaufen. Dann gehe ich wieder zurück und setze mich auf die Sofalehne. Das hat etwas Provisorisches und zugleich Legeres, gekrümmt wie ein Bogen, gibt diese Sitzhaltung meinem Körper die Spannung, jederzeit wieder aufspringen zu können.

– Du bist jeden Morgen so angespannt, sage ich, alles ist immer falsch, zu spät, zu langsam, weißt du, wie anstrengend das ist?

– Weil sonst nichts passieren würde! Du sitzt da immer so *wahnsinnig* entspannt bis auf die letzte Minute, wenn es nach dir ginge, würden die Kinder jeden Tag zu spät kommen.

– Das glaubst du! Lass es doch mal drauf ankommen. Wenn du weg bist, läuft es komischerweise immer ganz entspannt.

– Ach ja, dann kann ich ja gehen, wenn ich hier nicht gebraucht werde. Weißt du, wie mich das manchmal ankotzt, jeden Tag aufräumen, Wäsche waschen, Geschirr spülen.

Ich nehme einen Schluck vom Bier.

– Immerhin habe ich vorhin die ganze Küche aufgeräumt.

Die Pausen werden länger, der erste Schlagabtausch ist gelaufen. Wir lassen die Einschläge wirken. Vielleicht sind wir auch einfach nur erschöpft. Jetzt sind wieder die Wasserbüffel zu sehen, und auf ihren Rücken sitzen Vögel mit roten Schnäbeln, die

Madenhacker. Bis vor Kurzem, so erklärt der Sprecher, galten sie als Nützlinge, die die Wirtstiere von Parasiten befreien würden, doch dann stellte man fest, dass sie nicht überwiegend die Parasiten, sondern Fleischstückchen von den Wundrändern fressen, dass die Vögel selbst die Parasiten sind, als Helfer getarnte Blutsauger. Indem sie immer wieder in den offenen Wunden herumhacken, halten sie diese offen und sichern sich auf diese Weise ihre Nahrungsquelle. Sie trinken das Blut, sie fressen den Schorf und den Eiter, sie fressen das Tier bei lebendigem Leibe, gerade so viel, dass es nicht elendig zugrunde geht, dass es ihnen als Nahrungsquelle erhalten bleibt. Dieser unscheinbare Vogel mit dem roten Schnabel ist vielleicht das grausamste aller Tiere.

– Du bist ja nachmittags immer draußen, haust ab, bist irgendwo unterwegs.

– Ich hau ab? Entschuldige, dass ich Holz besorge, damit du es im Winter schön warm hast. Außerdem: Wer ist denn in letzter Zeit immer unterwegs, Chor hier, Chor da, du bist doch diejenige, die ständig unterwegs ist.

Vor Kurzem war zu ihrem Bedürfnis, das Klavierspielen zu lernen, noch das Bedürfnis zu singen, hinzugetreten. Levje war einem Chor beigetreten, und aus dem Chor war innerhalb eines Jahres eine feste Gemeinschaft geworden, die sich einmal pro Woche zur Probe traf und zweimal pro Jahr zu Chorfreizeiten fuhr. Hinzu kommen Sonderproben und Auftritte, und mehrmals täglich schicken sie sich Nachrichten, Songtexte oder Einspielungen in verschiedenen Chatgruppen, sodass Levje ständig auf ihr Handy starrt und vor sich hin kichert. Der Chorleiter Niklas, der zugleich Levjes Klavierlehrer ist, ist ein rundlicher Lebemann mit undurchsichtigen Beziehungsgeschichten, ein virtuoser Klavierspieler und ein Klischee von einem Künstler. Er arbeitet überwiegend nachts, lebt in prekären Verhältnissen, ist aber trotzdem ständig unterwegs, und Levje sagt dann Sätze wie: *Ach, Niklas ist gerade auf einem Chorfestival in der Toskana, toll, oder?* Obwohl ich mich selbst immer für einen offenen und in Beziehungsfragen gelassenen Menschen gehalten habe, musste ich mir irgendwann eingestehen, dass mich ihre neue Leidenschaft eifersüchtig machte. Es war eine schmerzhafte Erkenntnis, dass ich neidisch war auf jede Lust, die außerhalb unseres Wirseins stattfand, und dass ich das Gefühl hatte, sie lebte dort jene Freude, die mir im Alltag vorenthalten wurde.

– Das ist so unfair von dir, du weißt genau, wie wichtig mir das Singen ist. Du gönnst es mir nicht, dass ich mich mal ein Stück aus meiner Mutterrolle löse.

– Doch, gerne, nur zu, ich würde es begrüßen, wenn du dich davon ein Stück löst. Aber nicht nur dann, wenn es dir passt.

Plötzlich kann ich diese Bilder nicht mehr sehen, es ekelt mich an, wie die Madenhacker in den Wunden picken, die Geparde, die ein Gnu an der Kehle zu Boden zerren, dieser ständige Kampf ums Überleben. Ich will endlich etwas Entlastung, Ruhe, Harmonie. Eine Kochshow. Dekadente Auswüchse einer übersättigten Gesellschaft. Eine Infosendung. *Sparschäler im Vergleich. Wie schlägt sich der Luxusschäler im Vergleich zur Billigkonkurrenz.* Vor dieser Banalität müsste man resignieren und das Gerät abschalten, für immer, doch ich schaffe es nicht. Ich hätte Sorge, dass mit dem Ton auch unser Gespräch erstürbe, ja, ich bin sicher, dass, solange der Fernseher weiterläuft, auch unsere Unterhaltung weiterläuft, als spielten wir unsere Wörter über Bande, und das Ausschalten des Geräts wäre ein Signal, auch unseren Dialog zu beenden. Also lasse ich die Sendung laufen, und wir schauen dabei zu, wie der

Moderator in irgendeiner deutschen Fußgängerzone einen Stand aufbaut und Passanten anspricht, die das Schälverhalten der Sparschäler an bereitgestellten Kartoffeln testen sollen. Frauen mit Dauerwelle geben sich überrascht-geschmeichelt, als sie angesprochen werden, mühen sich beim Schälen und geben schließlich ein laienhaftes Fazit ab. Da es hinter mir so still ist, drehe ich mich um und merke erst jetzt, dass Levje weint. Sie hat ihre Schläfen auf den Daumen und den Zeigefinger ihrer Hand gestützt, die Stirn lastet auf der Sichel dazwischen, und jetzt erst werde ich gewahr, dass sich noch immer die Kinderschminke auf unseren Gesichtern befindet. Levjes Blumentattoo ist verschmiert, das Grün klebt auch an ihrem Daumen, und ich frage mich, wie ich jetzt wohl aussehe, als Hund geschminkt, mit Schnurrhaaren, einer schwarzen Stupsnase und Hundeaugenbrauen. Ich strecke mich zu ihr hinüber und reiche ihr das Bier. Sie nimmt es entgegen, nippt, ohne wirklich davon zu trinken.

– Das tut mir leid. Ich gönne dir deinen Chor, ich wollte dir das nicht zum Vorwurf machen. Aber manchmal habe ich das Gefühl, du siehst gar nicht mehr mich, sondern nur deine Ängste. Die Milch läuft über, die Kinder kommen zu spät, wir finden die Kuh nicht. Ich bin nur noch eine Projektionsfläche für deine Ängste.

– Ach, muss man sich immer für dich interessieren? Dann geht es mal nicht um dich. Wer sieht mich denn? Siehst du mich?

Ihre Stimme bricht. Sie verdeckt ihr Weinen mit der ganzen Hand.

– Immer nur machst du mir Vorwürfe, die ganze Zeit, merkst du das nicht? Du hast manchmal eine solche Wut in dir, ich weiß gar nicht, wo die herkommt.

Für meine Begriffe haben wir bisher eine recht sachliche Diskussion geführt. Ich erinnere mich daran, wie mein Vater in manchen Nächten meine Mutter beschimpfte, wie sie sich stritten bis aufs Messer, wie er seine Sports- und Arbeitskollegen beschimpfte, den Staat beschimpfte, die Stasi beschimpfte, seinen Bruder beschimpfte, später die Wessis beschimpfte, wie er in seinem zweigeteilten Weltbild alles hasste, was außerhalb seiner eigenen Sichtweise lag – nein, Wut sähe anders aus, denke ich. Vielleicht ist ihr Verständnis von Wut ein anderes als meines, da sie aus einer Familie kommt, in der alles geordnet und kontrolliert ablief, in der, wenn ich ihren Erzählungen Glauben schenken darf, selbst die Trennung zwischen den Eltern ablief wie eine Notarsitzung, als der Vater der Familie beim Abendessen mitteilte, er habe sich in eine andere Frau verliebt und würde in Kürze ausziehen.

– Weil du nicht verstehen willst, was ich dir zu sagen versuche.

Schon wieder du. Es stimmt, ich stecke fest im Angriffsmodus, ich werfe ihr eine Sache nach der anderen an den Kopf, sodass sie sich in die Defensive begeben muss. Und in diesem Moment wird mir klar, dass wir uns gegenseitig vorwerfen, dass wir uns nicht mehr *sehen*, dass wir uns gegenseitig auf unsere jeweilige Funktion reduzieren, so, wie wir als Kinder eine Funktion hatten, wir waren Funktionskinder, sind wir jetzt Funktionseltern, dass wir den Blick jeweils nur noch auf uns selbst richten, auf den Mangel, der in uns ist, und dass wir von dem anderen jene Erfüllung erwarten, die er uns anfangs so freigiebig geschenkt hat.

– Du siehst lustig aus, sage ich.

Sie lächelt. Es ist mehr der Versuch eines Lächelns, das Verziehen des Mundes zu einem schiefen Strich. Sie presst die Lippen aufeinander, um nicht wieder zu weinen.

– Du erst, sagt sie, wischt sich die grünen Tränen aus den Augenwinkeln und fährt fort: Ich habe das Gefühl, wir sind so weit voneinander entfernt. Du bist so unnahbar geworden.

– Komisch, das Gleiche wollte ich auch gerade sagen.

Ich warte einen Moment ab, denke über ihren Satz nach und über meine Erwiderung. Wir sind unnahbar, obwohl wir uns nach nichts so sehr sehnen wie nach Nähe. Jeder will getragen werden, doch niemand ist bereit, den anderen zu tragen.

Die Sendung mit den Sparschälern ist zu Ende. Auf irgendeinem dritten Programm läuft ein alter Schwarz-Weiß-Film. Wie lang die Szenen sind, wie lange die Kamera auf den Figuren verharrt, obwohl nichts passiert. Wie viel Zeit man sich für Dialoge lässt. Wie lange sie einfach nur Auto fahren. Die Weite dieser filmischen Räume. Dehnung. Ruhe. Die Leere hat noch ihren festen Platz im Film.

– Vielleicht ist es einfach unsere Überforderung, sage ich.

Levje erhebt sich vom Sofa und kommt auf mich zu, lehnt sich gegen mich. Ich lege meine Arme um ihre Hüfte. Und so umarmen wir uns eine Zeit lang, während im Hintergrund der alte Film weiterläuft und eine Frauenstimme sagt: *Er gibt mir, ich weiß nicht, wie ich es sagen soll, ein Gefühl von Wärme ...* und dann setzt die für die Schwarz-Weiß-Filme typische bombastische orchestrale Filmmusik ein.

– Ich versuche, in Zukunft mehr darauf zu achten, okay?

Sie streicht mir noch einmal über den Kopf und sagt: Ich muss ins Bett, lass uns morgen weiterreden.

Dann geht sie hinüber ins Bad und schließt die Tür hinter sich.

Ich sitze auf der Lehne vor dem Fernseher, schnappe mir die

Flasche vom Boden, wo Levje sie abgestellt hatte, und nehme einen großen Schluck, dabei habe ich gar keine Lust mehr auf das Bier. Dann schalte ich zurück auf *Stirb langsam*. Bruce Willis steht unten auf der Straße vor dem Hochhaus, Blaulichter rotieren. Es ist immer ein beruhigendes Gefühl, wenn Blaulichter rotieren. Das bedeutet: Ab jetzt wird es offiziell, ab jetzt übernimmt der Staat, mach dir keine Sorgen mehr. Bruce ist völlig ramponiert, seine Frau stützt ihn, sie steigen in eine Limousine und rollen durch die evakuierte Menschenmenge davon. Der Chauffeur sagt: *Also, wenn der Weihnachten immer so feiert, will ich mal zur Silvesterparty eingeladen werden*, der Abspann läuft, und die Kamera zoomt zu einer leicht jazzigen Version von *Let it snow, let it snow, let it snow* nach oben aus dem Geschehen raus, sie steigt immer höher zwischen den Wolkenkratzern, und es rieseln Millionen Papierschnipsel aus dem Gebäude, ein federleichter, ironischer Kommentar auf den Winter in Los Angeles. Alles ist gelöst. Das Gute hat gesiegt, das Böse verloren, eine Heldenreise par excellence. Fast ärgere ich mich, dass ich den Höhepunkt auf diese Weise geschenkt bekomme, ohne mir den Weg dorthin erkämpft zu haben. Ich zappe mich noch einmal in hoher Geschwindigkeit durch das Nachtprogramm, das jetzt wirklich gar nichts mehr zu bieten hat, aber ich habe noch das halbe Bier. Levje öffnet die Tür, sie hat ihr Nachthemd angezogen, stellt sich noch einmal vor mich, und ich lege meine Arme um sie, drücke meine Wange gegen ihren warmen Bauch, von dem ich jetzt nur noch durch einen weichen, baumwollenen Stoff getrennt bin. Sie legt ihren Kopf auf meinen Scheitel. Ich atme ihren Geruch, die Creme, die sie nachts immer aufträgt, das Waschmittel, das sie benutzt, und eine Spur ihres Geschlechts, so umarmen wir uns ein paar Minuten, während unsere

Finger kleine Bewegungen auf dem Körper des anderen machen, ein zartes Auf und Ab der Fingerkuppen wie zur Beruhigung eines Kindes kurz vor dem Einschlafen, und ich weiß nicht, ob wir die Wunden damit wirklich schließen können oder ob wir sie weiter offen halten. Dann löst sie sich von mir, schaltet alle Lichter im Garten und im Wohnzimmer aus, wie jeden Abend, aus Sorge, ich könne es vergessen, und ich hole einmal tief Luft. Haben wir nicht darüber gerade die ganze Zeit gesprochen? Aber ich lächle und lasse sie machen.

– Ich komme auch gleich, sage ich.

Es ist Viertel nach elf. Vom Tag bleibt keine ganze Stunde mehr. Der Fernseher flackert und erleuchtet das dunkle Wohnzimmer gespensterhaft. Ich nehme noch einen Schluck Bier, obwohl es mich anwidert, und schaue mir drei Sendungen parallel an, einen Film mit einem schlecht animierten und daher immer nur für Millisekunden sichtbaren Riesenhai, der einen Fischkutter angreift, eine reißerische Doku über die Autobahnpolizei, und ein Format, in dem C- und D-Promis ihre Meinung zu irgendeiner Musikrichtung abgeben, schließlich lande ich auf den hintersten Programmplätzen, beim Teleshopping. Das Schauen ist vielmehr nur noch ein Augenaufhalten, irgendwann drücke ich auf den Ausschalter und lege die Fernbedienung auf die Sofalehne. Ich fühle mich entwertet von diesem Trash und ekele mich vor mir selbst, dass ich ihm so viel Zeit geschenkt habe. Ich bringe das Bier zurück in die Küche, schütte es in den Ausguss und habe das Bedürfnis, noch einmal hinaus in den Garten zu treten, nach Luft, nach der Reinheit der Nacht. Es ist still, die Luft ist feucht, vielleicht hat es geregnet. Manchmal tropft es von der Pergola auf die Terrasse. Ich ziehe die feuchte Luft tief in meine Lungenflügel ein.

Nichts ist zu hören. Die Nachbarn schlafen vermutlich schon. Benny von gegenüber wird morgen um sechs aufstehen und zur Arbeit fahren. Links und rechts von uns wohnen Rentner. Ich frage mich, wann sie ins Bett gehen und morgens aufstehen, so ohne jegliche Verpflichtung. Unser Wasserlauf plätschert leise vor sich hin. Man hört ihn immer erst nach einer Weile. Es ist alles wie immer, wie jeden Abend, es ist die Art von Stille, die ich gewählt habe. Es ist meine Stille, meine ganz spezielle Stille, die Stille meiner Abende, meines Gartens, meines Lebens. Es ist ein Dienstagabend. Ein Novembertag ist zu Ende gegangen. Ich werde ein paar Stunden Schlaf haben, zu wenig, wie immer. Halb sieben wird der Wecker klingeln, ich werde Frühstück machen, die Kinder zur Kita oder zur Schule bringen und mich anschließend an den Schreibtisch setzen. Vielleicht werde ich am *Vogelhaus* weiterschreiben, ja, das werde ich tun. Levje wird sich ein paar Tage um mich bemühen, ich werde mich ein paar Tage um sie bemühen. Vielleicht landen wir morgen im Bett. Die Versöhnung heute Abend machte den Eindruck, als könne es sich morgen ergeben. Was war das für ein Tag? Habe ich ihn ausreichend gewürdigt? Bin ich ihm, diesem Tag, gerecht geworden? Zu wenig habe ich geschafft, denke ich, ich hätte gern so viel mehr geschafft, dann hole ich noch einmal tief Luft und schließe die Terrassentür hinter mir.

Die Gewissheiten der Nacht

Im Haus ist es jetzt dunkel und still. Ich mag es nicht, der Letzte zu sein. Lieber ist es mir, mich vorher ins Bett zu legen und auf Levje zu warten, mit dem beruhigenden Gefühl, dass sie noch einmal nach dem Rechten schaut, mit den leisen Geräuschen, die sie dabei verursacht, und der Erwartung, dass sie sich gleich zu mir legen und mir noch einmal über den Arm oder den Rücken streichen und dabei *Schlaf schön* sagen wird. Doch heute nicht, heute bin ich der Letzte. Ich gehe hinüber ins Bad, lege mein Handy auf die Fensterbank und lasse, während ich mich ausziehe, noch Musik laufen, nicht irgendeine Musik, wichtig ist es, dass diese Musik einen gewissen Grad an Härte hat, an Tempo, an Exzesspotenzial, ich scrolle mich durch die Liste und drücke auf *Fuckers* von den Savages. Es ist das letzte Aufbäumen des Tages, eine blasse Erinnerung daran, wie die Abende früher waren, wie sie sein könnten, in dem anderen Leben, das ich nicht führe, und während ich auf dem Toilettendeckel sitze und mir die Zähne putze, dabei versuche, sie mir auf die richtige Art und Weise zu putzen, so, wie es mir die Zahnärztin empfohlen hat, werfe ich den Kopf hin und her, eine Andeutung des Headbanging, und wippe dazu mit beiden Füßen auf den Fliesen, mein ganzer Körper gerät in Bewegung, doch verhalten, als käme langsam, tief in ihm etwas in Schwung, das durch etwas Äußeres gebremst würde, *and we can drive away from town, don't let the fuckers get you down, and we can breathe under the sea, you can show me what you see.* Die zerhackte, wütende Stimme von Jenny Beth hallt in die Leere des Bades, das Schlagzeug treibt die Gitarren vor sich her, der Bass besteht auf seinem gnadenlosen Rhythmus, und das Ganze steigert sich über zehn Minuten hin zu einem infernalischen Lärm, sodass ich über das stärker werdende Kopfschütteln und Füßewippen in einen tranceartigen Zustand gerate, und über diesem Lärm erhebt sich irgendwann engelsgleich die Stimme von Beth und breitet ihre Flügel aus wie ein Albatros über dem tosenden Meer, und hell und rein gleitet sie über all das Stürmen hinweg, und ich könnte diesem Tosen und ihrem Gleiten ewig zuhören, einfach immer weitermachen mit dem Kopfschütteln und dem Füßestampfen und dem Zähneputzen hier abends im Bad auf diesen Fliesen, die ich nicht mag, und vielleicht gerade wegen dieser Fliesen, als wolle ich ihnen eins auswischen, genieße ich diesen letzten Anfall von Wildheit, meine Unkonventionalität als Beweis, den ich vor mir selbst führe: dass ich noch die Kraft zum Ausbruch habe. Auch wenn es nur ein armseliger, kleiner Ausbruch ist, Zähneputzen zu *Fuckers,* ist es für mich doch die notwendige Rückversicherung, dass ich noch diese Gier nach Leben in mir trage, die mich immer schon vorangetrieben hat, diese Vatergier, die Gier meines Vaters, der jetzt, würde er noch leben, mit seinen Kumpels am Tisch sitzen und Bier in sich hineinschütten würde, und ich bin, denke ich, eine gebändigte, eine gezähmte Version meines Vaters, dieses abendliche Gefühl ist das Einzige, das von den Exzessen meines Vaters geblieben ist, die gehemmten Zuckungen meines Körpers sind die letzten Ausläufer eines Bebens, das in meiner Kindheit stattgefunden hat. Vielleicht ist das überhaupt unsere einzige Aufgabe, die Beben unserer Kindheit zu dämpfen, vielleicht ist unser Körper nichts anderes als ein Puffer zwischen den Generationen.

Irgendwann ist das Lied zu Ende, der Song löst sich mit einem Fadeout in die Stille hinein auf. In meinen Ohren saust es noch ein paar Sekunden, dann ist es ruhig. Ich lösche die letzten Lichter, steige die Treppe hinauf ins Obergeschoss und werfe noch einmal einen Blick in das Kinderschlafzimmer. Malik liegt zusammengerollt auf seiner Seite des Bettes, die Decke zu seinen Füßen. Jede Nacht strampelt er sich frei und wacht von der Kälte irgendwann auf. Ich schleiche mich hin, die Dielen knarzen, und ziehe die Decke über ihn, bis hinauf zu seinen Schultern. Er dreht sich einmal um, wirft seinen Arm nach oben über seinen Kopf und atmet tief. Seine Haare sind zu lang, sie fallen ihm schon über die Augenbrauen. Ich streiche sie ihm noch einmal aus der Stirn. Fritzi liegt neben ihm, halb auf dem Bauch, das rechte Bein angewinkelt, und ihre dichten Haare fließen über den ganzen Kopf, sodass ich nicht sagen könnte, auf welcher Seite sich ihr Gesicht befindet. Auch ihr ziehe ich die Decke über den Rücken, und bleibe anschließend noch einen Moment auf der Bettkante sitzen, verweile in diesem Blick auf meine schlafenden Kinder.

Fast auf den Tag genau vor elf Jahren habe ich meinen Vater zum letzten Mal gesehen, bei einem Fußballspiel im Stadion in Leipzig. Es hat gedauert, bis ich bereit war, mit ihm ins Stadion zu gehen, denn ich war gebrandmarkt von den Sonntagen meiner Kindheit, wenn er vormittags auf den Platz ging, um sich irgendein Kreisligaspiel anzuschauen, und danach zum Frühshoppen verschwand. Es waren düstere, verlorene Sonntage, wenn er schon nachmittags betrunken nach Hause kam, doch am Ende konnte ich den Fußball annehmen als Teil der Versöhnung zwischen uns, und dieses eine Mal haben wir es geschafft, zusammen ins Stadion zu gehen. Es gibt ein einziges Foto von dieser Begegnung. Ich sitze rechts, mein Kopf ist durch das Weitwinkelobjektiv perspektivisch leicht verzerrt, breiter als üblich, in meiner Hand halte ich einen Plastikbecher mit Bier, lachend, mein Bruder sitzt in der Mitte, mit seinem schmalen Kopf und blonden Haaransatz, ebenfalls lachend, und links am Rand sitzt mein Vater, hinter uns Hunderte, kleiner werdende Köpfe, das ganze Stadion. Sein Gesicht ist zur Hälfte von einem Basecap verdeckt, seine Züge sind seltsam unscharf, als hätte der Tod seine Arbeit schon begonnen, als fegte sein Atem schon über das Sandbild dieses Lebens hinweg, und wir haben es nur nicht wahrgenommen, wir haben *ihn* nicht wahrgenommen. Jetzt, im Nachhinein, frage ich mich, ob ich es hätte wahrnehmen können, seine wie nebenbei fallen gelassene Bemerkung, in seinem linken Arm würde es seit einiger Zeit kribbeln, seine Zerstreutheit bei unserem letzten Telefonat, als er sich nicht recht einlassen konnte auf das, was ich von mir erzählte, sondern abwesend immer nur *aha, jaja*, sagte. Erst im Nachhinein ergibt alles einen Sinn, erst im Nachhinein wird eine schlüssige Erzählung daraus. Sein Blick auf dem Stadionfoto ist glasig und verschwommen, als könne er schon gar nicht mehr klar sehen, und ich weiß noch, wie er mir während oder kurz vor oder kurz nach der Aufnahme zugeprostet hat, und ich höre ihn immer noch sagen, *Prost, mein Großer.* Jetzt müsste er mich sehen, denke ich, mit drei Kindern, einem Haus, zwei Autos, das würde ihm gefallen.

Hier muss er doch irgendwo sein

Hier muss er doch irgendwo sein

Ich erhebe mich von der Bettkante und gehe hinüber ins Schlafzimmer, lege mich leise zu Levje. Sie hat einen beneidenswert ruhigen Schlaf. Sie legt sich hin und schläft sofort ein, und wenn ich morgens die Betten mache, liegt ihr Kissen da wie neu, allenfalls eingedellt durch eine kleine Liegefalte. Sie liegt die ganze Nacht ruhig in derselben Stellung, und wenn ein Kind aufwacht, steht sie leise auf, huscht hinüber, beruhigt es, legt sich wieder hin und schläft weiter. Mein Kissen hingegen sieht jeden Morgen aus wie ein von enormen Kräften gefaltetes Gebirge, als hätte ich die ganze Nacht mit ihm gerungen, und ich bin froh, eine Schläferin wie Levje an meiner Seite zu haben, die all das nicht weiter stört. Ich stecke mir die Kopfhörer in die Ohren und suche ein Lied von Gundermann, das mir im Kopf herumgeht, ich finde es und drücke auf Play.

Vater, komm, nun back back mir 'n Kuchen
mach mich heil, mach mich wieder jung
Willst du nicht das Rezept noch mal suchen
aus der Erinnerung
Ist in den Taschen von dei'm Bademantel
nicht noch bisschen Salz vom Urlaub an der See,
wo ist der Zucker, der so seltsam süß ist
wie Oberhofer Schnee
Hier muss er doch irgendwo sein
Hier muss er doch irgendwo sein
Hier irgendwo
Und wie ein Kreisel drehe ich mich
in deinem Zimmer, ich streck die Fühler aus
Doch du warst wieder der schnellere Schwimmer,
du bist schon zum Fenster raus
Vater komm, wir essen den Kuchen,
wir sind heil, wir sind wieder jung,

vielleicht kannst du mich jetzt öfter besuchen,
wenigstens auf'n Sprung.

Und all die Bilder kommen, tauchen auf, bewegen sich an die Oberfläche, die Erde würgt nach und nach alles nach oben, wie die Steine auf dem Feld, mit jedem dieser Worte verbinde ich etwas, und an das Verbundene knüpft sich wieder etwas, und so ersteht, während ich dieses Lied höre, das ganze Geflecht der Beziehung zu meinem Vater wieder auf, der Oberhofer Schnee, in dem wir uns mit dem Wartburg festgefahren haben, das Salz aus den Ostseeurlauben, sich gegenseitig die Haut pellen nach den Urlauben, sein schütteres Haar am Samstag auf seinem Sessel, das Reißen an den Zeitungsseiten, die ausgebeulte Trainingshose, das grüne Damenrad, mit dem er zur Garage fuhr, der Schnapsgeruch, wenn er aus der Kneipe kam, der erdige Geruch, wenn er von den Einsätzen der Reservisten kam, der Geruch nach Parfum, wenn er aus dem Westen zurückkam, die Nächte, in denen er auf meiner Bettkante saß und mir von allem erzählte, was er gerade mit seinen Kumpels am Stammtisch besprochen hatte, und ich bis in den frühen Morgen dazu nickte, der schnelle Schwimmer, der meine Mutter vor dem Ertrinken gerettet hat, der immer gewinnen wollte und sich aus dem Staub gemacht hat, viel zu früh. Etwas löst sich, und ich denke, wäre er hier, ich würde ihm all das zeigen, ihn durchs Haus führen, ja, das wäre was für ihn, und ich fange an zu weinen, und die Tränen laufen einfach in mein Kissen. Es ist ungewohnt zu weinen, ich habe jahrelang nicht geweint, ich kann mich überhaupt kaum erinnern, wann ich zum letzten Mal geweint habe. Mein Brustkorb bebt, ich bin es nicht mehr gewohnt, dieses Beben, und hoffe, dass Levje es nicht merkt, es wäre mir peinlich, wie soll ich ihr das erklären? Weinen ist wie

Erbrechen, denke ich, man will es nicht, man wehrt sich dagegen, solange es geht, doch dann bricht es unkontrolliert aus einem heraus. Das, was der Körper aufnahm, kommt, transformiert, verflüssigt, wieder aus ihm heraus. Das ist die ganze Arbeit des Körpers, alles umzuwandeln, der Körper ist ein großer Umwandler, er zerkleinert, zerstört und erschafft etwas Neues daraus, eine Energie, die uns befähigt zu leben.

Ich rücke näher an Levje heran und lege meinen Arm über ihren Körper. Sie nimmt ihn und zieht ihn zu sich, steckt meine Hand unter ihre auf dem Laken aufliegende Brust. Ich drücke sie an mich, stecke meine Nase in ihre Haare, doch irgendwann wird es mir zu warm, mein unten liegender Arm schläft ein und fängt an zu kribbeln. Ich wünschte, wir könnten auf diese Weise einschlafen, die ganze Nacht durchschlafen, doch das ist mir unmöglich. Nach wenigen Minuten muss ich mich regen. Ich drehe mich um, meine Hand wischt über das Laken und sucht die Kopfhörer, die bei der Drehung aus meinen Ohren gerissen wurden, ich stecke sie mir ins Ohr und schalte die *ARD-Infonacht* ein. Der Jingle läuft und beruhigt mich sofort. Eine Frauenstimme sagt: *Kommen Sie gut informiert durch die Nacht.* Ja, wie käme ich anders durch die Nacht als mit ihrer Stimme, mit den Geschichten, den Nachrichtengeschichten, den Interviews und Reportagen, dem *Hören* in der Verlorenheit auf hoher See, an dem ich mich jede Nacht wie an einem Seil wieder an Land ziehen kann. Nacht für Nacht gibt es zwei Gewissheiten, die mich retten, die eine Gewissheit ist die, dass die Müdigkeit am Ende immer siegt, die andere, dass diese Stimme immer da sein und mir eine Geschichte erzählen wird.

Dank

Ich danke meiner Frau, meinen Kindern, meiner Mutter, meinem Bruder, Martin Hielscher, Meike Herrmann, Eva Brunner, Günter Jung, Tanja Selder, Matthias Jügler, den AuTourinnen, den other writers, A. Beinhorn, Dirk, Meik, Gibbs und Jörg für die Begleitung bei diesem Roman.

Zitatnachweis

Rainer Hohberg: Mein bestes Bier, in: Sebastian Weirauch (Hrsg.):
    Experimentierfeld Schreibschule. Texte aus dem Literatur-
    institut der DDR «Johannes R. Becher» 1955–1993.
«Vater» von Gerhard Gundermann: © Gerhard Gundermann.
    Liederbuch 2. Buschfunk 1997.

Aus dem Verlagsprogramm

Literatur bei C.H.Beck

Giuliano Da Empoli
DER MAGIER IM KREML
Roman
Aus dem Französischen von Michaela Meßner
230 Seiten. 2023

CJ Hauser
DIE KRANICHFRAU
Warum ich meine Hochzeit absagte
und andere Liebeserklärungen

Aus dem Englischen von Hanna Hesse
336 Seiten. 2023

Matthias Göritz
DIE SPRACHE DER SONNE
Roman
336 Seiten. 2023

Simone Atangana Bekono
SALOMÉS ZORN
Roman
Aus dem Niederländischen von Ira Wilhelm
248 Seiten. 2023

Literatur bei C.H.Beck

Nico Bleutge
schlafbaum-variationen
gedichte
115 Seiten. 2023

Stefan von der Lahr
DÄMONEN IM VATIKAN
Kriminalroman
445 Seiten. 2023

Martin von Koppenfels und Susanne Lange
KLINGENDE EINSAMKEIT –
SOLEDAD SONORA
Kleine Anthologie spanischsprachiger Lyrik
192 Seiten. 2023

Jochen Schmidt
PHLOX
Roman
480 Seiten. 2022